DES GENS
DU MONDE

Il y a une vingtaine d'années, dans un village de Charente-Maritime, une jeune infirmière rend visite à ses patients du matin au soir. Elle pose un regard généreux et drôle sur ces pêcheurs, ouvriers, putes à marins, notables… Autant de portraits singuliers qui nous sont ainsi livrés.

Loin d'une compassion de principe, ce livre manifeste une compréhension unique de la souffrance, de la détresse, de la folie, de l'extravagance, mais aussi de la fraternité et de la dignité des simples. Avec un humour caustique qui n'exclut jamais l'élan amical et poétique, Catherine Lépront nous donne ici un roman attachant, en prise directe avec le monde qui nous entoure.

Catherine Lépront est romancière, nouvelliste, essayiste et lectrice. Elle a publié plus de vingt ouvrages, parmi lesquels une biographie de Clara Schumann, et au Seuil, des romans tels que Namokel, L'Affaire du Muséum, Le Cahier de moleskine noire du délateur Mikhaïl, *et récemment* Ces lèvres qui remuent *(2005).*

Catherine Lépront

DES GENS DU MONDE

ROMAN

Éditions du Seuil

TEXTE INTÉGRAL

ISBN 2-02-082604-6
(ISBN 2-02-059104-9, 1re publication)

www.seuil.com

À Jocelyne Togni

Il dit que le monde ne peut être connu que tel qu'il existe dans le cœur des hommes. Car si le monde semble être un lieu où résident les hommes c'est dans l'homme en réalité que réside le monde et pour le connaître [...] il faut vivre avec les hommes sans se contenter de passer parmi eux.

Cormac McCarthy, *Le Grand Passage*.

Éphraïm

Le jour où je suis allée pour la première fois chez les Séjourné, j'avais commencé ma tournée, tôt le matin, par Éphraïm Bonneau. À cause de la marée. Éphraïm était à la retraite depuis une dizaine d'années. Faute d'héritier, il avait tout vendu, le parc à huîtres et la cabane, mais pas sa barque ni son vieux fanal, et il allait souvent aider les ostréiculteurs, même ceux qui avaient repris son parc et sa cabane, il me racontait alors comment la nostalgie en lui le disputait à la joie de retrouver la cabane, les bassins et les parcs où il avait fait ses premiers pas, mais il allait aussi bien chez les autres, il y en avait toujours un qui avait besoin de bras, quoique la plupart doivent travailler même à moitié crevés, me disait Éphraïm sans rage ni pathos.

Ce qu'il préférait, lui, c'était être dans la cabane d'Alexandre et Marie Faure, mitoyenne de celle des parents Faure, il avait un faible pour Marie, et de l'admiration pour elle.

Marie est l'une des huit enfants Lesage, une famille de Nieul. Sa parentèle, à Nieul et dans les villages immédiatement alentour, ne devait pas compter moins d'une bonne centaine de personnes. Marie avait travaillé à la filature, à La Rochelle, puis chez Queval à La Pallice, avec Line et Danièle, deux de ses sœurs, et sa cousine Noëlle Gillet, puis elle s'était mise aux huîtres, disaient-ils ici, d'abord sur l'exploitation de ses beaux-parents, puis sur celle qu'elle avait acquise avec son mari Alexandre, et qu'elle n'avait quittée que le temps de mettre au monde son deuxième fils, puis le troisième. Le premier, elle l'avait eu quand elle était ouvrière chez Queval, Mais ne crois pas qu'elle a passé son congé de maternité chez elle à bichonner son nouveau-né en attendant de repartir à l'usine, non, a précisé Éphraïm, elle l'a passé à aider à la cabane des Faure. Et même chose pour les deux autres. Pour les femmes d'ici, le retour aux cabanes se fait avant le retour des couches.

Quand Éphraïm l'avait vue arriver, m'avait-il aussi raconté, il avait parié qu'elle ne tiendrait pas un mois. Et c'était, certes, en raison de son apparence – c'était une jeune femme menue, fragile, elle avait été une enfant maladive –, et le boulot était un rude boulot, mais, surtout, parce que sévissait ici une des lois singulières de la mer (les pêcheurs étant soumis à l'autre loi, celle du large et de la longueur du temps, disait Éphraïm), et que cette loi régissait la vie des hommes et des femmes qui y étaient soumis, déterminait les liens et les rapports entre eux. Or, Marie était imprégnée d'une culture ouvrière, politisée, ajoutait-il avec une moue respectueuse – dans la bouche d'Éphraïm, cela signifiait aussi que Marie était une citadine, que Nieul, à quelques kilomètres plus à l'intérieur des terres et dont la côte n'était pas exploitée, était en quelque sorte une ville. Il l'admirait, parce qu'elle avait tenu et travaillait comme les autres ostréiculteurs, hommes et femmes mêlés, sans broncher, malgré le froid, l'humidité, les heures impossibles, la fatigue, malgré les profondes engelures qui avaient totalement bouleversé l'aspect de ses mains d'ouvrière textile. Il l'aimait parce que, tout doucement, avec autant d'opiniâtreté que de timidité, elle avait instauré à l'intérieur même de l'exploitation, mais aussi avec les ostréiculteurs voisins, leurs concurrents sur le marché, des liens solidaires, de fraternité ouvrière, avait précisé Éphraïm avec la même moue respectueuse. Puis il avait rigolé, Et pourtant, elle est pas plus haute que toi, mon p'tit, elle m'arrive là – il avait désigné sa poitrine –, elle tient dans ça – qui correspondait à la moitié de sa largeur.

D'autres fois, Éphraïm se contentait de prendre sa barque,

de faire un tour du côté des parcs et de contempler la côte depuis le petit large, disait-il. De là, elle est belle, on dirait un tableau.

Plus rarement, il restait sur la rive à regarder la mer descendre jusqu'à son ultime point d'étale.

Quoi qu'il en soit, il vivait au rythme des marées.

Tu peux recommencer à venir le matin de bonne heure, m'avait-il dit la veille en fin d'après-midi.

Je m'y attendais. Maintenant, quand le docteur Rivière lui prescrivait une nouvelle série de piqûres, après qu'Éphraïm m'avait appelée pour me dire qu'il avait encore besoin de moi puis simplement donné l'heure de la marée, je notais sur mon carnet de rendez-vous, pour les semaines que durerait le traitement, non pas Bonneau ou Éphraïm sur une ligne comme pour les autres patients mais, dans la marge de gauche, la parenthèse des heures durant lesquelles Éphraïm serait dans les cabanes à donner un coup de main ou en mer à contempler la rive ou sur la rive à contempler la mer et donc absent de chez lui. Entre trois et cinq heures. En dehors de ces périodes, j'oubliais le cycle des marées.

S'il m'arrivait alors de longer la mer au cours de ma tournée, de l'avoir presque à mes pieds quand j'allais chez Mme de Bizères, ou de l'apercevoir par une fenêtre, je ne savais pas dire si elle était montante ou descendante, et moins encore si elle viendrait jusqu'au ras des carrelets dont les constructions étiques ponctuaient la côte, si elle se retirerait presque à l'horizon, ou si elle ne chahuterait qu'une bande moyenne de plage, alors qu'Éphraïm vivait tout cela plus encore qu'il ne le savait, il connaissait bien sûr les horaires et les amplitudes des marées, mais prévoyait aussi l'influence des vents et de la lune sur les humeurs, disait-il, de la mer. Je ne me lassais pas d'entendre Éphraïm me parler de la mer.

Il le faisait sans lyrisme, sans poésie, sans affect, il se contentait de décrire ou d'anticiper avec naturel un phénomène naturel, mais il ne manquait jamais de se rappeler chaque fois un souvenir, attaché à la couleur particulière de l'eau, à sa fureur ou à son aspect huileux, à l'épaisseur de la brume, à la chute du baromètre, à la trompeuse stabilité d'un anticyclone. C'était un souvenir qui remontait parfois de très loin et ne lui appartenait pas toujours en propre : la barque et le vieux fanal étaient à son arrière-grand-père. Il avait équipé la première d'un moteur mais prenait volontiers la godille si la mer était plate, À cause du bruit, de l'odeur et des saloperies que le moteur déverse, et il avait monté sur pile le vieux fanal.

C'était sans doute cette plongée dans sa mémoire qui me plaisait, la générosité avec laquelle il m'offrait ces images de sa vie, la simplicité et la précision de ses récits, rapportés d'une voix de baryton à l'heure que nous avait imposée à tous deux la marée, dans la pénombre intime de la salle où nous nous tenions, à la fois entrée, salon, salle de séjour, cuisine et salle de bains, m'avait-il dit avec une emphase comique, et qui était curieusement éclairée, en plus de la fenêtre qui donnait sur la rue, par un œil-de-bœuf.

Deux ans auparavant, j'avais vu le soleil rouge du crépuscule s'encadrer exactement dans l'œil-de-bœuf d'Éphraïm, et la salle être baignée dans une lumière extravagante.

Ce matin de septembre 1979, il soufflait un vent de terre assez violent, Vois-tu jusqu'où elle va reculer ? m'a demandé Éphraïm en me désignant le niveau de la marée basse dans le cadre même de l'œil-de-bœuf. En effet, ai-je dit. Je ne voyais que le ciel, à travers les premières branches d'un acacia, mais je savais ce qu'Éphraïm voyait et à quoi ce niveau correspondait sur la côte de Lauzières : lors de ma troisième visite, il m'avait fait monter sur une chaise et ployer le genou, à peine, jusqu'à ce que mes yeux soient à hauteur des siens. Éphraïm était un géant.

La première fois, ce que j'avais vu de lui m'avait impressionnée : à contre-jour, une haute et large silhouette noire d'ogre, la tête auréolée de l'œil-de-bœuf. Après les présentations d'usage, l'examen de l'ordonnance, le déballage de mon matériel, Éphraïm avait baissé un peu son pantalon et m'avait dit : Vous pouvez y aller, mon p'tit, je ne suis pas de ceux qui manquent de surface.

Puis il m'avait offert un café. La cafetière en émail, posée sur le poêle Godin depuis des temps immémoriaux, était culottée jusqu'au col, son café, additionné de chicorée, presque imbuvable. Il s'était coupé une tranche de lard et, de la même manière, la miche contre la poitrine, le pouce levé, une tranche de pain. Il avait évoqué avec embarras ce qu'il avait appelé cette affaire de marée. Il voulait ne rien m'imposer, ne pas me déranger, ne pas me faire faire de détour, etc. Il suffisait de passer une minute avec Éphraïm pour comprendre qu'il était aussi bon et délicat que large et haut et, la minute suivante, qu'il était aussi délicat, bon, haut, large et émouvant que dans la nécessité organique de se soumettre au rythme des marées. Aussi avions-nous réglé le premier jour cette affaire, Qui n'en est pas une, lui avais-je dit. Enfin, le géant m'avait parlé de sa barque et de son vieux fanal.

Et, plus longuement, déjà ce jour-là, de la mer.

Plus tard, Éphraïm n'a plus été embarrassé par cette affaire de marée, il était trop loyal lui-même pour imaginer qu'on pût revenir sur sa parole. Il avait aussi unilatéralement abandonné le vouvoiement, depuis le jour où je lui avais apporté un produit pour entretenir et faire briller le cuivre du vieux fanal. Quand il n'en avait plus, il me demandait, Si ça ne te dérange pas, surtout ne fais pas de détour pour ça, n'y va pas exprès, mais je ne vais pas à tarder à en manquer... si tu pouvais me ramener de la brillantine à loupiote. Mais, jusqu'à la fin, avec pudeur, il m'a appelée Mon p'tit.

Selon que j'allais chez Éphraïm avant ou après la marée, il sentait le café cuit, recuit et brûlé ou exhalait une belle et forte odeur de mer.

Maintenant, j'arrive chez les Séjourné, mes vêtements sentent le café brûlé, j'en ai moi-même le goût dans la bouche, je suis toujours un peu écœurée par les relents de chicorée, mais à peine la porte s'est-elle ouverte comme par enchantement qu'une violente odeur de renfermé submerge tout comme une vague.

Il est vrai que pour aller de chez Éphraïm à la maison des Séjourné, j'ai roulé vers l'est, contre le vent de terre qui semblait pousser devant lui, frénétiquement, la lumière encore rasante du soleil et contribuerait tout à l'heure à refouler la mer jusqu'à partager l'œil-de-bœuf d'Éphraïm au nombre d'or, mais ce n'est pas une question d'éblouissement – par exemple, chez Éphraïm l'accommodation à la pénombre de la salle s'est toujours faite immédiatement –, c'est que chez les Séjourné il ne s'agit pas de pénombre, en réalité, pas même d'obscurité telle qu'elle règne l'été dans les maisons des villageois les plus âgés, accoutumés à se protéger et protéger leur intérieur de la chaleur et des ravages de la lumière, il s'agit de ténèbres. Et le temps me paraît infini entre le moment où je respire et avale cette odeur de renfermé, où mon regard bute contre ces ténèbres et celui où j'aperçois la petite silhouette de Mme Séjourné plaquée contre le mur, une main toujours sur la poignée de la porte, l'autre froissant machinalement sa blouse en calicot au niveau de la cuisse.

À quelques pas, dans la perspective du couloir, un escalier grimpe à l'étage. Seuls le palier et les marches supérieures de la première volée sont visibles dans la lueur sale d'une fenêtre, le bas de l'escalier paraît s'enfoncer dans les entrailles de la terre.

Les Jeanjean

La visite chez Éphraïm a peu à peu été décalée, puis elle a basculé en fin d'après-midi à cause de la marée, et la salle, pleine d'odeurs d'algues et de coquillages, était alors plongée dans une lueur de crépuscule. Dans la soirée, il revenait à l'esprit d'Éphraïm de brefs souvenirs de mer toujours un peu tragiques.

Je suis de nouveau allée rendre visite au petit matin au bon géant qui ne manquait pas de surface. Il faisait encore nuit. Parfois, pour me faire plaisir, quand il l'avait bien nettoyé, il n'allumait que le vieux fanal qu'il avait posé sur la table. La brillantine à loupiote le faisait étinceler. Dans sa lumière à facettes, immobiles, le bol d'Éphraïm, la cafetière en émail, la miche de pain, l'assiette avec la tranche de lard, le couteau, nos deux tasses, nos deux cuillères semblaient avoir été disposés pour un repas sacramentel.

Hier, Éphraïm m'a serré la main car c'était le dernier jour. Ma main dans celle, immense, d'Éphraïm, je retrouvais des sensations d'enfant. Nous nous serrions la main les premier et dernier jours. Éphraïm ne guérirait pas, lui et moi le savions. Aussi, lui et moi espérions nous revoir. Mais Éphraïm n'a dit ni À bientôt ni À la prochaine fois.

Moi non plus.

Aujourd'hui donc, je ne vais plus chez lui, mais la porte des Séjourné s'ouvre toujours de la même manière.

Il semble que ce soit la porte elle-même qui soit douée de vie et qui repousse la petite Mme Séjourné vers le mur où celle-ci s'adosse, un bras le long du corps, les doigts de la main agrippés à son sarrau. Puis la porte se referme derrière moi, toujours de la même manière, entraînant la vieille dame avec elle, qui consent enfin à lâcher la poignée mais pas sa blouse qu'elle continue de froisser jusqu'à ce qu'elle s'affale sur sa chaise, dos à la cuisinière à bois et à la fenêtre de la cuisine, à l'extrémité de la table. Alors seulement, elle laisse le tissu et se tient d'abord les bras ballants avec un air accablé, et les épaules si tombantes qu'il me semble chaque fois que les mains vont finir par toucher le sol carrelé, le gratter, à la longue le creuser, fouiller le sous-sol où chutera le corps entier de la vieille dame. Puis, au prix d'un effort surhumain, elle amène ses coudes sur la toile cirée et appuie son menton sur ses doigts croisés comme pour la prière.

Elle parle aussi peu qu'au premier jour. Quelques phrases, d'une voix exténuée.

Dans l'épais silence de la maison, je n'entends à mon arrivée que le frottement de la porte, immuablement le chuintement de la bouilloire, le souffle contenu de la petite Mme Séjourné et le froissement du tissu agacé par les doigts de sa main gauche, puis de nouveau le frottement et le *clac* de la porte et le bruit du pas traînant de la femme chaussée de charentaises.

M. Séjourné est assis au beau milieu de la table, sur sa longueur. C'est sa place à lui, comme c'est sa place à elle, depuis le premier jour où ils se sont attablés, la cuisinière est à portée de la main de la femme.

Je ne sais pas où s'installait leur fille.

Il me gratifie d'un sourire. C'est lui qui engage la conversation, avec d'énormes difficultés car on lui a sectionné la partie de sa langue rongée par un cancer, et, sans doute, au prix d'une grande souffrance, mais j'ai fini par le comprendre parfaitement et à si bien anticiper ses paroles que je peux lui épargner de longues phrases. C'est grâce à lui que l'odeur de renfermé s'en est peu à peu allée : il a ouvert volets et fenêtres que sa vieille épouse avait fermés le jour de son hospitalisation, auxquels elle n'avait plus touché ensuite, pas même à son retour, et qu'elle aurait volontiers laissés ainsi, clos, tant elle continue de croire que c'est l'air extérieur qui a véhiculé le mal jusqu'à l'intérieur de la maison, jusqu'à attaquer son homme par la bouche. C'est grâce à M. Séjourné qu'un peu de lumière pénètre désormais : il a accepté qu'une aide ménagère vienne laver les vitres et les voilages, il a même consenti à tailler le buddleia qui aveuglait la fenêtre de la cuisine, Bien que ce ne soit pas encore de saison, m'a-t-il dit, là encore, malgré la souffrance et, surtout, l'opposition farouche et quasi mutique de Mme Séjourné. Très peu de lumière, c'est vrai, partout les murs sont recouverts d'une tapisserie aux motifs sombres, les rideaux conservent une demi-opacité de verre cathédrale, les fenêtres sont trop étroites pour le volume des pièces, les meubles sont massifs et leur bois très foncé, les ténèbres demeurent victorieuses, mais du moins le bas de l'escalier est-il désormais visible.

Quoi qu'en ferait accroire à un visiteur de passage la scène dans la cuisine – le vieux monsieur souriant et disert pointant du doigt et commentant tel ou tel article du journal ouvert devant lui, le bol de café au lait déjà avalé, un chapeau de toile sur la tête, manifestement prêt à partir s'affairer au potager et dans le grand verger, et sa femme effondrée en bout de table, le visage ostensiblement souffreteux –, c'est pour M. Séjourné que je viens une ou deux fois par jour, et pour lui seul, d'abord, que je viendrai périodiquement pendant des années.

Pourtant, c'est elle qui est atteinte.

Elle, l'Eulalie, comme l'appellent les vieux du village.

Il semblait qu'elle avait tout enduré sans mot dire, d'année en année, que la grêle vienne ruiner la récolte et les endetter davantage, la foudre incendier la grange, la canicule sécher sur pied le maïs ou l'orge, une mauvaise couche tuer une vache et son veau, la volaille attraper du mal, la tempête déraciner la moitié des arbres fruitiers, et encore que la nature ne lui ait accordé à elle qu'un enfant, que cet enfant unique soit une fille qui ne reprendrait pas les terres d'abord louées au fils Jeanjean puis revendues à un promoteur, que cette fille unique soit partie à l'Est – À la frontière avec les Allemands, vous imaginez ? –, ait eu à son tour deux filles qui ne viennent que deux fois l'an, il semblait que, là, avec Ça, comme elle appelle sans la nommer la maladie de son homme, elle avait cédé à la lassitude et à l'effroi et cessé de lutter.

En réalité, l'Eulalie n'avait rien enduré du tout.

Elle avait interprété chaque fait comme une preuve qu'elle était électivement poursuivie par le sort et, sauf la première fois, lors de la crue du Gô des années trente qui l'avait frappée en plein bonheur, elle n'en avait parlé à personne. C'est que, cette première fois où elle s'était ouverte à son jeune mari de son inquiétude, bien que l'inondation des parcelles fût objectivement catastrophique, ses paroles avaient été accueillies par une franche rigolade. Elle avait dès lors tout gardé pour elle. En son for intérieur, elle avait accumulé les signes, les avait patiemment dénombrés, avait identifié les porteurs de malheur – la foudre, la tempête, les précipitations, la science et ses progrès, la lumière, l'air, Les produits ! s'écriait-elle en se prenant la tête dans les mains, auxquels s'étaient ajoutés bientôt la plupart puis la totalité de leurs connaissances, parents et amis, et jusqu'à Dieu qui lui faisait payer son incroyance, car elle ne s'embarrassait pas de contradictions.

À mesure que la liste des preuves s'allongeait et la confortait dans sa certitude que des forces obscures la poursuivaient, elle avait tenté de se protéger sinon directement de celles-ci, invincibles, du moins de leurs vecteurs, et peu à peu couvert les murs de cette tapisserie que je leur connaissais, acheté des rideaux plus épais, noirci les meubles, pris l'habitude de rabattre les volets à certaines heures de la journée, puis de les maintenir entrouverts du matin au soir, de s'habiller elle-même et de revêtir peu à peu sa fille et son mari de vêtements unis, aux teintes foncées, sans fantaisies, de raréfier les visites aux connaissances, parents et amis, et de les accueillir de moins en moins. Puis plus du tout.

Ah ! L'Eulalie, c'est qu'ça fait beau temps qu'on la voit plus.

Un jour, elle, son mari et sa fille avaient dû se retrouver dans l'isolement, le silence et l'obscurité, en demi-deuil, ces derniers sans avoir rien vu venir tant la femme avait procédé discrètement.

C'est de la même manière qu'elle m'a informée de tout cela, à coup de petites phrases chuchotées matin et soir tandis qu'elle me raccompagnait à la porte, profitant de ce que M. Séjourné devait rester allongé une heure après mon passage.

Elle hoche la tête, Et maintenant Ça dans la bouche de m'n'homme. Elle ne considère cependant pas Ça comme le coup fatal, mais comme le début de la preuve des preuves, puisque Pour l'instant, Ça a fait qu'entrer, mais vous verrez, quand Ça envahira tout...

Quand elle évoque le mal et, surtout, anticipe sa progression diabolique, ce sont les seuls moments où l'Eulalie perd de sa passivité accablée. Elle a un air de prophétesse exaltée, et c'est vrai qu'elle semble alors avoir réellement partie liée avec les forces obscures, activement participer à leur œuvre, et même relever de leur principe. Elle écarte les bras pour me donner idée de l'envergure que prendra Ça, vous verrez, répète-t-elle. De ses doigts, elle touche les deux murs du couloir. Il est large, pourtant.

La pensée que ses bras se sont un peu allongés chaque fois que, dans l'accablement, elle les aura laissés brusquement tomber le long de ses cuisses me traverse l'esprit. Un allongement imperceptible, comme c'est imperceptiblement qu'elle s'est isolée et a isolé les siens dans les ténèbres de la grande maison, et imperceptiblement qu'elle m'a informée de l'existence de ce complot fomenté contre elle depuis le début des années trente, et de ses propres agissements. Mais c'est une pensée fugitive. À l'ampleur du geste de Mme Séjourné, toute catastrophée qu'elle soit, je mesure paradoxalement son espoir que, du moins, Ça dure. Et la voilà qui se tient de nouveau bras ballants, épaules voûtées, toute délectation morose l'ayant abandonnée, le regard désemparé, et qui m'interroge. J'écarte les bras à mon tour. En forçant un peu, j'arrive à effleurer les murs. Tout ça, lui dis-je, ça fait du temps. Elle opine du chef et sourit. Elle est contente. Que du temps lui soit accordé. Que je n'aie mis en doute ni sa croyance ni sa prophétie.

Elle avait eu le même geste pour me décrire l'envahissement des eaux de la rivière Gô, le signe inaugural, puis un autre mouvement de sémaphore pour me montrer la direction des terres qu'elle avait inondées.

Je les connaissais.

Les Séjourné louaient leurs terres à Jeanjean, un tout jeune agriculteur de Lagord qui y pratiquait, au gré des contrats avec une conserverie, de la monoculture intensive de haricots verts ou secs, ou de pois, etc. Jeanjean – En un seul mot, m'avait-il précisé, c'est nom : Jeanjean, prénom : Olivier – avait des machines ultra-modernes qui, par temps de brouillard, prenaient de loin des allures d'engins lunaires et qui, bien sûr, faisaient partie du contingent des forces obscures qui s'acharnaient contre la petite Mme Séjourné. Olivier Jeanjean avait cette particularité de porter sous son bleu un costume et une cravate et de les découvrir en faisant glisser la fermeture éclair jusqu'au nombril quand il s'adressait à une femme ou, simplement, la saluait – sa manière à lui de retirer ou de soulever son chapeau.

Souvent, quand je passais par là au petit matin et qu'il

travaillait ces parcelles, il me faisait un signe particulier qui signifiait qu'il voulait me parler. Je me garais sur le bord de la route de Lauzières tandis qu'il descendait de son engin. Nous marchions l'un vers l'autre. C'était pour une petite conversation, deux ou trois mots échangés, dans le vacarme du moteur, pour le plaisir. Ou bien il avait à me demander de passer à la ferme, pour le père, pour la mère, ou pour l'un ou l'une des employés ou des ouvriers. Avant de me serrer la main, il baissait sa fermeture éclair et se présentait ainsi à moi en costume-cravate, par courtoisie.

Quant au port de ces vêtements de ville, ce n'était pas de l'affectation de sa part. C'était plutôt pour ne pas perdre de temps. Il travaillait le plus souvent dans le bureau aménagé dans une grange de la ferme paternelle, avec deux secrétaires et un comptable, ordinateurs, téléphones, mobilier utilitaire, baies vitrées, un petit salon attenant pour les négociations. S'il fallait enfourcher une machine parce qu'il manquait un ouvrier ou que c'était le coup de feu, il sautait directement dans son bleu, et le quittait aussi rapidement à l'heure de réintégrer le bureau. C'était un entrepreneur, diplômé d'une école supérieure de commerce, qui avait parfait sa formation en passant trois ans aux États-Unis.

Quand, deux ans auparavant, son plus jeune fils avait transformé l'ancienne exploitation vouée à la faillite en une entreprise moderne – C'était ça ou la mort –, Mme Jeanjean, sa mère, s'était elle-même métamorphosée et adaptée à la situation nouvelle. Elle avait cessé de se teindre les cheveux en blond et avait jeté aux orties, avec les bigoudis ou le fer à friser, la blouse de paysanne et les savates. Désormais, simplement coiffée, vêtue d'un tailleur sobre et chaussée de mocassins, rajeunie de dix ans, elle accueillait les visiteurs dans la cour de la ferme désertée par les animaux, prenait les messages téléphoniques et s'était si bien intéressée à l'affaire, comme elle l'appelait avec une fierté touchante, qu'elle pouvait remplacer au pied levé une des secrétaires et même le comptable.

Mais la métamorphose qui la ravissait le plus était celle qu'avaient subie ses mains. Elle aimait à me les montrer, Tu te rappelles comme elles étaient ? Calleuses, sillonnées de petites entailles noires, plus brunes sur les paumes que sur le dos, elles s'étaient affinées, adoucies et la paume en était rose.

Le vieux Jeanjean, lui, était à la retraite. Il s'occupait du poulailler, déplacé à l'arrière de la maison, invisible depuis la cour de l'affaire, et du potager. Il était toujours vêtu de la même manière, il mangeait de la même manière et réclamait pour lui la nourriture roborative à laquelle l'avait accoutumé, dès son enfance, l'aïeule qui officiait alors au fourneau. Souvent, je le trouvais sur la petite route qui mène à la mer, ses chiens sur les talons. Même sous la pluie battante, il déclinait mon invitation à le ramener à la ferme, en bougonnant qu'il n'avait pas encore fait toutes ses heures d'exercice.

Son père, lui aussi, faisait quotidiennement cette promenade.

Peut-être, comme celui-ci, trouverait-on le vieux Jeanjean mort, un après-midi, sur la plage de Lagord.

Sans doute serait-il resté immuablement ce qu'il était et aurait-il ainsi longtemps marché jusqu'à la côte après s'être occupé des légumes et des bêtes si le fils était parti travailler en ville, comme les aînés, et que les terres avaient été vendues. Les gens disaient du père Jeanjean Parole ! Il paraît pas plus chamboulé que si on avait seulement repeint ses volets.

Et pourtant, quand le vieil homme sortait sur le pas de sa porte ou qu'il revenait à la ferme par le portail et embrassait du regard la cour de la ferme, toujours nette, les bacs à fleurs, le bureau aux baies vitrées au lieu de la grange à foin, les voitures garées à la place des tracteurs et de la moissonneuse-batteuse, le poulailler vide et nettoyé, et sa femme aussi méconnaissable que son fils, il marquait un temps d'arrêt. Il semblait se pétrifier de stupeur, aussi effaré, désarmé et impuissant que devant un spectaculaire phénomène naturel, et comme si, durant la nuit ou tandis qu'il revenait du bord de la mer, les choses avaient pu revenir à leur cours et leur aspect d'autrefois, son épouse reprendre les dix ans qu'elle avait perdus et Olivier en perdre encore davantage et être retombé en enfance, et il faisait ce geste, désormais : il soulevait son béret antédiluvien, enroulait une mèche autour de son index et la tournait, la tournait, la tournait, jusqu'à ce qu'elle décrive une spirale sur son crâne, il dégageait son doigt sans défaire la bouclette, puis il remettait le béret en place de l'arrière vers l'avant, rabattant ainsi le tortillon de cheveux sur son front. Dans un sens ou dans l'autre, enfin, il commençait à traverser la cour.

Avant d'être totalement défaite, la petite boucle dessinait au-dessus des yeux du vieux monsieur un point d'interrogation renversé.

Charles

Peut-être l'Eulalie n'avait-elle plus supporté de voir les fantastiques engins agricoles d'Olivier œuvrer sur ses terres. Elle a eu le même air horrifié, le même geste de se prendre la tête dans les mains quand elle s'est écriée Ah ! Les machines à Jeanjean ! que lorsqu'elle avait incriminé les produits, le mois précédent, notamment ceux qu'avait fait acheter Sabine, la pétulante aide ménagère, elle-même probablement soupçonnée d'être un agent des forces obscures.

La semaine passée, Mme Séjourné a évoqué à demi-mots des nécessités financières.

Ce matin, il semble que ce soit le morne spectacle des rangées de pois s'étendant uniformément, et à ras du sol, d'un côté et de l'autre de la route de Lauzières, qui l'ait désolée, et décidé à vendre les terres, une part à un promoteur, une part à la municipalité : elle évoque le paysage autrefois découpé en petites parcelles de maïs, de blé, de colza qui poussaient haut au-dessus du sol, Ça battait dans le vent, vous aviez les mouettes dans le sillage du tracteur, c'était autrement varié et vivant.

Elle est d'humeur bucolique.

La visite de la fille, du gendre et des petites-filles, venus pour les fêtes, lui aura apporté un peu de joie. Elle dit Dommage que vous les ayez manqués. La porte se referme, *clac*. Couvrant le son des chaussons glissant sur les dalles, je l'entends murmurer Et voilà qu'il neige.

A-t-on idée ? Soudain, la voix est pleine d'appréhension. La vitesse avec laquelle la petite Mme Séjourné change d'humeur est tout bonnement prodigieuse.

Aucun vestige de la fête. Ni sapin ni guirlande lumineuse ni décoration. Rien. Et il y a longtemps que l'atmosphère n'avait été aussi sinistre.

Même M. Séjourné semble vaincu. Le journal de la veille n'est pas ouvert sur la table. D'habitude, il m'a gardé un article. Giscard-pardon-d'Estaing, comme il l'appelle, est sa cible de prédilection. Goguenard, il lui renvoie la pareille. Mépris pour mépris, la réplique de M. Séjourné est autrement spirituelle. Un jour, il a dit On a la langue amputée, on parle encore, et il a étouffé de rire. Un autre jour, Chuintant comme il chuinte, je me demande si c'est pas lui qui a le bout qui me manque.

Jamais je me serais tant marré qu'avec lui. Non, mais c'est un comique !

Le coup du col roulé.

Il manquait plus qu'il aille prendre son petit déjeuner avec les éboueurs, il l'a fait.

Et copain comme cochon avec des dictateurs africains avec ça. Pas raciste.

Toutes les usines ferment. On va bouffer de la brioche.

Ce matin, rien.

Les fenêtres sont fermées, les doubles rideaux presque entièrement tirés s'attaquent au maigre faisceau de lumière laiteuse que les volets, mi-clos, laissent pénétrer. Il me semble que la lumière du monte-et-baisse est plus faible que la semaine dernière. Et l'odeur de renfermé a triomphé de celles de la soupe, du café et du feu de bois. Tout est à recommencer.

Je m'adresse à M. Séjourné. Peut-être le séjour des enfants l'a-t-il épuisé ? Non. Il ne souffre pas non plus. Ça s'est bien passé ? Il hoche la tête pour toute réponse, ce n'est pas dans ses habitudes, comme ce n'est pas dans les habitudes de Mme Séjourné, au lieu de poser sa tête sur ses doigts croisés et de se taire, de répondre à la place de son homme en s'étreignant les mains d'excitation Oh ! Bien, bien ! Elle répète Dommage que vous ne les ayez pas vus, elle a un vrai sourire, de joie rétrospective.

Passager.

Elle ajoute Trop bien. Ses bras vont retomber. Ils retombent. Elle dit encore Mais c'est terminé, maintenant ils sont repartis. J'entends qu'elle a remboursé aux forces obscures le trop de plaisir éprouvé. Voilà pour les volets clos. Elle amène les coudes sur la table, son menton s'effondre sur ses doigts entrelacés. Elle a enfin deux choses à dire, deux autres bonnes raisons d'avoir réinstauré l'obscurité et le confinement, et voici pour les rideaux tirés et l'absence d'aération : premièrement, Est-ce qu'on va seulement les revoir ? deuxièmement, Et voilà qu'il neige.

Pour la neige, je ne comprends pas. Tant pis. Je saurai plus tard.

Je demande de la lumière. M. Séjourné me sourit. Elle grogne que c'est allumé, en me désignant le monte-et-baisse. Le vieux me fait un clin d'œil. Il a un faux air étonné, C'est vrai, tiens ! On a oublié d'ouvrir ce matin ! Il se lève. Le plus naturellement du monde, il tire les rideaux, ouvre la fenêtre, rabat les volets. La vieille dame s'est toute recroquevillée sur sa chaise. De froid, prétend-elle, Ferme vite ! D'effroi en réalité. Il demande On laisse à l'espagnolette ? Je réponds On verra ça demain. Il se marre en douce. Il tire les doubles rideaux, peu, mais enfin il a conquis une dizaine de centimètres de chaque côté en plus de l'ouverture des volets. Demain il aérera, gagnera encore dix centimètres, après-demain, il s'attaquera à la chambre à l'étage. Puis aux trois autres, à la salle de séjour, à la pièce attenante à la cuisine qui m'est encore un mystère : sauf un fauteuil recouvert d'un drap blanc, installé en plein milieu, elle est vide comme un tombeau.

Qui vient s'y asseoir, la nuit, pareillement recouvert d'un drap blanc ?

La maison des Séjourné est une vaste demeure lugubre.

Mais, grâce aux ruses de M. Séjourné, à son sens de la persuasion, on peut espérer que, dans trois semaines, l'air et la lumière auront reconquis les territoires que l'Eulalie a réussi à leur reprendre en trois jours, à peine la fille, le gendre et les deux petites-filles avaient-ils tourné le dos.

M. Séjourné est monté s'allonger. L'Eulalie me raccompagne à la porte, et je comprends. Cette neige, soupire-t-elle, c'est comme juste avant l'inondation du Gô. Pareil. Elle était grise. Mauvais signe.

La zone n'était plus inondable, des années déjà avant celles où Jeanjean les cultivait. Les travaux ont commencé à peine un mois après la vente, et se sont érigés presque simultanément, d'un côté, les hangars disgracieux d'une zone artisanale, de l'autre, l'école maternelle et un lotissement de pavillons.

Il était bien rare que je n'y passe pas, aussitôt après avoir accompagné mes filles aînées à l'école, et de nouveau l'après-midi à la sortie de la maternelle, la voiture remplie d'autres gamins cueillis sur le chemin. J'entendais la sonnerie retentir quand j'entrais dans la première maison.

Sauf deux familles de Nieulais de souche, les autres habitants venaient d'ailleurs. De La Rochelle la plupart du temps ou d'autres bourgs alentour, parfois d'autres régions. On a peu à peu appelé le village originel le Vieux Nieul, pour l'essentiel peuplé de personnes âgées, mais aussi de quelques jeunes citadins venus vivre à la campagne et qui ont patiemment restauré et aménagé d'anciennes maisons, autrefois sans confort. Et on parlait de cités pour les terrains agricoles vendus puis divisés en modestes parcelles. Les cités grouillaient d'enfants en bas âge.

Sur les terres de l'inondation, les maisons sont toutes différentes. Vues de loin, dénuées de tout caractère architectural, elles donnaient l'illusion d'être toutes semblables, puis la diversité s'installait de nouveau, non pas selon leur aspect et leur taille, mais selon qu'elles étaient achevées ou inachevées, qu'il y avait ou non des rideaux aux fenêtres, des bacs à fleurs, que les jardins étaient entretenus ou non, jonchés de matériaux, vélos rouillés, appareils ménagers en panne, vieux postes de télévision, ou clos d'une haie tirée au cordeau, ponctués d'arbustes et de plates-bandes, la pelouse semblant avoir été égalisée aux ciseaux à broder. Même l'hiver, la disparité était frappante.

J'avais vite appris à ne tirer aucune conclusion définitive de l'aspect extérieur des pavillons et des jardins, car l'intérieur offrait parfois un contraste saisissant avec l'extérieur, et que tous deux ne reflétaient qu'une situation immédiate. Aujourd'hui est aujourd'hui. Demain…, disaient les femmes en repoussant cette perspective loin devant elles, d'un geste du bras. Le chômage avait frappé au quart des portes des maisons des cités. Quand il ne l'avait pas fait, son spectre avait de toute façon pénétré les maisons et s'y était installé.

Chez les Séjourné, il y a le fauteuil recouvert de drap blanc en plein centre d'une pièce vide.

Chez ceux-là, un fantôme s'était invité et restait à demeure.

Demain, tout pouvait changer. Le désordre, s'installer dans les maisons ordonnées, les jardins entretenus, devenir des friches, et inversement. Que le changement soit brutalement venu du dehors, chômage, accident, mauvaise rencontre, disait Christiane Flamant, qui considérait non pas que son mari les avait quittés, elle et ses trois enfants, mais qu'il avait été victime d'une mauvaise rencontre, ou qu'il ait frappé à l'intérieur même de la maison, maladie, folie ou mort.

Non, il n'y avait décidément aucune conclusion qui ne fût hâtive ni fondée sur des *a priori* à tirer de l'ordre ou du désordre, de la propreté ou de la crasse, du fini ou de l'inachevé, car tout dépendait aussi de ceux qui étaient confrontés aux soudains aléas de l'existence : il y avait les reines et les rois de la débrouille, et celles et ceux qu'on aurait pu asseoir dos à un mur avec la petite Mme Séjourné, bras ballants, la tête inclinée entraînée par la chute navrée du menton, dans l'attente qu'un marionnettiste géant vienne les relever et les mouvoir. Il y en avait même qui, sans qu'il soit survenu, installaient le malheur avec une opiniâtreté rageuse, pour ne pas se laisser surprendre. J'en ai connu qui restaient inébranlables quoi qu'il advienne et semblaient faits de deux matériaux hétérogènes : de marbre, ils étaient pourtant aussi malléables que de l'argile.

J'ai rencontré aussi de grands rêveurs.

Charles Belletête habitait rue du 18-Mars-1962. Il était patron pêcheur. Comme la plupart, il avait dû arrêter la pêche, chercher du travail ailleurs, il en avait trouvé en usine, mais il disait toujours Je suis patron pêcheur. Périodiquement, le désespoir le clouait chez lui. Il s'était habillé pour partir, avait embrassé sa femme et Anne et Matthieu, les deux enfants de la DDASS qu'elle élevait, parfois même il avait fait quelques mètres en voiture, et c'était alors sur la route, à l'endroit où il devait bifurquer en direction non pas de la mer, mais de l'usine à l'intérieur des terres, qu'il s'immobilisait, coupait le moteur et attendait, prostré, un miracle. Un voisin l'extirpait de son siège, le ramenait somnambulique à la maison, sa femme appelait le docteur Laurent, et sans doute accueillait-elle le médecin comme elle m'accueillait ensuite, sa figure de ouistiti toute souriante, en disant Ça l'a repris, puis, dans un petit haussement d'épaules, C'est comme ça. J'imagine qu'elle avait accueilli Charles avec la même expression de béatitude à chacun de ses retours de campagne de pêche, disant C'est comme ça, du temps où la pêche avait été bonne, et continuant de sourire et de dire C'est comme ça, quand la pêche avait été mauvaise puis catastrophique, enfin lorsqu'il avait dû arrêter, vendre le bateau, chercher du travail, en trouver et rentrer chaque jour effondré de l'usine.

Femme de marin, elle s'était convertie en nourrice de la DDASS. Elle en gardait d'autres à la journée – Pour boucler les fins de mois, c'est comme ça –, qu'elle envoyait chez Christiane Flamant quand elle avait un contrôle, et Christiane, agréée pour trois enfants, lui envoyait son surplus quand elle avait la visite d'une assistante sociale. Pour le mari volage de sa voisine et la mauvaise rencontre, elle n'avait qu'une explication, C'est qu'il était comme ça.

Si on lui avait annoncé que ni l'homme ni le bateau ne reviendraient, on aurait vu son petit visage chafouin s'éclairer d'un sourire de gratitude profonde, car du moins Charles, mort en mer, aurait-il eu le sort qu'il désirait. Elle aurait dit de l'événement C'est comme ça, de Charles, Il était comme ça.

Il l'appelait Chérie, même quand il parlait d'elle, Anne et Matthieu, Maman, ceux qu'elle gardait en plus, Tatie, et moi, secrètement, Marie-Louise, du prénom d'une grand-tante qui accusait la même ressemblance troublante avec un ouistiti, disait en passant devant un marchand de chaussures Qu'est-ce qu'il y a comme chaussures, devant une pâtisserie Qu'est-ce qu'il y a comme gâteaux, etc., de même que Chérie disait C'est comme ça, Il est comme ça, et toutes deux avaient le même air d'imbécillité insondable qui leur conférait quelque chose de mystérieusement inaccessible, avec ceci de différent toutefois, c'est que la tante Marie-Louise trichait aux petits chevaux pour gagner, alors que Chérie, dans sa grande bonté, l'aurait fait pour laisser gagner les enfants.

Souvent, pour justifier l'état dans lequel il sombrait et dont il avait honte, Charles Belletête tentait de me décrire son travail en usine, mais il s'arrêtait chaque fois à ces mots Travail en usine, un sanglot dans la voix, et se mettait à hocher la tête avec un air éberlué, et cette reconversion lui semblait non pas effroyable, mais aussi inimaginable que si on l'avait bouclé du jour au lendemain dans une navette spatiale et que, seuls, le confinement dans la cabine, l'apesanteur, le point de vue extraterrestre sur sa propre planète avaient pu donner idée de l'enfermement, de la répétition à l'infini des mêmes tâches, du spectacle des ouvriers à la chaîne de montage et de son propre, essentiel dépaysement.

Mais c'étaient les rares moments où Charles Belletête essayait de parler. Dès qu'il allait mieux, il se taisait. Les mercredis, la maison était pleine d'enfants, et, lui, qui pouvait en avoir dans les bras, sur les genoux ou dans les jambes qui babillaient, l'interrogeaient, lui racontaient des anecdotes, il se tenait là, lointain, solitaire et silencieux.

Le pavillon des Belletête se distinguait des autres en ceci qu'il occupait presque la largeur du jardin, qu'il était beaucoup plus proche que les autres de la rue du 18-Mars-1962, et invisible, sauf du portail, parce que enfermé derrière une haie de thuyas géants. Curieusement clos. Que le patron pêcheur se soit construit un espace aussi clos ne laissait pas de m'étonner.

Ce matin enneigé de janvier 1980, Charles n'était pas dans la maison. Il est derrière, m'a dit Chérie-Marie-Louise en précisant Dehors et, comme Chérie était occupée, je suis allée le chercher dans le jardin que je n'avais jamais vu, pas même de la fenêtre d'une chambre, il m'avait toujours reçue à la cuisine ou dans la salle de séjour qui donnaient sur la rue.

Assourdi par le vacarme d'une ponceuse, il ne m'a pas entendue. Je n'ai pas osé me manifester. Peut-être serais-je restée longtemps au seuil du jardin, bordé de chaque côté par les grands conifères, mais pas au fond, où il était dépourvu même de grillage, adossé au bois sans qu'aucune limite soit marquée, sinon sur le cadastre. Je me serais laissée recouvrir de neige ou bien j'aurais fait volte-face, sans faire de bruit, je me serais éloignée, Je repasserai tout à l'heure, aurais-je dit à Chérie Belletête. Tout à l'heure, la neige aurait couvert la trace de mes pas. Mais il a senti ma présence et s'est retourné.

J'ai fugitivement craint qu'il ne se trouble, ne se mette en colère, ne me maudisse et maudisse Chérie-Marie-Louise qui m'avait envoyée surprendre son rêve le plus secret, le plus intime, insoupçonnable. Car, avant de commencer à le bâtir, il avait dû patiemment guetter la croissance des thuyas et ne donner le premier coup de marteau qu'au moment où les arbres avaient été assez hauts et épais pour le dissimuler aux regards. Avec la même extrême rapidité, comme si j'avais véritablement pénétré un espace onirique et changé de temporalité, je me suis rappelé cette phrase de Faulkner sur les rêves qu'il faut construire *assez grands pour ne pas les perdre de vue tandis qu'on les poursuit*. Et j'ai pensé qu'il y avait quelque chose d'aussi beau que ce rêve encore inachevé dans le jardin enneigé de Charles Belletête, c'était que tout le matériel nécessaire à la construction de ce grand rêve n'avait pas pu passer inaperçu, et que les voisins, pourtant toujours prompts au commérage sur d'autres sujets, sur celui-ci s'étaient tus. Ils s'étaient même comportés comme les grands arbres de clôture, ils avaient en quelque sorte doublé par leur silence la haie du jardin de Charles. Qui ne s'était lié avec personne dans la cité, et que chacun respectait pourtant.

Mais Charles Belletête a eu un sourire. Simple. Radieux. D'un geste, il m'a invitée à m'approcher. Pour mieux voir. La forme précise que commençaient de prendre son rêve et sa nostalgie. Il m'a dit Si je m'y suis remis, c'est que ça va. Je reprends le travail en usine demain. Je suis d'équipe du matin, faudra passer l'après-midi, si ça ne vous gêne pas. Puis, modestement, en le désignant du menton, C'est un petit.

Donc, un *petit* bateau de pêche pour grand rêve, dont il avait déjà les mesures en tête quand il avait fait repousser la maison au plus près de la rue du 18-Mars-1962.

Monté sur béquilles, le flanc gauche à l'état de carcasse, l'autre fini et peint, en jaune sous la ligne de flottaison, en bleu au-dessus, sillonné de deux bandes sang-de-bœuf, la poupe touchant presque les fenêtres des chambres, la proue dirigée vers le bois, posé sur une pelouse et parmi des conifères enneigés, lui-même couvert de neige, et la neige était blanche et non pas grise comme la voyait la petite Mme Séjourné, c'était l'insolite et la poésie même.

Un rêve, né d'une irréductible nostalgie.

Quant à l'espérance, c'était difficile à dire.

(Pour seule réponse, d'abord, il m'est venu l'image du point d'interrogation renversé sur le front du vieux Jeanjean.)

Car le bateau de Charles Belletête ne serait passé ni d'un côté ni de l'autre de la maison. Pour lui faire gagner plus haut la route de Lauzières, il aurait fallu scier ses thuyas, raser la haie de troènes qui bordait le jardin de Noëlle Gillet, abattre la clôture grillagée de Christiane Flamant, et ainsi pour les trois pavillons suivants.

Mais il est vrai que tout cela ne saurait constituer, à l'heure dite, que des obstacles contingents à l'apaisement de la nostalgie, à la réalisation du rêve.

Un rêve. Pas une chimère.

Entre le bateau et le bois, vers lequel il était tourné, il n'y avait après tout qu'une frontière cadastrale.

(Le vieux Jeanjean avait maintenant fini de traverser la cour, dans un sens ou dans l'autre, peu importe : sa boucle s'était défaite.)

Au-delà du bois, au loin, il y avait la mer. Et Charles Belletête, en orientant son bateau légèrement de biais dans son jardin, avait bien mis cap sur la mer.

Line

Parfois je croisais la première Mme Simenon qui sortait de sa maison, non loin de chez les Séjourné, au volant de sa 203 cabriolet gris métallisé d'un autre âge. Mais c'étaient tout le Vieux Nieul et les cités alentour, et même le château, c'était Lauzières et ainsi jusqu'aux villages des boucholeurs au nord et jusqu'à La Rochelle au sud qui semblaient vraiment d'un autre âge, et regarder, depuis un futur anticipé de quelque trente années, depuis un univers, lui, de fiction, de spéculation pure, l'étincelante 203 cabriolet intérieur cuir longer lentement le haut mur du parc du château du vieux M. Delmas, d'une famille d'armateurs, et disparaître dans la lumière avec, à son bord, l'immuable première Mme Simenon, les mains tavelées agrippées au volant de bakélite, et qui, sans le savoir, m'avait fait un instant douter de ma propre réalité.

Ou bien c'était Éléonore Pinsard, encore appelée la Soubirous, qui faisait du porte-à-porte avec sa sacoche pleine d'exemplaires du *Pèlerin*, marchant à petits pas en tripotant son sonotone, car elle ne savait jamais bien s'il était ou non branché, si les sons qu'elle percevait provenaient du monde extérieur ou de son monde intérieur, bruits de moteur, piaillements d'oiseaux, cris d'enfants à l'heure de la récréation à l'école primaire, ne fût-ce que Bonjour, Éléonore. On disait qu'elle avait voulu se faire bonne sœur, mais que les bonnes sœurs n'avaient pas voulu d'elle, trop sourde pour entendre la parole du Seigneur.

Elle cumulait donc les emplois de bonne du curé, au petit presbytère qui jouxtait la maison des Lesage, de vendeuse de *Pèlerin*, de bedeau à l'église et de sainte en prière à toutes les veillées funèbres. Même quand elle n'y était pas invitée. Même quand elle n'avait pas été prévenue. Elle semblait avoir pour cela un sûr instinct de charognarde. C'est à croire que, au tréfonds de sa surdité, il lui avait été donné d'entendre exclusivement se fermer les volets de la maison des morts. À peine le corps avait-il été lavé, revêtu de son ultime habit ou d'un simple linceul et disposé sur le lit les yeux clos, un linge roulé sous le menton, les doigts croisés ou les bras le long du corps, et la porte s'ouvrait, la Soubirous apparaissait sur le seuil et, soudain douée d'une agilité insoupçonnable, elle se précipitait dans la chambre du défunt, plongeait, terminait sa course par une glissade virtuose sur les genoux et s'immobilisait. Ramassée sur elle-même, elle était déjà en prière.

Elle était toute petite.

Le pieux marmonnement semblait émaner d'un tas de chiffons.

Parfois, elle était là, agenouillée aux pieds du mort, alors que le corps était encore souple et tiède, avant même les premiers signes de rigidité cadavérique.

Il lui arrivait de se tromper.

La veille de l'opération de son mari, quand elle était rentrée de l'hôpital, Mme Séjourné avait trouvé Éléonore à sa porte, qui l'attendait devant la maison aux volets clos, Alors que, m'avait dit l'Eulalie qui n'avait pas eu l'idée de protester que son homme était encore en vie, alors que je n'ai pas de religion.

Et il en avait été de même quand Millie et toute sa riche famille de pêcheurs et marchands de poissons étaient partis en vacances en dehors des vacances scolaires. Le coffre était encore ouvert, m'avait raconté Millie stupéfaite et hilare, Éléonore était là.

C'était souvent à cette heure, aussi, que j'avais ma rituelle prise de bec avec le garde champêtre, surnommé

Bullitt parce qu'il descendait la rue de Beauregard sur sa mobylette en se donnant des airs de flic de San Francisco. La scène se déroulait en général devant la pharmacie, où je passais prendre les médicaments pour ceux qui, seuls et trop malades ou ayant des enfants à la maison, ne pouvaient momentanément pas se déplacer, et pour ceux dont je constatais en arrivant chez eux avec le nécessaire – pilules, gélules, produits à injecter – non seulement qu'ils auraient pu se déplacer, mais que ce n'était pas de ce nécessaire qu'ils avaient besoin, ni la douleur dont ils se plaignaient qui les faisait réellement souffrir – dans le dos, derrière le crâne, ou C'est quand j'appuie là, me disaient-ils en se contorsionnant (et je me rappelais ce que répliquait notre père quand l'un de nous, pour ne pas aller à l'école ou pour se faire un peu dorloter, se plaignait qu'en appuyant là, précisément, il avait vraiment très mal. Alors, n'appuie pas, disait mon père).

Je m'arrêtais sans éteindre le moteur juste devant la porte de la pharmacie au lieu de monter me garer sur la petite place en léger surplomb, sur quoi donnaient l'église et le presbytère, l'épicerie-tabac de Lucie Piroëlle, la venelle de la Job, rendez-vous des amoureux, et la fenêtre de la cuisine des Lesage. Soudain, Bullitt me tombait dessus, à croire qu'il m'avait attendue, planqué derrière un des trois tilleuls de la place de l'Église, et qu'il avait profité du moment où j'étais à l'intérieur de la pharmacie pour mettre en marche sa mobylette, remonter un peu la rue de Beauregard en sens interdit et la redescendre façon Bullitt, si bien qu'il faisait hurler ses freins quand je me réinstallais dans ma vieille R8, qui avait appartenu à mon grand-père. Il laissait lui aussi son moteur en route. Je l'entendais prononcer le délit de Sta-tion-ne-ment dan-ge-reux ! puis il déclamait des menaces dont la litanie allait crescendo jusqu'à la suppression de permis et s'achevait toujours en syncope brutale sur un magnanime Ça va pour aujourd'hui, mais la prochaine fois… Il avait alors l'index dressé.

Sans doute était-il inspiré par le lieu : à la place de la réserve de la pharmacie se tenait autrefois la prison de

Nieul, en réalité une unique cellule, ni plus large ni guère plus profonde que l'ancienne minuscule boutique, creusée dans l'épaisseur du mur d'un immeuble de la rue Tronchet, à Paris, où une vieille stoppeuse, cernée par des bas et collants de soie ou de laine, ravaudait à longueur de jour, le nez sur son ouvrage suranné. La prison n'existait plus quand Bullitt avait pris ses fonctions. Il en concevait une amertume profonde.

Mais il lui arrivait aussi de m'arrêter plus tard, ici ou là sur les routes ou dans les rues de Nieul ou de Lauzières, Dites don', hier, j'vous ai vue..., et il se livrait alors à une étude comparée de nos témoignages respectifs, au cas où il se déciderait à verbaliser, où je contesterais ses dires, où il y aurait procès. Dans le brouhaha de nos moteurs, je n'entendais pas distinctement les détails de son histoire, mais je lisais sur son visage la progressive dramatisation qu'il faisait subir au minuscule fait initial, la jubilation vaguement ivre qu'il éprouvait enfin en imaginant, dans un prétoire, les juges en habit de juge poser sur les deux plateaux de la balance, d'un côté son témoignage, pesant de toute sa loyauté d'officier de police municipale, de l'autre ma misérable dénégation de contrevenante, aussi légère qu'une plume de duvet. Arrivé à ce point de son récit, quand il était dans son plus beau rôle, évoluait dans ce décor idéal de tribunal et se voyait au faîte de sa gloire, tandis que valsaient les robes des avocats et que les juges lissaient en l'écoutant leur perruque de Roi-Soleil, Bullitt était véritablement transfiguré, comme un acteur, et c'était d'ailleurs davantage la fatigue de son jeu de *prima donna* que la déception qui se lisait sur son visage quand il devait bien se rendre à l'évidence de la situation, à sa triviale dimension d'anecdote. Il avait encore un air de ravissement quand il prononçait son Bon, ça va pour aujourd'hui... et épongeait son front de la sueur dramatique dont il s'était imprégné.

Si, pendant une semaine, il ne m'avait toujours pas surprise en flagrant délit, Bullitt m'arrêtait quand même. Appuyé au toit de ma R8, et nos deux moteurs faisant un bruit du diable, il parlait de choses et d'autres sur un ton faussement détaché, en réalité, venait s'assurer que nous étions toujours en bons termes, quoique c'était lui qui se disait sans rancune, et je mesurais alors combien Bullitt tenait à moi. Il est vrai que j'étais sa seule délinquante et, dans son *Drame au tribunal* où il avait le premier rôle, à la fois la seule partenaire qui eût un visage réel et son unique spectatrice.

Parfois un étique rémouleur passait dans toutes les rues de Nieul et ameutait le chaland en frottant deux lames de couteau l'une contre l'autre, en un geste d'ogre qui va passer à table. Il ponctuait son chant *Couteaux-ô-ô, Ciseaux-ô-ô!* des tremblements rythmés d'une clochette aigrelette, qui conféraient à sa silhouette déjà chétive, malgré la menace assassine des lames, une touchante fragilité.

Un autre jour, ce pouvait être le marchand de peaux de lapin qui poussait sa chanson *Pôôô... d'la-pin-pô!* Un *si* long, puis *sol-sol-si*, mais je ne sais pas quelle ritournelle lui était revenue à l'esprit, le premier jour où il avait poussé son cri, pour qu'il parte d'un *si* et non du *la* du diapason.

J'arrivais enfin au Val-Hureau.

Le Val-Hureau était la seule cité homogène du village, faite d'une quarantaine de petites maisons en rez-de-chaussée ou à un étage, toutes de même sobre architecture et blanches, avec un toit de tuiles, des jardins clos de murets blancs et de végétation, l'ensemble avait ainsi un faux air méditerranéen. On y accédait par deux entrées, l'une, route de Marsilly, l'autre, route de L'Aubreçay, puis la rue se dédoublait pour encercler les maisons centrales, à peine plus large qu'une voiture. Au milieu : une place minuscule, sableuse, plantée de deux pins maritimes.

Les enfants de la cité vivaient dehors.

Certaines femmes, qui ne travaillaient pas, passaient une partie de leur journée à papoter sur le pas d'une porte ou sur le petit parking, ou l'une devant la maison de l'autre qui était à sa fenêtre, ou la première en plein milieu de la ruelle, l'autre dans son jardin, tenant écartées les branches de la haie, si elle était haute, pour voir son interlocutrice. Quelques-unes de ces pipelettes restaient en robe de chambre, bleue ou rose, et matelassée, jusqu'à une heure avancée de la matinée et, le samedi matin, leur crâne était surmonté d'une théorie savante et disgracieuse de bigoudis.

J'arrivais quand Léon, le facteur maigrelet, faisait sa distribution. C'était avant sa première cure de désintoxication, il était déjà fin saoul, l'ivresse le guidait en zigzags d'une maison à l'autre. Nous échangions quelques mots, notamment sur son état.

Léon, vous êtes encore rond comme une queue de pelle.

S'il en convenait avec un air malheureux, Oui, oui, je sais, il laissait s'ancrer un peu plus profondément que la veille ou l'avant-veille l'idée de tenter une cure. S'il répondait avec agressivité Les coups à boire, ça se refuse pas comme ça, il était inutile d'évoquer la question, mais c'était rare. Léon ne protestait qu'à titre exceptionnel de son innocence. Il se sentait même plutôt coupable, et cela ne manquait certes pas d'aggraver le problème mais finissait toujours par nous faire rire. Léon, si vous buvez la moitié des verres parce que vous avez honte d'avoir bu l'autre moitié… lui avais-je dit un jour, et il m'avait interrompu, hilare, C'est sûr, où je m'en vais comme ça ? Y en a qui noient leur chagrin dans l'vin, et moi qu'ai pas d'chagrin, c'est l'vin que j'noie dans l'vin. C'est pas ordinaire.

Déposés sur le seuil et accrochés à la poignée de la porte, je trouvais des légumes, des fleurs, des friandises, un poulet, des ouvrages au crochet ou brodés, des objets de décoration, marques touchantes de reconnaissance, petits cadeaux toujours anonymes mais dont je gardais l'inventaire soigneusement en mémoire, car j'en retrouvais l'origine au cours de ma tournée, dans les jours ou les semaines suivantes, quand on m'arrêtait pour me demander, Alors, les carottes du jardin, vous les avez trouvées comment ? ou Ma salade, qu'est-ce que vous m'en dites ?

Je rentrais chez moi prendre les appels sur le répondeur. Il m'était impossible, la plupart du temps, de satisfaire aux demandes, ainsi formulées, Le docteur demande que vous passiez ce matin sans faute, bip. Allô ? Allô ? Vous m'entendez ? bip. En fait, j'appelle, mais je sais pas si vous vous occupez aussi des animaux. Mais, comme vous êtes venue pour ma fille, j'ai pensé que, peut-être, vous le faisiez aussi aux animaux, enfin, là, c'est mon chat qui a besoin d'une piqûre, de… Regarde donc, c'est une piqûre de quoi pour Minette ? bip. Ou Cette fois-ci c'est ma mère qu'est pas bien, si vous pouviez venir c'tantôt, merci, bip. Allô ? Allô ? Mais c'est une machine ou quoi ? bip.

Ils rappelleraient.

Avant de repartir, je m'accordais une demi-heure ou une heure de pause. Parenthèse dans laquelle n'entraient ni les plaintes ni les gémissements, ni la maladie ni la mort ou son spectre, ni la simulation de la maladie ou le refuge dans la maladie, ni la crainte de la mort, ni les plaies ni les déjections des corps, ni la souffrance ni la peur.

Ni les descriptions sans fin, d'une précision suspecte, assorties de données historiques, génétiques et conjoncturelles que faisaient de leurs symptômes les incomptables tire-au-flanc qui se mettaient à l'assurance (maladie), disaient-ils, pour tapisser une chambre, isoler le grenier, commencer leur muret. Sur cent malades, tu en as quatre-vingt-dix en excellente santé, me disait le bon docteur Rivière avec une résignation comique. Et ça ne facilite pas le travail, ajoutait-il, cette question se posant toujours Et s'ils avaient quelque chose ?

La maison donnait sur la petite place.

Après l'école et les jours de congé, la place servait de terrain de foot. Il y avait deux buts. Le premier était délimité par les deux pins maritimes. Le deuxième était ma porte d'entrée.

Un jour, le petit Erwann Taviani a dégagé en corner dans la fenêtre de ma cuisine. Le soir même, j'ai rencontré Line, sa mère.

Ce n'était pas la première fois, bien sûr, que je la voyais, loin de là. Il n'y avait qu'une maison et la rue étroite entre la maison de Line et la mienne. Line est une fille Lesage, une des sœurs de Marie Faure. Elle est la cousine par alliance de Louise Parant, qui venait chaque fin d'après-midi à la maison chouchouter mes filles en mon absence, puis s'occuper des patients pendant la consultation, les installer par exemple dans le salon devant la télévision s'il y avait un match de foot ou de rugby. Line avait souvent quelque message à transmettre à Louise. Elle avait travaillé chez Queval avec Noëlle Gillet, l'unique fille de Louise et Henri Parant qui avaient aussi cinq garçons. Ou bien je croisais Line dans le Val-Hureau à l'heure des devoirs, ou du bain, ou d'un repas : comme moi, elle cherchait ses enfants. Mais On se connaissait sans se connaître, avons-nous dit par la suite, et c'est bien ce soir-là que j'ai rencontré Line, vu de près le visage de Line, regretté à la vue de ce visage qu'Erwann n'ait pas cassé plus tôt un carreau de la fenêtre de ma cuisine.

Pourtant, sans qu'elle le sache, avant cette véritable rencontre, Line faisait partie de ma vie. Si elle n'était pas la première levée, du moins était-elle la première, avec le boulanger et son apprenti, à travailler à Nieul même. Elle commençait à la mairie très tôt le matin. Quand j'avais été arrachée au sommeil par un appel urgent et qu'elle était déjà à son poste, je passais devant la mairie pour rentrer à la maison, même si cela me faisait faire un détour. Sa seule présence, surtout s'il faisait encore nuit, m'était un réconfort. Il me semblait qu'elle veillait sur nous tous. Elle m'insufflait au passage un peu de la force que je lui soupçonnais, car elle travaillait seule, à l'heure où le village n'était pas encore éclairé, au beau milieu d'un parc boisé et obscur, dans la grande mairie elle-même déserte – l'ancien château d'un certain M. Morch, un riche

Danois ou Suédois, on ne s'en souvenait plus bien, quoi qu'il en soit, un homme du Nord, reparti au Nord au début des années cinquante après avoir converti les écuries du château en salles de jeux pour les enfants du village. Puis celles-ci avaient été transformées en salles de classe, enfin toute l'école primaire a été bâtie sur une moitié du parc.

Je partais dans un état de demi-sommeil, parasité plus souvent de cauchemars que de rêves, et c'était toujours pour me plonger dans l'atmosphère elle-même quasi cauchemardesque d'une maison soudainement éveillée par les douleurs d'agonie d'un malade, homme ou femme, jeune ou vieux, la plupart du temps dévoré par le cancer, qui était revenu de l'hôpital mourir chez lui, comme c'était la coutume. Le médecin avait, disions-nous dans notre jargon, ouvert le carnet à souche et, à moi, donné carte blanche. Chacun savait, famille et malade, que ce qui soulageait la souffrance envoyait aussi à la mort.

De nuit, cette vérité est plus angoissante.

Bien des années plus tard, j'ai entendu le docteur Kouchner parler, sur les ondes, de sa propre expérience en matière d'euthanasie, pratiquée en temps de guerre, exclusivement, et que ce temps de guerre justifiait, exclusivement – une expérience, donc, exceptionnelle, et glorieuse (notre docteur était sur le champ de bataille), par conséquent historique. Rien à voir avec la triviale réalité des choix douloureusement faits par les médecins, les familles et, parfois, les patients eux-mêmes, loin des feux de l'Histoire et plus encore de la rampe, dans l'obscure antichambre d'un hôpital, d'une clinique ou d'une maison. Bravo, monsieur le ministre, me suis-je dit. Quel héros nous avons là.

Parfois, il suffisait de parler et d'injecter un placebo, et l'apaisement tout doucement s'installait sur le visage du moribond, le souffle se faisait plus tranquille, le corps tout entier perdait de sa crispation, l'air dans la maison semblait plus léger et respirable. Mais que ces seules paroles, ce simple geste aient pu produire un pareil effet antalgique signifiaient non pas que la douleur avait été feinte, mais bien que l'effroi devant la mort et le dégoût éprouvé à porter celle-ci dans son propre corps sous l'espèce de tumeurs voraces et anarchiques, d'une certaine manière scandaleusement plus vivantes que soi, que l'angoisse et l'horreur de soi engendraient une souffrance physique insupportable.

Aussi, au retour, je passais devant la mairie. Pourtant, la scène à laquelle je venais d'assister, au lieu de m'en sortir, venait s'ajouter au mauvais rêve qui m'avait visité dans mon sommeil (ou qui, peut-être, avait été déclenché par la sonnerie nocturne du téléphone), en épaissir l'atmosphère, si bien que, tant qu'il était hors de ma vue, l'ancien château de cet homme du Nord, ce mystérieux M. Morch, me semblait lui aussi être de nature onirique. Je me représentais les ténèbres du parc, avec ses arbres centenaires dont la cime disparaissait souvent dans les brumes maritimes, et ce n'était pas pour me rassurer, même si je riais de moi dans ces moments-là, sachant bien de quels ingrédients s'alimentait mon inquiétude – un mélange détonant d'histoires de fantôme et de littérature shakespearienne, un royaume du Nord, Hamlet, une tête de mort. Mais l'inquiétude était réelle, légèrement panique, assortie d'un sentiment de solitude – qui était peut-être, par contagion ou empathie, un peu de celle de l'agonisant au seuil de sa mort. Et je craignais pour Line. À mesure que je m'approchais de la mairie, je l'imaginais en danger, seule, elle aussi, parmi les ombres du château.

Mais quand j'y arrivais enfin, toute cette peur et la vague aura de cauchemar dans laquelle je me débattais se dissipaient aussi sûrement que se dissiperaient les brouillards, tout à l'heure, avec le jour, d'autant que Line ne m'avait pas semblé du genre à se laisser enquiquiner par des fantômes. Quelques fenêtres éclairées, elle était là. Aussitôt, sa présence en ces lieux déserts me rassurait. Et c'est même à elle, curieusement, que j'associais la bienveillante odeur de pain chaud que, là-haut, à l'autre extrémité de la rue de Beauregard, en face de la maison des Lesage, les parents de Line, et de la petite boutique de journaux de sa tante Nana, exhalait déjà la boulangerie. Je l'avais enfermée dans ma voiture en passant, mais je ne la respirais vraiment qu'en ralentissant devant la mairie.

Line œuvrant avant l'aube dans cette grande bâtisse déserte, quoique invisible, m'apparaissait comme l'antidote du fauteuil recouvert de drap blanc, qui se détachait sur le vide et l'obscurité de la pièce attenante à la cuisine, chez les Séjourné.

Je n'aurais pu imaginer contraste plus saisissant entre l'aspect sous lequel je connaissais Line sans la connaître, et les deux seules images qui, signifiant sa présence, suffisaient à me faire émerger de mon cauchemar.

D'un côté, une femme toujours occupée, silhouette ferme et verbe haut, que je n'avais entendue tenir, à ses deux enfants sur la petite place ou à Louise Parant, sur le pas de sa porte ou chez moi, dans l'entrée, que des propos circonstanciés, utiles, ayant trait à des faits tangibles. Je la voyais à vélo, entre la maison de ses parents et la sienne. Je l'apercevais affairée dans son jardin, le plus grand du Val-Hureau – les Taviani avaient acheté le terrain mitoyen au « lot » qui leur avait été initialement dévolu –, ou dans la grande dépendance construite en contrebas. Je la devinais pareillement affairée chez elle, des polochons et des draps soudain débordant des fenêtres, ou bien c'étaient le bruit de l'aspirateur ou une odeur de ragoût qui signalaient qu'elle était en pleine activité. Puis elle était dans sa voiture et partait à son potager, plus haut, sur la route de Marsilly, ou faire des courses au supermarché où travaillait sa jeune sœur Josette. Plus tard, je la retrouvais en train de déverser une partie des achats chez ses parents, plus bas chez son autre tante, Léna, ou chez sa belle-mère, ou à Lauzières chez Marie Faure si celle-ci n'avait pas pu quitter la cabane aux huîtres. Je la croisais sur la route de La Rochelle, où elle accompagnait quelqu'un, d'où elle ramenait quelqu'un d'autre, toujours à rendre service. On entrait chez elle comme dans un moulin, frères et sœurs, neveux et nièces, cousins et cousines, amis. Elle évitait comme la peste les pipelettes oiseuses du coin, ce qui avait confirmé l'impression de sympathie immédiate que m'avaient faite son visage ouvert, son côté grande gueule active et altruiste, bavarde et paradoxalement dépourvue de toute indiscrétion, de toute curiosité, et le fait que, manifestement, elle n'avait pas de temps à perdre.

De l'autre côté, pour la Line bienfaisante de la nuit, deux images fixes: un vélo, le sien, dont je ne devinais que la carcasse chromée tel qu'il était, noir, dans la nuit noire, appuyé contre le mur du parc, juste à l'entrée de la toute petite porte creusée dans la pierre, comme une gueule béante sur l'avenue du Parc, et, au-dessus, les fenêtres éclairées de la mairie, dans le cadre desquelles je ne cherchais même pas à voir se découper sa silhouette.

Simplement les parties chromées d'une bicyclette et des rectangles de lumière. Au fond, ces images étaient aussi immuables et récurrentes que celles d'un rêve, mais elles s'inscrivaient dans une sorte de vestibule de la conscience, un lieu de passage entre le cauchemar et le bon rêve, entre une atmosphère encore onirique et la réalité.

Le plus étrange était qu'elles me revenaient à l'esprit lorsque je voyais la Line que je connaissais sans la connaître, la femme réelle, solidement plantée, ancrée dans la vie pratique et pleine de bagout, comme une part secrète d'elle-même qu'elle aurait à son insu dévoilée, alors que l'inverse ne se produisait pas, son vélo, dans la nuit, et les fenêtres illuminées ne m'évoquant jamais le moindre des innombrables aspects sous lesquels, dans la journée, Line m'était effectivement apparue.

Des petits yeux fendus pétillants d'intelligence et rapprochés du nez, fin et court, des traits délicats, mais comme ramassés à la hâte après avoir été dessinés, tous logés dans un triangle minimal et protégés au sein d'un visage rond et plein, traversé de mille expressions tandis qu'elle parlait ou écoutait. Il pouvait venir des rougeurs de jeune fille aux joues de Line, dont j'ai découvert la timidité après cette affaire de corner, et d'imperceptibles tremblements dans sa voix, quelque sanglot mal refoulé quand elle tentait de maîtriser une émotion. Un rien l'ébranlait, en réalité, quoique la force que je lui soupçonnais et à laquelle je puisais en passant aux dernières heures de la nuit devant l'ancien château de Morch était bien réelle, et que c'étaient le goût de la solitude, le goût de la liberté qui lui avaient fait quitter son travail à l'usine pour celui-ci, pourtant moins rémunéré, Je n'ai personne sur le dos, m'a-t-elle dit plus tard, je m'organise comme je veux et on me fiche une paix royale.

Tu comprends ?

Oui.

Mais, de quelque humeur ou pensée, sombre ou joyeuse, colérique ou confuse que fût animée la figure de Line, elle semblait toujours s'inscrire sur une trame de loyauté absolue, et l'impression dominante était que ce visage baignait dans une immuable atmosphère d'authenticité et de franchise.

Décidément, Line était entrée dans ma vie sous le signe de la clarté.

Je n'ai pas rompu avec mon rituel petit détour, avant l'aube, par l'ancien château de Morch où Line œuvrait, seule, parce qu'elle l'avait voulu, et libre. Dans les tout premiers temps après que j'ai connu Line, le réconfort ne me venait plus de la seule vision des fenêtres illuminées de la mairie et des brefs éclats chromés de la bicyclette dans l'obscurité, mais, à l'inverse de ce qui se produisait auparavant, plus sûrement de la clarté du visage de Line que ces deux images m'évoquaient désormais. Bientôt, j'ai fait le détour par la mairie simplement pour la saluer, au cas où elle entendrait le bruit de la voiture. Sinon, j'attendais le jour, ou le lendemain, ou le surlendemain, le moment importait peu, pour lui dire que j'étais passée la «voir». Je n'avais plus besoin des fenêtres et du vélo pour imaginer, dans les moments de panique, une présence solidaire à mes côtés.

Line existait bel et bien, et à toute heure désormais, avec des oreilles pour m'entendre, ses petits yeux attentifs et malins franchement plantés dans les miens, une grande sensibilité pour comprendre, s'émouvoir avec moi, une bouche pour commenter, donner son avis, me faire part de ses intuitions, me conseiller, me dispenser de sages conseils, m'engueuler à l'occasion, ramener mes angoisses, mes exaspérations ou mes jugements à l'emporte-pièce à de justes proportions, N'exagère pas, me répétait-elle. N'exagère pas. Elle riait beaucoup, et volontiers. Ses yeux étaient alors réduits à deux fentes minuscules d'où coulaient les larmes, sans retenue, et elle émettait de curieux gloussements suraigus.

Avec Line, le temps du silence était révolu. Du moins l'hôpital avait-il été une enceinte et quasi un monde en soi. Une fois que je lui avais tourné le dos, il ne m'était pas difficile de me taire sur l'existence que j'y menais, puisque je ne la vivais pas seule. En me taisant sur mes tournées, en refusant de satisfaire la curiosité de celles et ceux qui m'avaient vue entrer chez les Séjourné, ou prendre la route de la mer, avec son unique maison, le manoir de Mme de Bizères, ou Tiens don' ! C'est pas qu'Éphraïm Bonneau serait d'nouveau pas bien ? j'éprouvais un sentiment étrange, parce que ce monde où j'officiais seule, lui, n'était pas clos, il n'était pas séparé comme l'hôpital du monde extérieur, il se confondait avec lui. C'était sur toute mon existence que je commençais à cette période de ma vie à me taire, et sans doute me serais-je enfoncée sans retour dans le silence si, très peu de temps après l'avoir connue, je n'avais pu me confier à Line.

Raconter.

Et sans plus me retenir moi-même qu'elle ne retenait ses larmes et ses petits cris quand elle avait un fou rire. Je savais que ses N'exagère pas freineraient mes débordements. Je savais surtout – il avait été inutile d'aborder la question, la seule clarté honnête de ce visage m'en assurait – qu'en lui racontant quelques épisodes de la tournée je ne me déliais pas du secret professionnel, non, je l'étendais à elle à qui j'étais liée. Elle garderait ce secret, qui resserrait nos liens.

Maintenant que Line était là, réelle, amicale, un jour confidente de tragédie, un autre jour confidente de comédie, toujours indispensable, si, en passant devant le château de Morch, je me rappelais l'état de panique semi-vigile dans lequel me mettaient les appels de nuit, surtout auprès d'agonisants, je me demandais comment la vision des fenêtres éclairées et des parties chromées de la bicyclette avait suffi, à elle seule et comme par enchantement, à dissoudre le cauchemar.

Barthélémy

Par la suite, toute l'ordonnance de ma tournée matinale a été bouleversée. La grande coupure de dix heures, comme je l'appelais, était désormais plus brève, bien qu'elle se déroulât de la même manière, porte fermée, téléphone débranché, en quelque sorte je n'étais plus là, d'aucun monde, j'écoutais de la musique, ou, en musique, je lisais, ou, dans le silence, je tapais à la machine ce que j'avais griffonné la veille et le matin même sur le petit cahier qui me suivait partout dans mes tournées et dont, seule avec moi, Line connaissait maintenant l'existence et l'usage.

Tu comprends ?
Oui.

Le temps de cette pause était maintenant scindé, l'autre partie pouvait avoir lieu à n'importe quelle heure, chez les parents de Line ou chez elle, un jour trois minutes ici dans la matinée, trois minutes là dans l'après-midi, un autre jour ni dans une maison ni dans l'autre parce que le temps avait manqué. Le plus souvent, et de préférence, je m'arrêtais longuement vers huit heures et demie chez les Lesage.

Je me garais place de l'Église. Malheureusement Bullitt était encore devant l'école primaire et ne pouvait le constater. La Reine Mère trônait dos au buffet, superbe, à la fois rayonnante de santé et magnifiquement fourbue, ses pieds ulcéreux trempant parfois dans une bassine, exhalant une odeur de bétadine. Papa Louis finissait de se raser, debout devant l'évier de la cuisine. Les premières fois, il m'avait silencieusement considérée, jaugée, soupesée, avec un air de dire À moi, on ne la fait pas. Quand j'entrais désormais, il me saluait d'un Bonjour, ma fille. J'étais la bienvenue. C'était sobre. Touchant. Puis il s'asseyait en bout de table, devant l'unique fenêtre qui donnait sur la place, ouvrait le journal, lisait, un œil toutefois sur le gynécée, une oreille attentive à la discussion, dans laquelle il intervenait, brièvement, parce que, nous, les femmes, nous ne nous perdions pas en papotages comme les perruches du Val-Hureau, nous refaisions le monde, et qu'il s'agissait pour Louis de ne pas nous laisser nous y prendre n'importe comment. Il avait aussi peu que possible l'allure d'un patriarche. Il en imposait pourtant. C'était un sage, laconique, et d'une redoutable ironie. Il me faisait penser à mon grand-père, il en semblait en même temps le revers : il avait les yeux, la peau, l'humeur aussi clairs que mon grand-père était sombre, mat et mélancolique.

Line était là, déjà attablée. Marie Faure revenait de l'école où elle avait conduit ses fils et s'arrêtait chez ses parents avant de repartir à la cabane. Avec Marie entrait cette odeur singulière, comme disposée en éventail, d'huîtres, de vase, d'algues et de mer que j'avais respirée d'abord sur Éphraïm Bonneau. Les jours de chômage technique à l'usine Queval, il y avait aussi la belle Danièle et, quand la petite Josette travaillait l'après-midi au supermarché, elle passait le matin, elle aussi. Les quatre sœurs Lesage étaient ainsi réunies.

Celui des quatre frères qui vivait encore dans la maison était déjà à son poste, à La Pallice, les deux autres passaient à l'occasion, plus ou moins régulièrement. Du quatrième, l'aîné, il restait une photo, dans le dos de la Reine Mère. Il était mort en Algérie.

Louise Parant arrivait à peu près en même temps que moi, pétulante, avec toujours mille anecdotes en bouche. C'était l'unique bru de Léna Braud, une des deux sœurs de la Reine Mère, qui ne quittait guère sa petite maison, un peu plus bas dans la rue de Beauregard.

De là où je me tenais, à côté de Papa Louis, les quelques fois où elle se joignait à la compagnie, je voyais venir l'autre sœur de la Reine Mère, qui tenait encore à cette époque un petit commerce de journaux, à l'autre extrémité de la maison, au-dessus duquel elle avait sa chambre. La tante Nana. Elle traversait la grande salle en se dandinant et en traînant les pieds, elle avait une tête et une allure de menine, elle louchait, Mais de quel œil, va savoir, m'a dit Louis sans sourire.

J'avais soigné Léna et Nana avant de rencontrer les Lesage. Quand le docteur Laurent prescrivait des soins infirmiers à la Reine Mère, ce qu'elle n'acceptait qu'après avoir pesté, protesté, envoyé le médecin à tous les diables et fait l'inventaire exhaustif des nombreuses activités auxquelles elle se livrait chez elle dans la journée et à l'extérieur, au club, autant de preuves qu'elle pétait le feu, c'était Jean-Paul, l'infirmier de Lagord, qui venait, un grand Breton sympathique, increvable, riche d'une longue expérience de trente-cinq ans dans la région, et qui ne rêvait plus, à l'époque, que de prendre sa retraite, de rentrer chez lui, en Bretagne, et d'y faire du bateau à l'envi. Un marin, lui aussi, nostalgique du large, mais, à la différence d'Éphraïm Bonneau ou de Charles Belletête, il naviguait pour le plaisir, pendant ses loisirs, la mer ne lui avait pas dispensé sa nourriture, ni n'avait été tout à la fois son lieu, sa compagne de travail et son possible linceul, ce n'étaient ni la vieillesse, ni la maladie, ni la faillite qui l'en avaient séparé.

Puis Jean-Paul n'est plus venu que quand il me remplaçait, pendant mes vacances. C'est moi qui ai vite soigné la Reine Mère, essuyé ses accès drolatiques de mauvaise humeur, ses Pff ! Comme si j'avais besoin de ça ! quand je sortais les seringues, les produits, les instruments ou les bandes de gaze pour entourer ses jambes meurtries. En retour, la Reine Mère a dû supporter mes moqueries, mon scepticisme et mon insolence quand elle s'était toquée d'homéopathie et que je devais lui casser une dizaine de toutes petites ampoules, De poudre de perlimpinpin, lui disais-je. Elle répondait avec son entêtement légendaire et sa logique irréfutable que, du moins, ça ne pouvait pas lui faire de mal. Je lui opposais qu'elle pouvait s'entailler les lèvres, la langue et le palais avec de minuscules bris de verre, parce que le contenant était d'aussi mauvaise qualité que le contenu était sûrement inefficace, elle rétorquait T'as qu'à me casser ça correctement, ou Regarde ce que tu fais au lieu de causer à tort et à travers, et nous jouions à nous disputer jusqu'au rire, en nous traitant mutuellement de tête de pioche.

Les Lesage sont les seuls dont je me suis occupée en raison de l'affection qui me liait à eux. Avec tous les autres, un lien s'est parfois établi, à la longue, parce que je venais régulièrement les voir, mais c'était un lien plus lâche, de toute façon différent, qui n'a jamais été un substitut de lien filial ou fraternel et n'avait de solidité, paradoxalement, que parce qu'il n'était pas réciproque, que les uns parlaient, demandaient et ne savaient rien de l'autre qui aurait pu être n'importe quel autre et écoutait, se taisait sauf pour dispenser des paroles de réconfort ou des explications, qui donnait et recueillait, comme un puits sans fond, leurs confidences.

(Ce qui n'excluait pas les marques de reconnaissance. Le moins que je puisse dire est que je n'en ai pas manqué. Comme il arrivait maintenant à Line de me voir ramasser sur le seuil de la maison les présents de mes patients, elle se moquait de moi en prétendant que je vivais de la charité publique. Toi, tu vis sur le commun était sa formule.)

J'étais donc venue soigner Nana, tôt le matin, sa boutique à peine ouverte, sans bien savoir qui se tenait derrière la petite porte qui donnait sur la salle de séjour. Je respirais sur elle, dès sept ou huit heures, une tenace odeur de rhum, que ni le sommeil ni la toilette n'avaient effacée, à moins qu'elle en fût déjà, au petit matin, à sa première dose.

Tu as raison, m'a dit ce jour-là Papa Louis sur un ton docte, en la regardant attentivement s'approcher de nous de sa démarche d'oie, Non seulement elle est con mais, en plus, elle est violette.

Nous avions refait le monde, avec les femmes, beaucoup ri, Papa Louis avait émis un ou deux avis, ponctué nos discours de phrases telles que celle-là, aussi je repartais ragaillardie affronter les sombres prophéties de la petite Mme Séjourné, nouvellement venues avec le printemps imminent, avec toutes les diableries dont le pollen pourrait bien être chargé, ce matin elle n'a pas ouvert les volets et M. Séjourné est trop fatigué pour sortir de son lit et descendre, il ne s'est pas habillé non plus, je refuse de préparer la perfusion sous la lumière parcimonieuse et dans l'air confiné de la cuisine, le placide constat de Louis Lesage, découvrant après cinquante ans de vie commune que sa belle-sœur Nana s'est lentement mais sûrement imbibée de rhum comme un baba et qu'elle en porte les stigmates sur le visage me donne du cœur au ventre, et l'Eulalie m'obéit cette fois, elle aère la cuisine elle-même, et les deux grandes pièces du bas par-dessus le marché, je ne lui demande rien pour la pièce au fauteuil fantomatique. Elle éclaire et aère tout aussi docilement la chambre quand nous y montons, le vieux monsieur n'est pas si fatigué qu'elle l'a dit, cru, intimement désiré, il l'est tout juste assez pour s'en être laissé convaincre, elle a un redoutable pouvoir de persuasion, elle le traînerait par les pieds dans sa tombe si elle le pouvait, et simplement parce qu'elle redoute le moment, inéluctable, où il y sera descendu, par les fossoyeurs.

Même chose pour celui que j'appelais Aldo Maccione. Ce matin, pas de simagrées. La veille, l'avant-veille, les deux jours précédents, et il l'aurait fait jusqu'à la dernière injection, Aldo Maccione m'avait accueillie d'un Ah, c'est vous ! Attendez que je me prépare. Il avait disparu, puis était réapparu vêtu de son seul slip, il s'était planté dans la salle de séjour les pectoraux gonflés à bloc, un sourire hollywoodien aux lèvres, d'une confondante vulgarité, avec un air d'autosatisfaction finalement touchant dans sa naïveté, il devait être à mille lieues de penser qu'affichant une impavidité de bouddha je réprimais non je ne sais quel émoi, comme si je m'étais retenue de m'exclamer chaque fois Ah ! Quel homme !, mais une puissante envie de rire.

N'exagère pas, m'avait dit Line, en larmes, quand je lui avais raconté la scène et mimé le bel Aldo se pavanant, toutes dents dehors, au milieu de sa salle de séjour, N'exagère pas, et j'avais pu de toute bonne foi protester de mon objectivité.

Attendez, je me prépare.
Inutile.

Mais toute l'assurance, la sérénité, le sens du grotesque, vivifiants, que j'avais puisés dans la cuisine des Lesage m'ont abandonnée en arrivant chez Barthélémy Réaux.

Il préférait que je vienne tard dans la matinée parce qu'il avait du mal à se réveiller, il était assommé par des médicaments, est-ce que je comprenais ? Oui. Donc, plutôt tard dans la matinée à cause des médicaments qu'il devait prendre le soir, et il fallait absolument qu'il les prenne tous et pas un de moins, il n'y avait pas à discuter là-dessus, de toute façon, les médicaments c'était pour *autre chose*, je n'avais pas à m'occuper de cette autre chose qu'il avait, etc.

Il avait ainsi parlé longuement au téléphone, sans presque reprendre son souffle ni laisser le moindre espace à la parole de l'interlocuteur, et d'une voix tremblante, presque enfantine, au ton uniformément chagrin, d'une douceur douloureuse, mais dans lequel perçaient de fulgurants accès de nervosité agressive.

C'était une petite maison comme il y en avait beaucoup dans le Vieux Nieul et à Lauzières. Celle qu'habitaient sainte Éléonore, la Soubirous, et son frère Pierre Pinsard, le coiffeur épileptique, et la maison d'Éphraïm étaient faites sur le même modèle: une salle au rez-de-chaussée, dans laquelle on entrait directement, à la fois cuisine, salle de séjour et salle de bains, et d'où partait un escalier de meunier pour accéder à l'étage dans une unique grande chambre ou dans deux petites. Elle était située dans la partie de la rue de l'Océan qui part de la rue de Beauregard au niveau de la place de l'Église, court à l'intérieur du village avant de déboucher dans l'avenue du Parc et de la prolonger jusque chez les Séjourné, puis d'être prolongée à son tour par la route de la mer.

Pas d'œil-de-bœuf chez Barthélémy Réaux. Une fenêtre et une porte pleine donnaient sur la rue, une lucarne et une porte vitrée, sur un petit jardin.

Sous la lucarne, un aquarium.

C'était un gros homme mou et lent aux yeux globuleux et limpides. Tous les matins vers onze heures, dans les odeurs du repas qui mijotait déjà sur la cuisinière à bois, il me parlait de cette *autre chose* dont je n'avais pas à m'occuper et qui lui valait la visite d'un *autre* infirmier, Un spécialiste, et toujours sur le même ton de souffrance indicible ponctué de brefs éclats de violence. C'était une logorrhée laborieuse, irrépressible, dont les phrases se suspendaient, puis qui repartait, et qui évoquait davantage l'introduction sans fil et sans fin à un discours que le discours lui-même, et celui-ci, un fleuve dont il eût été impossible de décider laquelle des multiples sources probables était la sienne, car de l'eau avait jailli qui soudain disparaissait, réapparaissait ici et empruntait un nouveau cours souterrain, je pensais au Danube en entendant Barthélémy Réaux, mais du moins le fleuve existait-il, avait-il un nom, était-il naturellement indifférent aux questions que se posaient encore les géographes sur sa véritable origine, alors que Barthélémy non seulement ne cessait pas de parler pour ne rien dire, mais en éprouvait un désarroi aussi profond et sans doute une douleur aussi grande que s'il s'agissait d'une suppuration de tout son être, indépendante de sa volonté, plus que d'une manière, timide ou méfiante en face d'un interlocuteur inconnu, de tourner autour du pot.

Je pensais au Danube.

Je pensais à Peter Loore. Barthélémy éveillait deux sentiments opposés, l'inquiétude et la commisération – l'envie de fuir et celle de le prendre dans ses bras en chantonnant Pauvre Barthélémy, Pauvre Barthélémy.

Je sentais à l'étage, très probablement en haut de l'escalier, la présence de Mme Réaux, retenant son souffle et tendant l'oreille, je la sentais en expectative, sans bien savoir ce qu'elle attendait, qu'il lui donne la permission de descendre – peut-être le lui avait-il interdit lors d'un de ses brusques accès d'autorité – ou qu'il se produise quelque chose qui en ferait office.

J'attendais, moi aussi.

Ce matin, le froid est revenu, la sève semble s'être de nouveau figée, l'Eulalie est moins imaginative et la lumière baigne la cuisine. M. Séjourné est habillé et attablé, d'humeur rieuse. Il se rappelle qu'une des premières réformes de ce Giscard-pardon-d'Estaing a été de ralentir le tempo de la *Marseillaise*, il la chantonne en battant mollement la mesure, sa langue amputée déforme drôlement les paroles, l'Eulalie hausse les épaules, rien de tel qu'une plaisanterie pour la mettre de mauvais poil, à quoi sert que le printemps hésite si la vie, porteuse de mort, triomphe à l'intérieur de sa propre maison, À ce train-là, marmonne le vieil homme, nos troupes arriveront au front après l'armistice.

Barthélémy m'a soudain annoncé Je suis en traitement ambulatoire, je lui ai répondu que c'était mieux pour lui et la preuve, surtout, qu'on lui faisait confiance, il a souri. Il a ajouté Je vois que vous vous intéressez à mon aquarium, parce que, la veille, j'y avais vu un nouveau poisson, lui avais dit Vous avez un nouveau poisson, en songeant qu'avec cette réflexion je ne valais pas mieux que la tante Marie-Louise avec ses Qu'est-ce qu'il y a comme chemises devant la vitrine d'un chemisier ou que Chérie Beltête avec ses Il est comme ça, C'est comme ça, et je pensais aussi au Danube et à Peter Loore, à la femme, là-haut, qui attendait, comme moi, sinon la même chose que moi, mais il n'avait pas réagi.

Barthélémy m'a répondu avec un jour de retard Oui, je l'ai ach'... Puis il a répété Traitement ambulatoire, il m'a rappelé qu'un infirmier passait dans la soirée, que c'était pour lui distribuer son traitement ambulatoire, prescrit par le docteur de là-bas, il n'a pas prononcé le nom de Lafont parce que ce nom désigne le lieu de l'hôpital psychiatrique, j'ai opiné du chef, il a ouvert le tiroir, en a sorti une boîte à trois compartiments, deux vides, un plein, il a posé son index sur le premier compartiment, C'est pour le soir, le deuxième, Pour le matin, je les ai déjà pris, le troisième, Ça, c'est pour tout à l'heure, il s'est de nouveau perdu en circonlocutions, et j'ai alors compris deux choses, la première est que le mot ambulatoire désignait pour lui la nature de son traitement – comme d'autres ont besoin d'un traitement antibiotique, ou antimitotique, Barthélémy avait besoin, lui, d'un traitement ambulatoire –, la seconde est que le docteur de là-bas avait prescrit une injection quotidienne d'un produit qui ne pouvait pas lui faire du mal, aurait dit la Reine Mère, pour que, sous ce prétexte, quelqu'un passe voir Barthélémy également en fin de matinée.

Puis il m'a fait signe de m'approcher de l'aquarium, d'un geste ralenti mais avec une crispation violemment autoritaire de la mâchoire, c'était un ordre plus qu'une invitation, j'ai approché mon visage de la vitre, Barthélémy m'a montré sa dernière acquisition, C'est un poisson-lapin, j'ai dit qu'il était beau avec ses stries alors qu'il n'y a rien qui m'intéresse moins et rien que je trouve moins esthétique que des poissons. Quand j'ai relevé la tête, j'ai pensé qu'ils avaient les mêmes yeux globuleux, Peter Loore, Barthélémy Réaux et ce poisson-lapin, puis cette impression a passé quand le gros homme lent m'a donné le nom savant de la bestiole. Je l'ai aussitôt oublié, mais pas le regard qu'il m'a adressé, exactement celui d'un enfant qui vient d'annoncer un vingt sur vingt et attend un compliment à la mesure de sa note, ni le sourire après que je lui ai dit Bravo, je ne sais pas comment vous faites pour retenir ces noms savants, avec une moue admirative, ni sa fierté quand il a ajouté Surtout que c'est du latin, il a parlé de l'autre poisson, un silure, a prononcé son nom savant, le silure était particulièrement répugnant, transparent, son anatomie visible, mais peu importe sa source, me suis-je dit, si le fleuve a commencé de couler et qu'un nom lui a été donné, et, plus tard, je me suis rappelée qu'on était au quatrième jour de la partie inavouée du traitement ambulatoire et qu'il ne manquait plus qu'une cage à oiseaux chez Barthélémy, car c'est au quatrième jour que les oiseaux ont été créés simultanément, que Dieu dit dans la Genèse *Que les eaux grouillent de bestioles vivantes* [...] et qu'Il crée *les grands monstres marins, tous les êtres vivants et remuants selon les espèces dont grouillèrent les eaux* [...].

À l'étage, Mme Réaux a bougé.

Puis il y a eu un couple de poissons et une plante aquatique. Barthélémy les a tous deux fois nommés : une première fois jordanelles et sagittaire chinoise, une seconde fois en latin, Mme Réaux vaquait à ses occupations, elle avait délaissé son poste de guet en haut de l'escalier.

La deuxième semaine, Barthélémy m'a annoncé que lui-même était atteint de schizophrénie paranoïde, avec le même regard expectatif que lorsqu'il avait prononcé le nom savant de ses poissons, et c'est ainsi que j'ai entendu le diagnostic, comme le nom savant de Barthélémy Réaux, ni plus ni moins que son autre nom pour désigner l'autre chose, *schizophrenia paranoïdans*. J'ai eu la même moue admirative que pour les poissons et la plante, lui ai répété qu'ils avaient vraiment confiance en lui, et il a eu le même sourire que si je l'avais ouvertement félicité.

Mme Réaux allait et venait dans la ou les chambres du haut, le lendemain, elle était dans la pièce, le ventre collé à la cuisinière et remuait un ragoût de pommes de terre dans la marmite. Éphraïm aurait dit qu'elle tenait dans la moitié de son corps, en se partageant verticalement en deux, Et pas plus haute que ça, en mettant la main à plat à hauteur de sa poitrine, elle a tourné la tête vers moi et m'a souri.

Un sourire d'une grande simplicité, il est vrai que, d'une certaine manière, nous nous connaissions déjà depuis une bonne semaine, sans parler de toutes les fois où nous nous étions croisées dans le village. Son regard était triste, il est probable qu'on lui avait précisément expliqué ce que signifiait l'autre nom de son mari, comme l'autre chose dont il souffrait – pauvre Barthélémy, pauvre Barthélémy, la berceuse se confondait dans mon esprit avec les cris du rémouleur et du marchand de peaux de lapin –, elle a eu un très discret geste fataliste, paumes vers le plafond, mais sa présence dans la pièce détendait et attendrissait l'atmosphère.

Barthélémy n'avait pas d'âge mais elle était encore jeune, la quarantaine, le docteur Rivière l'avait mise en arrêt de travail pour quinze jours, pendant lesquels elle pouvait rester auprès de son mari, se promener un peu avec lui, lui faire faire un peu d'exercice, mais après ?

Après, il a été seul une partie de la journée, assoupi ou endormi à l'étage ou installé devant son aquarium, se perdant dans la contemplation, prescrite, des poissons qui allaient et venaient, des sagittaires chinoises qui se balançaient, des bulles qui montaient à la surface de l'eau. Il n'a plus répondu quand je frappais à la porte, d'ailleurs je ne devais plus toquer, je devais entrer directement, ce ne pouvait être que moi et il m'attendait, tous les jours à la même heure, autant que possible j'essayais d'être d'une ponctualité militaire, si j'étais en avance, je restais dans ma vieille R8 devant sa porte, si j'étais en retard, il m'accueillait par un Rien de grave, j'espère ? ou Pas d'accident ? véritablement inquiet pour moi, ou Un mort, vous avez eu un mort ? les jours où il pensait au pire. Il me posait sa question sans encore se retourner, il était assis, je voyais sa nuque plate et sa tête ronde dans le cadre de l'aquarium, son corps affalé, de plus en plus massif et mou à mesure que le temps passait et qu'il restait là à dormir ou à dodailler, disait Line, à regarder son aquarium, tranquille, Mme Réaux ne s'inquiétait plus, Barthélémy ne craignait qu'une chose : sortir et se perdre, ne plus reconnaître les rues de son village natal, oublier jusqu'à son nom.

Car tout avait commencé ainsi, il me l'a raconté un matin en sanglotant.

Il m'a raconté qu'avant il était normal et que c'était donc normalement qu'il était parti chercher du poisson chez Millie à La Rochelle.

Le fleuve avait pris une allure impétueuse, son cours était parsemé d'obstacles, îlots, arches de pont, épaves, des tourbillons engloutissaient la parole de Barthélémy comme un bois flotté, puis elle remontait en surface réduite en bouillie, mais j'ai compris qu'il s'était garé place de Verdun comme d'habitude et que c'est là, selon lui, qu'il avait commencé à être quelqu'un d'autre. Au lieu de prendre directement la rue Gargoulleau, tout droit vers le marché de La Rochelle, il avait eu envie de s'arrêter au café de la Paix où il n'était jamais entré en cinquante ans de vie sous le prétexte que le café de la Paix n'était pas pour des gens comme lui, un villageois, un ouvrier, pour prouver aux gens du café de la Paix qu'il avait, lui aussi, le droit de s'installer à une table, de déplier un journal et de siroter un café ou une boisson fraîche, assis un peu de côté, jambes croisées, et pour prouver aux villageois et aux ouvriers que, comme lui, ils en avaient le droit – alors que, du temps où il était normal, il ne s'était préoccupé ni de ses droits, ni des droits de ses compagnons, ni surtout de prouver quoi que ce soit à qui que ce soit –, et il l'avait fait.

C'est-à-dire qu'il s'était assis comme il me l'a mimé. D'abord un peu intimidé, un peu éberlué aussi d'être là, lui, au célèbre café de la Paix. Puis en ne pensant même plus où il était, en regardant passer les gens et les voitures sur la place de Verdun à travers la vitre du café, tranquillement, il n'était pas pressé. Enfin, quand il repensait à l'endroit où il se trouvait, il en éprouvait un plaisir d'autant plus grand qu'il avait projeté de faire la surprise à Mme Réaux, de l'emmener ici prendre une boisson fraîche, sans regarder à la dépense. Et ça durait et ça durait, a dit Barthélémy, et il a eu un bref sourire. Il s'est mouché. Il a répété C'est que je n'étais pas pressé, plusieurs fois, peut-être dix fois – c'était de cette manière que le flot de ses paroles butait sur un obstacle, revenait à la charge, butait de nouveau –, chaque fois la voix plus altérée, l'air plus perplexe, les sourcils plus froncés, le visage plus penché sur la toile cirée qui, l'instant précédent, dissimulait encore une table du café de la Paix, comme si l'alternance systématique fleur bleue-fleur verte-fleur jaune-fleur bleue-fleur... recélait, tel un code, la solution à son problème.

Soudain, autant que sa corpulence et sa mollesse le lui permettaient, il a bondi de sa chaise, il est entré dans un état d'agitation flasque, en se rappelant non seulement que toute cette histoire avait dû démarrer avant, quand il était parti beaucoup plus tôt que d'habitude à La Rochelle, au moins deux heures plus tôt, qu'est-ce qu'il lui avait pris ? mais qu'il ne l'avait pas dit au docteur de là-bas car, quand il avait été hospitalisé, il ne s'était pas souvenu de ce détail, il fallait qu'il les prévienne, il devait leur dire qu'il avait commencé d'être quelqu'un d'autre bien avant, sans doute dans la nuit, il s'est subitement écrié Cette nuit-là, j'ai dormi à côté de moi !

Barthélémy qui avait une nuit, deux mois auparavant, dormi à côté de lui-même était debout, raide, semblant s'être subitement amaigri d'une dizaine de kilos, stupéfait, saisi par l'image de lui à côté de lui-même, et il en a eu le souffle coupé, il s'est tu, enfin. C'était une bonne chose, parce que j'ai pu m'immiscer dans ce silence, le calmer, lui dire Oui, vous étiez à côté de vous comme dans un rêve, ajouter que c'était normal avec cette..., en feignant d'avoir oublié le diagnostic qu'il prononçait comme son autre nom, Je ne suis pas comme vous, moi, vous savez, les mots savants, je n'arrive pas à me les rappeler aussi facilement... Alors, il a eu son petit sourire fiérot, C'est que c'est du latin, a-t-il dit. Et pourtant je ne l'ai pas appris. Il m'a débité les noms de ses poissons, de sa plante aquatique et de son autre lui-même, *schizophrenia*.

J'ai pu le pousser vers la chaise, l'y asseoir et le persuader de poursuivre son récit parce qu'il valait mieux, au cas où d'autres souvenirs lui reviendraient, tout raconter en même temps à l'infirmier spécialiste qui passait lui distribuer son traitement ambulatoire et ferait un rapport au docteur de là-bas.

Barthélémy m'a raconté qu'ensuite il avait voulu faire un tour, qu'il avait pris par la rue du Minage en flânant et s'était retrouvé devant le marché couvert sans le reconnaître. Il n'était pas allé acheter de poisson à Millie, mais l'odeur de marée l'agaçait, l'odeur lui disait quelque chose dont il n'arrivait pas à se souvenir, comme un mot sur le bout de la langue, m'a-t-il dit. Il avait poursuivi son chemin au hasard, il n'avait plus rien reconnu, ni le trajet au terme duquel il s'était retrouvé place de Verdun, ni la place elle-même où il avait vainement cherché sa voiture que, elle aussi, il n'avait sans doute pas reconnue. Il a de nouveau éclaté en sanglots, en expliquant que c'était la mémoire de tout ça qui lui faisait mal, car il se rappelait aujourd'hui qu'il avait emprunté la rue des Merciers, la place de l'Hôtel-de-Ville, la rue du Temple, puis qu'il avait marché sous les arcades des rues du Palais et du

Chaudrier en se demandant s'il allait jamais sortir de ce tunnel, c'était un détour tout à fait inhabituel pour rentrer du marché, mais par des rues qu'il connaissait depuis sa naissance, et il se rappelait à la fois et tout aussi nettement son impression panique d'errer dans des lieux qui n'existaient pas, et la certitude, qui l'avait mené au commissariat de la place de Verdun, que quelqu'un, ou plus exactement une organisation, l'avait kidnappé, lui avait fourré de faux papiers dans la poche, et l'avait largué dans une ville inconnue, est-ce que je comprenais quelque chose?

Mais oui, lui ai-je dit, c'est comme dans un cauchemar, et je l'ai chaudement félicité d'avoir eu le courage de se rappeler non seulement le trajet réel mais les impressions cauchemardesques qui lui étaient associées, Vous voyez bien que votre tête fonctionne: tout ça, le latin, les noms savants…

Il a eu un mince sourire.

Aucun détail nouveau ne lui était revenu en mémoire et il en a été un peu rassuré, son sourire s'est élargi, il s'est mouché, mais il allait mal.

J'imaginais difficilement Barthélémy protester violemment au commissariat de police de la place de Verdun qu'une organisation cherchait à lui nuire, en brandissant ses propres papiers comme preuves qu'on avait bien subtilisé son identité contre celle d'un autre. Je me le représentais plus volontiers vu d'en haut, réduit à un tas, accroupi en plein milieu de la place, recroquevillé par le désespoir, la tête entre les genoux, les mains croisées sur le crâne, pleurant sur la perte de sa voiture, sur la perte de tous ses repères et ni plus ni moins sur la perte de son nom, car, perdu, son nom n'avait ni plus ni moins de valeur que sa Simca ou cet itinéraire qu'il m'avait décrit, aussi précisément que s'il l'avait tracé sur le plan de La Rochelle.

Puis le regard montait et s'éloignait, oiseau, avion ou point de vue de Dieu, et il se réduisait à une tache minuscule parmi les voitures, passants et maisons, puis il était invisible, pauvre Barthélémy, pauvre Barthélémy.

L'état de Barthélémy s'est aggravé avec les beaux jours. Il avait acheté des poissons et des plantes aquatiques en quantité, sans plus regarder à la dépense qu'il ne l'aurait fait s'il avait pu inviter Mme Réaux au café de la Paix, aussi l'aquarium grouillait-il. L'eau était souvent trouble. Quand l'oxygène venait à manquer, les deux barbus Sumatra nageaient la tête en bas, et Barthélémy lui-même en était tout sens dessus dessous. Tantôt il s'identifiait à ses barbus et croyait suffoquer, lui aussi, tantôt il identifiait ses barbus à des êtres humains et il souffrait de devoir assister à leur mort lente par asphyxie. Étouffement ou douleur, il était prostré sur sa chaise, incapable de prendre la moindre initiative, de faire le moindre geste. Il était alors dans la même posture que la petite Mme Séjourné, les bras ballants de chaque côté de la chaise, mais son affalement à lui était un signe de défaite absolue, tandis que l'Eulalie reprenait ainsi des forces. Affalée, elle se préparait au combat.

Ou bien les jordanelles, qu'il m'avait décrits comme des poissons timides, ne supportaient soudain plus le surnombre et passaient à l'attaque, les barbus Sumatra, de trouille, se mettaient à prendre une jolie teinte carmin, Barthélémy pâlissait, s'affolait, ne savait plus quelle cause embrasser, déplorait que le genre humain, disait-il de ses poissons, donne toujours de lui le même spectacle, et le silure de verre allait et venait.

Dans l'eau troublée par l'excitation soudaine de la population, on ne voyait plus de lui que l'arête, les viscères et les yeux. Un matin, Barthélémy me l'a montré, son index sur la paroi de l'aquarium suivant les allées et venues du silure, C'est la mort qui passe et repasse, a-t-il dit, l'air hagard.

Les derniers jours avant qu'il soit de nouveau hospitalisé, je trouvais Mme Réaux en arrivant. Toujours la même, douce, effacée, fataliste. Elle traitait le pauvre Barthélémy avec beaucoup de tendresse et de patience. Il pleurait beaucoup.

Puis il est retourné à Lafont.

Je ne l'ai jamais revu.

Quand je rencontrais Mme Réaux dans le Vieux Nieul, elle me disait que ça allait comme ça pouvait mais que, de toute façon, il n'était plus le même.

Avec le temps, sans doute aussi avec la certitude que Barthélémy resterait à l'hôpital psychiatrique jusqu'à la fin de sa vie, c'est elle qui n'a plus été la même.

Mme Réaux a bientôt semblé dans cet état de vague ébriété, et arboré cet air un peu infatué de personne enfin établie, ou promue à un rang supérieur, tous deux si particuliers aux veuves méritantes.

Mlle Réjeane

Route de la mer, il n'y avait que le manoir de Mme de Bizères. D'ailleurs, route est un bien grand mot pour un chemin sur lequel deux charrettes, autrefois, pouvaient tout juste se croiser et qui avait été goudronné pour permettre l'accès au domaine. Après le portail, la route s'interrompait, une bordure dentelée de goudron chaque année un peu plus rongée par l'érosion marquait la frontière avec ce qu'elle était encore un siècle auparavant: un chemin sablonneux et pierreux qui se perdait ensuite sur la plage, longue plage sauvage ponctuée des constructions étiques des carrelets et, loin au nord, à marée basse, des piquets des bouchots. C'est ainsi qu'à la même époque certaines rues de San Cristobal de Las Casas, à la frontière du Guatemala, s'interrompaient, elles aussi, après les dernières maisons et se prolongeaient par un sentier de terre sang-de-bœuf que la forêt du Chiapas finissait par engloutir.

L'entrée de la propriété était flanquée d'une petite dépendance et de la maison des gardiens. Un peu plus loin, le manoir était une longue bâtisse à un étage, sobre, dont l'austérité était tempérée par des glycines en façade et par une terrasse faite d'une mosaïque de petits pavés sur laquelle étaient posés des pots de terre cuite, en un désordre savant qui respectait en réalité l'alternance des floraisons des lauriers roses, géraniums, azalées, rhododendrons, rosiers, hortensias nains, bégonias retombants, camélias. De mai à octobre, la façade et la terrasse du manoir étaient d'une beauté exubérante, un peu folle.

J'y suis venue la première fois par un jour splendide de novembre. Un homme était sur une échelle et taillait les gourmands d'un pommier. Il est descendu aussitôt mon arrivée, s'est essuyé la main droite sur son pantalon pour serrer vigoureusement la mienne, Bonjour monsieur, ai-je dit, il avait la paume calleuse.

Mademoiselle, a été la réponse, Mademoiselle Réjeane.

Elle a fait suivre de son patronyme ce prénom digne d'une comédienne du Français, en précisant qu'elle était de la famille des porcelaines. Je n'en doutais pas mais je n'avais jamais entendu le nom de cette vaisselle célèbre. Sans doute, deux ans et demi plus tard ai-je accueilli les noms savants des poissons de Barthélémy comme j'avais dû accueillir cette précision, en opinant du chef et par quelque moue d'amateur, mon répertoire de grimaces et de hochements de tête mutiques n'était pas très étendu.

Mlle Réjeane devait bien avoir soixante-dix ans. Plus que les années, c'est l'encombrement musculaire au niveau des épaules qui semblait l'avoir voûtée, et peut-être même l'excès de cette musculation était-il responsable de la forme de ses jambes, torses, à moins qu'elle n'ait fait autrefois assez de cheval pour continuer de donner l'illusion d'en descendre à l'instant, les jambes épousant encore la courbure des flancs de sa monture. Quoi qu'il en soit, elle avait le buste d'une nageuse d'Allemagne de l'Est, une démarche de cow-boy, l'allure générale d'un bûcheron, la voix enfumée d'un pilier de bar, mais la diction distinguée et le vocabulaire choisi, légèrement désuet, d'une jeune fille de grande famille, qui produisaient un effet insolite.

Le contraste était encore plus saisissant lorsqu'elle me faisait pénétrer à l'intérieur du manoir, cette fois avec des manières de majordome, et davantage encore quand elle était en présence de Mme de Bizères dont elle était authentiquement la demoiselle de compagnie. C'est ainsi qu'elle s'était présentée, après m'avoir dit que son nom figurait au dos d'assiettes en porcelaine, de plats, de soupières et même de quelques ouvrages d'art, Je suis la demoiselle de compagnie de Mme de Bizères, sur un ton imperceptiblement mortifié. En moi-même je l'appelais M. Vaisselle ou Mlle Porcelaine, selon qu'elle était plus ou moins hommasse.

Le rez-de-chaussée était fait d'une vaste entrée et, sur la gauche, d'une enfilade de quatre grandes pièces qui s'ouvraient les unes dans les autres et, toutes, par des portes-fenêtres sur la terrasse et par des fenêtres du côté de la mer, sur un jardin protégé des embruns et du vent par une haie vive, haute et épaisse, mais taillée au cordeau, qui avait le même aspect contrasté que Mlle Réjeane, à la fois sauvage et extrêmement policé. La partie droite de la maison était occupée par les communs. La cuisine était immense, comme la table, au centre, autour de laquelle avait dû régulièrement s'asseoir, par le passé, une bonne vingtaine de personnes, domestiques et ouvriers agricoles mêlés ; sur les deux fourneaux anciens étaient encore posées d'énormes marmites et bassines en cuivre, les murs étaient tapissés de casseroles alignées par ordre de taille, d'ustensiles en cuivre et en bois, de couteaux de toutes longueurs et d'un tableau muni de petites sonnettes, une par pièce, j'en ai compté une bonne douzaine. Un grand vaisselier occupait la moitié d'un mur latéral. Au-delà, il devait y avoir une buanderie, une salle de bains, peut-être une chambre, mais je n'y suis jamais allée.

Je ne suis pas non plus montée à l'étage où se trouvaient des chambres – trois générations de la famille de Bizères avaient pu vivre ici, et des visiteurs, simultanément, y passer quelque temps. La plupart des chambres étaient maintenant louées à des étudiants, invisibles dans la journée. Sauf les deux femmes, et parfois le gardien dehors, sa femme à l'intérieur, il n'y avait pas âme qui vive dans le manoir quand j'y venais.

Il n'était pas difficile d'imaginer ce qui s'était passé ici. Avec la réduction nécessaire du train de vie, au fil des ans, une désertion progressive des lieux. Par les ouvriers, d'abord, quand les terres exploitables avaient été vendues, puis, un à un, les domestiques avaient quitté le domaine.

Les parents de Mme ou de M. de Bizères étaient morts, puis M. de Bizères lui-même, les enfants étaient partis, un à un, eux aussi. Maintenant le temps de l'abondance était de toute évidence révolu, plus personne à l'office, et les chambres mises en location, mais ce qui me saisissait lorsque je traversais l'entrée et les trois premières vastes pièces pour rejoindre Mme de Bizères dans le dernier salon où elle s'était installée, c'était une atmosphère presque palpable de profonde solitude.

C'était en revanche un revers de fortune qui avait dû contraindre la rejetonne des porcelaines illustres à accepter un emploi de demoiselle de compagnie, qui lui assurait du moins le gîte et le couvert et les lui assurerait tant que Mme de Bizères serait en vie. Elle prenait toujours un air blessé quand, en ma présence, Mme de Bizères lui donnait un ordre, d'une voix douce mais souvent en me parlant d'elle à la troisième personne, Mlle Réjeane fera ceci, ira chercher cela, sans lui demander directement S'il vous plaît, ni même lui accorder un regard. C'était une chose acquise, une relation sociale établie de longue date, depuis des générations, elle était la maîtresse, la demoiselle était sa servante, certes de haut rang, peut-être avait-elle été la première dans la hiérarchie des domestiques, la gouvernante du temps où le domaine était en vie, elle n'en restait pas moins une employée de maison, quoique d'un genre suranné. Aussi était-ce Mlle Réjeane, et non Mme de Bizères, qui souffrait de devoir cohabiter avec des locataires, non qu'ils fussent bruyants ou indiscrets, mais parce qu'ils faisaient d'elle la gouvernante d'une vulgaire logeuse. Toutes deux me donnaient parfois l'impression d'assister à une scène de théâtre classique, quand il apparaissait que la demoiselle de compagnie jouait ou avait joué aussi le rôle de confidente.

J'étais venue une fois la première année, puis à deux reprises l'année suivante. Désormais, c'était au seuil de chaque saison que j'étais appelée au manoir. Les premiers jours, je trouvais Mme de Bizères au lit, en chemise de nuit, les cheveux d'un blanc bleuté grossièrement rassemblés dans une résille encore un peu argentée, qu'elle avait dû porter dans sa jeunesse les soirs de fête. Le lit était un divan, en réalité. Il n'avait pas sa place dans la pièce, il produisait un effet insolite, posé là, de travers, entre une fenêtre et le piano à queue recouvert d'un drap blanc, comme le fauteuil au milieu de la pièce vide chez les Séjourné. Mais le drap servait ici de protection au piano tant qu'il n'y avait personne pour en jouer, on le retirait quand un pianiste de la famille venait en visite. Il n'en allait pas de même pour le fauteuil des Séjourné, installé au milieu de la pièce en attendant, le linge jeté comme un châle sur le fauteuil en attendant de servir de linceul, la salle plongée dans l'obscurité qui resterait dans l'obscurité, mais vide en attendant d'être meublée du lit du mort, cerné de bougies malgré l'absence de religion, Mme Séjourné, en survivante, veillerait alors le corps, assise dans le fauteuil, voilà à quoi me faisait penser le piano sous son drap en ce printemps 1980, et il m'avait fallu voir le piano d'abord, le fauteuil ensuite, m'imaginer le fauteuil dans la pièce du piano, et inversement, des dizaines et des dizaines de fois, avant d'en arriver à cette conclusion.

Le divan avait probablement été descendu d'une des chambres, par M. Vaisselle et le gardien, le jour où Mme de Bizères avait déclaré qu'elle ne pourrait plus monter à l'étage. On avait dû longuement discuter de l'endroit où le mettre. Tergiverser tant et si bien que, telle que je la connaissais maintenant, la demoiselle de compagnie l'avait sans doute laissé là où elle et le gardien l'avaient posé pour souffler, en décrétant sur le ton soudainement exaspéré qu'elle prenait parfois qu'on l'installerait mieux quand Madame se serait décidée, puisque c'était à Madame de décider. Madame ne s'était pas décidée. Dans ces moments-là, tout lui était indifférent. Le divan était resté dans cette position bizarre, semblant avoir fortuitement échappé des mains de déménageurs.

Mme de Bizères était une délicieuse petite vieille, largement octogénaire, menue et maigrelette, et périodiquement lasse de vivre, ce qu'elle avouait avec simplicité. Elle aussi, comme la Reine Mère, protestait qu'elle n'avait pas besoin de tout cela, disait-elle en désignant globalement tout ce que je mettais dans la seringue, la seringue, ma sacoche et les boîtes de médicaments prescrits par le docteur Rivière, et sa main voletait, légère, presque aussi transparente que le silure de verre de Barthélémy, il me semblait qu'à tout instant la main pouvait rester suspendue tandis que le bras retomberait le long du corps de la vieille dame. Mais c'était pour la raison inverse à celle invoquée par la mère de Line et, bien sûr, sans la truculence ni la pétulance de celle-ci. Ce n'était pas non plus une plainte. Plutôt un simple constat. Établi après examen. Car elle faisait toujours précéder d'un silence le moment où elle déclarait, sur un ton d'excuse, qu'elle n'avait pas faim, non, ni envie de se lever, ni soif si je la priais du moins de boire, comme si elle avait d'abord cherché à percevoir tel petit creux à l'estomac, telle impatience dans les jambes, une sensation de bouche sèche, mais rien, elle ne sentait rien, sinon une intense fatigue.

Mlle Porcelaine se tenait toujours derrière moi, légèrement sur le côté. C'était ainsi qu'elle avait dû surveiller les domestiques autrefois, celle qui faisait l'argenterie, la cuisinière au fourneau, la femme de chambre à l'œuvre, la couturière penchée sur son ouvrage, et, de cette place, servir d'intermédiaire entre ses propres maîtres et ses propres subalternes, transmettre la parole des uns aux autres. Elle était donc là, toute proche de moi, elle me regardait faire sans toutefois me surveiller, et Mme de Bizères et moi nous parlions directement, sans son entremise, Mlle Réjeane prenait son poste par habitude mais n'avait plus de fonction, comme une sentinelle qui serait restée à l'entrée d'un fort longtemps après que les soldats, leur famille et les marchands en furent partis, que l'ennemi eut renoncé à l'attaquer et le sable du désert, commencé d'en éroder l'architecture. Je sentais son souffle, la chaleur de son corps et son énervement qui avait monté en puissance à mesure qu'avait décliné, jusqu'à la langueur, la vieille Mme de Bizères.

Elle bouillait de rage, en réalité, et d'impatience. C'est qu'avant d'appeler le docteur Rivière au chevet de sa vieille maîtresse elle avait dû supporter de voir Mme de Bizères se lever de plus en plus tard, de plus en plus difficilement, puis plus du tout, manger de moins en moins, puis plus du tout, boire de toutes petites gorgées puis prétendre qu'elle ne pouvait plus rien ingérer sans s'étrangler, et ne plus lire, ne plus converser. Mlle Réjeane avait dû tout tenter, la brusquerie et la négociation, pour empêcher que la vieille femme ne dévale la pente du renoncement, et passer un temps fou à cela, enfermée dans le manoir, au lieu d'être dehors où l'appelait l'arrivée du printemps, avec toutes les tâches à effectuer dans le grand jardin, et dont s'acquittait mal le gardien-jardinier. Regardez-moi ça ! Pff ! Ni fait ni à faire, m'avait-elle dit en montrant la haie sur la mer bourgeonner de manière anarchique, les buis partir dans tous les sens, le chiendent envahir les plates-bandes, Mme de Bizères ne lui ayant pas même laissé le loisir de se tenir derrière le gardien, un peu sur le côté, pour surveiller son travail et l'assaillir de conseils et de reproches.

Au fil des jours, les rapports s'étaient ainsi tendus dans le couple désuet qu'elles formaient toutes les deux. Quoique codé à l'extrême, leur lien ne pouvait se réduire à cette schématique relation de maîtresse à servante, il était plus complexe : les deux femmes en étaient arrivées à un âge où les plus jeunes se vengeraient de la domination des aînés désormais plus faibles, en mauvaise santé, incapables de jamais décider et dépendants des puînés. Mme de Bizères était dans ces moments-là entre les mains de sa cadette, et la demoiselle de compagnie devait prendre toutes les initiatives, décrocher le téléphone, répondre au courrier, tenir le cordon de la bourse et servir d'intermédiaire non plus seulement entre sa maîtresse et le couple de gardiens – seul reliquat de l'ancienne domesticité –, mais entre elle et sa famille et ses amis, or c'était une manière d'ingérence dans les affaires personnelles de la famille, de manger à la table des maîtres, tout le système hiérarchique en était bouleversé, et Mlle Réjeane supportait de moins en moins qu'il fût rétabli avec le rétablissement de Mme de Bizères, par un tranquille mais irrévocable N'abusez pas, mademoiselle, si celle-ci se précipitait sur le téléphone ou bien lui apportait le courrier ouvert, comme, la veille encore, elle avait eu le droit, et même le devoir, de le faire.

Quand je trouvais la vieille dame alitée et sans appétit, sans intérêt ni désir, peut-être la demoiselle de compagnie bouillait-elle de rage à la fois parce que tous ses efforts avaient été vains pour donner un certain goût de vivre à son aînée et, paradoxalement, parce qu'elle anticipait le moment où celle-ci, guérie, lui reprendrait des mains les rênes de la maison et de son existence personnelle, Ne vous mêlez donc pas de cela, mademoiselle. Mais elle enrageait aussi de voir cette femme, qui aurait pu être n'importe qui, aller à vau-l'eau, glisser délicieusement vers la mort en s'y abandonnant avec un soulagement, sinon un délice, manifeste, comme elle enrageait, sous sa défroque de M. Vaisselle, si les pucerons, la rouille, le blanc attaquaient ses arbres et ses fleurs, si le verger ne donnait pas, disait-elle, si un arbre avait été foudroyé, arraché par la tempête, et devant toutes les formes de maladies et de catastrophes. Elle était tout le contraire de l'Eulalie, elle aimait la vie sans la craindre, elle aimait la nature, et autant que la nature eût un air civilisé, alors elle retaillait la haie elle-même, guidait les branches des poiriers en espalier, donnait forme géométrique à certains massifs, endiguait l'emballement des glycines, elle ne rechignait pas devant l'effort physique, elle avait de l'appétit, et la bougeotte, elle quittait le manoir sous le moindre prétexte, quart de beurre ou désherbant, et je la croisais ici ou là à bord de sa 2 CV. Si elle me voyait, elle me saluait d'un vigoureux coup de klaxon.

Avec elle, s'il avait osé, Bullitt aurait eu une deuxième délinquante : dans les virages qu'elle prenait à fond de train, elle arrivait à faire des étincelles, la caisse de la 2 CV touchait le bitume. Mais peut-être Bullitt avait-il osé. Une fois. Et jamais plus. Mlle Porcelaine pouvait être redoutable, je l'avais vue à l'œuvre avec le gardien-jardinier. Uniforme de la police municipale ou tablier de bonne, c'était pour elle du pareil au même, il n'y aurait eu qu'une chose à faire avec Bullitt, c'était surveiller, debout derrière lui, un peu sur le côté, la façon dont il dressait un procès-verbal, dans le respect de l'ordre hiérarchique qu'elle aurait institué entre elle, habillée en civil, sa manière d'être galonnée, et lui, en uniforme.

Elle est venue comme chaque fois au-devant de moi. Elle a tenu ouverte la portière de ma vieille R8, façon liftier de grand hôtel. Elle m'a serré la main. J'ai compris que Mme de Bizères, aujourd'hui, était debout. Lorsqu'elle se morfondait au lit, apathique, anorexique et aphasique, l'exaspération de la vieille fille était à son comble et elle avait une telle poigne de forcenée que je craignais, une fois ma main sortie de la sienne, de ne pouvoir désolidariser les uns des autres mes quatre doigts compressés, ni les jointures des doigts, en bouillie.

Ce jour-là, sa poignée de main était humaine.

Je lui ai dit que le jardin, la façade et la terrasse étaient splendides parce que c'était vrai.

Tout ce qui pouvait avoir donné, comme elle le disait, était en fleurs : camélias, rhododendrons, forsythias, corbeilles d'or, tulipes, et les branches des glycines, comme celles des cognassiers du Japon, noires, encore dépourvues de feuilles, étaient ponctuées, ici, de grappes parme, là de petites fleurs rouges. Grappes et fleurs semblaient avoir été délicatement rapportées au pinceau sur les branches nues.

Je l'ai vue sourire. Elle a eu fugitivement un visage d'enfant. Elle s'est enhardie à me dire que, cette terrasse en mosaïque, elle l'avait faite elle-même. Dessinée d'abord, puis patiemment pavée. C'était la première fois qu'elle me parlait de cette manière apaisée et libre, elle n'avait jamais bien su d'où m'adresser la parole. Debout derrière moi, un peu sur le côté, elle se taisait. Elle m'accueillait et me raccompagnait avec des égards subalternes. Elle me rappelait à la moindre occasion que le docteur Rivière avait dit ceci et conseillé cela, sous-entendant que je n'avais qu'à obtempérer, mais même d'établir ce rapport hiérarchique entre le docteur Rivière et moi ne la mettait pas longtemps en terrain connu, car le problème restait entier, où était sa place à elle dans ce schéma ? Et même : y avait-elle une place ? Et pire encore : le schéma correspondait-il à quelque réalité ? Elle nous avait vus ensemble, au manoir, le docteur Rivière et moi, entendus discuter, poursuivre sur le seuil de la maison de Mme de Bizères une conversation commencée la veille ou la semaine précédente, nous avions une passion commune pour le cinéma, c'était de cela que nous parlions le plus souvent, chacun du dernier film qu'il avait vu, elle nous avait regardés avec un étonnement massif, un peu comme deux membres d'une tribu exotique, où auraient sévi d'étranges règles sociales.

Je l'ai complimentée pour la terrasse elle-même. J'ai ajouté que j'avais souvent regardé le dessin, que je voyais bien certains détails géométriques, mais pas la manière dont ils s'emboîtaient les uns dans les autres et dont, pour certains, ils se répétaient, sur les trente mètres de longueur. Je lui ai dit que je ne saurais pas le reproduire de mémoire, que je ne pourrais que le copier, le nez sur le modèle.

Elle a murmuré Merci.

Puis elle a fait volte-face et m'a ouvert la porte du manoir.

Elle a semblé hésiter un moment puis m'a dit Je vous laisse. Vous connaissez la maison. C'était la première fois aussi qu'elle abandonnait ses prérogatives sur le seuil.

Mme de Bizères était assise dans son fauteuil, habillée, coiffée, poudrée de rose.

Elle lisait.

Les livres étaient dans la troisième pièce. Tous reliés, les titres et noms d'auteur marqués au poinçon en lettres d'or sur la tranche ornée parfois de motifs, rangés dans une bibliothèque vitrée qui faisait le tour de la pièce, avec des barres en laiton et une échelle pour atteindre les rayons supérieurs, un rêve de bibliothèque – quoiqu'elle ne contînt guère de romans, pas d'auteurs plus récents que Proust et, sauf Henry James, pas d'écrivains étrangers.

J'ai éprouvé une impression indéfinissable au tout début de mes tournées, que j'ai imputée d'abord à la solitude dans laquelle je travaillais pour la première fois, sans l'équipe ni l'institution hospitalières, ni matériel ni pharmacie à portée de la main en cas d'urgence, mais ce n'était pas cela, ce n'était pas de l'appréhension: je me disais dans les premiers temps qu'au moindre problème je pourrais appeler le docteur Rivière, même auprès d'un patient de Compagnon, son jeune associé, ou du docteur Laurent, je le connaissais depuis longtemps, j'avais toute confiance en lui, sa présence à son cabinet ou dans les parages s'il faisait ses visites m'a tout de suite été un réconfort. Et il en a été très vite de même avec les deux autres médecins, toujours disponibles, et avec le docteur Bénichou, du laboratoire de la rue Gargoulleau, pour qui je travaillais à l'occasion – même si les liens sont restés privilégiés avec le docteur Rivière. Je me suis alors demandé si cette impression, plutôt de l'ordre de la perplexité que du trac, n'était pas due au fait que je voyais les patients chez eux, dans leur intimité, au lieu de m'en occuper comme par le passé dans un cadre hospitalier qui me serait devenu plus familier que n'importe quel intérieur, mais cette explication ne me satisfaisait pas non plus. Il y avait autre chose, comme le dirait Barthélémy deux ans et demi plus tard, et en l'occurrence quelque chose de bizarre, ce n'était pas l'écart entre le domaine hospitalier où je les avais soignés et le domaine intime où je pénétrais qui me frappait, mais l'inverse, une absence de différence fondamentale entre les deux, et, malgré leurs diversités, entre les premières maisons visitées, riches ou pauvres, voire misérables, ou modestes. Car c'était bien là, chez eux, que naissait en moi cette sensation d'étrangeté.

C'est en entrant chez les Molinier, parce que je n'y ai rien éprouvé de tel mais au contraire un sentiment de familiarité, que j'ai compris: il y avait des livres jusqu'au plafond dans la salle de séjour, des livres par terre et sur la table du salon, sur le bureau, sur la table de nuit, des livres ouverts, des livres avec des signets, des livres esquintés, lus et relus. Avant de partir quelques années plus tard enseigner en Algérie, d'où il m'enverrait ses photos, Jacques Molinier était instituteur à La Rochelle, excellent photographe amateur et consternant poète du dimanche, au demeurant lecteur avide de poésie, d'essais et de romans. Plus que celle des livres, car il pouvait en y avoir quelques-uns dans les autres maisons, réduits parfois, il est vrai, à de simples objets de décoration, c'était l'absence de la littérature qui m'avait ainsi simplement étonnée, car ce n'était qu'étonnement léger devant quelque chose que je ne reconnaissais pas, comme si, pénétrant chez les autres pour m'occuper de ce qui leur était le plus intime, leur corps, et m'entendre raconter leur histoire, j'avais imaginé retrouver ce qui avait intimement constitué ma propre histoire: les grandes bibliothèques de mon enfance.

Quelque étrangères que me soient restées les maisons où il y avait de pareilles quantités de livres, je n'y suis jamais entrée sans émotion, sans revoir les bibliothèques chez mes grands-parents, chez mes parents, et le petit sourire complice de Mme Secrétain, à la bibliothèque d'Orléans, qui m'autorisait chaque semaine à emprunter bien plus de livres qu'il n'était permis, sous le prétexte que j'en prenais aussi pour mon frère aîné et mes deux sœurs.

Sauf la 203 métallisée cabriolet de la première Mme Simenon, il n'y avait rien qui me parût plus d'un autre âge que le manoir de Mme de Bizères, rien de plus décadent que les liens qui unissaient la vieille dame à sa servante, ni de plus révolu que la vie exténuée, à force aussi de s'attarder à ne pas finir, qui continuait d'y être menée, et je crois que, pendant les huit mois où elle était fleurie, la vision de la terrasse ne me frappait tant que parce que, sans elle, j'aurais eu l'illusion d'avoir un rôle de figuration dans un vieux film en noir et blanc. J'étais plus surprise de voir M. Vaisselle conduire sportivement sa 2 CV ou manier sa tronçonneuse à moteur que je ne l'aurais été si j'avais entendu les trois coups et vu un grand rideau de scène empoussiéré s'ouvrir en deux avant de pénétrer dans le dernier salon où se tenait la désuète, solitaire maîtresse des lieux. Tout cela m'était essentiellement étranger.

Et pourtant, à cause de la bibliothèque, essentiellement familier.

Dans l'encadrement de la dernière porte, telle que je la voyais dans l'enfilade des pièces depuis l'entrée du manoir, assise là-bas, c'est vrai que Mme de Bizères m'évoquait un tableau, une *Liseuse* du siècle passé, mais simultanément ma grand-mère, souvent surprise dans cette posture, et, quelques mois plus tard, quand Myette se serait éteinte, je ne reverrais pas Mme de Bizères sans éprouver de la nostalgie, en même temps qu'une profonde reconnaissance à l'égard de cette vieille dame atemporelle qui me rappellerait si fidèlement, avec sa bibliothèque, son chignon blanc et ses yeux bleu pâle, avec son piano, même recouvert d'un drap blanc, l'éternelle vieille dame de mon enfance.

Elle a posé son livre.

Elle a cherché derrière moi la silhouette de Mlle Réjeane. Je lui ai annoncé que mademoiselle avait repris sa liberté et vivait sa vie, au jardin. Elle a eu un petit rire. Elle a dit avec un air faussement navré, mais les yeux brillants, Que voulez-vous, on ne les tient plus, ces enfants. Elle a ri, de nouveau. Elle a ajouté que Mlle Réjeane adorait être dehors et s'activer, que quelquefois elle ne pouvait pas la tenir même quand il faisait mauvais et qu'elle pouvait prendre froid, mais que, de toute façon, elle ne prenait jamais froid, Elle est solide comme un chêne, a-t-elle dit avec un mélange d'admiration et de fierté, comme si c'était à elle que la Porcelaine devait sa robustesse et sa santé. Mme de Bizères a même eu un air gourmand en évoquant l'appétit de sa demoiselle de compagnie, Gourmande et gourmette, parce qu'elle a du goût, voyez-vous, elle aime les bonnes choses. La bonne cuisine, les bons livres, la musique. Évidemment, elle a son caractère, a-t-elle encore dit sur ce ton d'indulgence amusée avec lequel elle accueillait parfois les brusques mouvements d'humeur de la vieille fille. Un caractère bien trempé.

Le lendemain, Mlle Réjeane a tenu d'emblée à me préciser que, ce dessin de la terrasse, elle l'avait inventé elle-même, et non copié quelque part, mais que ce n'était pas si compliqué que ça, Une question de périodes, a-t-elle dit, elle m'a montré plusieurs motifs inclus dans un motif d'ensemble, et la répétition de telle inclusion en miroir, de telle autre toutes les trois périodes, jusqu'à la reproduction de l'ensemble, ici, vous voyez, et ça recommence après, mais à l'envers. C'est un véritable casse-tête chinois, lui ai-je dit en riant, parce que je n'y comprenais rien, n'y voyais rien, elle était ravie, Bon, j'ai à faire, elle ne m'a pas ouvert la porte du manoir, elle est retournée à sa tâche, de sa démarche de fort des halles, en faisant claquer l'une contre l'autre les lames d'une cisaille, sans me donner des nouvelles de Mme de Bizères.

Quand Mme de Bizères se relevait, Mlle Réjeane entrait dans sa période de bouderie, à mesure que lui étaient retirés les privilèges dont elle avait joui : transmettre les bulletins de santé à la famille, s'occuper des locataires, ouvrir le courrier, régler les factures en imitant à s'y méprendre la signature de Mme de Bizères. Mais cette année-là, il semblait bien qu'elle avait décidé de bouder de manière inédite, non plus en restant auprès de la vieille dame, raide comme un passe-lacet, sur son quant-à-soi, souffrant d'une blessure d'amour-propre, bougonnant ou fulminant, mais en partant dans le grand jardin se livrer à son activité préférée, dont elle était seule à décider, comme elle était seule à organiser les travaux, à distribuer les tâches entre le gardien et elle-même, et seule encore sans doute à se réjouir du résultat, car je n'ai jamais vu Mme de Bizères dehors.

En effet, les jours suivants aussi, elle m'a laissée avec la vieille dame, sans même évoquer son existence, comme si elle s'en était totalement désintéressée, alors que je savais bien qu'elle l'avait levée, forcée à avaler quelque chose, un bol de thé et un biscuit, qu'elle lui avait même brossé les cheveux et roulé un chignon dans la résille, qu'elle lui ferait prendre un potage et un laitage après mon départ, boire régulièrement de l'eau et un autre bol de thé dans l'après-midi, préparerait un dernier repas le soir avant de la coucher, le chignon défait, les épingles retirées, les cheveux de nouveau brossés. Je le savais car, maintenant que Mlle Réjeane avait pris la liberté de s'absenter, Mme de Bizères me dressait l'inventaire de tout ce qu'avait fait et ferait pour elle Mlle Réjeane, en insistant avec admiration sur son énergie, De l'appétit pour deux, de l'énergie pour deux, et en riant au passage de ses façons un peu brusques, Vous la connaissez, elle me fait damner. Mais je n'étais pas sûre de la connaître.

Mlle Réjeane résistait à toute représentation. Sous l'aspect d'un homme des bois, une cisaille à la main, elle évoquait les longs moments où elle était restée immobile, penchée sur du papier millimétré, à composer une savante mosaïque avec une patience de dentellière, et, ce, en quelque sorte pour l'amour de l'art puisque cette terrasse ne lui reviendrait jamais. Elle pouvait tout aussi bien avoir les mêmes délicatesses et la même infinie patience à l'heure de coiffer Mme de Bizères, peut-être même était-ce elle qui lui poudrait les pommettes, peut-être se reculait-elle pour juger de l'effet produit comme elle le faisait après la taille d'un buis, et, là encore, par goût des choses bien faites, car pas plus que la terrasse, ni le jardin ni Mme de Bizères elle-même ne lui appartenaient.

Je n'étais pas non plus très sûre que, seule, Mlle Réjeane faisait damner Mme de Bizères, et qu'il n'y avait pas de réciproque. Les derniers jours, je trouvais Mme de Bizères dans la bibliothèque, occupée au bureau à répondre au courrier, et je sais qu'elle avait dû signifier une ou deux fois à la demoiselle que le temps était révolu, désormais, le temps de sa propre faiblesse, où la demoiselle pouvait déborder le cadre de ses prérogatives, Je vous en prie, ça ne vous concerne pas. Dans la même heure, soudain saisie de jalousie à l'égard du jardin et de la liberté que prenait désormais Mlle Réjeane, elle pouvait se faire exagérément dolente, prétendre que sa main ne pouvait plus tenir la plume, pour que M. Vaisselle délaisse ses travaux, endosse sa défroque de Mlle Porcelaine et la ramène au petit salon en la soutenant par les aisselles. Si j'étais témoin de la scène, c'est-à-dire quand Mme de Bizères m'avait demandé d'appeler sa demoiselle de compagnie, sous le prétexte que j'étais moi-même aussi petite et maigre qu'elle et ne pouvait la soulever, Mlle Réjeane trimbalait sa maîtresse d'une pièce à l'autre en me lançant des coups d'œil complices, levant les yeux au ciel et grommelant que c'étaient bien des simagrées, qu'elle se portait comme un charme et pouvait marcher toute seule.

Je craignais qu'un jour, au plus fort de son exaspération, en l'absence de tout témoin, Mlle Réjeane prenne la vieille dame sous son bras comme un fagot, la pose comme un fagot sur le divan, se frotte les mains pour les débarrasser de je ne sais quelle poussière de mort et reparte au jardin sans mot dire, mais c'était peu probable, en toutes ces années je ne m'étais pas fait une idée arrêtée du jeu auquel se livraient les deux femmes.

Je n'avais que deux certitudes les concernant. La première était que Mme de Bizères aimait son indomptable gouvernante, elle la connaissait, elle l'admirait, elle éprouvait de la tendresse et de l'indulgence pour elle. La deuxième était que Mlle Réjeane ne rendait pas cette affection à la vieille dame, dont elle était, exclusivement, l'obligée.

Voilà deux jours que la demoiselle ne venait plus m'accueillir à ma voiture, elle se contentait de me faire un joyeux signe de la main, un salut familier, émancipé, encore inimaginable une semaine auparavant. À midi, elle avait déjà un aspect végétal, elle était couverte de terre, d'herbe coupée, des ronces étaient prises dans le pantalon et la veste de chasse dont elle était revêtue, elle avait le visage buriné et tanné comme de la vieille écorce. Mme de Bizères était debout auprès du téléphone, le visage penché sur un petit calepin, le nez presque sur le papier, elle ne m'avait pas entendue entrer, je lui ai touché doucement l'épaule pour ne pas la faire sursauter. C'est vous, m'a-t-elle dit. Elle m'a embrassée, elle avait pris cette habitude je ne sais plus quand, même Mlle Réjeane ne s'en était pas formalisée, dès qu'elle allait mieux, dès qu'elle pouvait lever le bras, elle attirait mon visage vers le sien et m'embrassait comme du bon pain, avec la simplicité qui était la sienne. Puis elle m'a montré le petit calepin, où sa demoiselle de compagnie notait les appels, les messages.

Mme de Bizères s'est mise à rire.

Regardez ce qu'elle a inventé. Sur le calepin, le message était quasi illisible. La servante était allée acheter un stabilo jaune, d'un jaune très pâle et translucide, pour que la maîtresse ne puisse pas lire le nom qu'elle avait noté. Du moins l'avait-elle noté. C'était ce qu'elle lui avait répondu le matin même, quand Mme de Bizères, à sa toilette quand le téléphone avait sonné, lui avait demandé qui avait appelé, Je l'ai noté, et elle était partie, en réalité s'était enfuie, au jardin.

Elle l'a acheté exprès, m'a dit la vieille dame qui ne pouvait s'arrêter de rire, et je ne sais pas ce qui m'est encore aujourd'hui le plus incompréhensible entre la raison pour laquelle Mlle Réjeane avait commis cette petite cruauté et la conséquence de celle-ci : l'irrépressible hilarité de la vieille dame. Jamais, en effet, je ne l'avais vue autant rire. Ni, finalement, autant vivre.

Chaya dolorosa

C'était une maison comme je n'en avais jamais vu, à ce jour n'en ai pas revu de pareille, n'en reverrai probablement jamais, peut-être n'était-ce pas une maison.

Treize heures, c'était le plus pratique, parce que les Diez habitaient au nord de La Rochelle et que je passais non loin de chez eux pour descendre en ville, aux seuls moments de la journée où je pouvais y rester parfois deux heures. Le quartier était une ancienne petite cité ouvrière, excentrée, autrefois même en rase campagne, faite de maisons en rez-de-chaussée, toutes semblables. Il y vivait encore quelques rares et antédiluviens retraités, qui avaient travaillé aux chantiers navals du temps de leur splendeur et en cultivaient la nostalgie, ou aux usines Peugeot, dont la fermeture était annoncée pour la fin de l'année, et ceux-là hochaient la tête et hochaient la tête encore avant de pouvoir dire que, jamais, ils n'auraient pensé mourir après leur usine. Mais, pour la plupart, les maisons avaient été converties en logements dits sociaux, pour les exclus et les pauvres. Certes, il n'y avait maintenant plus de solution de continuité entre la ville et ce lotissement pour démunis, mais du moins était-il aussi éloigné du centre que le quartier de Mireuil qui abritait, quoique sur des verticales, un échantillon de population statistiquement un peu plus chanceux, également recruté sur dossier. Ici, la population était disposée horizontalement, mais de manière plus précaire encore que dans les HLM, car il suffit au quart-monde d'un élément manquant au dossier pour ne plus du tout faire partie du monde. Dehors. Le quartier était donc fondu, sinon dans la ville elle-même, en tout cas dans l'agglomération urbaine, un peu comme une verrue, mais il ne figurait pas sur les guides, on ne le visitait pas. Et pas en détail sur tous les plans de La Rochelle, loin s'en faut. On ne passait pas par là non plus, on y habitait, c'est tout. Le quartier n'était pas visible, à moins de considérer que les touristes ralentissaient à sa hauteur pour le contempler, de haut, à titre de curiosité urbaine, de tableau ethno-social – *Déréliction d'un quartier ouvrier des années cinquante* – lorsqu'ils empruntaient la rocade qui, désormais, le surplombait. La rocade avait été construite pour éviter la ville. Elle passait donc au-dessus des pauvres. Elle mène au port de La Pallice et, aujourd'hui, au pont de l'île de Ré – à l'époque, au débarcadère des bacs pour l'île de Ré. Elle est maintenant, comme elle était à l'époque, sillonnée par les voitures et, à longueur de jour et de nuit, par les camions.

Le crépi des maisons était noir de crasse, la végétation, agonisante, le bruit, incessant et infernal, l'atmosphère, d'une tristesse poignante.

Mais ce n'était pas cela, ni la pauvreté, ni la misère, après tout j'étais entrée dans des maisons dont j'aurais pu dire qu'elles étaient plus pauvres ou plus misérables, comme j'aurais pu dire que j'avais rencontré des gens plus pauvres, plus misérables que les Diez, et aussi malades qu'Augustin Diez si je n'avais depuis longtemps appris que ni la pauvreté, ni la misère, ni même la richesse, ni la maladie n'admettent véritablement de degrés ni ne se mesurent à l'aune de celles du voisin. Que la mort rôdât en ce lieu n'était pas non plus nouveau. Ce n'était pas autre chose, comme l'aurait dit Barthélémy Réaux, parce que, quelques similitudes que je pouvais relever entre les maisons, les masures, les châteaux, les caravanes et leurs habitants, c'était bien toujours un endroit autre que celui que je venais de quitter dans lequel je pénétrais, et, homme, femme, enfant, il s'agissait toujours bien aussi de quelqu'un d'autre.

De l'extérieur, la maison des Diez n'était pas différente de celles des voisins, sinon qu'une petite carriole à bras était renversée, debout sur ses deux roues, le timon en T contre le mur, à droite de la porte, comme une croix étêtée. C'est en y pénétrant que j'ai pensé que ce n'était peut-être pas une maison, c'est-à-dire pas seulement une maison.

Treize heures, ce serait plus pratique, voilà ce que j'avais proposé à Mme Diez (que j'avais mentalement orthographié « dièse »). J'intercalais ainsi chaque nouvelle visite dans un itinéraire préétabli, et celui-ci me venait à l'esprit, avec une grande précision, aussitôt que m'était indiquée l'adresse où je devais aller, je donnais alors l'heure approximative de mon passage. Tandis que Mme Diez me parlait, je voyais la gendarmerie de Lagord voisine – caserne, garnison, et quelquefois je pensais : un lieu de relégation pour femmes et enfants, souvent malades –, où il était bien rare que je ne sois pas appelée, comme il était bien rare que je n'y rencontre pas le grand infirmier de Lagord, toujours jovial et toujours pressé, me lançant quand même son sempiternel Vivement la retraite, à moi qui aurais pu être sa fille. Je voyais aussi, cette fois, au-delà de chez les Diez, dans le centre-ville, la rue Gargoulleau, où n'était pas passé Barthélémy Réaux le jour où il était devenu quelqu'un d'autre et s'était installé à une table du café de la Paix, et où je m'arrêterais déposer les prélèvements de sang au laboratoire du docteur Bénichou. Je me voyais déjà au marché de La Rochelle, à l'heure où il commencerait d'être lavé à grande eau et résonnerait des derniers cris de camelots que poussaient encore les marchands, j'y reconnaîtrais les puissantes gueulantes de Millie, que parfois j'allais voir, pour le plaisir, et pas seulement parce qu'elle pouvait m'avoir réservé, en particulier, des joues de lotte, Et ne m'les cuisine pas n'importe comment ! Tu te souviens comment j't'ai dit d'les faire ? Ou bien, c'est à la bibliothèque que je m'imaginais par avance, elle était hantée par d'antiques locaux monomaniaques d'histoire locale, qui devaient n'avoir qu'une notion très vague du siècle dans lequel ils vivaient, et plus vague encore du monde, qui farfouillaient dans de vieux registres d'armateurs et trafiquants d'esclaves, de vieilles archives aux odeurs de moisi dont ils suivaient les lignes à la loupe, sur quoi ils penchaient leur visage, et je me demandais, de leur peau à l'aspect pareillement parcheminé ou du papier mité, ce qui tomberait avant l'autre en poussière. Ou encore, j'anticipais ma promenade sur le port, quoique je préfèrais y flâner l'hiver, quand il était désert.

Voilà ce que je m'étais représenté, après que Mme Diez m'avait donné son adresse et tandis qu'elle continuait avec tous les renseignements sur le traitement et la durée du traitement pour son mari, le traitement et la durée du traitement pour elle, tandis qu'elle me précisait que, pour elle, ce n'était pas grave et me répondait Treize heures, ça ira très bien. Ainsi, oui, ce serait pratique pour moi, la visite chez les Diez ne me ferait faire qu'un petit crochet, me suis-je encore dit. À l'aller, je pose la perfusion, en rentrant à Nieul, je la débranche. Si bien que je n'ai perçu qu'après avoir raccroché le léger accent d'Europe de l'Est de la femme, et le vacarme alentour, elle avait donc appelé d'une cabine.

Par la suite, en mettant bout à bout, simplement pour en faire le décompte, les phrases qu'elle a prononcées chaque jour des deux semaines et demie où je suis venue d'abord pour eux deux, ensuite pour lui seul, je crois que Mme Diez n'a pas parlé davantage que cette fois-là, dans la cabine téléphonique, mais ce n'est pas que nous n'avions rien à nous dire. Je n'aurais en vérité jamais tant échangé de regards, de sourires, de mimiques qu'avec elle, ni épié un visage aussi attentivement que le sien, ni laissé le mien autant à découvert, à nu, de manière à ce qu'elle puisse le lire, car c'est ainsi, de toute évidence, que nous devions dialoguer. Silencieusement. Si j'avais pu revenir en arrière, je me serais mordu les lèvres avant de dire que c'était plus pratique pour moi, de prononcer ce mot, pratique, et même de proposer une heure, je me serais également empêchée de penser que la visite chez les Diez pouvait constituer un petit crochet. Non que j'en éprouve rétrospectivement quelque honte, comme si j'avais abusé de sa faiblesse en proposant un horaire, qui était toujours une manière polie de l'imposer, ou que j'aie fait quelque offense à cette femme en lui suggérant que j'avais d'autres obligations, autre chose à faire, qu'elle n'était pas seule au monde, etc. Pas du tout. Mais j'ai eu l'immédiate impression que, à l'évidence, toute considération de cet ordre, utilitaire, temporel, géographique n'avait pas ici la moindre signification.

Je pense qu'elle n'a enregistré que l'heure, qu'elle est rentrée chez elle, a regardé la pendule pour voir à quelle position des aiguilles correspondait cette heure, et s'est dit que, un peu avant et un peu après, elle devrait être chez elle, voilà tout. Elle regardait souvent la pendule, posément, comme l'ultime objet dont elle admettait, posément, qu'il était bien une preuve de la pérennité du monde terrestre, mais déjà plus comme le lien ultime qu'elle aurait encore avec ce monde. Je crois aussi que, si je lui avais fait part de mon sentiment d'avoir pensé à des notions absurdes, pratique, petit crochet, heure, puis printemps, quand j'avais remarqué, en poussant la petite barrière qui m'avait laissé sur les mains des desquamations de rouille et de vieux minium, que le printemps n'avait pas intéressé son petit jardin, elle aurait regardé la pendule, puis le plafond pour fouiller dans sa mémoire, se serait ensuite souvenue du sens qu'avaient eu tous ces termes autrefois, du temps où elle faisait partie intégrante de ce monde, heure, jardin, saison, bourgeon, elle aurait enfin tourné vers moi son regard intense et limpide, elle m'aurait souri, très lentement, et regard, sourire fin, imperceptible hochement de tête m'auraient signifié qu'elle me comprenait. Mais, bien sûr, je n'ai pas parlé. C'est-à-dire pas tout haut.

Pas de sonnette, j'avais toqué à la porte et personne ne m'avait répondu, j'avais traversé un couloir qui n'était pas éclairé et m'avait paru très étroit, j'avais poussé la porte de la salle de séjour où, d'abord, je n'ai vu qu'elle, assise à la table, qui a regardé la pendule puis m'a souri, sans bouger ni prononcer le moindre mot, et c'est alors que j'ai pensé que, ici, parler tout haut aurait eu un double effet paradoxal : les paroles n'auraient pas rencontré le moindre écho mais auraient provoqué un fracas épouvantable. Peut-être l'effondrement de ce qui, tout aussi immédiatement, m'a semblé n'être pas seulement une maison.

J'étais chez elle. J'ai fait comme elle. Je lui ai souri, je me suis accrochée à son regard, je me suis assise en face d'elle, elle a poussé les papiers étalés sur la table devant moi, j'ai lu les ordonnances, pour elle, Chaya Diez (j'avais rencontré ce prénom dans un roman polonais, impossible de me rappeler lequel, elle devait être polonaise, c'était un accent légèrement polonais que j'avais entendu), pour lui, Augustin Diez, et les sacs de médicaments, à quoi s'ajoutaient une démoralisante quantité de paperasserie parce qu'ils étaient à l'Aide médicale gratuite, et leurs papiers d'identité à tous les deux pour que je remplisse moi-même les formulaires. Ce que j'ai fait, sans que mon esprit enregistre le moindre renseignement, comme si, dans ce silence extraordinaire, il m'était devenu impossible d'établir de lien entre ce que je lisais et, du moins, cette femme en face de moi, puisque je n'avais pas encore vu Augustin Diez – pas même le visage sur le photomaton ne pouvait être le sien. L'âge, moins encore. L'adresse, oui, mais seulement quand on était dehors, à l'intérieur, non. Aussi n'ai-je prononcé aucune parole d'usage, ni n'ai posé la moindre question d'usage, de tout ce que je disais et demandais cinquante fois dans la journée, de tout ce langage conventionnel dont j'usais habituellement, la plus petite formule, ici, aurait été incongrue. Il ne s'agissait certainement pas non plus de parler tout bas, le chuchotement, tout ce qui aurait évoqué la confidence, la cachotterie, plus encore la messe basse, aurait été franchement obscène.

Je suis allée me laver les mains à l'évier, elle n'avait toujours pas parlé et je n'en éprouvais aucune gêne. C'est en le voyant dans la glace, au-dessus de l'évier, que j'ai compris pourquoi le couloir m'avait semblé si étroit : les murs étaient doublés de piles de journaux jusqu'à hauteur de la taille, toutes impeccablement alignées et empilées, chacune ficelée, et il en était de même dans la salle, il y avait des piles de journaux partout, sous les fenêtres et sous la table, qui montaient le long des cloisons, de chaque côté du canapé en débordant les accoudoirs, mais, elles aussi, parfaitement rangées, et je voyais très précisément, au degré de jaunissement du papier, dans quel ordre Chaya Diez avait procédé, dans le sens inverse des aiguilles d'une montre, et il s'agissait bien d'ordre, d'ordre et de propreté, le sol brillait, l'émail de l'évier, la toile cirée, le dessus des meubles, tout était propre, Chaya elle-même était habillée et coiffée avec soin, les carreaux inférieurs des fenêtres étaient couverts de feuilles de papier journal, en guise de rideaux, elles semblaient avoir été repassées, du moins Chaya les avait-elle préalablement lissées, là encore, avec soin, encore que tous ces mots, ordre, propreté, soin, me paraissaient ici sans usage, le journal aux fenêtres diffusait une lumière jaune de cathédrale, il régnait un silence de sanctuaire, et il y avait cette femme dont aucune photographie ne pourrait saisir l'atmosphère énigmatique du visage, comme aucune date de naissance ne saurait donner idée de l'âge, plus de soixante ans sur le papier, la figure était lisse, comme peinte, la peau d'une carnation parfaite. Pas plus que les mots printemps, petit crochet, bronchite pour elle, et tuberculose, cancer généralisé et déshydratation aiguë pour lui ne rencontraient en elle d'écho véritable, le mot sacré ne correspondait en moi à aucune expérience, et pourtant c'était à cela que je pensais, peut-être pas une maison, pas seulement une maison mais un lieu sacré, qui ne pouvait donc admettre d'adresse réelle, telle rue, tel numéro, ni de qualificatifs tels beau, laid, pauvre.

Et, quant à elle, le visage pur comme une âme.

Il fallait remonter au temps où Chaya Diez participait encore du monde terrestre et envisageait les choses sous un angle pratique pour la comprendre : elle avait dû d'abord acheter des pyjamas, un lot de trois pyjamas semblables, un qu'Augustin Diez porterait tandis qu'un autre attendrait dans un panier le jour de lessive et que le troisième sécherait. Puis s'inquiéter de voir décliner la santé d'Augustin Diez en même temps que se détériorait leur situation financière. Ensuite faire la queue dans diverses administrations, être renvoyée de l'une à l'autre, souvent, remplir des papiers, des papiers et encore des papiers pour obtenir la maison, une petite pension d'invalidité pour lui, se mettre en relation avec un chiffonnier qui viendrait périodiquement lui acheter ses piles de journaux, dégotter la petite carriole à bras qui reposait le long du mur, à droite de la porte, la croix étêtée du timon vers le haut, partir avec sa carriole récupérer les vieux journaux de par les rues, les ficeler vingt par vingt, les empiler dans le couloir puis dans la salle, dans le sens inverse des aiguilles d'une montre, mettre du papier journal aux fenêtres comme elle aurait accroché des rideaux si elle avait eu les moyens d'en acheter, continuer à tenir la maison ordonnée et propre, et Augustin Diez et elle-même, propres et soignés, et, ce, machinalement, après que les mots avaient perdu leur sens, des années après ce fameux jour, désormais sans date, ce moment pourtant précis où un médecin lui avait déclaré, en parlant encore normalement dans cette maison ni belle ni laide, mais pauvre, certainement, et tout aussi certainement ordonnée et soignée, qu'Augustin Diez était perdu.

Perdu.

Augustin Diez ne pouvait déjà plus être perdu que pour elle, c'est ce qu'elle a entendu. Quand elle a eu perdu Augustin Diez, c'est le lien avec le monde terrestre qui s'est rompu dans la perte, puisque aussi bien, de même que la pendule, Augustin Diez était une preuve que ce monde existait, même si, lui, à la différence de la pendule, y était en sursis.

De ce moment-là, elle n'a plus vu l'homme qu'en cette qualité de preuve vivante d'un monde qui continuait d'exister, d'une certaine manière, en dehors d'elle. Elle ne l'a pas davantage vu se métamorphoser qu'elle n'a dû voir la ville, alentour, changer, les voisins déménager, d'autres emménager, les jours, sur les journaux qu'elle ramassait, succéder aux jours. Elle ne l'a pas vu maigrir, maigrir, dépérir.

Pas un instant elle n'a donc pensé à l'effet qu'il produirait sur le visiteur, en apparaissant tel qu'il m'est apparu, non pas maigre, en réalité, mais cachectique, et très exactement moribond, parcourant à grand-peine les trois pas qui séparaient le fauteuil où elle l'avait installé le matin du lit où il devait s'allonger pour je lui prodigue les soins prescrits, effectuant le premier pas en glissant le pied devant lui, tout en se soulevant péniblement, mi-accroché mi-appuyé au bras du fauteuil, l'autre main cherchant déjà le bois du lit, le corps tordu en S comme s'il venait de prendre une balle dans le flanc, l'autre pas presque sauté, oui, je croyais voir moi-même l'abîme qu'il semblait à l'instant enjamber, la carcasse agitée de secousses d'automate au mécanisme déglingué, pour le troisième, il avait les genoux fléchis, une main agrippée au bois du lit, puis il a pivoté, en un mouvement étrangement virtuose, et s'est laissé tomber de tout son long en travers du lit, et c'est alors seulement que je suis intervenue, alors seulement que je me suis réveillée, j'avais vu ce déplacement laborieux et souffrant comme s'il était projeté sur un écran au ralenti, j'ai pris l'homme par les aisselles, il pesait le poids de son squelette et de la peau et du pyjama qui le recouvraient, mais c'était un poids incomparable, par exemple, à celui d'un enfant, ou à celui d'autant de kilos de légumes, il ne m'a pas regardée, il a tourné les yeux vers moi, mais il ne m'a pas regardée car il n'avait plus de regard, il avait des yeux de porcelaine trop petits pour leur orbite, et il fallait absolument d'abord penser que Chaya Diez ne l'avait pas vu devenir ce qu'il était devenu, ne se référait déjà plus à rien d'humain, ni même à rien de ce qu'on qualifie improprement d'inhumain, ne pouvait donc imaginer ce qu'Augustin Diez rappellerait immédiatement à un témoin de passage, sinon, elle aurait tiré une heure supplémentaire chaque jour sa carriole à bras pour rapporter un peu plus de journaux, ou économisé sur le savon, la lessive qui les rendaient, elle, cet homme et sa maison aussi propres et soignés, sur la ficelle qui liait les journaux vingt par vingt, et finalement troqué contre d'autres pyjamas ces pyjamas rayés concentrationnaires dont la vision, avec le corps cachectique flottant à l'intérieur, et la tête qui le surmontait, joues excavées, narines pincées, avec les yeux, sous le front osseux, ayant perdu leur fonction de regard et n'étant plus à la bonne taille, m'avait suffoquée.

Et ce n'est donc pas pour juger de ma réaction que, lorsque je me suis tournée vers elle après avoir installé Augustin Diez sur ses oreillers, elle a scruté mon visage, mon regard, avec un air d'interrogation avide, bien qu'elle ne se fût pas départie de sa sérénité, mystérieuse et digne, comme si la réponse, au fond, lui importait peu, ne pouvait pas même la renvoyer, là où elle se tenait, à plus de solitude, mais elle voulait savoir quelque chose de moi, ici. Je ne sais toujours pas aujourd'hui quelle réponse elle a obtenue, dans le silence, tout le temps qu'aura duré la confrontation de nos deux regards, tandis que je me disais de mon côté qu'elle était ravissante et adorable, dans l'acception non galvaudée des termes, un de mes bras entourant les épaules d'un homme qui avait déjà pénétré le royaume des morts, mes yeux plongés dans ceux d'une femme de nature angélique, je ne trouvais pas d'autre mot, mais elle a obtenu une réponse : elle a poussé un très léger soupir de soulagement, de la tête elle a fait Oui, ou peut-être C'est entendu, ou peut-être Je vous crois, et m'a adressé un sourire d'une douceur émouvante, à cet instant, elle a été d'une beauté sublime, décidément, je ne trouvais pour Chaya Diez que des mots dont je n'usais jamais, sacré, âme, ange, sublime, et encore ceci : à cet instant, je me serais agenouillée devant elle. Simplement agenouillée.

Quand est venu le moment de mon départ, elle ne m'a pas demandé si je reviendrais à la même heure, elle n'a pas dit À demain, elle m'a suivie jusqu'à la porte sans me poser de question sur l'état d'Augustin Diez, le temps qui lui restait à vivre, sur le moment où cesseraient ses propres quintes de toux, où tomberait sa propre fièvre, pas plus que je n'avais dû répéter les conseils, montrer deux fois les gestes à accomplir pour retirer la perfusion quand elle m'avait dit, après avoir jeté un œil sur la pendule, que je n'avais pas besoin de revenir, qu'elle saurait bien le faire elle-même, ce qui m'a semblé évident, alors même que cette femme paraissait ne pas être tout à fait là. Ce n'était pas de l'indifférence, mais tout avait été dit de ce qui devait l'être. Elle s'est appuyée d'une main au timon de sa carriole, elle m'a saluée de l'autre, en l'agitant à la manière des enfants, comme si elle était allée un peu trop profondément en fouillant sa mémoire et qu'elle s'était donc rappelé ce geste d'enfant, et non la façon dont on se salue entre adultes.

Je me rappelle le sentiment d'étrangeté que j'ai éprouvé immédiatement à l'extérieur, en sortant de chez les Diez, et que je n'avais pas, ni n'ai par la suite éprouvé à l'intérieur, chez eux où, sauf le premier jour, à l'instant stupéfiant de l'apparition chargée d'histoire d'Augustin Diez, je me sentais soulagée de je ne sais quel poids, sans même m'étonner de ressentir une telle tranquillité, et je crois même une telle liberté dans pareille situation, aussi tragique, aussi contraignante.

Au huitième jour, à treize heures, le traitement de Chaya Diez était fini depuis la veille, elle m'a accueillie d'un J'étais sûre que vous viendriez quand même, avec un petit air triomphant d'enfant qui a gagné un pari tenu secret, ou surmonté une peur née de sa propre imagination et entretenue par elle, peur du loup, de la sorcière ou de l'ogre, car c'était toujours quelque chose de l'enfance qui lui revenait quand elle faisait un pas de côté dans le monde d'ici-bas qu'elle avait autrefois fréquenté, elle avait alors un visage étonnant, une expression presque espiègle de gamine comme incrustée sur cette magnifique et encore énigmatique figure de femme désormais au-delà de tout, de la douleur, de la pauvreté, du malheur, de la peur, de la maladie et même de la mort. Au-delà de l'histoire. Je ne sais pas quelle inquiétude elle avait nourri à mon sujet, quoique je savais par son médecin qu'il était passé chez les Diez nombre d'autres médecins et, aussi, nombre d'infirmiers, Chaya Diez en a fichu la moitié dehors, avait-il raconté, et, quand je l'ai connue, je l'ai imaginée leur déclarer tranquillement qu'il était inutile de revenir. Quant aux autres, ils avaient trouvé l'épreuve insoutenable, décourageante. Les pauvres, avait ajouté le médecin avec une ironie cinglante. Elle qui ne parle pas, lui qu'elle refuse d'hospitaliser et qui ne meurt pas, ils n'ont pas supporté. Je n'ai pas posé de question à Chaya Diez, je lui ai dit Moi aussi, j'en étais sûre, et, pour la seule et unique fois, elle a ri.

Rire d'enfant.

Au onzième jour, à treize heures, la maison était entièrement débarrassée des piles de journaux, nettoyée de fond en comble, c'était comme s'il n'y en avait jamais eu, C'est grand, lui ai-je dit bêtement.

Elle a regardé la pendule.

Au dix-septième jour, à treize heures, j'ai vu que, dans le couloir, il n'y avait pas plus de journaux que la veille, six ou sept piles, ficelées, produit de la récolte de la semaine. Chaya Diez était assise à sa table comme au premier jour, je me suis assise en face d'elle. Dès le deuxième jour, quand j'arrivais, tout le matériel était sorti pour la perfusion, disposé sur la toile cirée dans un ordre logique, la pénicilline et les antalgiques à mettre dans la perfusion, le flacon de sérum, la tubulure, le cathéter. Ce jour-là, rien.

J'ai compris.

De la chambre nous parvenait une sorte de fredonnement monotone, hachuré de silences. J'ai dit à Chaya Je dois quand même savoir s'il souffre. Elle a souri et s'est levée.

Je me suis assise au bord du lit.

J'ai pris dans ma main la main osseuse d'Augustin Diez. Froide et moite. Il avait la bouche béante, par quoi s'échappait, à chaque faible expiration, une note tenue, j'ai pensé à une corne de brume, dans le lointain, telle que l'avait souvent entendue, en mer, Éphraïm Bonneau, telle qu'il me l'avait chantée, chez lui, dans les odeurs de café brûlé, sous l'œil-de-bœuf qui donnait sur le ciel, tandis que descendait la marée.

Chaya Diez était debout dans mon dos.

J'ai caressé l'avant-bras d'Augustin Diez, mais je ne sais pas pourquoi, peut-être Chaya le savait-elle.

Elle était debout dans mon dos, je ne l'entendais pas respirer.

Je voyais Augustin Diez comme à travers un rideau de pluie, mais ça m'était égal, elle, Chaya Diez, dans mon dos, voyait tout cela par transparence, mes larmes, l'homme supplicié, et comprenait.

La brume s'est levée.

On n'aurait plus alors entendu que le clapotis de l'eau sur le flanc de la barque d'Éphraïm.

J'ai porté la main d'Augustin Diez à mes lèvres, Chaya ne pouvait voir là rien d'extraordinaire.

Mais voilà que la femme a doucement retiré la main du mort et l'avant-bras du mort d'entre mes mains, s'est assise à côté de moi, et m'a prise dans ses bras où je me suis abandonnée, exténuée, et je n'ai pas eu besoin de lever les yeux sur elle pour avoir la solution à l'énigme de son visage, quoique l'homme mort n'était pas celui qu'apparemment elle tenait dans ses bras, qu'il n'était pas non plus son fils, ni de nature divine : déjà avant la mort de l'homme, comme en ce moment où c'était moi aussi qu'elle supportait, moi aussi qu'elle aidait à effectuer je ne sais quel passage, dans je ne sais quel monde dont elle avait depuis longtemps connaissance, Chaya Diez avait un visage sublime de pietá, sans âge, ni adresse, ni terrestre identité, qui n'avait pas encore admis de représentation, sous le pinceau d'aucun peintre, et c'est pourquoi il m'était chaque jour, à treize heures, resté miraculeusement inconnu, Chaya dolorosa.

Je ne l'ai jamais revue.

Armande

Puis Éphraïm Bonneau m'a fait un signe du bras depuis le seuil de sa maison. Je me suis arrêtée, bien que je pensai que c'était un simple salut. Il a fait le tour de la R8 avant que j'aie eu le temps de descendre, il s'est accoudé au toit, et je lui ai dit que, lorsqu'il était debout et moi assise dans la voiture, j'avais l'impression de conduire une voiture de sport, à ras du bitume.

Il s'est penché à hauteur de la fenêtre et m'a annoncé qu'il en avait de nouveau pour quinze jours. Il était très essoufflé. Il s'est redressé et je l'ai entendu ajouter, sans plus voir son visage, que l'heure n'avait pas d'importance, d'une voix résignée. J'ai eu la vision de la mer soudainement figée, vagues saisies en plein mouvement comme les aiguilles d'une pendule à l'heure précise de la catastrophe. Je lui ai objecté que l'heure aurait de nouveau de l'importance dès qu'il irait bien, après deux ou trois injections, et qu'il valait mieux prendre le rythme tout de suite. Il est resté silencieux. J'ai ouvert mon carnet sur mes genoux. Mais Bullitt est arrivé, Vous entravez la circulation. Il n'y avait pas âme qui vive, sinon nous trois, Bullitt, Éphraïm et moi, qui voyions dans l'enfilade, jusqu'aux cabanes, là-bas, la rue entièrement déserte sous le soleil, on aurait dit un plan de western, il manquait le vent, le buisson d'épineux qui roule, et, c'est vrai, les deux cow-boys, le bon et le méchant, pour le duel ultime.

Éphraïm a éclaté de rire. Il a toussé. Puis, quand il a eu repris son souffle, T'es né teigneux, c'était un métier pour toi, a-t-il dit à Bullitt en lui donnant une bourrade amicale, paternelle, dans le dos. Un peu plus fort, et Bullitt et sa mobylette auraient pu s'envoler, effectuer un triple saut périlleux, cacher un instant le soleil et retomber, l'homme sur sa machine. Éphraïm a demandé au flic de San Francisco si, par hasard, ce ne serait pas plutôt l'heure de la pause que l'heure des teignades.

T'as raison, vieux, a dit Bullitt.

Nous sommes rentrés prendre un café.

Œil-de-bœuf, odeurs de café brûlé et d'algues et de coquillages, j'avais pris mon carnet, je l'ai ouvert sur la table, Quelle heure ? ai-je demandé à Éphraïm. Il a haussé une épaule. Mais il a annoncé l'heure de la basse mer pour le lendemain, le surlendemain, et ainsi jusqu'au terme des quinze jours, en donnant les raisons pour lesquelles la marée serait plus courte tel jour, l'étale, plus longue tel autre jour (c'était à cause de la lune, du vent qui allait se lever, de la présence d'une dépression qui s'enroulait déjà sur les îles britanniques, c'était parce qu'on s'éloignait de l'équinoxe de printemps), en précisant la hauteur des eaux, en ponctuant ces données scientifiques non plus de rêveurs Je me rappelle, comme lorsqu'il était seul avec moi, mais de Tu te rappelles ? à l'adresse de Bullitt, qui était tout môme à l'époque, ou de On a dû te raconter, car Bullitt, alors, n'était pas né, et Bullitt se souvenait effectivement d'une marée fantastique, du récit d'une tempête, si bien qu'ils se sont disputés, ce n'était pas cette année-là mais l'année suivante, Ce n'était pas César Robilleau à c'qu'on m'a dit, mais Robert, le Robert à Josette Renard, l'eau lui était même rentrée dans les cuissardes et il marchait comme l'autre à la télé, sur la Lune, ç'aurait été César, y s's'rait noyé, T'as raison, a concédé Éphraïm, le César, il se serait noyé dans ses propres bottes. La radio grésillait, Sartre venait de mourir, j'avais ouvert quatorze grandes parenthèses dans la marge de mon carnet, Éphraïm les a regardées, il a compris, a dit T'es drôle, toi, mon p'tit. Je lui ai demandé s'il avait encore de la brillantine à loupiote – Oui, Marie Faure lui en avait pris au supermarché –, et s'il voulait que je lui apporte les médicaments puisque je passais vingt fois par jour devant la pharmacie.

Faites pas qu'passer, a marmonné Bullitt.

Oui, ça m'arrangerait, merci, mon p'tit.

J'ai pris l'ordonnance d'Éphraïm et je les ai laissés, le géant et le teigneux, confronter leurs souvenirs. Je m'étais mise en retard, mais, avec l'horaire des marées, sinon l'harmonie, du moins un certain ordre du monde me semblait avoir été rétabli, auquel rien ni personne ne pourrait attenter, alors que la journée s'était déroulée à l'enseigne de l'anarchie et de la destruction.

Estelle Desnoyers était une alcoolique maigre, la seule partie conséquente de son corps était son ventre, gonflé par l'ascite, qui mettait quelque temps à s'immobiliser quand elle s'allongeait pour que je lui pose sa perfusion d'extraits de foie. Il donnait l'impression qu'elle s'était sanglée autour des reins une baudruche pleine de flotte. J'avais entendu cette réplique dans un film ou peut-être dans un bistrot: Il a l'foie, tu dirais une champignonnière. Comme les autres femmes, Estelle avait bu quand elle était seule, en cachette, puis, à force d'avoir bu, parce qu'elle était seule. Elle était la première à avoir emménagé en bordure de ce qui allait devenir un lotissement, maintenant à l'état de chantier. L'hiver dernier, sa petite maison était isolée en pleine campagne, les plâtres étaient encore humides, son terrain, disait-elle crânement, n'était que trous et bosses, ornières et tas de matériaux de construction. Ce printemps-là, ses murs étaient recouverts de tapisseries surchargées de motifs, tout l'espace semblait en être rétréci, mais Estelle n'avait pas touché à son terrain, trous, bosses, ornières et tas de matériaux étaient envahis par les mauvaises herbes, je crois que c'était à cause de la compagnie, dans la journée, des ouvriers et, en fin de semaine, des futurs propriétaires, et qu'elle passait son temps sur le palier, où je la trouvais en arrivant, revêtue de sa blouse fleurie, campée sur ses jambes étiques et variqueuses, les mains croisées soutenant son ascite, occupée à contempler l'agitation ouvrière ou à regarder les visiteurs, mais sans curiosité particulière, plutôt avec une sorte de nostalgie laborieuse, comme si elle se rappelait à grand-peine qu'elle avait eu un mari, des enfants et un travail, et avait activement participé à ce monde, qui lui parvenait la plupart du temps à travers l'écran de la poussière soulevée par les engins. Je ne sais pas de quoi elle vivait, ni comment son pavillon avait pu être construit si longtemps avant les autres, avant même que l'ensemble du lotissement soit borné, au sol, par les piquets et les bandes de plastique qui battaient au vent, elle-même semblait s'y être retrouvée par hasard.

Devant, derrière et sur les côtés, des champs, à l'horizon, la mer.

Une des parcelles était exploitée par Olivier Jeanjean, ce matin-là, les mouettes s'affairaient dans le sillage de sa machine, j'ai levé le bras, il a agité la main et a donné trois coups de klaxon. Mi-klaxon mi-sirène. Toujours trois coups. Quand il faisait nuit, avec le gyrophare qui tournait, j'avais l'illusion qu'un chien pleurait, ainsi aurait-on pu écrire : par trois fois, ce soir-là, le chien a hurlé à la mort.

C'était la troisième perfusion. La première fois, j'avais montré à Estelle les gestes à accomplir pour la retirer, la deuxième fois, elle l'avait enlevée elle-même mais sous ma surveillance, aujourd'hui, elle devait se débrouiller toute seule. Elle avait regardé ce que je faisais avec placidité, l'avait fait elle-même avec placidité, envisageait de le refaire seule avec placidité. Estelle était inébranlable. Je lui ai donné l'ultime conseil de bien se laver les mains ou le bras si elle y laissait tomber un peu d'extrait de foie en ôtant la perfusion, même une goutte, parce que l'odeur du produit était insupportable et tenace, et c'est alors que, de sa voix placide, elle m'a dit qu'elle savait, que même en ne l'ayant qu'à l'intérieur, ça sentait, que déjà cet hiver, rien qu'avec les piqûres, elle avait senti l'odeur, que c'était d'ailleurs plus un goût qu'une odeur, et qu'elle faisait tous les jours en ce moment ce qu'elle avait fait l'hiver dernier pour faire passer le goût : quand c'était fini, elle prenait des coups de Ricard, parce qu'il n'y avait que le Ricard pour faire passer ce goût-là, et encore, il en fallait, Si vous saviez.

Estelle était inébranlable. Elle avait bu, elle boirait jusqu'à la tombe. De toute façon, ai-je pensé, on ne discute pas avec le tonneau des Danaïdes. Je lui ai simplement dit que je ne reviendrais pas le lendemain, mais que le docteur Laurent lui rendrait sûrement visite. Je ne lui ai pas laissé le temps de réagir. J'ai abandonné Estelle Desnoyers telle que je l'avais clouée à son lit, seule, avec sa perfusion finalement létale.

J'étais dans cet état, partagée entre le découragement, la colère et la culpabilité, quand je suis arrivée chez les Séjourné, où je n'étais pas venue depuis près d'un mois.

L'Eulalie m'ouvre la porte, elle a un air d'excitation joyeuse. Je sais que ses petites-filles ont passé là quelques jours pendant les vacances de Pâques, je pense qu'elle est encore sous le coup de ce plaisir. Je sais que M. Séjourné a de nouveau été hospitalisé et qu'il vient de rentrer, je pense qu'elle en est heureuse. Je pense aussi au printemps, et que tout cela, petites-filles, retour du mari, belle saison, aura eu raison, pour une fois, de son obstination maussade. J'ai vu en arrivant que les volets étaient grands ouverts, je sens un courant d'air léger, presque frivole, contrairement à l'habitude, l'Eulalie ne s'est pas plaquée contre le mur, elle est plantée en face de moi, et plisse un peu les yeux à cause de la lumière.

On ne fréquente pas quotidiennement la maladie et la mort sans avoir, chevillé au corps, un optimisme mi-enragé mi-benoît. Cette fois encore, je m'étais trompée.

Tandis que je m'avance pour forcer le passage – je ne vais pas quand même rester là toute la sainte journée –, l'Eulalie me retient, faisant le geste de poser sa main à plat sur ma poitrine, et ajoute, dans un susurrement terrible, Je vous l'avais bien dit, j'ai un cancer, moi aussi, un cancer du poumon, j'ai passé la radio hier, et elle sourit.

C'est un vrai, beau, impressionnant sourire de triomphe.

Deux autres foyers, un dans le lotissement des fleurs, en face du château du vieux Delmas, un autre sur la route de L'Aubreçay, ont été frappés par le chômage. Jeunes couples avec enfants en bas âge, endettés jusqu'au cou. Frappés, c'est le mot, quoique le choc se répercute toujours par ondes successives. À la colère, vive, succède une phase d'euphorie, d'intensité proportionnelle à l'indemnité de licenciement ou de ce qui est si joliment appelé « de départ volontaire ». Les anciens compagnons de travail se voient encore entre eux, se reçoivent, ils vont les uns chez les autres, remuent les souvenirs, boivent, ce sont les épouses qui, les premières, consultent, parce qu'elles ont un emploi à l'extérieur et que le chômeur ne le supporte pas, parce qu'elles sont à la maison et qu'elles ne supportent pas, dans la journée, la présence du mari et de ses copains, elles dépriment, sont cassées par un lumbago, une sciatique, ont des migraines, des défenses immunitaires affaiblies, et virus, bactéries, tous les agents infectieux profitent de cette soudaine hospitalité de leur corps, j'entre et… C'est ma femme qui est malade, dit l'homme. Il plastronne. Je sais que la femme malade, en réalité, prend des forces. Pour après. Elle sait d'avance, intimement, ce que je sais, moi, seulement pour l'avoir déjà vu ailleurs : dans quelques semaines, la cohésion du groupe d'hommes sera défaite, comme celle d'un régiment d'appelés se délite avec le temps, le pactole diminuera, le mari échouera à retrouver un travail, On n'embauche pas, il n'aura plus d'activité, plus de place dans la société, plus de rôle, plus d'image, à Profession du père ? ses enfants répondront Chômeur. Dans l'homme qui me mène avec une indulgence un rien condescendante auprès de son épouse, je vois l'homme qu'il sera, bras ballants, assis à la table de la cuisine, comme si, déjà, il n'avait plus droit à la salle de séjour, désœuvré, Rien ni personne, dira-t-il de lui-même, sans perspective, et de surcroît coupable s'il s'est agi d'un départ volontaire, car la violence sociale a aussi de ces perversions, elle en rend responsables ses victimes. Dans les enfants qui jouent ou font leurs devoirs, je vois les adolescents dont on aura ruiné l'image du père, il n'y a pas dans ma sacoche de quoi remédier à une crise familiale, moins encore à une crise économique.

À dix heures, Jules Masse n'était pas chez lui comme prévu. Je suis allée directement au Soleil Levant, un beau nom pour le sinistre bistrot de la place, mais il est vrai qu'il ouvrait sur l'est, dans la perspective infinie de la route du Payaud, et aurait été, le matin, inondé de lumière si les voilages et les fenêtres avaient été nettoyés, si l'épaisse fumée dégagée par les cigarettes papier maïs pour la plupart et par l'haleine des buveurs ne l'avait, de toute façon, diffractée comme un brouillard. Léon, le facteur, était accoudé au zinc. En me voyant, il m'a montré son verre, Pur jus, a-t-il dit, il s'était laissé convaincre et était en cure de désintoxication. La première. Quant à Jules Masse, il était sincèrement confus. Il a vidé cul sec son ballon, Oh merde ! mais c'est qu'j'ai pas vu passer l'temps, et qu'dans l'affaire, j'vous ai oubliée... Merde merde merde, n'a-t-il cessé ensuite de murmurer en ramassant sa veste, et fouillant dans sa poche pour payer, Ne remballez rien, monsieur Masse, lui ai-je dit, je vous pique ici. Ça va m'faire des vapeurs, a-t-il objecté.

Pas tant que l'apéro à cette heure-là, et, de toute façon, je n'ai pas de temps à perdre.

Il a vu que j'étais d'humeur massacrante, s'est docilement assis et a relevé sa manche.

Au moment des vapeurs, il a fermé les yeux avec des airs d'amoureuse éconduite.

Et, par-dessus le marché, après avoir appelé le docteur Laurent pour Estelle, j'avais répondu à l'appel d'une femme, cédé aux inflexions graves et lentes de sa voix, à son insistance tranquillement irrévocable, peut-être à la beauté de son nom, Armande Mélodie, qui voulait que je vienne jusqu'à Charron, un village de bouchots situé au diable, alors que j'avais dès le début circonscrit ma tournée à un territoire limité, Nieul, Lauzières, Lagord, l'Aubreçay et Le Payaud, au-delà du cimetière, parce que y habitaient un frère et une sœur de Louise Parant. Marsilly et Saint-Xandre à la rigueur. La Rochelle, ponctuellement, puisque j'y allais, mais pas Esnande, *a fortiori* pas Charron, d'habitude je refusais, renvoyant les gens à des infirmiers plus proches de chez eux ou à Jean-Paul, qui faisait tous ces trajets les yeux fermés, disait-il : il y a trente ans, quand il s'était installé, on appelait cela l'habitat dispersé, la région était déserte sur des dizaines et des dizaines de kilomètres de terres agricoles ponctuées çà et là de ces villages et bourgs qui ne comportaient alors que quelques maisons, n'étaient pas ceints comme maintenant de lotissements en quantité, ne constituaient pas encore la grande banlieue de La Rochelle, et il avait gardé de ces années-là ses vieux patients, puis avait tout naturellement soigné leurs enfants et leurs petits-enfants, Vivement la retraite quand même.

Armande Mélodie au nom magnifique, qui parlait comme un violoncelle, exigeait le sacrifice de la pause sacrée du déjeuner. Je l'ai maudite toute la fin de matinée dans la voiture. Avec Estelle, Eulalie et le chômage, je maudissais Armande, je m'envoyais moi-même à tous les diables pour m'être laissée fléchir sans combat, et tous les tire-au-flanc de la tournée, du genre de Jules Masse, qui n'ont rien du tout, ai-je dit à Line, qui se mettent à l'assurance pour glandouiller et picoler au Soleil Levant.

N'exagère pas, m'a dit Line. C'est comme d'habitude, mais, toi, tu es énervée.

Je le suis restée jusqu'au moment où, Éphraïm m'ayant donné l'horaire des marées, vers midi, l'apaisement est venu.

J'ai anticipé le trajet. Sur ma gauche, en montant chez Armande Mélodie, je verrai la mer à l'étale, à mi-hauteur des pilotis des carrelets. En sortant de chez elle, la mer se sera ébranlée vers le large, la marée descendante était ma préférée, les vagues déferlent, en réalité reculent d'un pas en une manière de révérence.

Et, surtout, Éphraïm était toujours en vie.

La route avait été belle. Au téléphone, Armande Mélodie m'avait dit que la porte serait ouverte, que je n'aurais qu'à sonner pour signaler mon arrivée puis entrer, et qu'elle m'indiquerait alors le chemin jusqu'à sa chambre. Elle habitait une de ces maisons de maître qui existent dans tous les villages, aussi visibles que l'église flanquée de son presbytère, la mairie, l'école, la poste et le bistrot, et que s'étaient fait construire, au siècle dernier, notaires, médecins et paysans cossus.

C'était initialement une maison de vacances, dans laquelle les Mélodie avaient emménagé quand il s'était avéré qu'Armande ne pourrait plus enseigner – elle était grammairienne, ne le disait jamais sans éclater de rire, Vous m'imaginez grammairienne ? –, et après que M. Mélodie, ingénieur à la DDE, s'était fait muter de Poitiers à La Rochelle. Un petit jardin devant, un très joli escalier à double volée courbe menait à un perron, abrité par un arceau de roses déjà écloses, j'ai sonné et je suis entrée, j'ai entendu sa voix de basse, extraordinairement douce et lente, m'ordonner de poursuivre tout droit jusqu'au fond du couloir, de traverser de biais le salon à ma gauche, de faire attention aux marches, elle était dans une pièce en contrebas, dans une partie rajoutée à l'arrière de la maison, bâtie en rez-de-jardin, sans nette solution de continuité avec celui-ci : toute la paroi était faite de grandes fenêtres coulissantes, et la chambre d'Armande Mélodie était envahie par des plantes. Ce sont mes quartiers d'été, m'a-t-elle dit.

Elle était à demi assise sur un lit flanqué de petites étagères montées sur roulettes, qu'elle pouvait pousser ou attirer à elle à loisir. Y étaient disposés, à portée de main, tout ce dont elle pouvait avoir besoin dans la journée, livres, disques, électrophone, radio, téléphone, de quoi écrire, boire et grignoter, un nécessaire de toilette, l'installation était très ingénieuse, Un bricolage de mon mari, m'a-t-elle expliqué avec un large sourire. Dans un coin, dissimulé sous un châle, un fauteuil roulant. Une femme du village la levait deux fois par jour, son mari, le matin et le soir dans la semaine, Que demande le peuple ? Je vais même au jardin, a-t-elle ajouté, car elle avait entendu jusqu'à l'écœurement des paroles de pitié ou d'admiration, des Ma pauvre Armande, comme je vous plains, des Quel courage ! – ce, pour les moins maladroites : il y a toujours nombre de charitables créatures qui se demandent tout haut si, dans de pareilles conditions, elles n'auraient pas cherché, elles, par tous les moyens, à se suicider.

Voilà ce que nous nous sommes dit un peu plus tard, en pouffant de rire, Armande Mélodie et moi, elle et moi mimant tour à tour le visiteur compatissant, elle se tordant les mains, se cachant le visage ou essuyant une larme furtive, et, quand c'était moi, elle me reprenait, Ce n'est pas du tout ça, Vous n'y allez pas assez fort ! C'est qu'elle en avait vu, à mesure qu'elle avait perdu, irréversiblement, de son autonomie. Elle avait en mémoire tout un répertoire de grimaces, de paroles et de manières, disait-elle, elle avait alors des expressions et une gestuelle d'actrice du muet, les unes transfigurant son visage rendu bouffi par la cortisone, l'autre donnant l'illusion que son corps, lui aussi aqueux et pour moitié inerte, répandu dans le lit, était encore doué de toute sa mobilité. Elle était d'une drôlerie irrésistible, sans rien de forcé ni de désespéré dans son humour. Elle aimait jouer, Armande Mélodie, voilà tout. Tandis que ses traits semblaient s'être noyés dans son visage énorme, ses yeux émergeaient, d'un vert vif, pleins d'intelligence, et son sourire, soudain, bousculait les chairs flasques, les repoussaient énergiquement pour s'ouvrir. Oui, elle aimait jouer la comédie. Pourtant, elle n'était pas de la première jeunesse, elle savait aussi que l'inertie gagnerait jusqu'à ses membres supérieurs, et Très certainement mon cerveau, avant que je meure, m'a-t-elle dit gravement le quatrième jour, dans un moment de vrai désespoir, tels qu'elle en avait connu, en vivait encore, sans jamais s'en cacher.

Quelquefois, elle pleurait. Alors je restais un peu plus longtemps après les soins, et nous parlions. Tout était simple, avec elle. Nous anticipions autant que nous le pouvions les conditions dans lesquelles elle allait continuer à vivre. Et mourir. Quand nous avions épuisé ce sujet, la conversation déviait naturellement sur un autre. Parfois avant que nous l'ayons épuisé, parce que Armande Mélodie ne s'intéressait pas longtemps à elle-même. Tout à coup, elle disait Ça me rappelle que, Ça me fait penser à, et nous voilà à discuter à bâtons rompus de tout autre chose. Avec ses souvenirs, la musique et les livres, tous ceux qui, dans le présent, venaient la voir et que son mari ramenait en nombre, pour qui il faisait la cuisine et dressait la table jusqu'où il conduisait Armande dans son fauteuil roulant, elle avait toujours quelque chose à raconter, et à m'apprendre. Elle faisait surgir et revivre dans ses quartiers d'été des pans entiers de son monde et de sa propre existence, de sa propre expérience. Très vite, ensuite, elle recommençait à faire le pitre. Quand elle roulait des yeux, portait la main à son front pour imiter les hystériques, disait-elle, de ses connaissances, je m'en allais.

J'avais la certitude qu'elle ne s'effondrerait pas, de nouveau, après mon départ.

D'Armande Mélodie, je me disais qu'elle avait une sacrée trempe.

J'y suis retournée à la fin de l'été 1980, pour une nouvelle poussée de dégénérescence qui, cette fois-ci, avait sûrement affecté le centre de la parole, a prétendu Armande. Mais je n'ai rien remarqué de tel, et ce n'est pas que je me serais habituée à sa diction lente et laborieuse, évoluant dans les graves et dans le seul intervalle d'une quinte, à sa voix si reposante à l'oreille : c'est après l'avoir longuement fait parler que j'en suis arrivée à cette conclusion. Elle avait près de trois mois de vie, de lectures et de musique à me rapporter, sans compter des souvenirs que son récit réveillait ponctuellement.

De même, après avoir fait l'inventaire de la relative autonomie dont elle disposait encore, il m'est apparu qu'elle n'avait rien perdu depuis la dernière fois que j'étais venue. Seule ce qu'elle appelait sa sensation paradoxale d'insensibilité était pour l'instant réelle – et, s'il est vrai que cette sensation avait toujours précédé une aggravation du processus de dégénérescence, pour l'instant du moins les autres symptômes n'étaient qu'anticipation anxieuse –, c'est la formule sur laquelle nous nous sommes arrêtées après en avoir essayé beaucoup d'autres, et des plus fantaisistes, Armande Mélodie avait déjà recouvré un peu de sa verve.

Toutefois, elle me scrutait du regard, avec une inquiétude ardente que je n'y avais jamais lue, aussi lui ai-je proposé, puisqu'elle craignait qu'on lui cache quelque chose, ou de se laisser vite convaincre ou d'avoir recours, du moins le soir et pendant quelques jours, à la Joyance de l'abbé Sourire, comme Armande avait au printemps dernier pudiquement appelé les anxiolytiques et antidépresseurs. Elle ne se souvenait pas de sa trouvaille, et elle l'a trouvée excellente, Vraiment excellente, tant il vrai – et ce n'est pas pour me vanter – que j'ai de l'esprit, a-t-elle dit en riant aux éclats. Armande Mélodie était dépourvue de tout orgueil. Elle a ajouté que, en ce moment, elle ne se sentait pas le courage de dominer ses angoisses, pas même celui de nous croire, son médecin et moi, elle rappellerait donc celui-ci pour qu'il lui fasse une ordonnance de Joyance, et son mari irait la chercher au cabinet et lui rapporterait les pilules miracles de la pharmacie en rentrant du travail.

Au fond, sauf cette sensation nouvelle d'insensibilité éprouvée par Armande, cependant invisible, et sa peur encore lisible dans ses yeux verts, ce qui avait changé depuis le printemps, c'était l'aspect de son quartier d'été et celui du jardin, autant qu'on ait pu nettement les distinguer l'un de l'autre, car les baies vitrées étaient grandes ouvertes. Les deux étaient d'une beauté somptueuse.

Ah ! s'est écriée Armande, en levant un doigt docte. De l'esthétique en botanique.

Elle a nommé tous les arbustes et les fleurs avec un air de gourmandise. Quand elle m'a fait observer la répartition des couleurs, je l'ai imaginée en grande conversation avec Mlle Réjeane. Puis elle est passée au sujet suivant, De l'olfactif en botanique, et m'a décrit les parfums respectifs des aromates et des différentes espèces de roses qui avaient éclos dehors en pleine terre et à l'intérieur dans des pots, et ceux-ci, avec les grandes plantes vertes et le palmier, avaient fini par envahir la chambre.

Si un inconnu avait fait irruption en ces lieux pendant le sommeil d'Armande Mélodie, il aurait eu l'impression étrange de pénétrer dans les pages d'un conte, à la fin de l'histoire de quelque belle au jardin dormant que le prince n'aurait jamais trouvée : avec le temps, le corps même de la belle aurait certes été gagné par l'âge, mais il aurait bien avantage été victime d'une sorte d'absorption avide, de phagocytose par la nature alentour. Gorgé d'eau comme la terre généreusement irriguée du jardin, il aurait crû comme une plante et peu à peu participé à la fois du genre minéral et du genre végétal.

Car c'est bien ce à quoi il me semblait assister. Non pas à des changements notables, mais à une imperceptible, effrayante métamorphose du corps d'Armande Mélodie, et elle-même devait avoir conscience d'être la proie d'un ultime et irréversible phénomène de conversion : chaque jour, elle m'a rappelé, en variant sur les deux thèmes, que sa sensation d'insensibilité ne cédait pas d'un pouce, mais qu'elle ne perdait rien de son esprit, qu'elle n'avait d'ailleurs jamais manifesté avec autant de brio, enchaînant les anecdotes puisées dans sa mémoire devenue intarissable, les bons mots et les cocasseries. Et pour une vieille grammairienne, disait-elle, j'ai du mérite. Mes honorables collègues ne riaient que des plaisanteries scatologiques. Pour le reste, pour tout ce qui réclamait un peu de sens de l'humour, un peu de finesse, ils étaient tout juste bons à en faire l'analyse logique. Elle me dressait alors le portrait d'un collègue ou d'un autre, qu'elle avait affublés de sobriquets, P'tit Moteur parce qu'il faisait un bruit de bouche insupportable, Courte-en-Gueule parce que les étudiants du haut de l'amphi ne l'entendait pas, Gabegie, qui l'avait étonnée du premier au dernier jour, Une curiosité de la nature, parce qu'il était beau sans l'être, intelligent sans l'être, jeune mais vieux, mince en paraissant gras, grand mais court si vous voyez ce que je veux dire, et je ne voyais pas grand-chose. Alors Armande Mélodie, avec ses seuls bras infiltrés et son seul visage infiltré, se transfigurait en son ancien collègue Gabegie, mais ce que je voyais, c'était Armande, son goût du jeu, ses talents de clown, le pétillement effréné de son esprit, le remue-ménage de ses souvenirs, sa lutte acharnée contre cette fichue sensation, comme elle l'appelait désormais, tant il semblait qu'il s'agissait de tout autre chose, aurait dit Barthélémy, que d'insensibilité.

Autour de la vieille grammairienne alitée, presque à la toucher : la frénésie végétale, juste avant l'automne.

Il a régné tous ces jours-ci, dans les quartiers d'été d'Armande Mélodie, une curieuse atmosphère d'euphorie et d'inquiétude tenace.

Et je n'avais plus, comme au printemps précédent, la certitude des horaires des marées, la parenthèse apaisante des visites chez Éphraïm Bonneau.

C'est en me penchant sur Armande Mélodie, l'avant-dernier jour, que c'est arrivé.

Quelque chose a effleuré mes cheveux, une toile d'araignée, ai-je pensé, et en a emprisonné quelques-uns.

J'ai poussé un cri, en les défaisant vivement, et Armande s'est moquée de moi Oh ! Oh ! Oh ! Une chauve-souris ! et elle a éclaté de rire.

En relevant la tête, j'ai vu le papier tue-mouches, qui pendouillait déjà au printemps au niveau du ventre d'Armande, auquel je n'avais prêté aucune attention, il ne m'avait jusque-là jamais gênée, ni dans mes gestes ni dans mes mouvements. Sans doute le lit avait-il été légèrement déplacé la veille après mon départ, c'est l'explication logique. Pourtant je n'ai pu me défaire de l'idée que la spirale du papier tue-mouches s'était en une journée et une nuit alourdie de cadavres d'insectes, et déroulée assez bas pour qu'elle m'effleure le crâne.

De tout l'après-midi après avoir quitté Armande Mélodie, de toute la matinée du lendemain, l'image du papier tue-mouches s'approchant du ventre d'Armande à mesure que les insectes venaient y mourir, enfin immobiles dans ces curieuses postures d'acrobates qu'ils avaient prises pour se désengluer, n'a pas cessé de me hanter.

Quand j'y suis retournée pour la dernière fois, il y avait une nouvelle spirale visqueuse et luisante, avec seulement deux mouches mortes accrochées, le lit avait été remis dans sa position initiale et, de toute façon, Armande m'avait accueillie d'un ironique Attention à la chauve-souris. L'incident de la veille ne risquait certes pas de se reproduire, mais le papier tue-mouches ne quittait pas mon esprit.

Nous nous sommes séparées cet après-midi de septembre sur un pudique À la prochaine fois.

Les jours suivants, quand je pensais à Armande Mélodie, je voyais le papier tue-mouches.

Davantage que la fichue sensation éprouvée par la vieille grammairienne, comme elle n'avait plus cessé de se qualifier, davantage, même, que le processus inéluctable de sa maladie ou que la voracité indifférente de la nature alentour, rien ne me semblait mieux illustrer la menace qui pesait sur Armande Mélodie que ce sinistre et dégoûtant papier tue-mouches.

Je voyais comme dans un cauchemar le moment où, sous le poids des cadavres, la spirale finirait par atteindre le ventre d'Armande Mélodie, et où Armande Mélodie ne pourrait plus tenter le moindre geste pour se défaire de son emprise.

Armande est morte en novembre. Le cœur, m'a dit son mari. Elle avait tous ses esprits.

Ladislas

S'il avait été pénétré de littérature russe, monsieur le maire se serait identifié à un personnage de barine, régnant avec libéralité et humanisme sur un domaine de trois mille âmes qu'il aurait peut-être affranchies avant que le tsar Alexandre II eût décidé l'abolition du servage. Il aurait construit lui-même puis fini par imiter son personnage de prédilection et, ainsi, par se stabiliser, en tirant autant d'orgueil de la manière dont il avait converti ses terres, originellement mi-agricoles mi-maritimes, en zones constructibles, artisanales et commerciales, que de satisfaction de sa propre grandeur d'âme, dont il avait fait et faisait encore quotidiennement preuve à l'égard de la plupart de ses ouailles. Hors les trois médecins, le pharmacien, les instituteurs, les anciennes et nouvelles familles bourgeoises de ses deux villages, il n'était pas loin, en effet, de considérer ses administrés comme un ramassis de moujiks auxquels il avait ouvert l'accès au libre ravitaillement et à la libre entreprise, en permettant la construction sur le sol communal d'un supermarché et d'ateliers d'artisans ; aux activités sportives, avec la salle *ad hoc* ; à la libre circulation du courrier : avant lui, ses communes dépendaient de la poste de Lagord ; à l'instruction, non seulement en obtenant l'ouverture de trois classes supplémentaires, mais en finançant un réseau de cars qui transportaient les anciens écoliers de Nieul et Lauzières jusqu'aux collèges et lycées de La Rochelle, les anciens collégiens et lycéens le dimanche soir jusqu'à la gare, point de départ vers l'université de Poitiers, et qui en ramenaient ceux-ci le vendredi soir; aux loisirs et à la culture, avec la salle des fêtes, la bibliothèque, le club du troisième âge, et ce même réseau de cars qui permettaient à ses populations d'aller dans la journée dans la grande ville. Il subventionnait même les voyages du club – et la vieille troupe s'en allait clopin-clopant ici et là en France et jusque dans des pays étrangers, toujours bénévolement accompagnée par Louise Parant. Louise n'avait pas sa pareille pour dresser l'historique du lieu de visite, enthousiasmer les foules, soigner les bobos, régler les conflits, faire trotter les boiteux et les occuper toute la journée jusqu'à ce qu'ils soient enfin terrassés par le sommeil. Elle, alors, se reposait en veillant jusqu'à une heure avancée de la nuit, car c'étaient les seuls moments, depuis toujours, où elle avait enfin le loisir de se délecter du silence et de la solitude.

Il arrivait souvent à monsieur le maire, après la réunion du Bureau d'aide sociale qui m'avait déjà plongée dans un ennui profond, de me prendre à part – c'étaient ses propres termes – sous le prétexte d'évoquer confidentiellement le cas problématique de telle ou telle famille. Nous étions tous debout et nous apprêtions à nous quitter quand il me posait une main paternelle sur l'épaule et annonçait à ses adjoints et à sa secrétaire qu'il avait à me parler, et que, donc, eux devaient quitter la salle et nous laisser. Là encore, il avait l'air du barine signifiant à son personnel le plus éclairé que si, aujourd'hui, il honorait l'une (moi) d'un entretien en tête à tête, demain, un autre (l'intendant de ses domaines) jouirait de ce même privilège, après-demain, un troisième (le précepteur de ses petits-fils), etc. La première fois, il m'avait invitée à m'asseoir. Dès la deuxième, j'avais refusé, arguant que je devais reprendre ma tournée dans les cinq minutes – la réunion du bureau avait lieu de treize heures trente à quatorze heures trente, elle me privait chaque fois de mon sacro-saint moment de liberté, et je n'y avais jamais puisé les trésors de vie découverts, en lui sacrifiant ces mêmes moments, auprès d'Armande Mélodie.

Monsieur le maire expédiait désormais le cas-prétexte en trois coups de cuillère à pot et me refaisait l'historique de ses réalisations, inlassablement. J'étais une auditrice idéale, selon lui, car la seule du bureau à être étrangère à Nieul et à Lauzières, à n'avoir pas été témoin de ses débuts de maire – et ce fait même le maintenait dans l'illusion d'avoir hérité la charge de son père, sorti ses administrés de l'état à demi sauvage où il les aurait trouvés en reprenant le domaine, fait transformer les isbas primitives en pavillons tout confort et construire des routes à travers steppes hostiles et forêts de mélèzes pour enfin réduire la distance civilisationnelle entre ses deux villages, comme s'ils étaient situés au fin fond de l'Oural, et La Rochelle, comme s'il s'agissait de la grande ville européanisée de Saint-Pétersbourg. Quand il en arrivait à la partie de sa mission qu'il n'avait pu encore accomplir, en évoquant d'un air navré les îlots d'obscurantisme que représentaient pour lui les quelques familles résistantes au progrès, à la civilisation, aux contraceptifs et au travail, dépendantes de l'alcool et, à proportion, de l'aide sociale, je l'imaginais encore sous les oripeaux d'un barine démocrate et positiviste avant l'heure se lamentant qu'il y eût sur ses terres des adeptes de l'Antéchrist ou du Cavalier blanc de l'Apocalypse.

Il aurait pu s'en tenir fermement à cela, régler les affaires de son monde de cette manière paradoxale qu'il avait de me les raconter, avec le sage et très efficace réalisme dont il avait fait preuve, en flottant toutefois très légèrement en dehors de la réalité présente, mais sans varier jamais ni de point de vue (celui du barine), ni d'univers romanesque (un village reculé de Russie), ni d'époque (milieu du dix-neuvième).

Au lieu de quoi, privé de modèle littéraire stable, il semblait parfois manquer sérieusement de repères.

Il avait des résistances de fonctionnaire austro-hongrois, des emportements ubuesques, de stupides visées médiatiques de pharmacien Homais, des arrogances de petit seigneur féodal. De Clochemerle, on passait chez Maupassant, puis il se référait au général de Gaulle bien qu'il fût son adversaire politique, précisait-il, mais le plus souvent il faisait immanquablement penser à un personnage de Courteline.

Ce jour-là, je l'ai vu venir immédiatement: il avait rêvé que ma R8 pourrait faire office de caravane électorale et que, en plus des soins, je pourrais dispenser la bonne parole socialiste. Mitterrand venait de se déclarer candidat à l'élection présidentielle. Avec un air embarrassé, il a ajouté Michel Crépeau aussi, évidemment, vous n'êtes pas sans savoir les liens qui m'unissent à lui, mais je crois qu'il vaut mieux voter utile dès le premier tour. Et il a continué, avec mille précautions oratoires, sur le fait qu'il connaissait mes opinions, Et vous savez à quelle propagande il faut s'attendre de leur part (celle des ennemis droitiers)… Sans parler de ce que va leur débiter le curé… Et, comme vous allez de maison en maison, l'idée m'est venue que…, etc.

Or, il n'y avait rien de plus irréaliste que cette idée. Comme si je pouvais bourrer ma sacoche noire de tracts électoraux et, chaque fois que je l'ouvrirais, les laisser s'envoler comme par mégarde, en ramasser quelques-uns, en laisser quelques autres. Pour la gouverne des malades. Ou moi-même entamer la conversation, sur le sujet politique, et convertir les déviants, décider les indécis. Ou, plus absurde encore, échanger les soins contre des voix.

J'étais placée devant cette contradiction stupéfiante: quand il collait trop à la réalité présente, monsieur le maire, soudain, s'illusionnait. Quand il jouait son rôle de barine du siècle passé, administrant avec humanisme son domaine de fiction, il faisait preuve de réalisme.

Monsieur le maire était rusé mais obtus, comme le sont souvent les hommes qui ont investi toute leur intelligence à la conquête du pouvoir puis à sa conservation – quel que soit le pouvoir. Je n'ai pas tenté de le convaincre de l'absurdité de sa demande, qu'il s'était d'ailleurs bien gardé de formuler explicitement. Ni ne lui ai rien promis. Comme d'habitude, je lui ai laissé croire qu'il était resté trop allusif et subtil pour être immédiatement compréhensible par quelqu'un comme moi, peu rompue aux sibyllines insinuations diplomatico-politiques. Je lui ai adressé un de ces sourires bêtes d'étranger qui n'a pas tout saisi des explications topographiques de l'autochtone, mais voudrait couper là et poursuivre son chemin, au risque d'errer un peu. Comme d'habitude, il a pris un air d'indulgence fataliste, puis il a eu ce geste auquel je ne pouvais résister : il a fait tourner sa main lentement à hauteur de sa tempe, un petit moulin qui, à la longue, à mon rythme, finirait bien par entraîner jusque dans mon esprit l'idée que le sien avait engendrée.

Enfin, pensez-y, a-t-il dit en me quittant.

Je n'y ai plus pensé.

Puis, quelques jours après cette irréelle requête de monsieur le maire, j'ai dû prendre mon solex pour poursuivre ma tournée, la marche arrière de ma caravane électorale ayant rendu l'âme. J'avais demandé à un patient cloué chez lui par un lumbago de m'aider à reculer ma R8 immobilisée sur son parking. Il était lui-même plié en un L renversé et avait d'abord cru à une mauvaise farce. Je venais de lui conseiller de ne pas trop bouger. L'immobilisation fait partie du traitement était la formule dont usait le docteur Rivière. Il avait finalement poussé ma voiture en pestant et vociférant d'autant plus fort que sa fureur, légitime, m'avait fait attraper un fou rire inextinguible (et un deuxième, un peu plus tard avec Line, quand je lui avais rapporté la scène et mimé mon patient plié et furieux). Puis j'avais appelé le garage où travaillait Henri Parant, le mari de Louise (fils unique de Léna Braud, neveu de la Reine Mère, cousin germain de Line). Il en avait déjà vu de toutes les couleurs d'abord avec ma 2 CV, ensuite avec ma vieille R8. Henri était un grand maigre laconique, et même mutique la plupart du temps, qui composait avec Louise, petite, rondelette, logorrhéique et pétulante, un couple détonnant. D'habitude, je lui disais quel problème j'avais (ça fume, les freins ont lâché, je ne démarre pas, il y a une fuite, etc.) et, après un long silence, j'entendais un bref Je passe à telle heure, prononcé de sa voix d'outre-tombe de grand fumeur – promesse chaque fois tenue. Il n'était pas du genre à se départir de son calme, mais, cette fois, il a semblé ému. Ce coup-là, tu ne me l'avais jamais fait, a-t-il déclaré après le long silence coutumier. Puis, Mais qu'est-ce que tu as fabriqué ? Ensuite, Il faut que je vienne la chercher. Enfin, Je passe à telle heure. Ce qui équivalait chez lui à une longue tirade. Un morceau de bravoure. Autant dire que la situation était inquiétante.

Depuis mon solex, le point de vue avait subi une légère distorsion, et la proposition de monsieur le maire m'est revenue à l'esprit sous un aspect non plus irréaliste mais franchement grotesque, parce qu'il n'aurait plus manqué à l'attelage que nous composions, ma machine et moi avec ma sacoche sur le porte-bagages, que des fanions, des affichettes publicitaires battant au vent, et que je braille dans un porte-voix mon soutien à Mitterrand, ou la date et le lieu d'un prochain meeting, en faisant autant de tapage que la camionnette qui passait de temps à autre annoncer dans un haut-parleur grésillant l'installation d'un cirque sur un des terrains communaux, en bordure de la route de La Rochelle, et dont le chauffeur distribuait affichettes et ballons aux enfants.

Alors que j'avais complètement oublié cette improbable affaire de campagne électorale menée parallèlement à ma tournée, ce jour-là, juchée sur mon solex, j'ai imaginé l'effet que cela produirait si je manifestais quelque ardeur militante dans chaque maison où j'avais été appelée. Après celui que j'avais surnommé Lumbago furioso, qui avait dû pousser ma voiture malgré ses douleurs, il ne me restait que trois personnes à visiter avant la fin de la matinée.

La première était une jeune mourante, dont le lit avait été installé dans la salle de séjour, dans laquelle on entrait directement. Léon, le facteur, ou livreurs et démarcheurs, ou la sainte Éléonore Pinsard quand elle allait par tout le village pour essayer de fourguer son *Pèlerin*, personne, aussitôt la porte poussée, ne pouvait éviter de voir la jeune femme qui agonisait dans son lit. Pâle, les cheveux blonds déployés sur son oreiller comme s'ils flottaient, son visage ayant miraculeusement gardé certaines rondeurs de l'enfance alors qu'elle était d'une maigreur extrême, elle aurait eu un vague air d'Ophélie si quelque référence littéraire avait, sur le moment, pu venir à l'esprit. Autant que les douleurs cancéreuses, c'était le chagrin qui la dévorait, et aucune consolation ne pouvait lui être apportée. On ne savait que recueillir ses larmes, dans l'attente que les produits destinés à calmer les douleurs l'apaisent, d'abord, puis l'endorment. Quand elle s'éveillait, elle pleurait avant de se plaindre. Elle pleurait l'enfant qu'elle perdait en perdant la vie, et qui n'avait pas encore, lui, perdu sa mère. La jeune mourante à l'enfant m'avait révélé à quelle épreuve singulière étaient soumis les agonisants qui, de leur vivant, souffraient d'être arrachés à leurs proches à mesure qu'ils sentaient la vie les quitter, tandis que leurs proches ne les perdraient véritablement qu'avec leur mort.

L'enfant était là, qui avait grandi en son sein avec la tumeur et l'avait d'abord dissimulée, à l'époque on ne faisait pas d'échographie. Il cavalait à quatre pattes par terre ou se tenait dans les bras de sa grand-mère ou de son père quand celui-ci rentrait du travail. La jeune mère jouait avec lui dans son lit, dans les moments indolores qui précédaient le sommeil artificiel, puis elle le serrait convulsivement contre elle lorsqu'elle se sentait sombrer, enfin, d'un geste épuisé, elle l'écartait d'elle.

Toute velléité de réaliser ici le projet militant de monsieur le maire aurait eu quelque chose de scandaleux, mais je ne parvenais pas à éprouver la plus petite colère envers lui, alors que, Pour moitié, me disait Line, c'est la colère qui te tient debout. C'est que je savais que, s'il était entré chez la jeune mourante sans pouvoir éviter de la voir, tout premier magistrat qu'il était, il aurait oublié cette perspective politique dès le seuil de la maison, aurait tout simplement endossé sa défroque de barine pénétrant dans une isba touchée par le malheur et n'aurait prononcé que des paroles justes, pleines d'humanité. Avec son allure de paysan des Carpates, malgré ses emportements de tyranneau de village et ses travers ridicules, c'était un homme bon.

Un proverbe africain dit que les personnes de la personne sont multiples dans la personne.

Quand j'ai quitté la jeune mourante, enfourché mon solex sans même mettre le moteur en route, l'idée de monsieur le maire ne pouvait évidemment plus m'apparaître que sous ses dehors cocasses, mais elle ne me semblait pas non plus absurde. Il s'agissait d'un malentendu, c'est tout. Un malentendu nécessaire, parce qu'il y avait autant de réels dans la réalité que de personnes dans la personne, que l'intersection entre les réels que nous fréquentions respectivement, monsieur le maire et moi, était assez réduite, et que j'évoluais le plus clair de mon temps dans ce qu'au théâtre on appelait le troisième dessous, tandis que, presque en permanence sur la scène, monsieur le maire n'avait pas la plus petite idée de l'existence de ce monde, qui grouillait sous ses pieds.

Je suis arrivée chez William en quatre coups de pédale. C'était un enfant d'une dizaine d'années. Il était souvent malade, et toujours sans gravité, mais le docteur Compagnon, presque toujours appelé pour les enfants, en raison sans doute de sa jeunesse, de son caractère enjoué et de sa bonhomie curieusement un peu timide, lui prescrivait des piqûres plutôt que des médicaments, de manière à ce que je passe une sinon deux fois par jour : il savait que ses parents, qui travaillaient tous les deux, le laissaient seul à la maison, en l'assaillant de coups de téléphone. Il avait la consigne de n'ouvrir à personne d'autre qu'à moi. Nous étions convenus d'un signal, William et moi, plus par jeu que par nécessité : deux coups brefs deux coups longs – il avait lu cela dans un petit roman d'aventures dont il avait coché le passage pour me le montrer. Puis je devais me présenter à la fenêtre de la cuisine. De chaque côté de la vitre, lui et moi rivalisions de grimaces, en nous écrasant tantôt le nez tantôt les lèvres sur le carreau. Puis j'écrasais ma joue, il m'embrassait, c'était à son tour d'écraser la sienne, et je l'embrassais. Alors seulement il venait m'ouvrir.

Une fois, en entrant, j'avais senti une odeur de brûlé et trouvé à William un petit air contrit et buté qui ne lui était pas habituel. J'étais chaque jour un personnage différent, et lui aussi, qui avait décidé souvent avant mon arrivée du scénario. Cette fois-là, il avait semblé en panne d'inspiration. J'avais dû m'improviser détective, dit Le Terrible. La séance d'injection dans les fesses de quelque antibiotique ou produit vitaminé prétexte à ma visite s'était transformée en séance de torture pour lui extorquer des aveux. William riait et criait qu'il ne dénoncerait personne. Puis il avait feint de souffrir le martyre, Oui, Arrêtez ! Je vais parler. Il avait fait un petit feu dans la cheminée, puis fait disparaître les cendres, corps du délit, quand elles étaient encore brûlantes, et le sac de l'aspirateur commençait à se consumer tranquillement dans le garage attenant à la cuisine, juste à côté d'un tas de journaux. J'étais arrivée à temps pour changer le sac, sauver l'aspirateur, nettoyer, aérer et expliquer à William qu'il aurait pu faire flamber le pavillon entier. Je l'avais condamné à trois jours de prison (les trois jours où il devait encore rester seul à la maison). Depuis, je l'appelais Bill l'Aspirateur.

Il avait vu mon solex. Il m'a dit d'une voix grave T'es venue à cheval. J'ai opiné du chef. La rivière est en crue, lui ai-je dit. Il a explosé de rire. Je ne pouvais pas être plus en porte-à-faux. Mon solex lui avait immédiatement inspiré une histoire où lui et moi étions perdus dans le désert, avec un seul cheval pour deux – le sien était mort, et déjà à demi dévoré par les vautours, m'a-t-il dit en me montrant le canapé-cheval mort. T'es nulle, t'es nulle, répétait-il, et ma nullité d'adulte entrant maladroitement dans un jeu d'enfant le réjouissait. Après quoi, il décidait de ce que contenait la sacoche – armes, or, carte du trésor, ordres de mission ou, ce qu'il aimait à dire avec un air mystérieux : pièces à conviction. Il farfouillait dans mon matériel, prenait son bonbon, l'examinait à la lumière, le fourrait dans sa bouche et distribuait les rôles. À cause du désert, en cette fin de matinée-là, il a heureusement trouvé dans ma sacoche que j'avais portée à flanc de cheval deux rations de survie – c'était généreux de sa part.

En sortant le bonbon de ma sacoche, Bill l'Aspirateur n'a jamais proposé : tract électoral.

Deux maisons plus loin, il y avait Marie-Laure Marsé. Sauf appel urgent, ce serait la dernière visite de la matinée. Marie-Laure était une grande femme intelligente, active, pleine de vitalité et d'humour. Elle avait une faiblesse, qu'elle ne connaissait pas elle-même comme faiblesse : son frère. Il était ingénieur-plongeur, essentiellement sur des plates-formes pétrolières, et intervenait sur toutes les mers du globe. C'était un métier très dangereux qu'il exerçait en rotation, selon un rythme immuable, pendant huit semaines, puis il se reposait quatre semaines, et il repartait. Il n'avait pas d'autre domicile que celui de sa sœur – ou, plus précisément, de sa sœur, de son beau-frère et de ses neveux. Selon le même rythme immuable, je venais pour lui dès le troisième jour après son retour – il avait cette particularité de supporter, sans attraper le plus petit rhume, la vie sur les plates-formes et les plongées, alternativement, dans des eaux glacées et dans des eaux tièdes, et de friser la pneumonie dès qu'il avait passé quelques heures dans des lieux climatisés, hôtels, aéroports, avions. Puis c'était pour Marie-Laure que je venais, dans la semaine suivant le départ de son frère. Chaque fois, elle disait Je ne comprends pas ce qui m'arrive, je suis malade tous les trois mois. Elle était sincère. Il est vrai que son corps usait de toutes les ruses pour qu'elle ne puisse pas comprendre, en réagissant diversement au départ du frère. Otites, calculs, bronchites, sciatiques, de graves coupures, brûlures. Jamais rien ne pouvait l'empêcher de travailler : elle repassait chez elle ponctuellement vers midi et demi pour les piqûres ou les pansements, mais, si on avait pu attraper plusieurs fois les maladies infantiles, ce sont oreillons, rougeole, coqueluche dont elle aurait tour à tour souffert, et, malgré cela, elle aurait déclaré, avec la même incrédulité, la même innocence touchante, Vraiment, je ne vois pas.

Je l'appelais en moi-même la Sœur du Plongeur.

Ils se ressemblaient comme deux gouttes d'eau. Mais le plus troublant, et paradoxalement le plus limpide, était la ressemblance entre le plongeur et son beau-frère. Même taille, même allure athlétique, même barbe babylonienne, même couleur d'yeux, même rire, même figure ouverte, qui inspirait une sympathie immédiate. À ceci près que, lorsque le plongeur revenait, lui et sa sœur semblaient rajeunir, et le beau-frère gagner en maturité, il avait un vague air de *pater familias* resté veuf avec quatre enfants, les deux siens, sa femme, le plongeur. Je le trouvais le plus souvent silencieux, un sourire indulgent aux lèvres, les bras croisés sur le ventre. Il attendait. Il attendait, sans impatience ni animosité, le départ du frère qu'il avait pourtant compté en concevant les plans de la maison : il était architecte.

J'allais piquer ou panser la Sœur du Plongeur avec plaisir, toujours, je ne me lassais même pas de l'entendre parler du plongeur. Parfois elle me lisait des extraits de ses lettres, me montrait sur le planisphère où il était, je m'étonnais juste un peu qu'elle n'y ait pas fiché des petits drapeaux. Puis venait le jour où elle n'abordait pas le sujet. La crise était passée. De là à conclure qu'elle devenait alors disponible à de la propagande politique, j'aurais eu du mal à franchir le pas.

Au moment où je suis arrivée chez Ladislas Ermitage, il était quinze heures précises, le premier coup sonné par la comtoise de l'entrée m'a fait sursauter. Puis il m'a semblé entendre un hurlement venant du jardin. Deuxième coup. Assourdie, j'ai interrogé du regard la fille de Ladislas, qui venait de m'appeler et m'avait demandé de venir le plus vite possible. Après le troisième coup, elle m'a dit Il est là-bas, en montrant la direction du jardin. Puis, Je n'ai pas pu l'arrêter. Elle avait un peu plus de soixante ans. Fin nez fine bouc', comme aurait dit ma grand-mère Myette, elle avait un air pincé, le teint pâle, les yeux pâles, le cheveu blanc et rare qui avait dû être blond filasse, elle avait tout d'une vraie jeune fille et semblait de surcroît, lorsqu'elle marchait, à petits pas économes, avec raideur, avoir avalé un parapluie.

La première fois qu'elle avait attrapé un fou rire, j'avais cru à une hallucination. Elle avait dû s'asseoir, elle tapait des pieds par terre, se tenait le ventre à deux bras, criait qu'elle avait mal, Ouh ! Ouh ! J'ai mal, pleurait à chaudes larmes et, quand elle ne gémissait pas, gloussait à n'en plus finir, le front sur la table. Débondée, déchaînée, la vieille fille, ai-je pensé. À tort. Elle me révélerait vite son caractère heureux. Lorsqu'elle s'était calmée et avait relevé son visage, je ne l'avais pas reconnue.

Depuis, je m'y étais faite. À ses explosions de rire et à ses facéties en contraste avec son apparence. Elle ne me surprenait plus quand elle se mettait tout aussi soudainement à jurer comme un charretier, à user même d'un langage encore plus cru – j'y reconnaissais celui des femmes de l'hosto, savant mélange de langue colorée populaire et de vocabulaire d'une grande précision anatomique et physiologique, la fille de Ladislas était infirmière à la retraite. Le temps de signer les papiers, et son père, avec qui elle vivait, avait commencé à se fissurer du plafond, Qu'est-ce qu'il n'aurait pas fait pour m'emmerder.

Il l'avait prénommée Natacha en hommage à la révolution bolchevique.

Elle levait les yeux au ciel et soupirait qu'avec ça elle était vernie.

Elle l'aimait.

Elle me faisait venir, dans les moments d'agitation, après que Ladislas avait déjà ostensiblement recraché ses médicaments puis refusé qu'elle lui fasse elle-même une injection de calmant, car il la confondait alors avec sa femme ou avec sa mère, qu'il appelait la Polonaise, ou bien il pensait qu'elle avait toujours dix ans. Ladislas Ermitage arguait qu'aucune d'elles – épouse ou mère, et moins encore la petite fille – n'était compétente en matière médicale, mais il ne refusait pas les soins. Ces jours-là, c'était facile, Natacha me présentait comme la remplaçante du docteur Laurent si son père était encore dans un passé récent – le docteur Laurent étant le plus ancien médecin de Nieul, qui avait succédé au petit docteur de Simenon –, ou comme une associée du médecin qui avait soigné sa mère s'il arpentait des territoires plus enfouis dans sa mémoire. Elle savait toujours précisément dans quels souvenirs il errait et quelle figure solliciter, du moment que c'était un médecin : il ne se rappelait pas la visite précédente du docteur Laurent, et c'était lui-même qui réclamait à Natacha d'appeler un médecin. Parfois, il se méfiait de ma jeunesse. Natacha me rajoutait alors quelques années en lui disant Chaque fois que tu la vois, tu dis la même chose. Il fronçait les sourcils, perplexe, puis convenait humblement qu'il perdait la boule.

Le vieil homme se montrait docile, le masque fade et revêche de Natacha fondait comme neige au soleil et, si Ladislas se mettait à chantonner une berceuse polonaise, elle l'accompagnait en fredonnant, le visage empreint d'une grande tendresse, sa main posée sur la main tavelée du vieux fou.

Vieux fou, disait-elle en lui lissant les cheveux. Satané emmerdeur.

Mais, de plus en plus souvent, Ladislas Ermitage ne se contentait plus de se remémorer les images de sa vie, installé dans son fauteuil, aussi passivement que s'il se passait les films ou feuilletait les albums des vacances, des fêtes, des cérémonies et des voyages dont toute famille fixe le souvenir sur la pellicule, et en s'identifiant assez avec lui-même enfant, adolescent, homme jeune ou arrivé dans sa maturité, ou encore avec son père, ou quelque oncle, quelque ami, pour oublier qu'il était, lui, en réalité, le vieillard assis immobile, tout occupé à ses réminiscences: il revivait véritablement tel ou tel épisode de son existence, et Natacha m'appelait ou me laissait un message mi-paniqué mi-rieur sur le répondeur si son père décidait de lui prendre sa voiture pour partir au travail – Ladislas avait près de quatre-vingt-dix ans; ou de monter sur le toit réparer des dégâts causés par une tempête fameuse qui, bien des années auparavant, du temps où la Poméranie était prussienne, avait dévasté le village natal de sa mère, situé en bordure de la Baltique; ou s'il se mettait à hisser les meubles sur des parpaings et à en monter le contenu à l'étage, parce qu'il se rappelait l'inondation de 1910, son père était alors menuisier à Paris. Quand j'arrivais, elle avait tout tenté pour l'en dissuader, lui avait fait avaler ses gouttes en présentant le breuvage comme un p'tit fortifiant avant d'entreprendre les travaux, il avait tout recraché, elle avait tenté de le piquer en traître, elle s'était battue, elle était épuisée par le pugilat.

Lui, non.

Il était même en pleine forme, ses forces décuplées par la bouffée délirante.

Le carillon me bourdonnait encore aux oreilles quand Natacha m'a dit Aujourd'hui, c'est la guerre, sans rire. Enfile ces bottes et ce ciré, on risque de se salir, a-t-elle ajouté en s'accoutrant elle-même comme si nous partions à la chasse. Et mets la seringue dans ta poche, il a les compresses et l'alcool avec lui. Elle m'a accompagnée jusqu'au jardin. Juste avant d'ouvrir la porte, en se retournant sur moi, elle n'a pu cette fois se retenir de rire. Les bottes et le ciré, du même vert kaki, étaient trop grands pour moi. Puis elle s'est calmée, elle a haussé les épaules et dit sur un ton fataliste On aura tout fait dans notre vie, avec ce foutu métier de merde, et tout ça pour des clopinettes.

Elle est entrée la première dans le jardin, d'où nous parvenait un incroyable vacarme. Je l'ai vue pâlir.

Le spectacle était saisissant.

Le jardin, entièrement clos de murs, n'était pas très grand, les deux tiers étaient cultivés en potager par Ladislas, déjà prêts pour le printemps, débarrassés de toute verdure, labourés, un rectangle de terre parfaitement nue, grasse, un peu boueuse, il avait plu ces derniers temps. Il flottait un brouillard maritime, qui estompait la réalité alentour et accusait l'impression que Natacha et moi, en poussant la porte du jardin, avions changé de monde.

C'était la guerre.

Très précisément la bataille de la Somme, octobre 1916, m'a soufflé Natacha. Maurepas est gagnée, Papa se bagarre pour Péronne.

Le deuxième classe Ermitage avait commencé de creuser une tranchée dans ce qui, une heure auparavant, était encore son potager. La pelle était fichée dans la terre, surmontée d'un casque. Il s'était arrêté quand il avait considéré que son trou était fait, dans lequel il se tenait accroupi, entouré d'un havresac, de son fusil de chasse, je voyais une gamelle en fer-blanc avec un opinel, un morceau de fromage, un quignon de pain, une trousse de secours et une bougie.

La bougie était allumée.

Le ciel était assez bas, le brouillard assez épais, la lumière assez crépusculaire, malgré l'heure, pour que le simple fait de plisser les yeux, de réduire le champ visuel, permette d'oublier où l'on était, et de ne voir que cela, un trou creusé dans la boue, où survivait un vieux fantassin aux yeux hagards, qui mâchouillait un quignon de pain, et soudain se planquait, après s'être coiffé de son casque, en faisant lui-même un véritable vacarme d'artillerie, des bruits sourds de coups de canon, des sifflements de fusées éclairantes, des *tactactac* de mitrailleuses, les traits du visage alors crispés par la peur.

Je ne t'ai pas appelée plus tôt, m'a chuchoté Natacha, parce qu'il était calme, j'ai cru qu'il était parti tranquillement creuser sa tombe. Et puis ça s'est mis à tirer.

Brancardiers ! a hurlé Ladislas en s'avisant de notre présence.

Puis il nous a crié de nous baisser, parce que les Fridolins allaient nous voir et nous tirer comme des lapins. Il s'est levé, la main sur son casque, en un geste curieux de protection, et a adressé une bordée d'injures en polonais aux gars d'en face. Il s'est affalé dans la boue et s'est mis à pleurer.

Si j'avais été bercée de récits héroïques sur la Grande Guerre, peut-être l'illusion ne se serait-elle pas dissipée avec la seule scène qu'avait reconstituée Ladislas et qu'il revivait dans la terreur et le chagrin, mais le doute se serait incrusté en moi. Je n'avais pas été bercée de récits héroïques, mais le spectacle qu'il nous offrait, à sa fille et à moi, tout grotesque et grand-guignolesque qu'il était, n'en demeurait pas moins poignant et criant de vérité.

Quand nous sommes arrivées auprès de lui, Natacha assise au bord du trou et moi accroupie au fond, il a essuyé ses larmes, a ajouté la boue de ses doigts à l'eau des larmes et à la boue de son visage et nous a annoncé que Charles venait de mourir. La bougie s'est éteinte. Il en a vite allumé une autre, qu'il a posée au plus profond de la tranchée pour que les Fritz y voient comme lui autant que dans le trou de balle d'un tirailleur sénégalais. Pour lui, on était en pleine nuit. Il n'a certes pas reconnu Natacha, mais elle lui disait quelque chose d'encore assez familier pour qu'il associe son visage à celui d'une figure maternelle dispensatrice de nourriture. Il lui a montré le contenu de sa gamelle et, dans cette nuit du mois d'octobre 1916, il lui a dit en murmurant pour ne pas attirer l'attention de l'ennemi, mais avec une rage désespérée, Tout ce qu'on a eu à bouffer, avec Charles, c'est le fromage que lui a envoyé sa mère. Et y a plus qu'moi pour en profiter. Il a recommencé à sangloter. Puis il m'a regardée.

Sans doute en raison de mon accoutrement pitoyable et de mon air désemparé, il m'a d'abord prise pour un prisonnier allemand. Ce qui réduisait mes chances de lui faire sa piqûre. Dans un allemand suffisamment mauvais pour que je le comprenne, il m'a interrogée sur ma solde, sur la question de savoir si, de mon côté, le ravitaillement arrivait normalement, si j'avais entendu parler de paix, si j'avais été blessée, si j'avais faim, froid, soif. Le contraste était immense entre la violence avec laquelle il avait injurié l'ennemi anonyme, en face, sorte d'abstraction collective, et la compassion qu'il manifestait au pauvre bougre que je représentais pour lui. C'est toute l'absurdité de la guerre qu'il m'a semblé avoir sous les yeux, pour la première fois, dans un potager chamboulé d'un village de Charente-Maritime. Petit à petit, chuchotant comme lui, dans ce trou improbable, Natacha et moi lui avons fait comprendre son erreur, et que je venais notamment pour une campagne de vaccination. Il a apprécié qu'on s'occupe enfin de la piétaille, même s'il trouvait bizarre qu'on s'occupe de sa santé alors qu'on le laissait mourir de faim en compagnie des rats, auprès du cadavre de son ami. Il a tendu son bras pour que je lui injecte la prétendue dose vaccinale. Dans sa propre trousse de secours, il y avait un antique stéthoscope, ce qui m'a permis de feindre un examen médical un peu poussé. J'aurais bien été incapable de déceler le moindre bruit suspect, mais enfin, merci Laennec, j'ai réussi à le convaincre qu'il était malade et devait être transporté à l'arrière.

Avec Natacha, nous l'avons fait sortir de son trou et

ramené à la maison. Nous nous sommes tous les trois déshabillés. Ladislas Ermitage s'est affalé dans son fauteuil, toute la tristesse de la guerre inscrite sur son visage. Ni Natacha ni moi n'avions le goût de plaisanter.

Comme lorsque je sortais de chez Chaya Diez, c'est dehors que j'ai éprouvé une sensation de bizarrerie. Quoique de nouveau sur mon solex, je voyais Nieul d'un point de vue aérien – des maisons individuelles ramassées les unes sur les autres, en haut autour de l'église et du château de la famille Delmas, en bas autour de la mairie, puis un peu plus dispersées selon des ondes concentriques, les cheminées qui fument sous un ciel de plomb –, le type même du bourg dont on aurait dit, si quelque fait divers sanglant s'y était déroulé, que c'était pourtant un village sans histoires. Il y avait une distorsion entre cette image paisible du village, l'absence d'histoires, et les drames, parfois les tragédies, qui se jouaient derrière les portes closes. Monsieur le maire pouvait bien prétendre par ailleurs que l'Histoire glissait sur ses ouailles sans les pénétrer – sauf du chômage et de l'interdiction des veaux aux hormones, et, bien sûr, en dehors de chez Papa Louis et la Reine Mère, où, nous, les femmes, nous refaisions le monde en nous appuyant sur l'actualité, et sans nous arrêter à des considérations d'ordre strictement local, ces derniers mois, je n'avais effectivement entendu parler de rien, depuis la mort de Sartre jusqu'à l'attentat de la rue Copernic, en passant par l'affaire des otages américains à Téhéran, la mort de Tito, l'attentat à la gare de Bologne, la guerre Iran-Irak –, il n'en restait pas moins que, pas plus que le village était sans histoires, les villageois n'échappaient à l'Histoire: elle les marquait au fer rouge, d'une empreinte indélébile, et il n'y avait pas que le cerveau malade de Ladislas Ermitage pour exprimer à retardement cette évidence, et la guerre, à elle seule, ne constituait pas toute l'Histoire. D'un autre côté, je doutais fort de pouvoir en infléchir le cours, même en réalisant le projet de monsieur le maire.

Dans la tournée de l'après-midi, avec son lot habituel de bronchites et de pneumonies d'enfants et d'adultes, de dépressions, de sciatiques et de lumbagos, de zonas, de fils à retirer, de pansements, de douleurs et d'angoisses, il n'y a eu qu'un endroit où, après avoir renvoyé à l'arrière du front le deuxième classe Ermitage, Ladislas, l'image du paquet de tracts rêvé par monsieur le maire m'est revenue à l'esprit : chez les voisins de Léna Braud, la mère d'Henri Parant. La maison de Léna était divisée en deux sur sa hauteur. Elle vivait dans la partie droite avec Jacques, dit Jacquot le Simple, le fils idiot de son second mari dont elle était veuve. Les Poitrinaud occupaient la partie gauche. Le jardin était commun.

La vieille Poitrinaud passait sa vie assise à sa fenêtre, au rez-de-chaussée, dont le rideau était en permanence très légèrement tiré. De l'observation des allées et venues dans la rue, pourtant essentiellement des écoliers, elle en arrivait à des conclusions exactement inverses de celles qu'aurait tirées un journaliste de passage, en décrivant un village sans histoires. La vieille ne tarissait pas d'anecdotes sur tout un chacun. Elle était d'une méchanceté inépuisable. J'éprouvais une admiration sans bornes pour la neutralité placide de M. Poitrinaud, parce qu'il était impossible de ne pas entendre la vieille dame proférer ses insanités : elle avait un dentier complet, et celui-ci n'était pas ajusté. Avec une virtuosité remarquable, elle parlait en claquant sa langue sur le dentier du bas pour le faire remonter, puis sur celui du haut pour le faire descendre, et ainsi de suite. La première fois, ce tic avait quelque chose de fascinant. J'ai vu alternativement les deux rangées de dents se percuter vers le bas et la gencive supérieure nue, puis les deux rangées remonter en s'entrechoquant et la gencive inférieure nue. Mais le bruit était infernal, qui ponctuait la logorrhée fielleuse, comme si la vieille sorcière avait de réelles visées carnassières : claquement de langue, puis choc des dentiers, et claquement de langue, et *toc* et *clac* et *toc* et *clac*. Dès la deuxième fois, j'aurais tout fait pour que cessent ces *clactoc*. Elle est la seule à m'avoir mise en permanence d'humeur assassine, avec l'Eulalie, sans doute, mais, elle, par intermittence.

Ce jour-là, j'ai rêvé d'empoigner le paquet de tracts électoraux que monsieur le maire voulait me confier et de le lui coller entre les deux rangées de dents, durant le bref instant où elles étaient encore séparées. Que s'arrête ce bruit. Et qu'elle se taise.

Éléonore

… sans parler de l'assassinat du prince de Broglie, ricane le vieux M. Séjourné. Et tiens ! Le ministre Boulin… suicidé dans trente centimètres d'eau ! Il ajoute Ils nous prennent pour des cons.

Il rit.

Aucun écho.

Avec sa langue tronquée, il ne prononce pas les consonnes et a pris l'habitude de parler du nez. Peut-être la fille, le gendre, les deux petites-filles ne le comprennent-ils pas. Par manque d'habitude.

Il ne se décourage pas. Il tapote le journal déplié devant lui, à l'endroit de l'article sur la fermeture des usines Peugeot. Et ça ? Le gendre hoche la tête mais reste mutique.

M. Séjourné n'est plus au milieu de la table, mais décalé à côté de l'Eulalie, pour faire place à la plus jeune des petites-filles, Lucie. À l'autre extrémité de la table, le gendre. Sur la largeur, dos à la porte, la fille à côté de sa mère, et l'aînée des deux gamines, Véronique. Les places ont dû être distribuées à mesure de l'arrivée du gendre, puis des deux enfants, sans trop bousculer les habitudes, M. Séjourné et sa fille se contentant de pousser leur chaise sur le côté.

À les voir aujourd'hui autour de leur chicorée au lait, dans cette odeur nauséeuse, ils donnent l'illusion que les choses se sont passées ainsi : les parents Séjourné étaient attablés. Lui, au milieu sur la longueur, ne serait-ce que pour ouvrir son journal, et face à la porte pour voir arriver les visiteurs, l'Eulalie, en bout de table, à proximité du fourneau et de l'évier. L'Eulalie s'est levée pour mettre sa fille au monde. Est revenue s'asseoir, se lamenter parce que c'était une fille, sans écouter M. Séjourné protester, preuve à l'appui (le journal, en tapotant dessus), qu'il y avait plus malheureux qu'eux, sans rire ni à ses plaisanteries, ni à ses insolences, ni à ses sarcasmes. Le mépris qu'éprouve le peuple pour ceux qui le méprisent, m'a-t-il dit un jour, n'a pas d'égal. Quant à la fille, était-elle dans la pièce mitoyenne dans la journée ? Le fauteuil recouvert du drap blanc est-il le fruit d'une métamorphose de l'ancien berceau ? Toujours est-il que, quand elle a été en âge de s'asseoir, la fille s'est assise à la table, en face du père. Elle a grandi sur sa chaise, tandis que ses parents vieillissaient et que, pour l'Eulalie, s'accumulaient les signes des désastres à venir et se multipliaient, à proportion, les manœuvres conjuratoires. Un jour est venu un homme – Asseyez-vous –, qui a pris place sur la chaise libre à l'autre extrémité de la table. À force d'être assis, là, avec eux, malgré l'obscurité et l'atmosphère confinée, il est devenu le gendre.

Bon. Ils se sont levés pour la noce.

Peut-être même l'Eulalie a-t-elle changé la toile cirée. La nouvelle est plus surchargée de motifs, plus sombre encore que la précédente.

Puis Véronique a été en âge de s'asseoir et c'est tout naturellement à côté de sa mère, qui a donc décalé sa chaise, qu'elle a été installée.

Le tour de Lucie est enfin venu, la symétrie, rétablie.

La naissance d'un troisième enfant aurait fait souffler un vent de panique dans la cuisine des Séjourné, jusqu'à ce que le vieux monsieur intervienne, propose un jeu de chaises musicales, chantonne la lente *Marseillaise*-réforme giscardienne, en se fichant éperdument d'être le seul en joie, bouleverse la répartition de son monde, à sa manière – une autorité douce et rieuse –, Allez, on serre les trois petits en face de moi, et toi, ma fille, viens t'asseoir à côté de moi, c'est pas une affaire pareille qui peut nous chambouler l'Histoire. Il oppose à la consternation générale un article de son sempiternel journal, tandis que, de l'autre index, il désigne le toit au-dessus de leur tête, le fourneau, avec de quoi manger, et il ajoute, pour finir, Voyez : le malheur n'est pas de notre côté.

Mais, bien sûr, les choses ne se sont pas passées ainsi. Il en a même été tout autrement. Il n'en reste pas moins inimaginable que la fille, un beau jour, ait pu déclarer J'en ai plus que marre, je me tire. Qu'elle ait longtemps dissimulé son projet, mijoté secrètement sa fuite, cherché puis trouvé du travail et un logement, et ait finalement annoncé son départ en d'autres termes est certes plus concevable, quoique à peine, et l'essentiel du mystère demeure : non seulement pourquoi dans l'Est de la France, à la frontière avec les Allemands (souligne l'Eulalie), mais surtout où la fille, telle qu'elle se présente dix ans après son évasion, a-t-elle puisé des réserves de courage et de folie ou d'inconscience pour commettre cet acte ? Et encore : qu'est-il advenu de sa révolte ?

Mocharde, plus petite encore que sa mère, fagotée comme l'as de pique, arborant un air de mendigote, flanquée du gendre longiligne, mou et sinistre – tous deux ont l'air rescapés d'un très long et très éprouvant roman dostoïevskien, personnages secondaires et seuls survivants –, elle n'a pas franchement l'allure d'une rebelle.

Rien n'est visible.

À cause de Véronique et Lucie, que je rencontre là, dans cette atmosphère pesante, en sortant de chez Christiane Flamant puis de chez Chérie Belletête où les enfants qu'elles gardent, même les malades, rient et chantent et jouent et chahutent, parce qu'elles m'ont paru sans beauté, sans allant, sans joie et, dans l'enfance pourtant, mais comme leur mère malgré sa jeunesse, déjà presque sans âge, j'ai l'impression d'un immense gâchis.

Mais rien n'est visible.

Le lendemain, même scène. Même écœurante odeur de chicorée au lait, c'est comme si j'avais la sensation de la peau du lait sur ma langue, le monte-et-baisse, éteint, immobile, est comme un astre mort.

Toutefois, les deux gamines sont aussi crottées de boue que Ladislas Ermitage, dans sa tranchée, en octobre 1916.

Après que Véronique et Lucie m'ont raccompagnée, en me regardant comme un animal étrange, ont refermé la porte derrière moi, je les imagine, enfin sans témoin étranger, monter aux arbres et se rouler dans la gadoue du jardin, construire une cabane avec l'aide du grand-père Séjourné, cavaler dans les escaliers en poussant des cris de sauvages, j'imagine le gendre lugubre se transformer en père-homme des bois jouant à leur faire peur, la fille se maquiller et revêtir, devant l'armoire à glace de sa chambre, porte verrouillée, les vêtements colorés et soyeux qu'elle aurait dissimulés aussi soigneusement qu'autrefois son insolite projet de s'évader à la frontière avec les Allemands, puis redescendre, méconnaissable, une fleur dans les cheveux, mettre de la musique, danser avec ses filles, son mari et son père, farandole de folie autour du fauteuil recouvert du drap blanc. L'Eulalie, affalée en bout de table, colle ses mains sur ses oreilles, pour ne pas entendre ce joyeux vacarme annonciateur de catastrophe.

Le troisième jour, Lucie me tire la langue, très brièvement, en louchant, puis ses yeux brillent de malice, un instant, derrière les verres de ses lunettes, lourdement cerclés de noir, deux faire-part de deuil de chaque côté de son nez d'enfant. Je lui réponds par un clin d'œil. Je pense Elle, peut-être, comme le vieux.

Lucie et Véronique me raccompagnent à la porte. Elles me dévisagent sans parler. Je leur fais des signes de sourde-muette. Elles me répondent aussitôt de la même manière, ajoutent force épouvantables grimaces, étouffent leur rire dans leur main.

Le quatrième jour, ils ne sont plus là.

Quel malheur ! dit l'Eulalie en froissant sa blouse, l'autre main sur la poignée de la porte, le dos au mur.

L'état de Matthieu, un des deux enfants de la DDASS dont Chérie Belletête est la nourrice, ne s'est pas amélioré. Le docteur Compagnon a décidé de son hospitalisation. Commentaires souriants de Chérie, à propos de Matthieu, Il est comme ça, mon petit bonhomme: fragile, à propos de l'hospitalisation, C'est comme ça, à propos de ses allées et venues d'abord chez Christiane Flamant pour déposer les autres enfants pendant qu'elle court à l'hôpital voir son petit bonhomme, de nouveau chez Christiane Flamant pour récupérer sa marmaille, puis à l'école en traînant les plus petits, de nouveau chez elle, à propos du travail chez elle, nettoyer la maison, changer les nourrissons, préparer les goûters, les biberons, assurer les grandes tablées du mercredi, donner les biberons, occuper les benjamins, faire travailler les aînés, veiller à ce que chacun ait son manteau, son cartable, ses devoirs faits, son écharpe, ses moufles et sa cagoule quand les parents arrivent, à propos de la fatigue que je lui lis sur le visage, malgré l'éternel sourire aimant, C'est comme ça.

Jamais Quel malheur.

Dans le jardin, derrière, le bateau de Charles m'a paru achevé. Holà ! me dit Charles. Pas si vite ! Il me reste tout l'intérieur à aménager. Il s'était entaillé une main, heureusement assez pour ne pas aller travailler en usine, malheureusement trop pour poursuivre l'aménagement intérieur de son rêve. Debout, un nourrisson sur une hanche qu'elle bécote à tout bout de champ, un poing retourné dans le creux des reins, Chérie-Marie-Louise déclare que c'est comme ça, qu'il faudra faire avec, et elle sourit.

C'est la volonté du Seigneur, m'a déclaré Éléonore Pinsard, une fois défait le pansement de l'hôpital et mise à nue sa plaie, méchante, nécrosée, le trou, plutôt, aux bords éboulés, qu'avait laissé l'ablation de la tumeur. Avant cela, en me voyant sur le seuil de sa maison, elle s'était écriée Oh ! C'est vous ! sa face de lune exprimant la même stupeur, le même effroi que quand c'était moi qui lui ouvrais ma porte – c'était pourtant bien chez moi qu'elle avait sonné pour tenter de me larguer son *Pèlerin*, parfois le bulletin paroissial ou quelque appel au denier du culte, avec la plaque du cabinet vissé dans le mur, la méprise n'était pas possible, comme ce jour-là c'était pourtant bien moi qu'elle avait appelée, et voilà qu'elle poussait le même cri effaré que si elle découvrait que sa porte donnait directement sur l'enfer (dont j'aurais été la sœur tourière). Comment pouvait-elle espérer, en m'appelant, de même qu'en sonnant chez moi, qu'il pût se présenter, sous mon nom et remplissant ma fonction, mais à ma place, une paroissienne du Vieux Nieul, qu'elle connaîtrait depuis l'enfance et qui partagerait ses croyances et ses pratiques cultuelles ? c'était difficile à comprendre. La manière dont fonctionnait le cerveau de sainte Éléonore m'était décidément un mystère.

Elle habitait la rue du Treuil-Boulard, qui dévale une pente tortueuse, derrière la boulangerie, depuis la rue de Lauzières jusqu'au morceau de la rue de l'Océan qui sillonne l'intérieur du village, et donc échoue au niveau du poste stratégique occupé par la bouchère, assise à sa caisse comme à une guérite de sentinelle : le début de la rue de Beauregard, avec la boulangerie, la petite boutique de journaux de la tante Nana et la maison des Lesage, étant à sens unique, sauf à longer le mur du château, nul ne pouvait sortir de Nieul sans remonter la rue du Treuil-Boulard, sous l'œil attentif de la bouchère qui, d'autre part, avait dans sa perspective toute cette partie intérieure de la rue de l'Océan et, en prolongement, la rue des Mottes, J'vous ai vue entrer chez les Réaux (ou Mme Pieuchot, ou Rose Taviani – la belle-mère de Line –, ou les p'tits nouveaux, etc.), y aurait pas quelqu'un de malade par hasard ? Je vous ai vue r'partir sur Lauzières, Tiens ! j'me suis dit, ce serait pas chez les Rolland qu'elle aurait été rappelée ? Paraît qu'ça va pas fort là-bas… R'marquez, pouviez aussi bien aller sur Lagord par la côte, c'est c'que j'ai pensé. Ou même à La Rochelle, mais à c't' heure, à la réflexion… (et, si elle avait pu, la bouchère m'aurait mise à la torture, il n'y avait rien qui la faisait davantage enrager que, pour toute réponse, mon silence. Elle finissait sur un Vous m'direz qu'vous m'direz rien, dont je ne lui faisais même pas l'aumône, elle ramassait les pièces, pinçait les lèvres, claquait brutalement le tiroir de sa caisse, ni Au revoir ni Merci, parlait déjà à la cliente suivante, derrière moi, Et pour toi, Ginette, ça f'ra dix-sept cinquante, je l'aimais bien, la bouchère, elle ne désarmait pas, chaque fois que j'allais acheter de la viande, pour moi ou pour les patientes, elle me remettait à la question, Tout c'temps que vous êtes restée l'autre matin chez les Poignant ! Cette fois, j'ai dit, c'est grave…)

La maison des Pinsard était faite sur le même modèle que celle de Barthélémy, une pièce en bas et deux minuscules chambres à l'étage, une pour les parents, l'autre pour les enfants, et, plus tard, après la mort des parents, une pour la Soubirous, l'autre pour Jules, son frère, l'ancien coiffeur pour hommes, mais elle était beaucoup plus petite, moins haute de plafond, à peine plus grande que les maisons des alchimistes de la Zlatá ulicka, la ruelle d'Or du château de Prague. Peut-être avait-elle été faite sur mesure : Éléonore et Jules étaient tout petits.

Louise Parant se rappelait le temps où Jules exerçait, dans la salle du rez-de-chaussée. En fait de coiffer, il rasait le crâne, on en avait pour son argent et c'était bon pour les poux. En bas de la rue du Treuil-Boulard, à l'époque, il y avait un marchand de confiseries – c'était maintenant la mère Piroëlle, place de l'Église, qui avait l'exclusivité de ce commerce lucratif. Qu'on vienne du haut ou du bas de la rue, on passait d'abord acheter des sucreries aux petits garçons, et sauf chez ceux à qui on avait juré qu'ils n'iraient pas chez le coiffeur, le bonbon provoquait un réflexe pavlovien, les enfants comprenaient qu'ils allaient donc se faire raser le crâne chez Jules Pinsard. Les jeudis, les samedis après-midi, les débuts de soirée après l'école, les jours de vacances scolaires, la rue du Treuil-Boulard résonnait des cris et des pleurs des enfants du Vieux Nieul, et le vent de la mer, qui tourbillonnait singulièrement dans cette rue, emportait les cris en tous sens. Il y en avait qui se couchaient par terre pour ne pas y aller, qui en auraient rendu leur bonbon, d'autres qui s'étranglaient de trouille, Louise se souvenait d'avoir vu un de ses frères, Manuel (celui qui passerait ensuite maintes nuits dans l'ancienne prison de Nieul), être traîné comme un paraplégique jusque chez Jules.

Le fait est que, même quand je l'ai connu, alors que c'était un vieil homme, Jules avait quelque chose d'inquiétant, et sans doute de menaçant pour des enfants, malgré sa courte taille, sa silhouette chétive, ses traits fins. Il était lisse et jaunâtre comme s'il avait été recouvert d'une couche de vernis couleur ivoire, mais c'était à un point qu'on pouvait se demander, dans la peur, par exemple, s'il n'était pas en plastique.

Quand il traversait la salle, depuis l'escalier étroit que je ne l'avais pas entendu descendre jusqu'à la porte par où il disparaissait, sans avoir adressé la parole à sa sœur, j'avais l'impression étrange qu'un fantôme était passé à travers moi. D'autres fois, s'il s'activait, lentement, avec des gestes mécaniques, à vider le sac des courses, à poser le savon au coin de l'évier, le jambon dans le réfrigérateur, ou à éplucher quelques légumes pour la soupe, c'était plutôt à un robot qu'il me faisait penser. Jules a quelque chose d'une créature, me suis-je dit. Je ne me rappelle pas l'avoir entendu parler, mais deux ou trois fois par la suite, j'ai croisé son regard. Il n'avait pas cet air idiot et têtu de la Soubirous, et, non, finalement, rien d'une créature : son regard était d'une tristesse inextinguible.

Après cela, j'ai vu Jules en clown blanc.

Il était épileptique. De temps en temps, m'a raconté Louise, on trouvait accrochée à la poignée de sa porte une petite pancarte sur laquelle était inscrit FERMÉ POUR CAUSE

DE CRISE, les gosses cessaient de s'égosiller, s'éloignaient en sautant de joie.

Quand je posais la main sur la poignée de la porte d'Éléonore, je m'imaginais la petite pancarte de Jules battre au vent qui s'affolait dans les méandres serrés de la rue du Treuil-Boulard, s'agiter au gré des secousses dont le corps de Jules, gisant sur le carrelage de son sommaire salon de coiffure, était lui-même la proie.

Tandis que sainte Éléonore déclarait C'est la volonté du Seigneur.

Passé la stupeur et l'effroi du premier instant, la Soubirous s'est laissé faire. Que ce fût moi, une étrangère qu'elle n'avait jamais vue à l'église les seuls dimanches où, crise des vocations (on appelait le curé l'abbé tournant), la messe avait lieu à Nieul, qui n'achetait pas *Le Pèlerin*, ne s'acquittait pas du denier du culte, ne venait pas aux réunions paroissiales, et qu'elle-même dût s'en remettre à une pareille créature, tout cela devait lui être une preuve supplémentaire que les voies du Seigneur sont impénétrables. Pendant quelques jours, elle m'a assaillie de stupidités telles que Vous faites un beau métier, Quel dévouement, et autres paroles de missel sur la bonté, la charité, la misère, l'épreuve de la douleur qu'avait endurée aussi Notre Seigneur. La mort.

La mort, disait-elle, et elle ouvrait ses petits yeux ronds comme des boutons de bottines, ouvrait une bouche de carpe, puis se taisait, béate. Elle avait alors un air parfaitement crétin, qui n'avait pas grand-chose à voir avec celui, énigmatique, gravement extatique, de la Thérèse du Bernin. Quant à sa vision, je ne m'imaginais pas autre chose qu'une image sulpicienne du paradis, avec des angelots roses et joufflus voletant dans l'air, le soleil déployant ses rayons en éventail au-dessus d'un nuage, avec, assise à la droite d'un Christ habillé comme un nabab, Éléonore Pinsard en personne, morte, une auréole lui flottant au-dessus du crâne. Le tout dans un cadre bariolé d'or et de fleurs.

De temps à autre, elle tripotait fébrilement son sonotone, parce que je jouais à remuer les lèvres sans émettre aucune parole.

Un après-midi, j'ai compris que, à force de m'imaginer me dévouant corps et âme et sans repos (car je suis venue aussi quelques dimanches, Ce matin j'ai prié pour vous, m'a dit la Soubirous) au service d'une humanité gémissante, purulente et agonisante, elle avait dû réviser l'idée qu'elle s'était faite de moi, ou plutôt me changer de tiroir, me sortir du tiroir étiqueté Enfer / damnation – qui ne nécessitait que des prières un peu scandalisées et guère chargées d'espoir – et me ranger dans le tiroir Purgatoire / rédemption, parce qu'elle m'a récité *Ce que vous faites au plus petit d'entre les miens*. Ou bien elle avait exposé mon cas à l'abbé tournant, et l'abbé tournant avait prononcé cette phrase, parlé de rachat par les actes, et m'avait entrouvert les portes du Royaume.

Encore fallait-il m'y pousser.

Sainte Éléonore est passée à l'attaque.

Une semaine ne s'était pas écoulée que la première image de communion est apparue sur la table, j'étais devenue la brebis égarée de la Soubirous, qu'elle avait décidé de ramener dans le droit chemin. Il y avait un monde entre la sottise aimante et fataliste de Chérie-Marie-Louise, et celle, tout aussi profonde, mais entreprenante et prosélyte, d'Éléonore Pinsard. L'image représentait un berger avec un agneau sur l'épaule, auréole, rayons de soleil. Elle était d'une vulgarité navrante. Il était écrit Le Seigneur est notre berger. La Soubirous avait pris l'habitude de me dégager un espace sur la toile cirée, pour ma boîte d'instruments, les flacons d'alcool, de bétadine, les mèches, les compresses, la bande de gaze, le haricot. Le Seigneur est notre berger était placé en plein milieu.

Soit. Mais j'étais embarrassée. Car l'image pouvait bien avoir été bénite, la Soubirous, lui accorder une valeur que je ne soupçonnais pas, être scandalisée si je faisais un geste inconvenant. J'aimais bien la bousculer, lui parler en play-back pour la voir tripoter son sonotone, l'appeler Mme Pinsard pour l'entendre pousser son cri Mademoiselle ! Mademoiselle !, prétendre que je ne connaissais ni M. Bertrand ni la vieille Alémonières si elle me demandait combien de temps, selon moi, il leur restait à vivre (c'est qu'elle ne voulait pas rater la fermeture des volets, la veillée funèbre, elle à genoux à même le sol, ramassée sur elle-même, ses prières monotones bourdonnant dans le silence), mais je n'avais aucune raison de la choquer en posant ma boîte de médicaments sur l'image ou en repoussant celle-ci de mes doigts impurs.

Madame Pinsard, lui ai-je dit, rien n'est prêt aujourd'hui ? Qu'est-ce qui se passe ?

Mademoiselle ! Mademoiselle !

Elle a adossé l'image au mur.

Le lendemain, l'image était toujours là. Il y en avait une autre à côté, qui représentait, vue en contre-plongée, et toute de roses et de bleus, l'ascension sublime de quelques créatures vers un nuage éblouissant et doré sur lequel trônait un vieux dieu barbu, les créatures étaient traînées par les anges, j'ai pensé Des anges à réaction, mais je n'ai rien dit. Il était écrit Dieu est lumière.

Dès que l'état de la plaie de la Soubirous l'a permis, j'ai espacé les pansements. Je ne suis plus venue que tous les deux, puis tous les trois jours. Il y avait maintenant une dizaine d'images, un chapelet et plusieurs petites pages arrachées à un carnet à spirale sur lesquelles elle avait chaque jour recopié, d'une maladroite écriture d'enfant, une phrase différente de son missel, Je m'avancerai jusqu'à l'autel de Dieu, Nous avons été baptisés, Gloire à toi Seigneur, Les premiers seront les derniers.

Et c'était la nouvelle année.

De plus, depuis l'installation du berger auréolé, la Soubirous avait instauré un rite. Elle m'attendait debout, une main appuyée à la table, attirait mon regard sur son attirail désormais répandu sur toute la toile cirée, me regardait regarder, attendait ma réaction, son visage levé vers le mien, buté, incompréhensible, véritable face de lune presque dépourvue de cils et de sourcils, comme si, pas plus qu'elle ne souriait, jamais elle ne suait ni ne pleurait, et je me suis souvent surprise à scruter cette figure, ces yeux vides, espérant sans doute que quelque signe, un regard enfin expressif, pourrait me dicter la réponse espérée, le geste à accomplir, le mot à prononcer, mais la demande demeurait illisible, la face de lune me laissait totalement démunie, dans l'incapacité de dire autre chose que Faites-moi un peu de place, s'il vous plaît, et installez-vous.

Éléonore esquissait une génuflexion puis s'exécutait, elle disposait ses petites affaires selon un ordre dont la logique m'échappait. Plus on s'approchait de l'échéance du dernier pansement et donc du terme de sa mission salvatrice, plus la Soubirous s'affolait, accumulait les images, les pages au bord déchiqueté, trois chapelets, diverses croix, médailles de la Vierge, plus elle mettait de temps à faire de la place sur la table pour les objets profanes, boîte d'instruments, flacons, etc., et plus elle m'apparaissait comme une prêtresse païenne se livrant à un rituel magique, quelque adoratrice d'idoles – le vieil homme barbu sur son nuage, le roi, la Vierge, les anges et angelots mi-hommes mi-oiseaux, tous les demi-dieux et demi-déesses, le buste transpercé de flèches, décapité, un sein sur un plat, écartelée –, et même adoratrice du soleil.

Car c'était bien en ceci que, dans la folle mission qu'elle s'était à elle-même confiée, Éléonore Pinsard avait transformé l'ancien salon de coiffure de son frère Jules : en un petit temple du paganisme, et la table sur laquelle lui-même avait autrefois disposé ses ciseaux, peignes, tondeuses, rasoirs, et où tous deux mangeraient, de bonne heure, la tambouille que le clown blanc épileptique avait souvent préparée en nous tournant le dos, dans le silence : en un autel dédié au Veau d'or.

Mais le plus mystérieux restait que, dans ces moments-là, la Soubirous n'éveillait en moi aucun mouvement d'impatience, malgré le temps qu'elle mettait à débarrasser la table puis à s'installer dans le fauteuil, à poser son pied sur un tabouret tandis que je m'asseyais sur l'autre. Après tout, peut-être ne durait-il qu'une minute ou deux, cet affairement d'insecte idolâtre, mais je ne comptais pas. C'était comme si le temps était suspendu. Cette impression était plus forte encore si Jules était là, épluchait ses légumes, ou s'il passait, dans un sens ou dans l'autre, tel un spectre jaunâtre. Je l'avais observée, la petite Éléonore, procéder au démontage de son autel – fin de cérémonie. Puis même ma curiosité s'est tarie, quand j'ai perdu tout espoir de comprendre quelque chose à ce rituel.

Quand la table-autel a commencé d'être sérieusement encombrée d'objets et de petites phrases recopiées pour ma gouverne, me sont revenus à l'esprit, par contraste, l'atmosphère de sanctuaire de la maison de Chaya Diez, le silence religieux, Chaya dolorosa elle-même, puis ceci a été également entendu : une bigote n'est pas une sainte.

J'avais passé un contrat, le plus souvent tacite, avec mes patients : je m'occupais des vivants, pas des morts. Toutefois, il m'arrivait de devoir rester un peu après un décès par trop brutal, ou d'être appelée auprès d'un proche, durant une veillée funèbre éprouvante, ou encore d'être priée de venir non pas chez tel malade comme d'habitude mais chez le mort qu'il partait veiller – Apportez-y tout votre bazar, m'était-il dit avec la plus grande simplicité. C'est pourquoi j'ai souvent vu Éléonore Pinsard y surgir – quand le dernier soupir venait d'être rendu et qu'on commençait tout juste de fermer les volets, c'était au grand étonnement de l'assemblée, qui se demandait comment diable elle pouvait avoir été avertie – et se précipiter à genoux jusqu'au lit du gisant. Avant que son visage disparaisse dans ses mains, le tout dans son giron, et que la Pinsard entière se réduise à une boule informe et marmottante, j'avais le temps de lire dans son regard, enfin expressif, l'étendue de sa délectation nécrophile. Le plus souvent, c'était dans la rue que je la voyais se précipiter à petits pas vers la maison d'un mort, avec appétit, ce n'était pas le même pas que d'habitude, et là encore, son visage trahissait une émotion – démarche saccadée, air d'excitation, à coup sûr quelqu'un du village avait trépassé.

Pourtant, quand j'étais dans la petite maison de la rue du Treuil-Boulard à attendre qu'Éléonore veuille bien me retirer tout son attirail de la table, j'avais beau solliciter l'image peu ragoûtante de la Pinsard jouissant de la mort d'un voisin, je n'éprouvais toujours aucune impatience, aucun sentiment, aucune émotion, rien d'autre qu'un mol éreintement de touriste qui aurait épuisé les curiosités du lieu.

Puis venait le moment des soins. Ils étaient douloureux. Jamais une plainte. Jamais une grimace. Ni sursaut ni frémissement. Malgré mes demandes réitérées, Éléonore ne m'a pas une fois donné le plus petit signe de douleur. À la question Est-ce que, là, ça fait mal ? elle répondait par un haussement d'épaules et croisait les bras sur sa poitrine avec son air imbécile et buté. Les premières fois, je lui ai dit qu'elle ne m'aidait pas, qu'il n'y avait qu'elle à pouvoir m'indiquer si je pouvais insister ou si, au contraire, je devais davantage mouiller la mèche avant de la retirer, ou la bourrer moins, ou desserrer un peu le pansement, que sais-je ? Puis j'ai compris qu'elle mesurait ses propres souffrances à l'aune du martyr de Notre Seigneur. Si elle évoquait le chemin du Gros Gotha, disait-elle, la couronne d'épines, l'empreinte de sueur sanglante sur le linge de sainte Véronique, la crucifixion, c'est que je lui faisais mal. D'autres fois, elle était en colère contre les Pharisiens,

Judas, Pierre, ceux qui jetaient la pierre à la femme adultère – Remarquez que ça ne l'excuse pas –, Ponce Pilate, elle mélangeait un peu tout, la Soubirous, et c'était, selon elle, que je ne lui faisais pas assez mal. Toujours, à la fin, elle avait un vague air de déception – il me semblait alors qu'elle faisait le calcul de ses points de souffrance et qu'elle s'estimait encore loin du compte exigé pour l'accès à son paradis bleu et rose, et tout enluminé d'or.

Mais il n'y avait pas que cela.

À peine étais-je remontée dans ma voiture ou entrée chez un de ses voisins immédiats que la Pinsard quittait sa maison et repartait en mission – nettoyer le presbytère, lustrer les cuivres et épousseter les saints et les saintes et les Vierges à l'Enfant et les crucifiés de l'église, vendre son *Pèlerin*, récolter le denier du culte, distribuer le bulletin paroissial –, s'aventurant désormais, non sans courage, jusque dans les *terra incognita* des cités, auprès des étrangers, elle qui n'avait quitté Nieul-sur-Mer, en soixante-dix ans, que pour aller se faire opérer à l'hôpital de La Rochelle. Elle descendait la rue du Treuil-Boulard chahutée par le vent, et je craignais qu'un tourbillon la soulève comme un fétu de paille ou lui fasse débouler la pente jusque chez la bouchère, elle boitait, elle souffrait, elle ne renonçait pas, elle avançait, et ce qui me restait comme une persistance d'impression lumineuse, après qu'elle avait disparu dans le premier virage, silhouette minuscule et instable dont le vent de mer jouait dans les franges du châle, c'était l'image de l'irréductible endurance de la petite Éléonore.

Du four à chaux à l'abbaye de Sermaize

Du temps où il fonctionnait, le four à chaux avait attiré du monde et, en particulier, des immigrés à Nieul-sur-Mer, Charente-Maritime. C'était ce qui se disait. On imaginait alors une tour immense dressée sur le plateau en haut de la rue de Lauzières, une tour visible depuis l'Espagne et l'Italie, ou, sinon elle-même dans la nuit, du moins la fumée blanche qui s'en échappait encore, allait chatouiller les étoiles, exerçait comme une séduction de phare sur des navires en perdition, et des colonnes d'immigrés converger vers elle, unique point de repère, chance de leur vie. Il en restait une tourelle de pierre, en réalité courte et massive, que personne, depuis Lauzières, ne pouvait apercevoir sauf à monter sur son toit, et encore, il fallait pour cela que les arbres soient nus. Elle était à demi en ruine, envahie par les herbes.

Jusqu'à ce que monsieur le maire, en bon barine, transforme ce terrain communal en zone artisanale et commerciale, il y avait une petite décharge derrière le four à chaux.

Quant aux immigrés, on en avait compté deux, puis un troisième un peu plus tard, car la mère polonaise de Ladislas Ermitage n'entrait pas dans les statistiques : c'était déjà une femme du faubourg Saint-Antoine quand, son patron ayant fait faillite, le père de Ladislas avait trouvé un travail de charpentier sur les chantiers navals de La Pallice, et qu'ils étaient venus s'installer à Nieul. À son accent polonais s'était mêlée la gouaille parigote.

(Lorsque Ladislas l'avait imitée, dans un de ses moments de lucidité, je m'étais rappelé notre propre arrivée à Orléans, à mon frère aîné, mes sœurs et moi, et les gamins qui nous tournaient autour, dans la cour de récréation, en chantant Parigots têtes de veau, Parisiens têtes de chien, à cause de notre gouaille, vite délaissée au profit du parler pointu de cette ville du centre, qui prétendait exclusivement prononcer un français-sans-accent – mais nous étions trop jeunes pour nous être méfiés de cette revendication, *a fortiori* pour noter que, quant au contenu du discours ainsi purement articulé, la question n'avait pas été soulevée.)

Ladislas avait ajouté qu'arrivée à Nieul la Polonaise s'était elle-même considérée pour la première fois de sa vie comme une exilée, mais ce n'était pas de la Poméranie qu'elle avait la nostalgie, quoique la Poméranie fût le décor essentiel des histoires qu'elle racontait, c'était de la place de la Bastille, c'était le génie de la Bastille qui la poignait, avait-il dit en mettant la main sur son cœur, il lui manquait comme un homme, la Polonaise est morte à petit feu dans les langueurs d'amour pour le génie.

Le plus ancien des immigrés était arrivé sous la dictature de Primo de Rivera, au milieu des années vingt, chassé par la misère où avaient été jetés les paysans espagnols. Il s'appelait Venanzio Valladolid, il avait épousé une fille qui habitait à un jet de pierre de Nieul, et, une génération plus tard, seul le nom de Valladolid, que portait un de ses fils resté au Payaud, rappelait le voyage accompli par Venanzio, mais l'exil avait été oublié, le nom de Primo de Rivera était passé à la trappe. Je ne l'ai pas connu. J'ai connu certains de ses huit enfants, de ses petits-et arrière-petits-enfants. Louise Parant est une de ses filles, née Luisa Valladolid, elle n'aimait pas son nom, Il est pourtant très beau, lui disais-je.

Venanzio Valladolid n'a jamais travaillé au four à chaux.

Le deuxième Espagnol était arrivé deux bonnes décennies plus tard, sous Franco, flanqué d'une épouse beaucoup plus jeune que lui, presque une jeune fille à l'époque, et l'idée avait été excellente parce qu'il s'était enfui un peu fatigué, s'était arrêté franchement épuisé rue de Lauzières (le hasard a fait que ce fût presque en face du four à chaux) et, déjà vieux, tel que je l'ai connu, il était éreinté, tandis que l'ancienne jeune fille avait gagné en musculature et en graisse ce qu'il avait lui-même perdu, avait semblé grandir tandis qu'il rapetissait, poussait des hurlements au volume et à la périodicité inversement proportionnels à la minceur et à la rareté du filet de voix qui s'échappait de sa bouche à lui, et s'agitait d'autant plus que, peu à peu, son homme, ou ce qu'il en restait, rivalisait d'immobilité avec les vierges et les saintes espagnoles qui venaient s'intercaler entre les ouvrages en coquillage, les assiettes-souvenirs, la collection de phares et de boules qui font retomber de la neige, quand on les secoue, sur une tour Eiffel, un chalet, une église, un ourson sur son banc, un voilier – l'ensemble constituant, avec une abondance de coussins et napperons au crochet, l'étouffante décoration de la maison que le républicain avait construite de ses mains, du temps où il était seulement un peu fatigué, elle encore désemparée, et tous deux du même calibre.

Il semblait bien que sa fatigue et son côté étriqué à lui, sa propension à elle à prendre du poids, de la taille et à faire du vent et du bruit étaient toutefois indépendants du cours de l'Histoire, étaient même incrustés dans leur patrimoine génétique, sans quoi leur progéniture ne se serait pas distribuée ainsi : une fille aussi grosse et grande que sa mère et aussi désespérément apathique que son père, un fils à l'inverse et qui multipliait les frasques.

Le réfugié s'était appelé Juan José Marimón puis Joseph Marimon, mais ni sous son nom espagnol ni sous son nom francisé, il n'a jamais, lui non plus, travaillé au four à chaux.

De même que la grande tour envoyant nuit et jour, depuis sa gueule infernale, des panaches de fumée jusqu'au-delà de notre Galaxie se réduisait en réalité à un modeste four trapu et comme tapi en lisière des terres à l'époque agricoles, aux émanations bien trop asthmatiques pour ne pas être aussitôt emportées de-ci de-là, et en tout premier lieu dans la rue du Treuil-Boulard, par le vent insolent venu de la mer, les colonnes de réfugiés venant chercher chaleur et subsistance auprès du four à chaux se limitaient *de facto* à l'unique Italien de Nieul, chassé comme Valladolid par la misère et arrivé peu de temps après lui, qui y avait effectivement travaillé.

Il s'appelait Tonio Taviani, c'était le père d'Arnaud Taviani, le mari de Line. Il avait épousé Rose, de la rue des Mottes, chez qui j'allais parfois sans que cela puisse échapper à l'œil vigilant de la bouchère. Sauf Arnaud, le reste de la progéniture de Tonio Taviani était retourné en Italie. Mais Tonio, qui avait travaillé au four à chaux, avait été enterré au cimetière de Nieul, bien longtemps avant mon arrivée. Arnaud Taviani aurait donc dû représenter à lui tout seul la deuxième génération de la population que le four à chaux avait prétendument attirée à Nieul-sur-Mer. Pourtant, teint clair, cheveux clairs, yeux clairs comme sa mère Rose, il ressemblait aussi peu que possible à l'image qu'on se faisait d'un Italien. Et, s'il avait hérité de Tonio, le père, sa bonté, profonde, sa force de travail, sa sagesse et un tempérament sanguin, il n'y avait toutefois personne pour reconnaître là des traits spécifiquement péninsulaires. Par ailleurs, il avait été d'abord emporté dans le tourbillon de la protéiforme famille Lesage, ensuite compté par la Reine Mère et Papa Louis, avec désormais les cinq autres gendres et brus, et au même titre que leurs huit fils et filles de sang, comme un de leurs quatorze enfants. Désormais, les samedis et dimanches matin où les hommes venaient se joindre au chœur des femmes dans la cuisine de la rue de Beauregard, il n'était certes pas le dernier à donner avis et conseils. Il le faisait haut et fort. Son solo de ténor venait magistralement s'échapper du brouhaha général. Il avait depuis longtemps appris, dans son domaine du port de La Pallice sur lequel il régnait en maître incontesté, à placer sa voix et à dominer le bruit des machines et les gueulantes des dockers. Il n'était pas le dernier non plus à être écouté. Quant aux autres jours de la semaine, en raison de sa disponibilité et de sa philosophie à toute épreuve, il était plutôt le premier à être sollicité.

Arnaud Taviani en paradigme de la deuxième génération d'immigrés, la chose était tout bonnement impensable. Elle l'était tout autant pour Louise Parant, même une fois convenu que, dans le flux migratoire des pays du Sud vers Nieul-sur-Mer, le rôle du four à chaux avait été secondaire. Ils étaient bien d'ici, tous les deux, du Vieux Nieul, et plus natifs encore que les natifs étant donné leurs qualités respectives de fils et frère par alliance, de nièce et cousine par alliance au sein de la famille Lesage. Maintenant, quand Louise évoquait l'exil de Venanzio Valladolid, elle me donnait l'illusion d'avoir grandi avant d'avoir été conçue, car, dans sa bouche, le destin de son père semblait s'être accompli ultérieurement à son enfance à elle, à sa propre jeunesse, même à son mariage avec le neveu de la Reine Mère, et qu'un beau jour lui était arrivé un père espagnol qui s'était donc rétroactivement acquitté de sa tâche de géniteur. D'autres fois, l'ordre chronologique de la conception et de la croissance de Louise était conforme à la norme, mais il me semblait que le père, qui avait depuis longtemps oublié sa langue, avait soudain parlé de cette affaire d'immigration comme d'un détail de son existence qu'il aurait lui-même omis de signaler, trop tard en tout cas pour que Louise, déjà érigée au statut de figure dans le village, songe même à s'en formaliser.

Aussi sûrement qu'on s'était rappelé que le four à chaux avait amené un flux d'immigrés, ce qui était faux, on disait qu'il n'y avait pas d'étrangers ici, ce qui était vrai, mais c'était alors comme si le flux avait été directement avalé par le four, transformé en matériau, et qu'il s'était tari avec l'extinction du four. Ou inversement.

Ainsi privé de toute représentation, quand le chômage a commencé de sérieusement sévir dans la région, surtout après la fermeture des usines Peugeot et le démarrage de la campagne électorale, on ne s'est donc pas privé de répéter, ici comme ailleurs, que c'était la faute aux étrangers, que les étrangers avaient pris la place des Français, qu'ils passaient les frontières par vagues successives, allaient déloger les Français de chez eux comme ils les avaient boutés hors de leur poste dans les usines, qu'ils étaient responsables de la montée de la violence et de la délinquance dont s'inquiétaient 81% des Français, comme l'avait dit Alain Peyrefitte en brandissant son texte de loi préélectorale Sécurité et Liberté.

Toutefois, le doute venait, à peine avait-on débité comme un perroquet le discours de campagne et imaginé les étrangers comme une entité singulière, vaguement monstrueuse, envahissante et parasite, douée de propriétés phagocytaires.

Dans le Vieux Nieul, c'était comme si l'on déblayait les pierres écroulées du four à chaux, désherbait alentour et entre les pierres, le remettait en état puis en marche. Enfin, dans la confusion des mémoires et parce que les légendes ont la peau dure, on nommait le vieux Valladolid, le vieux Taviani, on évoquait leurs figures disparues et leur progéniture nieulaise, on rappelait, non sans fierté, que Marimón, bien des années plus tôt, avait été un réfugié politique avant de devenir un Marimon exténué, on disait avec perplexité Si c'est ça, des étrangers, on répétait les phrases assenées, cette fois à la manière d'un perroquet et comme un *blabla*, une succession de sonorités sans signification, et on rigolait.

Couillonnades, décrète le vieux Séjourné en tapotant le journal du jour. Tout ce qu'on a jamais eu comme étrangers ici, c'est les Boches pendant la guerre, et il y a pas mal de ceux qui disent des choses pareilles qui fricoteraient bien avec eux s'ils étaient de retour. C'est encore pas une de leurs pilules que je vais avaler, avec tout ce que je prends déjà comme médicaments.

Dans les cités et dans les maisons au bord des routes qui partent de Nieul dans toutes les directions, il y avait bien des irréductibles qui croyaient dur comme fer que le Maghreb et l'Afrique se soulevaient de manière sporadique et nous envoyaient leurs ressortissants telles des déjections sismiques – sans jamais se rappeler notre glorieux passé colonial – et qui ne frayaient pas, disaient-ils, avec tel et tel voisin au nom espagnol ou portugais, ou dont ils avaient entendu la femme chanter ou gronder ses gamins dans une langue étrangère. Mais pour les autres, les enfants et petits-enfants d'Espagnols et de Portugais et leurs voisins français, pour tous ceux-là qui s'étaient indistinctement prêté des outils, avancé un bol d'huile, une tasse de sucre, un morceau de pain, trimbalé les uns les autres en voiture, avaient passé déjà un ou plusieurs printemps, un ou plusieurs étés à déjeuner dans le jardin les uns des autres, à se raconter leur vie par-dessus les haies ou sur le pas des portes, et dont les enfants jouaient ensemble, dehors ou tantôt chez les uns tantôt chez les autres, la mayonnaise ne prenait pas non plus.

Monsieur le maire se frottait les mains.

Bullitt disait Y a pas d'fumée sans feu.

À côté du four à chaux, il y avait une petite maison basse toute en longueur. On y entrait par le flanc ouest, directement dans une salle dont les murs semblaient avoir été montés après l'installation, en ce qui serait donc son centre, d'une grande table rectangulaire, désormais trop grande dans la semaine, car il ne restait plus à la maison que le benjamin, mais beaucoup trop petite les samedis et dimanches, aux six enfants s'étant ajoutés quatre brus, un gendre et des petits-enfants. Et c'était la tablée minimale, car les amis des parents ou des enfants trouvaient toujours un bon prétexte pour s'arrêter et, puisqu'ils s'étaient arrêtés, autant rester prendre l'apéro et, l'apéro bu, autant rester manger, il y avait toujours de quoi.

C'était la maison de Louise, et Louise avait mille formules pour dire qu'il y avait toujours de quoi – en particulier la paradoxale Quand il n'y en a pas pour huit, il n'y en a guère moins pour le double –, elle déployait des trésors d'ingéniosité pour mettre les petits plats dans les grands. Du temps où elle ne pouvait pas travailler à l'extérieur à cause des enfants, elle conservait précieusement les couennes, le gras, les os, les restes de sauce et de jus de viande et, quand arrivait la fin du mois et qu'il n'y avait plus d'argent pour acheter le moindre morceau de lard, elle confectionnait un grand plat de légumes avec tous ces restes et déchets et le laissait mijoter jusqu'à ce qu'il s'en dégage une odeur de viande.

Restez donc, il y en aura bien pour tout le monde.

Elle avait appelé sa spécialité le ragoût d'espérance.

On avait tout à apprendre d'une femme aussi généreusement optimiste et douée pour la vie que l'était Louise Parant.

Du four à chaux, Louise descendait la rue de Lauzières, tournait à l'angle du Soleil Levant, passait rue de Beauregard devant chez les Lesage puis devant chez Léna, sa belle-mère, s'arrêtait chez les uns ou chez l'autre si elle avait le temps et arrivait toujours ponctuellement à la maison un peu avant dix-sept heures pour prendre avec moi le énième café de la journée. J'avais ramené ma fille cadette de l'école maternelle (et les enfants des pipelettes du Val-Hureau qui n'en fichaient décidément pas une datte), je les laissais entre les mains de Louise et repartais.

C'était toujours à cette heure-là que j'allais à l'abbaye

de Sermaize quand j'y étais appelée, et je devais repasser prévenir Louise que, cette fois encore, j'avais survécu à la visite. Nous étions convenues que, si elle ne m'avait pas revue au plus tard à dix-sept heures trente, elle pouvait commencer à s'inquiéter. Il n'y avait plus que le docteur Laurent, les gendarmes de Lagord, une assistante sociale de la DDASS et moi pour aller à l'abbaye.

Je revois l'abbaye comme un contrepoint du four à chaux, tous deux à vol d'oiseau équidistants du château, sur une diagonale sud-ouest nord-est qui partirait de l'un, sur la route de Lauzières, pour arriver à l'autre, route de l'Aubreçay, tous deux pareillement en ruine, ayant perdu leur fonction originelle, les ouvriers ayant déserté le premier, les moines, de longue date, la seconde, mais le premier ayant sécrété un mythe sur des étrangers et l'ancienne abbaye abritant moins que des étrangers: des marginaux.

Depuis la route, à demi dissimulée par un petit bosquet qui venait ponctuer une étendue de champs monotone, l'abbaye avait un aspect tranquille. La partie droite était encore debout, l'autre écroulée. On y accédait par-derrière, en prenant un chemin qui avait dû ressembler, avant la construction du domaine des de Bizères, à la route de la mer, mais avait subi le traitement inverse et se réduisait désormais à des ornières. Il était à peine carrossable, pierrailles, boue, herbes. La bâtisse était prise dans un terrain ceint de hauts grillages, çà et là grossièrement rafistolés, et derrière lesquels mon arrivée mettait quatre bergers allemands dans un état de folie furieuse impressionnante. Ils hurlaient, se précipitaient sur la clôture, bavaient, repartaient prendre leur élan et se précipitaient de nouveau sur la clôture.

Comme cette agitation semblait ne pas émouvoir les habitants du lieu, je klaxonnais.

La première fois, j'avais vu venir, chancelant, un pauvre

diable que j'avais aussitôt surnommé Fil d'Acier, tant sa chair était rare, et qui avait prétendu, l'haleine chaudement alcoolisée, que je pouvais entrer avec ma voiture et en descendre sans courir le moindre risque, C'est des braves bêtes. Hein, les chiens ? Z'êtes gentils, les chiens ? Ce à quoi les chiens avaient répondu en redoublant de fureur. Je lui avais dit que je n'entrerais que si les chiens étaient attachés. Il avait recommencé avec ses Mignons, mignons, les chiens – dont les yeux sortaient de la tête –, et j'avais entamé une marche arrière.

Oh oh oh ! On s'fâche pas, j'les attache.

En plus de ce qui restait de l'abbaye, il y avait deux caravanes, et un enclos avec des chèvres. J'en avais vu d'autres brouter en bordure du chemin, dehors. Le sol était jonché de merde, d'ordures et de bouteilles vides.

Quatre personnes vivaient là en permanence : Josy et son mari Bob dans une caravane. Fil d'Acier, dans la deuxième. Mariette, la mère de Josy, logeait dans une des deux pièces de l'abbaye encore pourvues d'un toit. La seconde pièce faisait office de réfectoire. Les autres personnages que j'avais vus défiler à l'abbaye, toutes les fois où j'y étais allée, restaient trois ou quatre jours puis repartaient. Le gendarme Joseph, dont j'avais soigné femme et enfants à la gendarmerie de Lagord, tout à côté de chez Chaya Diez, ne tarissait pas d'éloges sur la population qui fréquentait l'abbaye, il m'affirmait que c'étaient des repris de justice, des interdits de séjour, des gars sous contrôle judiciaire. Fil d'Acier avait dû débarquer ici un beau jour, en sortant de prison ou au hasard de ses vagabondages, et il était resté.

Les dimanches où j'ai dû y passer, j'y ai vu, qui venaient deux par deux, quatre des enfants de Josy et Bob, sans doute les aînés – ils en avaient huit à la DDASS quand je les ai connus, et déjà dix pendant cette campagne électorale. On retirait les nourrissons des bras de Josy après qu'elle leur avait donné un nom, avant qu'elle reparte à l'abbaye, mais quant à prendre Josy en charge pour lui éviter de mettre au monde enfant sur enfant, comme si elle avait accouché accroupie directement dans des locaux de la DDASS, non. Josy avait trente-quatre ans cette année-là, dix enfants, et était imbibée de pinard comme une éponge.

Ses enfants étaient magnifiques.

Eddy, en particulier, qui aimait être avec les chèvres, dehors, le long du chemin, ou dans l'enclos. Quand il les caressait, restait assis par-delà les grilles à jouer au berger, quand il les trayait, il me faisait immanquablement penser au petit prince avec son mouton. Ses deux frères, sa sœur et lui, les seuls que j'aie connus, ressemblaient à Bob, mais il est vrai que les traits de Josy avaient disparu dans les bouffissures de son visage et la couperose de ses pommettes, et j'aurais eu bien du mal à les retrouver sur le visage lisse et angélique des enfants qui venaient à l'abbaye, conduits par l'assistante sociale, ramenés par l'assistante sociale, et uniquement quand Bob était là.

Bob était ouvrier chez Alsthom. Sa présence ici, comme celle des enfants le dimanche, était une énigme, et d'autant plus que lui-même semblait ne pas se formaliser de l'existence parasite de Fil d'Acier (dont il m'avait dit simplement en souriant Lui, c'est pas : demain, je rase gratis c'est : demain, je m'en vais), ni du passage de nombre de ces individus-bien-peu-recommandables, me prévenait Joseph, toujours averti de mes visites, ni de l'état dans lequel, chaque jour en rentrant du travail, il retrouvait Josy et Mariette, ni du fait que son salaire était pour une grande part troqué contre une quantité industrielle de bouteilles de vin, et non plus que ses propres enfants lui soient prêtés par la DDASS, à la fin de la semaine, s'il n'était pas à l'usine. Toujours est-il que, lorsque Bob était là, le calme régnait dans l'abbaye, dans les caravanes et à l'intérieur du terrain grillagé, les chiens, en particulier, se tenaient cois. Et ils étaient attachés quand j'arrivais, sans que j'aie à menacer de ne plus venir.

(Après deux ans de palabres, c'est Bob qui avait réussi à

se convaincre et à convaincre Josy et Mariette qu'une ligature des trompes n'était pas une amputation – avant cela, je me heurtais chaque fois à un Je veux pas qu'on m'enlève, ou lui enlève, les organes, d'autant plus irrévocable que les dessins anatomiques, il est vrai assez maladroits, que j'exécutais pour illustrer mes dires, plongeaient Josy et Mariette dans des abîmes de perplexité : T'es sûre qu'on est foutues comme ça, Princesse ? Tu nous fais marcher, me disait Mariette en se tâtant le ventre.)

En l'absence de Bob, c'était le chahut.

Les visiteurs de l'abbaye s'amusaient avec Fil d'Acier à lâcher les chiens quand j'étais dans la caravane dont je ne pouvais donc plus sortir sans risquer de me faire dévorer. Ils se battaient au couteau et, quand je paraissais, me menaçaient de leur arme. Ils remuaient la caravane comme des perdus pendant je tentais de trouver une veine encore assez solide sur le bras de Josy. Pourtant ils ne me faisaient pas peur. Ils me couraient sur le haricot, comme des gamins insupportables, et avaient le don de me mettre dans des colères épouvantables, c'est à l'abbaye que j'aurai piqué les plus mémorables de ma vie.

Au fond, disait Line, tout ce que tu risques là-bas c'est de te péter les coronaires.

Je criais par-dessus les aboiements des chiens, ultimatums, menaces, injures, tout y passait, dans un langage qui n'avait rien à envier à celui, cru et vert, voire ordurier, que j'avais appris auprès des femmes de l'hosto, et, quand j'en arrivais à dire qu'ils – que je traitais de tous les noms – devraient se débrouiller sans moi, Fil d'Acier prenait une tête de gamin penaud, reculait, calmait la troupe, attachait les chiens.

J'étais jusqu'alors toujours venue pour Josy, incapable de prendre des médicaments : antibiotiques ou anticoagulants, elle doublait la dose si elle avait mal, arrêtait tout si elle ne souffrait plus, avait frisé des embolies et des hémorragies, la contraception par voie buccale avait été un échec. Quand les hommes chahutaient dehors, elle riait. Y sont bêtes, disait-elle, et elle riait, ravie. Elle ajoutait Faut leur dire d'arrêter, moi, y m'écoutent pas, et ça la faisait rire. Le dimanche, quand il y avait ses enfants, elle les regardait de loin, me demandait si je les trouvais beaux, et, si l'un ou l'autre s'approchait d'elle, elle avait des gestes d'une maladresse poignante, ébouriffait une chevelure, abandonnait.

Le lundi, souvent, elle pleurait.

Parfois, Fil d'Acier se toquait d'une idée, toujours la même, il n'y avait pas de place dans son cerveau pour deux idées. Il se levait au petit matin dans les brumes de l'alcool, avec cette idée fichée dans sa tête comme un pieu, il prenait une brouette, la chargeait des pierres éboulées de l'abbaye et s'en allait dans l'espoir de les vendre.

Je pouvais le croiser ou le doubler sur la route de l'Aubreçay, ou le long du château, ou sur la place de Nieul en haut de la rue de Beauregard, peut-être s'arrêtait-il au Soleil Levant. Puis il partait par la rue de Lauzières, il passait alors devant le four à chaux, je l'ai parfois rencontré loin entre Lauzières et Lagord, fonçant en direction de la mer, comme si la lumière, là-bas, toujours plus ardente au-dessus de l'eau l'avait attiré au point de l'avoir détourné de son idée. Sur cette lande battue par le vent, il n'y avait pas âme qui vive, et ce n'était pas l'heure de la promenade du vieux Jeanjean. Là, je le perdais de vue.

Fil d'Acier paraissait plus maigre qu'un bras de sa brouette. Qu'il ait pu soulever ce chargement et le rouler jusqu'au plateau était inexplicable.

Fil d'Acier et sa brouette remplie de pierres, c'était sous cette espèce unique et en cette unique occasion que les gens de l'abbaye se rappelaient au souvenir des gens de Nieul, mais la vision avait quelque chose d'irréel, elle était plus anachronique que la première Mme Simenon au volant de sa 203 métallisée, et, quant aux affaires que Fil d'Acier pouvait faire avec les pierres de l'abbaye de Sermaize, elles étaient plus improbables encore que celles du rémouleur ou même du marchand de peaux de lapin. C'était bien une vision, quelque image dont la réalité était raisonnablement plus facile à dénier qu'à admettre. De toute façon, le souvenir du passage de Fil d'Acier s'estompait vite. Aussi, dans la conscience des gens de Nieul, les gens de l'abbaye existaient-ils encore moins que les étrangers mythiques du passé.

Le hasard a fait que je n'ai jamais vu Fil d'Acier sur le chemin du retour. Je m'imaginais qu'il allait jusqu'à la mer avec son chargement, s'asseyait, déversait ses pierres sur la côte à défaut d'avoir pu les vendre, attendait, se délectait du spectacle des vagues tout en se demandant ce qui avait bien pu l'amener jusque-là, mais que Bob, à l'abbaye, avait à peine eu le temps de se réjouir de sa disparition que le vent avait soulevé le corps inconsistant de Fil d'Acier, l'avait emporté avec sa brouette vide, avait été arrêté par les arbres autour de l'abbaye, s'était délesté de son bagage, juste au-dessus du terrain, à l'intérieur de l'enceinte grillagée. Alors quelqu'un disait, Josy ou Mariette, ou l'un des individus-bien-peu-recommandables de passage, ou Bob sur un ton plus navré, Tiens ! Fil d'Acier et la brouette sont de retour.

Cette fois-ci, au milieu de l'hiver 1981, c'est pour Mariette que j'ai été appelée à l'abbaye.

Mariette était une grande ivrognesse devant l'Éternel, jamais à jeun, jamais vraiment ivre, mais il lui arrivait de sombrer subitement dans un sommeil anesthésique, elle commençait une phrase qui s'achevait dans un râle, phénomène assez surprenant et qui explique que j'aie dû souvent rétablir l'ordre moi-même, ne serait-ce que pour pouvoir sortir de l'abbaye et aller prévenir Louise, après quelques visites entre Sermaize et le Val-Hureau, que je n'avais pas été mangée par les mignons-mignons chiens de Fil d'Acier. Quand elle n'était pas dans le coma, c'était Mariette qui surgissait sur le seuil du réfectoire et, de quelques surprenants cris de bûcheron, calmait hommes et chiens. C'est des pauv' bougres, me disait-elle avec indulgence, et il est bien possible que ce soit elle qui ait instauré cette règle d'hospitalité et transformé l'abbaye en une étape, où étaient assurés le gîte, le vin et le fromage de chèvre maison, ce qui avait fait renouer la bâtisse avec l'une de ses très anciennes vocations. Mariette avait dû déroger à la loi des quatre-jours-maximum pour le seul Fil d'Acier qu'elle regardait en hochant la tête et dont elle disait Ah non, mais lui, y a pas d'mot pour ce malheureux, il a rien dans la ciboule.

Il m'arrivait de devoir aller chercher Josy chez sa mère, comme elle le disait cérémonieusement, mais nous retournions aussitôt dans sa caravane. Mariette venait souvent me saluer chez sa fille et, chaque fois qu'elle était consciente quand je passais, elle me remerciait chaleureusement d'être là, Princesse, t'es un amour d'être venue. Je l'appelais Mère supérieure, ce qui la faisait rire aux larmes. À la fin des soins, elle me collait un fromage de chèvre entre les mains.

Line se fichait de moi, Même à l'abbaye de Sermaize, tu vis sur le commun.

La gentillesse de Josy et de Mariette aurait désarmé les plus hostiles.

Ben pas moi, me disait le brigadier Joseph quand je protestais qu'ils n'auraient pas fait de mal à une mouche.

Du réfectoire, je n'avais donc jusqu'alors aperçu qu'une grande table, un évier, des chaises, un buffet, un indescriptible capharnaüm de vêtements, vaisselle sale, bouteilles, et tout cela plongé dans une pénombre de taverne. Il y régnait d'ailleurs une âcre odeur de fond de bouteille, de vin renversé et de légumes pourris.

Mariette s'était fait salement mordre à l'avant-bras par un des chiens. Sauf la marque des crocs, la plaie évoquait plutôt une blessure de guerre, et elle était ancienne, bien sûr, elle avait eu le temps de s'infecter, de prendre des allures de vieille escarre: la Mère supérieure avait le jour même entouré son bras d'un bandage trop serré puis, une semaine après, elle s'était avisée du fait qu'elle avait des ganglions à l'aisselle, la main gonflée, et que, m'avait-elle expliqué, ça lui sonnait les cloches sous le pansement. Elle avait alors appelé le docteur Laurent.

Mariette et moi étions toujours assises au même endroit, en bout de table, et près de la porte grande ouverte pour laisser entrer un peu de lumière. La toile cirée, striée de coups de couteau, était par ailleurs ponctuée des ronds violacés qu'avaient laissés les verres et les bouteilles et d'informes taches de vin, jonchée d'assiettes sales, encore pour certaines à demi remplies. L'ancien dallage était çà et là défoncé, la terre affleurait, le sol n'avait pas été ne fût-ce que balayé depuis des lustres.

D'un jour à l'autre, Mariette me faisait remarquer que, par rapport à la veille, la lumière avait gagné du terrain sur l'obscurité. T'as commencé dans le noir, Princesse, regarde-moi ça aujourd'hui comme on y voit clair et c'est pas toi qu'as changé l'heure. Mariette parlait du jour et de la nuit comme d'un combat entre la lumière et les ténèbres, elle savait exactement où le soleil avait pointé son nez, par où il allait disparaître mais, dans sa bouche, cela prenait des allures de récit de bataille, comme si la trajectoire du soleil, dans le ciel au-dessus de l'abbaye, avait été le fruit d'interminables discussions stratégiques dans la nuit, décidée opportunément juste avant l'aube, et que l'astre était une armée qui avait attaqué l'obscurité à tel endroit, été mise en déroute à tel autre opposé, avec des semi-défaites les journées où un bataillon de nuages se mettait de la partie. Les nuages, la Mère supérieure les considérait comme de vulgaires mercenaires à la solde de la nuit.

Pendant ce temps-là, Josy, un ou deux individus de passage et Fil d'Acier se disputaient ou jouaient dans la cour comme des enfants attardés, contribuant à plonger les lieux dans l'atmosphère désastreuse du *Sanctuaire* de

Faulkner, les chiens aboyaient, tiraient sur leurs chaînes, la télévision était allumée et la plaie cicatrisait avec une lenteur désespérante.

Ce n'est pas du sang qui coule dans vos veines, Mère supérieure, ai-je dit un beau jour à Mariette. C'est du vin. Vous ne pourriez pas mettre un peu la pédale douce ? Ah ! Princesse, tu parles comme le docteur. Bon, je t'raconte. Un midi, j'ai arrêté. Tout l'après-midi, j'ai pas bu une goutte. Le soir, pas une goutte. Je me suis couchée. Quand je me suis relevée le lendemain, j'étais tellement malade que j'ai recommencé.

C'est pourquoi les soins ont duré plus longtemps qu'ils n'auraient dû. Ainsi ai-je eu tout le loisir de m'habituer à la pénombre du réfectoire et d'apercevoir, au-dessus du buffet, dans le coin le plus reculé, le plus sombre de la salle, une grande image claire affichée, unique décoration de la pièce dont les murs, partout ailleurs, étaient nus.

Mariette ne se rappelait plus si c'était un couvercle de boîte de chocolats ou de pâtes de fruits qu'elle avait découpé et punaisé là, mais elle a eu le même sourire et les mêmes yeux éblouis en regardant son tableau, m'a-t-elle dit lorsque je m'en suis approchée, que lorsqu'elle constatait que le jour, au terme d'une bataille dont la couleur sanglante du soleil au crépuscule donnait idée de la violence, avait conquis un peu des domaines hier encore impartis à la nuit.

C'était un détail fameux du plafond de la Sixtine. Le cadre emprisonnait la main divine et celle d'Adam, à l'instant de la genèse de l'homme. Sans doute Mariette y voyait-elle deux mains irrésistiblement attirées l'une vers l'autre et avait-elle noté la différence de couleur, ici accusée, entre la main de Dieu, plus foncée, et celle, très pâle, d'Adam – comme si, quoique tout juste advenu, celui-ci se devait d'être déjà menacé de la pâleur cadavérique de la mort – car elle l'interprétait, m'a-t-elle annoncé, comme Une image de la fraternité humaine.

C'est beau, a-t-elle ajouté.

Le tableau de Mariette, au mur de cette taverne interlope, a produit d'abord sur moi un effet aussi brutalement insolite que si les moines avaient accroché, dans le réfectoire originel, une maladroite reproduction de l'*Olympia*, mais le choc a été passager.

Sa présence en ces lieux infects et nauséabonds m'a vite paru mystérieuse. Mais, tout autant, juste et nécessaire, car il fallait bien que quelque chose ici rappelât, au-delà des apparences catastrophiques, l'existence tout aussi mystérieuse d'Eddy, assis dehors avec les chèvres, le regard rêveur, la tristesse maternelle de Josy, le lundi, le sens de l'hospitalité de Mariette, sa haine des ténèbres, sa passion pour la lumière.

Hormones

Depuis quatre jours, c'est le vieux M. Séjourné qui vient m'accueillir. La porte de la cuisine et celle de la salle à manger sont grandes ouvertes sur le couloir, les volets des deux pièces, rabattus, les doubles rideaux, tirés, l'air est sain et, jusqu'à l'entresol, l'entrée de la maison est généreusement éclairée par la lumière du jour. C'est donc à mesure que je monte l'escalier, jusqu'à la chambre où demeure Mme Séjourné, que, étrangement, je vais vers des entrailles de tombeau.

L'Eulalie s'est ensevelie vivante, et à l'étage.

Je pense à certaines sépultures indiennes, installées sur des pilotis.

Ce qui a terrassé la vieille dame, c'est de s'être réveillée de l'anesthésie puis d'avoir survécu aux douleurs postopératoires, alors qu'elle avait donné ses instructions pour l'enterrement. Revenue de l'hôpital huit jours auparavant, elle ne souffrait plus, elle parvenait à respirer malgré l'ablation d'une partie d'un poumon, elle s'est interrogée sur cette ruse du sort, m'a reparlé de cette fameuse inondation du Gô, une main sur la poignée de la porte, car c'était elle, à sa sortie de l'hôpital, qui m'accueillait au seuil de la maison. Au terme de trois jours de réflexions, elle a eu l'intuition lumineuse qu'on ne l'avait renvoyée chez elle que parce qu'elle allait mourir. Elle m'en a fait part encore debout, avec un air de grand soulagement, elle s'est couchée comme d'habitude après le souper, et, le lendemain, quatrième jour de son retour, le vieux monsieur est venu m'ouvrir, la lumière dans son dos m'a presque éblouie. Il m'a annoncé calmement, sans se départir de son doux sourire, que son épouse était là-haut, et s'était enferré dans le crâne qu'elle ne pouvait plus se lever. Il a ajouté Quoique, un beau jour, ce sera vrai.

Elle s'était sentie entrer en agonie dès les premières lueurs de l'aube, L'heure est venue pour moi, m'a-t-elle déclaré non sans solennité, je vous l'avais bien dit.

Après les soins, le vieux monsieur s'est allongé à côté d'elle qui était restée enfouie sous ses couvertures. Volets clos, rideaux tirés, elle a éteint la lampe, le spectacle de ces deux vieillards gisants dans l'obscurité était sinistre.

Sixième jour, début des pourparlers. Au terme de quoi, les volets sont restés clos, les rideaux, fermés, l'atmosphère était encore plus confinée que la veille, mais M. Séjourné et moi avons réussi à transférer le corps de l'Eulalie, inerte, du lit à un fauteuil, la vieille dame protestant qu'il est inhumain de forcer quelqu'un à mourir assis et ajoutant, dans un susurrement redoutable à l'adresse de son mari, qu'il devra lui déplier le cadavre si ça arrive aujourd'hui. Le vieux monsieur s'est allongé sur le lit refait. Depuis son fauteuil, elle ne pouvait plus éteindre la lampe elle-même. En descendant, je les ai entendus se disputer : elle voulait qu'il éteigne, il avait monté son journal et n'avait pas l'intention de lire dans le noir.

Au septième jour, l'odeur de renfermé avait dévalé l'escalier jusqu'à l'entresol, l'Eulalie a pesé de tout son poids, du poids de son cadavre, du poids de son entêtement macabre, elle s'est laissé traîner jusqu'au fauteuil en prétendant que ses jambes ne répondaient plus, je me suis rappelée l'effort accompli par Augustin Diez pour gagner son lit, je lui ai dit que je viendrais le lendemain quand Sabine, la joyeuse aide ménagère, serait là, et que, à nous deux, nous lui ferions descendre l'escalier, Soyez habillée quand j'arriverai.

Il n'est pas impossible que l'idée soit venue à l'esprit

retors de l'Eulalie que j'étais un agent du mal et que, donc, cette descente de l'escalier que j'avais fomentée lui serait fatale. Une sorte d'ultime répétition de la descente au tombeau.

Aujourd'hui, elle est fin prête, assise dans le fauteuil, vêtue de sombre, les bras croisés sur la poitrine, un air de détermination féroce sur le visage. Pour une agonisante, son teint est bien rose, Tu pètes le feu, grand-mère ! se moque Sabine.

En fait de feu, c'est demain que tu diras : feue Eulalie Séjourné, lui rétorque l'Eulalie. Puis elle pousse un cri. Sabine et moi l'avons déjà soulevée par les aisselles. Ses pieds battent l'air au-dessus du sol. Nous la reposons. Elle marche ! s'écrie Sabine qui parle de la guérison du paralytique en riant aux éclats. La vieille dame ne s'en formalise même pas, ça fait longtemps qu'elle a rangé Sabine, sa pétulance et son goût de la plaisanterie, dans le tiroir bourré à craquer des forces du mal. La descente de l'escalier est périlleuse, mais elle réussit.

Pour la dernière marche, M. Séjourné tend la main à sa vieille épouse, avec autant de galanterie surannée que s'il l'aidait à s'extraire d'un fiacre.

Pendant quatre ou cinq jours encore, l'aide ménagère et moi devons jouer à la chaise à porteur, selon la formule de Sabine. Mais le tombeau, là-haut, a été ouvert et aéré. Quand il monte se reposer après les soins, M. Séjourné n'a plus besoin d'allumer la lampe et l'air est si sain, me dit-il, qu'il sent l'odeur de l'encre de son journal. Les rapports entre lumière et ténèbres se sont inversés, c'est de nouveau au rez-de-chaussée qu'il faut lutter contre les sombres volontés de l'Eulalie.

Au milieu de la deuxième semaine, le jour et l'air pénètrent enfin à égalité en haut et en bas, l'Eulalie m'ouvre la porte elle-même, mais c'est lui qui m'annonce ce matin la mort du petit Jérémie.

Mme Séjourné s'assoit.

Laisse tomber les bras le long de son corps.

Elle tourne la tête sur le côté, son profil est parallèle à la toile cirée, elle regarde son homme, suffoquée. Ce n'est pas la mort de Jérémie Contamine, non. C'est qu'il ne le lui ait pas dit, qu'il ne l'ait pas laissée m'accueillir avec cette nouvelle. Elle aurait ouvert la porte, la lumière aurait pénétré, accompagnée de l'air marin, elle aurait rétorqué à la lumière et à l'air par le souffle de la mort, c'est ce qu'elle aime, l'Eulalie.

Louise avait appris la mort de Jérémie, elle aussi. Les Contamine étaient de Nieul et habitaient en face du four à chaux. J'étais passée trop tard, ce jour-là, chez la Reine Mère et Papa Louis, le chœur des femmes s'était dispersé. Je n'avais vu Louise qu'à dix-sept heures, à la maison. Elle me l'avait annoncée pendant que je lui servais son café. Je lui avais dit Je sais. Les Lesage le savaient, tous les Vieux Nieulais l'avaient su dès le matin, Line m'en avait parlé, et, l'après-midi, dans toutes les maisons où les enfants étaient rentrés de l'école pour déjeuner, les patients l'avaient appris par leur bouche et m'avaient annoncé la mort de Jérémie.

À Louise, donc, j'avais dit Je sais. Nous avions pris le café en silence. Puis j'étais repartie.

Quand j'étais rentrée pour la consultation, Louise était d'humeur taciturne, c'est dire qu'elle n'était plus elle-même, ou plutôt qu'elle révélait sa part d'ombre, la plus secrète, la plus pudiquement, et généreusement, recélée.

Rien ne pouvait vaincre Louise. Il n'y avait rien eu dans sa vie à quoi elle n'ait résisté ou répondu, avec sa gouaille insolente et sa vitalité, par l'équivalent d'un ragoût d'espérance. Sauf la mort d'un enfant. Elle avait perdu une petite-fille. La mort d'un enfant la terrassait. Elle ravivait chaque fois la perte de sa petite-fille, mais il y avait autre chose, car Louise n'était pas du genre à prétendre que c'était à elle qu'arrivait la mort de Jérémie : elle était terrassée par le chagrin des Contamine, père, mère, frères et sœurs.

C'était pour cela aussi que j'avais dit Je sais. Pas davantage. Si Louise voulait parler, elle le ferait, à sa manière, par à-coups.

Jérémie ne viendrait pas le mois prochain. Il ne viendrait plus. Je le voyais aux demi-saisons, tous les six mois pendant huit semaines, au début du printemps, au début de l'automne. Il partait à pied de l'école primaire, à l'emplacement des écuries de l'ancien château de M. Morch, et arrivait le premier à ma consultation, deux fois par semaine. Les jours de piqûre, il partait un quart d'heure avant la fin de l'étude, alors qu'il mettait trois minutes pour faire le chemin. Il restait à m'attendre avec Louise et les filles. S'il faisait beau, il jouait dehors, ou regardait Erwann Taviani et ses copains jouer au football, en soulevant la poussière de la petite place. Il était renfermé, mais doux. J'ai vite compris qu'il était inutile de lui poser des questions du style Comment ça s'est passé aujourd'hui à l'école ? Est-ce que je te fais mal ? ou Qu'est-ce que tu as mangé à la cantine ? à moins de passer pour une imbécile. Il avait la hardiesse des timides, et c'est lui qui, d'autorité, avait instauré ce rite : il me gardait pour les jours de gammaglobulines les problèmes de maths et exercices de grammaire qu'il avait laissés en plan. Il avait été si concentré sur son affaire d'intervalles ou son analyse logique qu'il lui arrivait de me demander, au moment de partir, Tu es sûre que tu m'as fait ma piqûre ? Je ne l'avais pas vu depuis le mois de novembre, je ne le reverrai plus. Jérémie Contamine était un habitué de ma consultation.

La plupart de ceux qui auraient dû se déplacer jusqu'au Val-Hureau se débrouillaient pour se trouver à l'heure où j'y passais chez tel ou tel patient pour qui les soins avaient été prescrits à domicile. Il n'était pas rare qu'une salle de séjour, chez l'un ou chez l'autre, se transforme en salle de soins pour deux, trois ou quatre personnes, enfants et adultes, c'était alors une joyeuse séance. Ou bien ils arguaient qu'ils n'étaient pas libres entre dix-huit et dix-neuf heures mais qu'en revanche, puisque je passais devant chez eux ou m'arrêtais chez leur voisin le matin avant qu'ils partent au travail (ils m'avaient vue), je pouvais aussi bien faire une petite halte pour leur injection, pour leur pansement, ou pour leur enlever des fils, etc. À ceux-là, je ne faisais pas payer le déplacement. De toute façon, c'était une misère. Des clopinettes, disait Natacha Ermitage.

Il m'arrivait d'aller soigner Millie au marché de La Rochelle parce qu'à six heures du soir Millie ne pouvait pas venir à ma consultation, elle avait déjà entamé sa nuit, elle se levait à trois heures du matin. J'y allais les mains dans les poches, elle avait tout le matériel, je passais derrière l'étal, et Millie continuait à pousser ses formidables gueulantes, vantant la fraîcheur de ses lottes et la vitalité de ses crabes pendant que je lui faisais son intraveineuse. Un jour qu'un client lui avait demandé si elle était malade Millie lui avait répondu en hurlant qu'elle faisait une dépression nerveuse, Ça s'voit pas, non ?

Certains passaient voir si, par hasard, je ne pourrais pas leur injecter tel produit, alors qu'ils n'avaient pas d'ordonnance, et ils étaient renvoyés sans autre forme de procès. Ni Louise ni moi ne les avions jamais vus, ils devaient tenter leur chance dans tous les cabinets infirmiers de la région.

Il y avait les diabétiques à qui il fallait apprendre à se piquer eux-mêmes, et, pour le reste, c'étaient des clients occasionnels, ils étaient peu nombreux puisque la plupart avaient été soignés dans la journée, sauf aux demi-saisons, pendant les épidémies de grippe, ou juste avant, pour les vaccinations. S'ils devaient patienter, Louise, qui connaissait la plupart d'entre eux et faisait la connaissance des autres en un temps record, conversait avec tout le monde, l'entrée qui faisait office de salle d'attente, ou le salon s'il y avait trop de monde ou les après-midi de match, ou la place devant la maison les jours de beau temps se transformaient en salon-où-l'on-cause, on y rencontrait un maçon, justement, on avait besoin d'un maçon et on prenait rendez-vous, on échangeait des conseils pour le potager, des recettes, Louise menait la conversation.

En général, toutefois, c'était une heure de pause. Martine, la fille aînée de Mauricette qui gardait mes filles le mercredi et parfois le samedi, venait prendre ses cours de maths, de français et d'anglais sur la table de la cuisine, pour éviter de passer en sixième d'accueil, puis en cinquième d'accueil et, cette année-là, en quatrième d'accueil. Je discutais avec Louise, préparais le dîner, faisais travailler ma fille aînée, un patient arrivait, il repartait deux minutes plus tard ou s'attardait à parler un peu avec Louise.

Deux hommes sont restés fidèles au rendez-vous, des premiers aux derniers jours de mon installation. Je les avais appelés Hormone I et Hormone II.

L'arrivée d'Hormone I était une attraction.

Il descendait de vélo non sans grâce et le posait contre le mur, sous la fenêtre de la cuisine, en prenant autant de précautions que s'il avait été en cristal. Je me rappelle Jean-Pierre Bourgogne, un ami de mon père, à qui un titi parisien qu'il venait de doubler à vélo avait crié par la fenêtre de sa voiture Si tu veux pas que j'te taille un short, t'as intérêt à délourder d'là ta bécane. Bourgogne lui avait répondu, en prenant un air de pucelle scandalisée, Grand Dieu ! l'ami, en quels termes parlez-vous de mon vélocipède !

Hormone I venait à vélocipède, modèle sport, jamais autrement qu'en grande tenue, et escorté par les enfants du Val-Hureau. Après avoir déposé son vélo, il retirait ses mitaines de cuir et sa casquette, pavoisait, répondait aux questions des gamins. Sa cervelle était manifestement restée dans sa toute première casquette, la première fois qu'il l'avait enlevée, mais il était gentil, faisait son cours d'anatomie du vélocipède de bonne grâce et essuyait le feu de l'interrogatoire, sur les entraînements, les courses, le Tour de France, les champions cyclistes, avec une aisance de vedette de podium. Il était couvert des chevilles au cou d'une combinaison moulante de trapéziste, mais doublée d'un dossard publicitaire, bariolée, et assez fluorescente pour donner l'impression, l'hiver, quand il repartait dans l'obscurité, qu'il fendait une atmosphère de particules lumineuses et multicolores. Il portait des chaussures *ad hoc* et il marchait avec une disgrâce mortifiée de cow-boy descendu de cheval et embarrassé par ses éperons, qui contrastait avec son allure et son aisance à vélo, comme si l'homme et sa monture, cycliste ou cow-boy, ne faisaient qu'une créature et que leur séparation était un acte contre nature vécu comme une déchéance. Quand il venait à ma consultation, je l'envisageais du point de vue des enfants, il semblait alors avoir pris tant d'avance sur le peloton et ses adversaires qu'il pouvait se payer le luxe de faire le détour par le Val-Hureau pour se faire faire ses injections de poison et même se faire patiemment interviewer par son jeune public sans craindre de perdre sa place dans la course. Mais la réalité était tout autre.

Il s'appelait Luc Villevieille. Il habitait le même lotissement que le facteur Léon, au sud, sur la route de La Rochelle, avec sa femme Janine, ses deux petits garçons et deux vieilles dames que sa femme avait en permanence en nourrice, dans une chambre qui exhalait des odeurs d'hospice. Lui-même était cuisinier à l'hôpital de La Rochelle, où il travaillait de six heures à quatorze heures. Après quoi, il faisait une courte sieste, en même temps que les deux vieilles dames, puis il remontait sur son vélo qu'il pleuve ou qu'il vente, que la chaleur soit caniculaire ou qu'il gèle, et toujours avec un dossard publicitaire bien en vue, à cause du contrat. Il m'avait expliqué qu'il importait moins de gagner des courses – prétendues d'amateurs – que de s'entraîner chaque jour et de faire ses compétitions avec telle ou telle marque sur le dos : la prime ne représentait que peu de chose au regard des émoluments réguliers que lui rapportait la publicité.

C'est bien malgré lui que peu à peu il avait fait le récit d'une existence, la sienne, qui n'était autre que celle d'un homme-sandwich, bagnard de la pédale. Les événements s'étaient ainsi enchaînés : son père l'avait collé tout petit sur un vélo parce qu'il avait rêvé lui-même d'être coureur cycliste. Les promenades avec le père étaient devenues des entraînements, à la fois gratifiants – T'es doué, mon fils – et exigeants –, c'était son seul loisir, auquel il s'adonnait les yeux passant de la roue avant de son vélo, presque collée à la roue arrière de celui du père, au profil paternel qui l'encourageait ou l'engueulait, retourné sur lui tout en pédalant, les deux roues, le profil paternel se télescopant dans l'effort en une image unique, sorte d'hologramme de la solitude et de la contrainte. Puis le père l'avait inscrit à un club, ce qui avait signé la fin de l'exclusivité du lien avec le père à qui, toutefois, en contrepartie, il se devait de rapporter des victoires, tout ce que le père, faute du sacrifice financier du grand-père (le prix du vélo de compétition, de l'inscription au club, de la tenue de cycliste), n'avait pu remporter. Non seulement le fils avait remboursé le père en médailles et en coupes, mais il avait commencé de gagner de l'argent, en trimbalant sur son dos jusqu'à des marques d'apéritifs et de cigarettes – ce à quoi le premier entraîneur, qui pourtant avait rêvé pour lui-même puis pour son fils de fortune et de gloire, n'avait paradoxalement pas pensé, comme si la fortune et la gloire étaient le fruit d'une conquête subite, magique. Le vélo, qui était l'unique préoccupation, l'unique passion, l'unique sujet de conversation, l'objet de tous les soins, le seul lien qui unissait Luc Villevieille aux seuls amis qu'il ait alors jamais eus, la matérialisation du lien avec le père, et qui avait été un investissement onéreux, avait peu à peu été pressenti comme un instrument de promotion sociale pour lui, et de revanche sociale pour le père. Quant à la fortune et à la gloire, elles avaient été un peu détrônées avec les premiers gains publicitaires et les premières primes, elles étaient passées du domaine du rêve à une réalité relativement triviale, mais du même coup étaient envisagées comme l'aboutissement logique et inévitable du processus dans lequel il s'était engagé en engageant, sur son vélo d'enfant, ses premières chaussures *ad hoc* dans l'étrier de ses pédales (et le mot processus m'avait paru aussi inattendu et insolite dans la bouche de Luc Villevieille que si, tout à coup, en léger déséquilibre dans sa combinaison fluo, il s'était mis à discourir sur la révolution sanglante que Khieu Samphan et Pol Pot, là-bas au Cambodge, continuaient de mener dans l'indifférence générale).

Le père, en particulier, avait gommé de sa conscience tout ce qui se situait hors-champ, en dehors du strict cadre des images télévisuelles et des photographies de champions qu'il collectionnait, c'est-à-dire les cyclistes des pelotons de toutes nations, *a fortiori* ceux, tel son fils, qui couraient toujours avec les amateurs. De nouveau, il avait quitté la réalité, mais cette fois en prenant pour le tout sa partie émergée (dans les médias), une confusion que faisait la grande majorité de la population et qu'entretenaient, qu'entretiennent toujours, cyniquement, quelques célèbres et prétendus fins esprits.

Il est resté un hiatus dans les récits successifs que m'avait faits Luc Villevieille de son histoire avec le vélo, il se situe précisément au carrefour où son histoire et lui-même se dédoublent, où, tandis que, avec son vélocipède, sa combinaison, son dossard publicitaire et ses chaussures *ad hoc*, il continue de pédaler en amateur, en civil, tel que je l'ai vu la plupart du temps en allant soigner les deux vieilles dames, sa femme Janine ou ses deux garçons, il devient professionnel de la cuisine pour collectivités. Succession d'échecs? Accident? Je n'en ai jamais rien su et ne lui ai pas posé de questions, tant il paraissait peu averti de ce que, pourtant, il me racontait lui-même. Quoi qu'il en fût, il semblait bien qu'à ce carrefour laissé dans l'angle mort sa mère était intervenue, et avec assez de persuasion et de douceur pour que, dix ans après, Luc ait encore des paroles de reconnaissance à l'égard de la raison maternelle et ait fait la cuisine, en déclarant adorer ça, jusque chez lui, pour Janine, les deux gamins, les vieilles pensionnaires et lui-même, et pour son père et sa mère venus en visite. Il était donc simultanément resté fidèle non seulement au cyclisme, mais, par le cyclisme, à son père, il respectait même quotidiennement les termes du contrat qu'il avait à son insu signé avec lui. Certes, le vélo offert à l'enfant n'avait rapporté au père ni la fortune ni la gloire rêvée, mais du moins avait-il rempli sa fonction d'instrument de promotion sociale, tel qu'il l'avait désiré. Il avait fait du père le père d'un propriétaire de vingt-huit ans, en permettant au fils de rembourser l'emprunt de son pavillon qu'avec ses seuls revenus de cuisinier de l'hôpital il n'aurait pas pu se faire construire, car, pour le père, me disait de son côté Janine en haussant les yeux au ciel, ni les deux pensionnaires, ni les soins qu'elles exigeaient d'elle-même, ni le temps qu'elle leur consacrait depuis deux ans n'entraient en ligne de compte dans l'achat du pavillon. La première fois qu'il était venu visiter ce qu'il appelait fièrement la maison du fils, deux vieilles femmes étaient déjà là, mêlant leurs odeurs *sui generis* à celle du plâtre encore frais, et il leur avait accordé à peu près autant d'attention qu'à des plantes annuelles déjà flétries par l'automne, alors qu'il avait fait des commentaires élogieux sur le choix de la commode de leur chambre, avant d'en refermer la porte.

Mais le fait est que, en pédalant tous les jours et par tous les temps avec sa marque publicitaire sur le dos, Luc Villevieille doublait son salaire, c'est ce qu'il avait répondu à la seule question que je lui aie jamais posé sur la partie cycliste de son histoire, Le vélo, ça vous plaît tant que ça ?

Tant que ça, c'est-à-dire au point de prendre tant de risques pour lui-même, car je lui avais posé cette question après l'avoir prévenu contre les effets regrettables, à la longue, des injections d'hormones – c'était en tout cas la version officielle –, que je lui faisais régulièrement et qui lui avaient été prescrites par un médecin du sport. Il n'avait pas cru un instant qu'un médecin, de surcroît du sport, pouvait lui prescrire du poison, dont il avait d'autant plus besoin, prétendait-il, qu'il avait passé cette année la trentaine et que ça le fouettait là où il avait perdu de sa jeunesse. Ma question l'avait franchement stupéfait, à croire qu'il ne se l'était jamais posée. Désormais, il n'avait plus à se la poser puisque Avec le vélo, je double mon salaire.

J'ai eu droit à la même stupeur incrédule chaque fois que j'ai renouvelé ces mises en garde, c'est pourquoi Luc Villevieille dit Hormone I est resté jusqu'à la fin un visiteur fidèle du Val-Hureau, pour la joie des enfants.

Je le croisais ou le doublais souvent, dans Nieul ou loin alentour sur les routes de campagne ou sur celles qui longent la mer, avec son dossard publicitaire sur lequel les mouettes, qui s'affairaient dans le sillage des engins d'Olivier Jeanjean, avaient un point de vue privilégié.

Le mercredi, le samedi, le dimanche et les jours de vacances scolaires, il avait ses deux fils dans son sillage.

Hormone II, lui aussi, est venu ponctuellement jusqu'à la fin de mes activités. Quand j'ai quitté Nieul-sur-Mer, il s'appelait encore André Jay. Il riait de son prénom, *anêr*, *andros*, qui signifie homme, mâle, et ne pouvait avoir été plus mal choisi. Il n'aurait plus manqué, me disait-il, qu'on l'ait fait suivre de Désiré. Jay, André, Désiré, voilà ce qu'« il » aurait dû annoncer en déclarant ma naissance pendant qu'il y était. « Il », c'était son père, pour qui il éprouvait une haine indéfectible. Quand je l'ai connu, au début, il me disait que cette haine l'avait gardé en vie, qu'il était resté en vie par défi, pour contrecarrer le désir de son père, et il ajoutait en persiflant qu'il devait à son père la vie que celui-ci, s'il l'avait pu, lui aurait retirée. Il importait peu que le père ait eu de réelles visées assassines, c'était ce que son fils croyait, lui, et me disait, mais le père avait effectivement abandonné son fils, quoique ce fût à sa propre mère.

Ils ne se voyaient plus.

Ils habitaient à deux cents mètres à vol d'oiseau l'un de l'autre. Le père, avec sa seconde femme et ses triplés, au-dessus du Val-Hureau, non loin de chez Marie-Laure, la Sœur du Plongeur, et de chez Bill l'Aspirateur, juste en face de la maison de la jeune mourante à l'enfant, revendue peu de temps après la mort de celle-ci. Quand j'allais chez M. Jay pour un des triplés et qu'il était là, j'avais l'impression qu'il venait de retirer ses manchettes de feutre et que la lumière, à travers le guichet derrière lequel je l'imaginais travailler, avait échoué exclusivement sur ses mains, jamais sur son visage, tant celui-ci était pâle. Sa voix, son regard, les paroles qu'il prononçait, tout était terne en lui, fade, ma mère aurait dit qu'il était beige, et je m'étonnais qu'il ait pu éveiller un sentiment aussi violent et, finalement, aussi vif, que la haine de son fils aîné.

André avait perdu sa mère dans son enfance et vivait depuis avec sa grand-mère paternelle, à côté de chez Line. Il avait cinquante mètres à parcourir pour se rendre à ma consultation. La vieille Mme Jay était une minuscule et adorable octogénaire, aussi pétillante que son fils était morne, d'aspect fragile mais d'une santé de fer, sauf quelques accidents qui m'avaient permis, en allant la soigner chez elle, de les voir ensemble, André et elle, et de m'émerveiller qu'elle ait réussi à aimer son petit-fils d'un amour qui était la simplicité même et n'avait rien de farouchement substitutif. Elle avait fini de l'élever et de l'éduquer, Mais je ne suis pas sa mère pour autant, il est orphelin de mère et il le restera. Elle avait dit tout ce qu'elle avait à dire à son fils et le lui avait répété quand il avait abandonné André, une première fois en divorçant comme s'il avait eu à divorcer également du nourrisson, une deuxième fois quand l'enfant avait perdu sa mère, une troisième fois quand M. Jay avait refusé qu'André rencontre ses demi-frères, de près de vingt ans ses cadets.

Par trois fois, avait un jour déclamé André, le père aura renié le fils. La petite grand-mère avait ri, m'avait avertie, Je vous préviens, il a le goût de la tragédie.

L'abandon de l'un, la haine de l'autre, qui étaient son fils unique et le petit-fils qu'elle avait élevé, c'était sans fatalisme véritable qu'elle les admettait, Mais enfin, précisait-elle, c'est à eux de faire avec. À chacun sa tâche. D'autres fois, notamment quand André devait quitter sa maison les dimanches où le père venait déjeuner avec sa smala, elle hochait la tête en disant que c'étaient bien des simagrées.

Ce qui ne l'avait pas empêchée de rire aux éclats, et de bon cœur, quand, après qu'elle m'eut demandé ce que je pensais de sa deuxième bru, je lui avais répondu Rien, elle ressemble à une endive. C'était ce qu'elle espérait avec tant d'évidence que je ne pouvais la décevoir.

Elle avait aimé la mère d'André, et elle admirait en lui tout ce qu'il tenait d'elle, son côté artiste, elle m'avait montré les livres et le piano dans la chambre de son petit-fils un jour qu'il n'était pas là.

Les rares fois où elle tombait malade, la grand-mère Jay me demandait ce qu'elle avait déjà demandé au docteur Rivière, avec une sorte de rage anxieuse, Sortez-moi de là, je ne peux pas le laisser. Ce n'était pas qu'elle le considérait comme un enfant, pour qui une présence adulte était encore indispensable, ne fût-ce que pour les besoins quotidiens. Mais André sombrait alors dans un profond marasme, et, dans ces moments-là, où elle craignait pour sa vie, Je suis si vieille, disait-elle, elle craignait en réalité pour celle d'André. C'étaient les seuls où elle accordait quelque crédit à ce qu'elle appelait ironiquement, en dehors de ces circonstances, les stances tragiques de son petit-fils. Elle le croyait alors quand il prétendait qu'il était resté en vie pour elle, sa grand-mère, autant que contre lui, son père.

Jamais pour la vie elle-même.

De tout cela, quand il ne parlait pas à bâtons rompus, mais sur un ton uniformément doux, de littérature et de musique – il jouait très bien du piano –, André Jay s'est peu à peu ouvert à moi, durant les longues conversations que nous avions tous les deux, ou tous les trois, avec la petite Mme Jay, devant qui nous discutions avec la plus grande liberté du monde.

Il ne cessait de tournoyer autour de ces deux raisons de vivre, pour elle et contre lui, la vie en soi n'en étant pas une, et je me disputais ferme avec lui. Je ne voyais de mon côté que contradiction entre cette prétendue absence de raison personnelle de vivre et l'extraordinaire détermination avec laquelle il entendait mener à bien son singulier projet, ce pour quoi il venait à ma consultation, et qui était de changer de sexe. Sur ordonnance d'un médecin parisien qu'il consultait régulièrement, je lui faisais des injections d'hormones femelles, après quoi, il se ferait opérer.

La première fois qu'il était venu, j'avais refusé. J'étais absolument stupéfaite, nous nous connaissions un peu tous les deux, nous avions même déjà échangé des romans, c'était la grande époque des Sud-Américains, Carpentier, García Marquez, Puig, Vargas Llosa, et, quant au cinéma, aucun de nous deux ne savait plus si c'était avec l'autre ou avec le docteur Rivière qu'il avait parlé du dernier Scola, ou de tel ou tel film au programme du festival de La Rochelle. À l'époque, il enseignait encore. Pour moi, il était un jeune prof de collège, qui, lorsqu'il n'avait pas à corriger dans l'ennui les rédactions et les dictées, partait faire de longues balades à vélo, jouait du piano, lisait, écoutait de la musique et allait au cinéma. Il m'avait prise de court, je lui avais dit que je ne pouvais pas faire ça. Avec la profonde douceur qui émanait de lui quand il n'évoquait pas la figure honnie de son père, il m'avait convaincue de faire ça quand même, de toute façon, il pourrait se faire piquer ailleurs, nous étions voisins et c'était pratique pour lui, et plus agréable puisque nous nous connaissions. Puis il a cessé de travailler, a bénéficié du régime de longue maladie pour des problèmes psychiatriques, au collège, il avait en réalité souffert le martyre, il en était devenu positivement fou, me disait-il tranquillement. Les gosses savent sans savoir quoi, mais ils savent, ils sont d'une cruauté sans nom. Il avait été hospitalisé. Je le voyais mal arpenter les allées arborées de l'hôpital Lafont, sans doute parce que je l'imaginais aussi bras dessus-bras dessous avec Barthélémy Réaux, mais c'est ce qui était arrivé.

Le plus stupéfiant dans cette histoire de changement de sexe était l'absence totale d'étonnement avec laquelle la petite grand-mère avait appris la nouvelle. Une fois le processus enclenché, elle en parlait avec une légère réserve, mais pas davantage que si André avait décidé, non pas de devenir une femme, ou de faire coïncider son apparence et son être, comme il me l'expliquait, mais de jeter aux orties sa tenue civile et d'endosser l'habit militaire. Ensemble, ils cherchaient un prénom. Mme Jay avait une prédilection pour les prénoms des héroïnes de feuilletons américains.

À ce moment-là, je craignais qu'ils ne jettent leur dévolu sur le prénom d'une des protagonistes de *Dallas*, qui faisait concurrence, jusque dans les conversations, à la campagne électorale, Sue Helen ou quelque calamité de ce genre.

En près de deux ans, sa poitrine avait poussé, il était entré dans une période d'indécision sexuelle qui me donnait le vertige, je le lui disais sans ambages. Mais il était heureux du résultat et, elle aussi, la petite grand-mère s'en réjouissait pour lui.

Ça a l'air de marcher, me disait-elle avec un air de tendre bonheur.

Il avait décidé de cela seul et pour lui seul.

Le fait qu'il n'anticipe jamais la réaction de son père, qui pourtant ne manquerait pas quelque jour de le savoir ou de s'en apercevoir, même s'il détournait la tête lorsqu'il croisait son fils aîné dans Nieul, ce silence, peut-être enfin cette indifférence, était pour moi le seul élément positif de cette affaire. Je ne voyais par ailleurs en amont de ce projet que douleur, en aval, que déception, celle-ci me semblait inévitable.

Cela aussi, je le lui disais.

Mais sa décision était irrévocable et, désormais, depuis

quelques mois, il y avait un homme dans sa vie, ma voix au chapitre était de plus en plus fluette. L'homme était beaucoup plus âgé que lui, prêt à l'accompagner jusqu'au bout, à accepter qu'il revienne en arrière, puisque c'était encore possible, lui avait dit le médecin parisien, ou qu'il s'en tienne là, c'est-à-dire à rester une sorte d'hermaphrodite, ce qu'il appelait drôlement un homme avec qualités.

Je mesurais combien étaient inconditionnels les sentiments à son égard : sinon la haine, du moins le rejet du père, l'amour de la grand-mère et celui que lui manifestait cet homme, qui l'avait connu et aimé alors qu'il était entre deux sexes, deux identités, et lui avait fait la promesse de le garder, quelque métamorphose qu'il subirait finalement.

La suite de l'histoire, c'est Line qui me l'a racontée.

Il est revenu fidèlement rendre visite à la petite grand-mère, tant qu'elle a vécu, encore dix ans après mon départ. Il était alors habillé en femme, dont il avait tout l'aspect, légèrement maquillé, avec des cheveux longs, et assez décolleté pour que Line aperçoive une poitrine normale de femme, pour les détails, elle a l'œil. Par beau temps, il enfourchait son vieux vélo et refaisait, sous le prénom, assez navrant, de Linda, les mêmes promenades que du temps où il vivait avec la vieille dame, sans se dissimuler et, tel que je le connaissais, sans s'exhiber non plus.

Un matin, Line a vu que Mme Jay n'ouvrait pas ses volets.

André-Linda est repassé deux ou trois fois au Val-Hureau.

Line ne l'a plus jamais revu.

De son histoire avec l'homme qui l'avait connu et aimé alors qu'il flottait entre deux identités, je ne sais rien.

Je ne sais pas davantage s'il est resté en vie après la mort de la petite grand-mère.

Marguerite

Monsieur le maire ne décolérait pas. La rumeur avait commencé de courir avec les giboulées de mars et maintenant que le premier tour approchait elle enflait.

Elle disait que les socialo-communistes allaient supprimer la propriété privée et donc arracher à leurs habitants les pavillons et les jardins pour lesquels ils s'étaient endettés, aux artisans, leurs boutiques ou leurs ateliers, à tous, peut-être, jusqu'à leurs voitures.

Fluide, plus insaisissable encore que l'eau d'un torrent, ne déposant ici et là, en guise d'alluvions, que purs fantasmes, elle m'apparaissait pourtant sous des dehors presque tangibles, sous deux aspects différents selon que les gens du monde que j'arpentais du matin au soir y adhéraient ou non. Tantôt, je la voyais érigée comme un écran, un leurre qui retenait d'autant mieux les regards de certains qu'il leur dissimulait dans le même temps que les pavillons et ateliers appartenaient en réalité à leur banque, souvent les voitures à leur organisme de crédit, parfois que le chômage avait aggravé l'endettement quand il n'avait pas été responsable de ventes sur saisie – de meubles, ou autres misérables petits biens, il m'arrivait désormais d'entrer dans des maisons et des pavillons presque vides et déjà hypothéqués. Leurs « propriétaires » s'accrochaient à la rumeur comme à l'objet d'une peur enfin avouable : c'était cela, qui risquait d'arriver avec l'affolante coalition, qui les faisait frémir, et non plus la réalité concrète dans laquelle, *hic et nunc*, ils se débattaient réellement.

Au-delà de la maison du docteur Rivière et du cabinet qu'il partageait avec le docteur Compagnon, et jusqu'à l'entrée du lotissement des Villevieille et du facteur Léon, la route de La Rochelle était maintenant bordée, de chaque côté, par des maisons, les unes cossues sur de grands terrains, les autres hâtivement bâties et ceintes d'un jardin minimal. À peine avait-il été achevé, meublé et décoré qu'une brèche s'était ouverte dans le préfabriqué de Corinne Rambaud. Depuis la route, il apparaissait aussi fragile qu'une de ces petites maquettes prédécoupées, en carton, dont les enfants n'ont plus qu'à coller des rabats soulignés par des pointillés. Il y avait un vice de forme dans le préfabriqué de Corinne, la maquette avait été vendue et montée avec un rabat manquant. Le vent, la pluie s'étaient engouffrés dans la salle de séjour, avaient encore écarté les lèvres de la plaie, puis les murs avaient moisi, le plancher, pourri, s'était ici et là effondré. Le constructeur de ces maisons de rêve avait fait faillite et disparu de la circulation. M. Rambaud n'avait pas attendu l'ouverture du procès contre l'escroc fantôme pour, lui aussi, disparaître. Corinne s'était installée avec ses deux enfants dans une caravane, au fond du jardin, qu'était venue visiter la rumeur. Elle avait toujours farouchement exprimé l'espoir de gagner son procès et de voir, depuis un des hublots de sa caravane, d'abord le pavillon brisé être enlevé morceau par morceau comme il avait été monté, ensuite un autre, plus coquet encore, être édifié à sa place, enfin son mari revenir avec la seule valise qu'il avait emportée – et dans laquelle elle s'obstinait à voir la preuve même de son retour imminent. Quand la rumeur était venue lécher le marchepied de sa caravane, elle s'était rendue à elle. En attendant de savoir s'ils lui prendraient ou non sa caravane, me disait-elle, elle s'était arrêtée de tirer des plans sur la comète. Elle ne voyait plus d'autre raison de craindre l'avenir. Elle était partagée entre le rire – pareille perspective lui semblait vraiment absurde – et je ne sais quel sentiment de fierté, comme si le fait qu'elle pût devenir propriété d'un État socialo-communiste conférait à sa caravane une importance, peut-être même une beauté, qu'elle-même ne lui avait jamais accordée. Avec cet objet d'anxiété, aussi improbable qu'il fût, Corinne Rambaud avait cessé de s'épuiser à bâtir ses propres chimères, à affirmer sa foi forcenée en l'avenir, elle était plus détendue, plus désinvolte, plus dépensière.

Et s'ils me prennent ma caravane, disait-elle également à monsieur le maire quand elle venait le voir pour l'aide sociale.

Aussi ne décolérait-il pas. Ni contre la rumeur, ni contre ceux qui y croyaient dur comme fer (et allaient voter pour l'ennemi qui l'avait répandue), ni contre moi qui, non seulement ne les remettais pas dans le droit chemin, mais lui objectais que croire à de pareilles fadaises permettait à Corinne et à bien d'autres, pour un moment, d'abdiquer toute volonté, de se reposer, et qu'il devait donc les laisser tranquilles avec sa contre-propagande.

Cette semaine, après la réunion du bureau, la discussion s'est envenimée au point qu'il m'a accusée de ne même pas faire correctement mon boulot, C'est à la racine (la rumeur) qu'il faut prendre le mal (maladies psychosomatiques, états dépressifs). Vous vous en fichez comme de l'an quarante de cette histoire. C'était même pire. Quand je n'en écoutais pas les échos ou variations d'une oreille distraite, comme la plupart, je voyais un certain avantage dans la folle circulation de cette rumeur, qui avait apaisé les humeurs de Corinne et de la famille Lapierre, par exemple, dont une voiture et une partie du mobilier avaient déjà été saisies, et très nettement amélioré l'estime en laquelle ils tenaient désormais, elle, sa caravane, eux, leur pavillon convoités par l'État en personne. Mais je lui ai rétorqué qu'en la traitant comme si elle avait quelque réalité il alimentait la rumeur autant que ceux qui lui accordaient du crédit. Il s'est alors mis dans une rogne magnifique. Aussi brève qu'elle avait été tonitruante. Coup de sang. Simple décharge d'adrénaline. Aussitôt, il a recommencé de se préoccuper du sort de Corinne et des autres, à s'interroger sur les manières de les aider, concrètement et Sans attenter à leur dignité, ajoutait-il fidèlement et non sans idéalisme, ce fou furieux de bon barine.

Dos au mur, l'Eulalie me dit qu'elle a bien fait de vendre les terres autrefois louées à Olivier Jeanjean, Pour le reste, on va nous le prendre, autant mourir. M. Séjourné se marre. Il se saisit de son couteau à beurre et se le colle entre les dents en me faisant un clin d'œil. D'un geste vif des bras, il s'enferme tête et buste dans le cadre d'une affiche. Avec un fort accent allemand, malgré le couteau, sa langue tronquée, je l'entends crier au complot judéo-communiste. Achtung ! ajoute-t-il.

Quand je l'envisageais du côté des rieurs, ou de ceux qui protestaient vivement qu'on les prenait vraiment pour des cons, la rumeur me semblait tout à la fois occuper et délimiter une fosse d'orchestre entre, d'une part, une scène de théâtre, où étaient débités dans la lumière éblouissante les discours électoraux, promesses, batailles de chiffres, insultes, mensonges, rappels de quelques histoires puantes – la mort de De Broglie, les diamants de Bokassa, l'affaire des jardins de l'Observatoire, la guerre d'Algérie –, où était colportée cette rumeur et jouée une pièce d'un genre rebattu, *Songerie politicarde*, et, d'autre part, non pas une salle avec des spectateurs, mais une autre scène, en contrebas, plus chichement éclairée, la scène de la vie qui continuait, la seule vie à être véritablement politique tout le temps que durerait la campagne. Entre les deux scènes, le jeu était vertigineux : les acteurs de la seconde scène étaient des marionnettes entre les mains des comédiens et récitants de la première, et ceux-ci, pourtant, aveuglés par les feux de la rampe, ne voyaient pas leurs propres créatures qui, elles, en revanche, les observaient, commentaient leurs ébats et leurs déclamations, dans la limite de leur liberté de mouvements, coupaient des ficelles, changeaient de marionnettiste, en attiraient certains sur leur propre scène et regardaient ironiquement la rumeur monter maintenant de la fosse d'orchestre comme un grossier effet spécial, marquer la limite entre leur monde et l'univers artificiel de leurs démiurges, et plonger l'ensemble de la *Songerie* dans une atmosphère nettement irréelle.

Sauf chez les Lesage, où la rumeur était tant décriée, malmenée et moquée par le chœur des femmes et, en apartés laconiques, par Papa Louis rasé de près, où elle était prétexte à tant d'anecdotes comiques que j'éprouvais un réel plaisir à lui voir prendre corps, c'est à son immatérialité, à son irrationalité que j'étais attachée, d'autant que, lorsqu'ils n'étaient pas heureux, ses effets me semblaient bénins ou nuls. Elle était plus que toute autre construction de l'esprit rétive à la raison, sa source était introuvable, son cours, imprévisible, mais son extinction, imminente. Elle n'admettait pas plus de représentation que l'éther. Même lorsqu'elle a encore grossi entre les deux tours de la présidentielle, elle m'accompagnait comme la seule chose irréelle, intangible, à laquelle j'aurais eu affaire toutes ces journées-là. Son envahissement laissait délicieusement fataliste, plus que le vent, l'eau, une coulée de lave, contre lesquels on se doit d'engager une lutte, desquels on peut se protéger, que l'on peut fuir. Elle ne réclamait rien de moi, sinon que je la nomme : C'est une rumeur, Ce n'est qu'une rumeur, C'est comme toutes les rumeurs.

Elle n'exhalait pas d'odeur. Ni chez moi dans la pièce où ne viendrait plus le petit Jérémie Contamine, ni chez les patients alités, ulcéreux ou brûlés. Ou perfusés à l'extrait de foie. Ni sur moi qui me sentais aussi imprégnée de tout ce que j'avais manipulé dans la journée qu'un pompiste l'est des vapeurs d'essence, ou Éphraïm Bonneau, des senteurs d'algues, de vase et de coquillages.

La rumeur a fini par m'aérer l'esprit sans le marquer. Aucune empreinte.

Tandis que, sauf elle, ce souffle de folie, rien ni personne ne laissaient une tournée jamais véritablement achevée à la fin du jour. Après l'assaut du réel, le soir venu, très souvent la nuit, je subissais l'assaut de sa récapitulation, images, bribes de biographies, maelström de détails, et l'inventaire des remords, tout ce que j'aurais dû dire et faire, ne pas dire et ne pas faire.

Après ma consultation, à dix-neuf heures, la machine à dévider la mémoire de la journée se mettait en route et finissait de m'épuiser.

Tant qu'elle a circulé, après le départ de Louise ou un peu plus tard, après les derniers soins, je me suis occupé l'esprit de la rumeur, alors même qu'elle y était passée comme un courant l'air. Je la ramenais à moi, la contemplais comme j'aurais contemplé le vide, tentais de la qualifier, me remémorais scrupuleusement ce qu'elle avait d'exclusivement saisissable : son plan de circulation, les effets opposés, crédulité et peur, incrédulité et rire ou fureur, qu'elle avait produits ici et là, les diverses manières dont elle avait été reçue puis de nouveau colportée, comme si elle avait rebondi, et cet aspect de vapeur volatile qu'elle prenait particulièrement chez les indifférents, les plus nombreux, qui l'accueillaient d'un haussement d'épaules, et ne la répercutaient jamais, et tout cela prenait enfin la place des plaies et bosses des uns et des autres, des éléments de leur histoire, des discussions nécessairement laissées en suspens et qu'il faudrait poursuivre le lendemain, Hier, vous êtes partie trop vite pour que je vous dise aussi que, toutes choses qui colonisaient ordinairement jusqu'à mes rêves.

Contenu et effets, celle-ci était inepte et indolore, à la différence de l'odieuse rumeur d'Orléans, antisémite, qui avait associé les nouveaux commerçants juifs à la traite des blanches, et dont j'avais été le témoin direct dans mon adolescence. Pourtant toutes deux étaient de même nature, et la rumeur idiote d'aujourd'hui me rappelait celle, fétide, d'autrefois.

Courant dans la campagne et au bord de la mer, elle a redessiné pour moi le soir, la nuit, les contours de la ville où j'avais passé la plus grande partie de mon enfance et de ma jeunesse, comme membre d'une tribu, y disait-on de ma famille, et où, depuis ces tribunes où les Orléanais catholiques de souche avaient été prompts à reléguer les étrangers à leur ville et à leurs traditions dans ces années-là, j'avais appris à observer les jeux de l'arène.

Puis la rumeur s'est tarie, dès la fin du mois de mai. Personne nulle part n'en a plus rappelé le souvenir, ni Corinne quand elle a de nouveau parlé de sa foutue ou maudite caravane, ni les Lapierre quand ils ont recommencé de dire que l'achat du pavillon leur avait porté la poisse. Personne non plus n'a même noté sa disparition, Tiens ! On n'entend plus dire que. C'était vraiment une rumeur. Elle était advenue, elle avait disparu. Elle aura eu partie liée avec l'irrationnel, avec l'irréel, jusque dans son assèchement.

C'est en refaisant mon petit tour, le soir, même lorsque je n'avais pas été rappelée, que je me suis aperçue que j'avais rompu quelque temps avec ce rituel. J'avais pris l'habitude d'aller jusqu'à la mer, surtout à l'heure du crépuscule, ou bien je m'enfonçais dans l'intérieur des terres. J'arpentais les routes que j'avais empruntées sans les voir, alors sans but, sans objet, pour rien ni personne. Parfois simplement un quart d'heure. Mais j'avais besoin de paysages. Dans la journée, chaque bosquet d'arbres, tel vallonnement, ici, une petite maison frileusement tapie dans un creux, là, un champ gaufré, ailleurs tout un hameau qui apparaissait au détour d'un virage étaient autant de points de repères ou d'étapes. À cette heure, ils m'apparaissaient comme les détails d'une fresque panoramique, insaisissable dans son ensemble. Quand la nuit était tombée, j'avais besoin de ciel. À la fin de l'hiver, il arrivait que le vent de mer, comme d'un unique et vigoureux coup d'éponge, refît le ciel à neuf. Plus un nuage, soudain, mais des étoiles. L'ancien château de Morch n'avait pas à ce moment-là l'aspect fantomatique qu'il prenait en pleine nuit puis perdait quand je voyais étinceler les chromes du vélo de Line. Toute modeste et brève qu'elle était, ma petite balade rituelle chassait une partie de la réalité dans laquelle je me sentais empêtrée à cette heure, elle opérait une transition douce avec le roman dans lequel je me plongerais, ou le film, la pièce de théâtre, le ballet que j'irais voir dans la soirée, avec mes travaux d'écriture, elle empêchait que jusqu'à mes rêves soient abusivement parasités par le ressassement des détails de la tournée.

Quand elle avait besoin de moi, c'est à cette heure-là que j'allais chez Marguerite Jacquet. Elle remplissait mieux que mon petit tour son office de distraction, je devrais dire d'abstraction du réel. Elle habitait une maison isolée, à l'écart de Marsilly. La première fois que je l'avais vue, je m'étais rappelée cette histoire que le docteur Jean-René B. avait racontée à mon père. Il était très gros, épuisé et à bout de souffle, il avait la diction de Raymond Devos et parlait en rejetant la tête en arrière pour dégager son larynx. Un couple de vieux patients se présente à sa consultation. L'un et l'autre commencent à dresser un inventaire exhaustif de leurs douleurs, misères, invalidités, j'ai mal ici, je ne peux plus me lever sans l'aide de mon mari (de ma femme), ni marcher sans une canne, je tousse, ça me brûle, je suis perclus(e) de rhumatismes, je boite, cette jambe est lourde, je ne peux plus faire ça (et il, elle, le fait), si je me redresse trop vite, si je mange trop, etc. Tu vas voir, Roland, dit Jean-René B. à mon père, tu vas voir comme les gens sont susceptibles : je leur dis Je suis médecin, je ne suis pas antiquaire. Ils ne sont jamais revenus.

Marguerite, à première vue, était une antiquité. Elle marchait à petits pas glissés, le buste presque à l'horizontale. Avait les articulations des doigts déformées par l'arthrose. Le dos des mains piqué de tavelures. La peau sèche, qui tenait le pli, et abondante, elle avait perdu toute élasticité et ses muscles avaient fondu. Des chevilles ulcéreuses. Elle tremblotait de toute sa frêle carcasse.

Elle m'avait appelée pendant ma consultation. Le temps de passer chercher ses médicaments à la pharmacie, où officiait une belle-fille de Louise Parant, et j'étais chez elle peu après dix-neuf heures, mais elle avait rogné sur mon petit tour rituel, et j'avais bien l'intention de revenir le lendemain dans la journée, je savais déjà entre quels autres patients je la caserais.

Il faisait nuit.

Sauf quand Éphraïm allumait pour moi le fanal de son aïeul, nulle part je n'en avais vu servir d'éclairage. C'était bien la première fois que je traversais un jardin où les ombres vacillaient au gré de la flamme d'une lampe tempête.

Il y avait une cloche, qui faisait pendant à la lampe, de l'autre côté de la porte.

La porte s'était ouverte. À hauteur de mon regard, personne, mais, dans la perspective du vestibule plongé dans une obscurité totale, une embrasure éclairée en dégradés de rose pâle, rose-gris, gris rosé, puis gris et noir tout en haut. Te voilà, ai-je entendu. La voix émanait d'une sorte de tente, telles celles que montent les nomades du désert de Gobi durant l'hiver continental, à ras du sol, véritable feuilleté de tapis et couvertures. La tente faisait un mètre de haut, était dressée à mes pieds.

C'était l'hiver. Le froid dans le vestibule était saisissant. La tente s'est mise en mouvement. Rotation. Ébranlement de l'édifice. Suis-moi. Quoique étouffée sous les tissus, la voix était claire. Il régnait un profond silence. Marguerite Jacquet s'était empilé des châles sur le dos, qui pendouillaient de chaque côté, les franges en effleuraient le sol. Debout, pliée en deux, les bras ballants en avant, elle avait maintenant une vague allure de vieux cheval nain dessellé de longue date, et sur lequel on avait jeté une couverture puis une autre et une autre à mesure qu'avec l'âge et l'approche de la mort il était devenu de plus en plus sensible au froid. La première salle était éclairée par une seule lampe posée sur un guéridon. Le plafond était invisible. Hors du halo rose de la lampe, les formes sombres et fantomatiques d'une table, de deux chaises, d'un petit meuble, peut-être un confiturier. Tu as tout le matériel ? Quand elle me parlait, Marguerite tournait vivement la tête sur le côté comme un oiseau, puis la ramenait dans l'axe brisé de sa colonne vertébrale, et l'apparition sporadique de la tache claire de son visage, puis sa disparition dans l'ombre des châles produisaient un curieux effet stroboscopique. On ne va pas se mettre ici. J'ai traversé la première salle dans son sillage glissé-tremblé. Lentement. Quand je faisais un pas, Marguerite en faisait quatre ou cinq. C'est que j'ai une sacrée pneumonie. Elle a ri. Remarque, ça prouve que j'ai encore des poumons. Ces derniers temps, j'en doutais. Elle a ouvert une porte, qui a émis une plainte légère, et par laquelle s'est échappé un peu de chaleur. Rentre vite. Elle a refermé la porte. Comme le vestibule, la pièce était plongée dans l'obscurité, trouée par le seul œil rond rougeoyant d'un poêle. Ah ! Flûte ! a dit Marguerite. Un de ses châles était d'une couleur vive, quand elle a fait volte-face, il a tourné comme une jupe de danseuse de flamenco dont le buste et le visage auraient été laissés dans l'ombre, elle est revenue sur ses pas en laissant la porte ouverte, un souffle d'air froid a pénétré dans la pièce, je me suis rapprochée du poêle et, de là, j'ai vu Marguerite dévisser à main nue l'ampoule de la lampe de la première salle, alors soudainement envahie par les ténèbres, puis le châle coloré de Marguerite revenir vers moi, tout frémissant. Marguerite a vissé l'ampoule à une lampe, sur une table de chevet, c'était toujours une lumière rasante qui s'en allait en mourant vers le plafond, elle avait le visage éclairé, moi pas. Pourtant, je ne tousse pas. J'ai vu la table, le lit, sur la table, la photo d'un jeune soldat. Il y avait le poêle, c'est tout.

Marguerite s'est adressée au jeune soldat. M'as-tu seulement entendue tousser ? Je lui ai demandé si elle ne s'était pas brûlé la main. Penses-tu. Elle m'a tendu sa main. La paume en était cornée comme la plante des pieds d'une Romanichelle. Mais pas la gauche. Effectivement, elle était lisse. Marguerite a rappelé au jeune soldat combien lui plaisait la différence de texture entre ses deux mains, déjà à l'époque. Il en parlait dans ses lettres, il pensait à ses deux fiancées, à celle de droite, à celle de gauche, la délicate. La corne conférait à la main droite une relative solidité. Dans la mienne, sa main gauche m'a semblé avoir le poids d'une feuille morte, être au seuil de l'effritement. Je me suis accoutumée à l'obscurité. Sur tout le mur derrière le poêle, d'autres photos, curieusement accrochées jusqu'à cinquante centimètres du plancher. Mais les visages étaient indistincts. Le poêle, le lit, la table avec la lampe, la photo du jeune soldat, des cadres au mur, l'inventaire était vite dressé. Comme la première salle, la chambre était presque vide. J'ai dit à Marguerite que l'injection de pénicilline était particulièrement douloureuse, mais que je pouvais faire une petite anesthésie locale, si elle n'était pas allergique. Elle a ri. Elle a pris à témoin le jeune soldat, Mon Dieu ! Mon Dieu ! Tu entends ça ? M'as-tu jamais entendue me plaindre ? J'ai insisté. Il n'était pas question de ne pas se plaindre mais de ne pas avoir mal. Ma foi, qu'en penses-tu ?

C'est tout naturellement que, ce soir-là, j'ai commencé de répondre à la place du jeune soldat. C'est toujours bon à prendre, a-t-il dit par ma bouche. Alors, va pour l'anesthésie. Surtout si tu piques à gauche. À gauche, je suis la princesse au petit pois.

Où veux-tu faire ça ? m'a-t-elle demandé. En haut de la fesse. Elle a poussé un cri. Puis elle a explosé de rire. Elle s'est mise à gémir et à pleurer comme Natacha Ermitage, à pousser des Ouh ! Ouh ! des Hof ! Hof ! des Quelle engeance ! et Tu vas voir l'attirail ! Elle a fait la liste de ce dont était recouvert son corps maigrelet, en dépliant un à un ses doigts arthrosiques. Sous les trois châles, il y avait encore une liseuse, un chandail, une blouse, une robe, sous la robe, une liquette en coton, un caleçon en pilou. Par où veux-tu qu'on passe ? Par le haut, par le bas ? À ta guise. Au jeune soldat : Imagine qu'on nous voie. Elle a redoublé d'hilarité. Elle a comiquement mimé la consternation de ce témoin virtuel. Le silence ponctué des paroles au jeune soldat, des accès de gaieté et des facéties de Marguerite, la semi-obscurité, la chambre vaste et froide et presque vide, au plafond aussi indistinct qu'un ciel plombé de nuit sans lune, l'œil du poêle, les cent visages aux murs, dehors la lampe tempête, tout cela était délicieusement irréel. Dans la lueur de la lampe, j'ai vu les pieds nus, les chevilles jusqu'à mi-mollet grossièrement bandées de gaze souillée. J'avais décidé de revenir le lendemain en plein jour. Mais Marguerite m'a donné son ordonnance et l'argent pour le pharmacien, m'a proposé Demain, même heure ? Elle a demandé au jeune soldat ce qu'il en pensait. J'ai dit oui pour le jeune soldat et pour moi-même, à la condition qu'elle apporte une autre lampe, j'achèterai des ampoules, je veux voir vos jambes.

Penses-tu. Au jeune soldat : Crois-tu que ce soit regardable ? Il a répondu qu'il avait vu pire, sûrement. Marguerite en a convenu d'un hochement de tête, Sûrement, oui.

C'était dans les tranchées qu'il avait vu pire. Je l'ai appris les jours suivants. Il aurait pu combattre et attendre, craindre également le combat et l'attente, puis agoniser et mourir aux côtés de Ladislas Ermitage. Peu importe. Marguerite n'avait pas épousé le jeune soldat. C'était une demoiselle. Elle avait été la fiancée de dix-sept ans du jeune homme de vingt ans qui la tenait par la taille sur une des photos au mur de la chambre, au-dessus du poêle ; sur le confiturier de la première salle que j'avais traversée avec l'image de la flamme de la lampe tempête encore dans les yeux ; sur la commode d'une autre chambre que Marguerite m'a fait visiter, une chambre presque vide, elle aussi, la commode, un lit en fer avec la literie roulée, une chaise cannée ; sur une console sous la fenêtre de la troisième chambre ; dans un petit salon ; dans la cuisine ; dans le cellier, la même photo six fois reproduite, le même couple en civil, endimanché pour la cérémonie des fiançailles, lui était en permission, et qui riait. Tu te souviens ? Il y avait un vent du diable ce jour-là, Marguerite avait une main levée, la gauche, la délicate, pour retenir ses cheveux qui voletaient, Je m'en souviens, a répondu le jeune soldat.

La pneumonie a été guérie, les ulcères pansés, mais, bien que le jeune soldat ne l'ait pas entendue se plaindre, Marguerite est retombée malade, c'était l'été 1980, il n'y avait plus la lampe tempête, j'en ai eu la nostalgie quelques jours, la nostalgie du moment où Marguerite me raccompagnait jusqu'au seuil de la maison, lançait son bras sans déplier son dos pour décrocher la lampe tempête et la brandissait pour m'éclairer le chemin jusqu'à la grille du jardin, et le chemin restait dans l'obscurité ou dans la lueur de la lune, mais quand je me retournais je voyais la flamme dans sa loge de verre, la tente de nomade et la tête de Marguerite en émerger, et rester là, pâle et vigilante, jusqu'à ce que la lueur de mes phares donnent le signal de l'extinction de sa lampe.

Cet été-là, les volets n'étaient pas fermés quand j'arrivais, la lumière du jour éclairait la photo du jeune soldat, elle aussi six fois reproduite, prise avant son départ au front, le dernier, encore qu'il a été suivi d'un retour, Marguerite avait dix-neuf ans quand elle a assisté à ses funérailles en sa qualité de fiancée du mort. Mais c'est exclusivement ces jours-là (de veillée du corps, des obsèques, puis le jour où a été posée la pierre tombale, enfin chaque jour de chaque mois où elle est allée sur sa tombe, Le deux du mois, m'a-t-elle précisé, pour ne pas y aller deux fois en novembre, elle avait promis au jeune soldat de ne pas se complaire dans le deuil, Tu vois que j'ai tenu ma promesse –, le jeune soldat a acquiescé d'un signe de tête), donc, exclusivement ces jours-là qu'elle a été la fiancée d'un mort, tous les autres jours des soixante-deux années suivantes, elle est fidèlement restée la fiancée du jeune soldat.

Même lorsqu'elle a atteint l'âge d'être sa sœur aînée. Puis sa mère, et désormais sa grand-mère.

Il lui avait écrit et dit et répété par lettre et de vive voix lors de ses permissions que s'il lui arrivait quelque chose elle devait refaire sa vie et ne pas l'oublier. Elle était allée chaque mois au cimetière, y allait encore maintenant, le dos cassé, la face presque parallèle au sol et, quand elle parvenait devant la tombe, parallèle à la dalle funéraire, elle n'avait pas oublié celui à qui était arrivé ce quelque chose qu'est la mort. Elle avait refait sa vie avec le jeune soldat. Une vie d'éternelles fiançailles.

Elle n'était pas restée un jour sans lui parler et il lui avait répondu. Elle n'avait pas pris une décision, quelle que fût son importance, sans lui demander son avis et il le lui avait donné. Pas toujours celui qu'elle attendait. Les discussions avaient été vives. Par exemple quand il avait été question qu'elle travaille avec son père, pour tenir, de la main gauche, la comptabilité de la menuiserie de marine, le jeune soldat l'avait encouragée à prendre plus de liberté, à aller voir du pays, pourquoi pas Paris ? et elle n'avait pas cédé. À cause de la peur. La même peur l'avait retenue, quand sa mère, veuve, avait partagé les biens avant sa mort, d'accepter cette maison-ci, à l'écart de Marsilly, adossée au petit bois qui gémissait et craquait les jours de grand vent, elle aurait préféré l'appartement à La Rochelle, dont sa sœur avait finalement hérité, ou même la fermette dans les Causses, que son père avait achetée en plein cœur d'un village quand il n'avait plus supporté de ne voir qu'eau, l'eau du port de La Rochelle et de la mer, et qu'arbres à débiter en planches de bois, et dont son frère avait hérité parce que, finalement, Marguerite avait cédé. Tu avais bien raison. Est-ce qu'on n'est pas tranquilles ici tous les deux ? Le jeune soldat a répondu que, si, ils étaient tranquilles ici tous les deux.

Quand elle partait au cimetière, elle s'excusait auprès du jeune soldat, mais c'était le jour dévolu aux morts, elle avait des obligations à l'égard des siens qui reposaient au cimetière, son père et sa mère, sa sœur rochelaise, nombre de ses amis, un neveu fusillé par les Allemands en 43, un fiancé mort en 18, et le jeune soldat comprenait, il attendait son retour avec confiance, elle n'allait pas se laisser tirer par les pieds jusque dans des profondeurs de caveau, elle était du côté de la vie, elle devait durer puisqu'il durait, lui.

On était maintenant presque à l'été 1981, Marguerite avait soufflé ses bougies, elle était née avec le siècle, Je suis de zéro, disait-elle en riant, mais quand elle avait voulu relever la tête, elle avait poussé un cri de douleur, la raideur de son dos avait gagné ses épaules et sa nuque. Lorsqu'elle parlait au jeune soldat et que le jeune soldat devait lui répondre, c'est vrai qu'il régnait dans la maison une atmosphère de folie douce, mais, dans le souffle des paroles échangées entre la très vieille fiancée et l'éternel jeune homme, il y avait une exquise légèreté et de la poésie, de l'amour, bien plus bénéfiques que le vide et l'ineptie de la rumeur du mois précédent, il y avait une vie que ne recélaient pas les paysages endormis que je traversais à cette heure quand je n'allais pas chez Marguerite pour me récurer la mémoire. Et, de toute façon, même si Marguerite était d'un naturel fantaisiste et facétieux, elle se rendait sans trop longtemps barguigner à la raison du jeune soldat, et toujours dans la bonne humeur, gaiement, aussi les problèmes concrets qui se posaient à la vieille dame qu'elle était, de surcroît seule et d'une santé précaire, étaient-ils réglés avec bon sens.

Elle avait ainsi accepté, le premier hiver, que Robert Pieuchot, un de mes patients, vienne réparer sa chaudière sans savoir s'il pourrait ou non être payé, je l'avais prévenu de l'extrême dénuement dans lequel vivait Marguerite.

Dès le printemps suivant, le jeune soldat l'a convaincue de remplir divers formulaires de diverses couleurs, avec pour certains mention obligatoire de l'identité des quatre grands-parents, qui lui donnaient droit à ladite tierce personne.

À l'automne, Jeanne Moulin, une toute jeune horticultrice anorexique, a élagué les arbres, débroussaillé et nettoyé son jardin. Elle habitait la dernière maison de Nieul sur la route de Marsilly, et n'avait que les champs à traverser pour arriver chez Marguerite, juchée sur sa mobylette. Elle y est retournée durant l'hiver pour protéger les sols du gel. Il y a eu des roses de Noël, des perce-neige et des crocus. Vois-tu cela, a dit Marguerite au jeune soldat en sortant dans son jardin. Jeanne s'est fait de nouveau hospitaliser, et l'éternelle fiancée de Marsilly a espéré que la petite jardinière anorexique sentirait de nouveau en elle l'appel de la vie, elle a escompté qu'elle ne résisterait pas au frémissement singulier de l'air au début du printemps. Quand la cloche a sonné, à peine étaient apparues sur les branches les premières tumescences des premiers bourgeons, elle est venue jusqu'au seuil de sa maison en criant au jeune soldat que c'était Jeanne, elle aurait reconnu entre mille sa manière à elle, timide et affolée, d'actionner la cloche, elle a ouvert la porte et déclaré à la jeune fille Nous t'attendions, car c'était bien Jeanne, plus maigre que jamais, mais avec, sur le porte-bagages à l'arrière de la mobylette, un cageot plein d'une cinquantaine de petits pots, et, dans le panier à l'avant de la mobylette, des plants de rosiers et de très jeunes arbrisseaux.

Au printemps 1981, Marguerite s'installait dans un fauteuil au dossier inclinable quand Jeanne venait travailler son jardin, et convenait une fois encore que le jeune soldat avait eu raison, elle pouvait désormais le prendre à témoin des miracles que la jeune fille avait accomplis, et la jeune fille répondait elle aussi à la place du jeune soldat, sans se formaliser le moins du monde de l'étrangeté de leurs dialogues.

C'est encore grâce au bon sens du jeune homme en uni-

forme que, tant que la nuque, les épaules et le dos de Marguerite n'ont pas recouvré un peu de leur souplesse d'antan et Marguerite tout entière de son autonomie, je suis venue chaque soir à la même heure avec des provisions et suis repartie avec une liste pour le lendemain. Le porte-monnaie en vachette jaune passé de Marguerite a côtoyé dans ma sacoche les confiseries pour les enfants, et tout le matériel auquel Bill l'Aspirateur, à l'occasion, faisait subir les plus inattendues des métamorphoses.

Il n'y avait rien non plus dans la maison dont le jeune soldat ne devait être témoin. C'est pourquoi elle avait fait reproduire les deux uniques photos qu'elle avait de lui, et posé dans chaque pièce le cadre où il était seul et en uniforme en un point stratégique, disait Marguerite, de manière à ce qu'il embrasse l'espace d'un seul regard. Par exemple, dans la chambre, face au mur piqueté de cadres. Les photos les plus anciennes étaient en haut, quant aux plus récentes, à mesure qu'elle s'était voûtée, Marguerite les avait accrochées en dessous, de plus en plus bas. Au-dessus les photos en noir en blanc, dont certains bords dentelés étaient apparents, au-dessous les photos en couleur. Ainsi, depuis la table de nuit, le jeune soldat voyait-il les deux fiancés de Marsilly ce fameux jour de grand vent, le jeune homme mort dont Marguerite visitait la tombe le deux de chaque mois, la jeune fille qui n'existait plus. Mais aussi, du haut en bas, toute la famille depuis les grands-parents jusqu'aux petits-neveux et petites-nièces et, parmi eux, les peigne-culs (Marguerite) qui étaient venus régulièrement, sous le prétexte de lui rendre visite, la dépouiller, qui, de l'argenterie, qui, des tapis, qui, de la vaisselle, qui, des meubles, avec une camionnette, et c'est pourquoi les sols étaient nus, les pièces et, dans les meubles restants, les étagères et les tiroirs presque vides. Marguerite en riait, malgré la désapprobation du jeune soldat qui lui reprochait de prendre la vie à la légère.

Quand des peigne-culs s'annonçaient, l'éternelle fiancée refaisait les présentations, elle s'approchait alors du mur, mettait le doigt sur les photos respectives des intéressés, les nommait, et prévenait Tu vas voir leurs manœuvres. Le verre de ces cadres-là était taché des drôles d'empreintes digitales de Marguerite, celles de la main droite, qui avaient quelque chose de préhistorique.

Quand le confiturier de la salle de séjour a été convoité, le jeune soldat a fait preuve de fermeté, Cette fois-ci, c'est terminé, et Marguerite s'est inclinée, le confiturier est resté. Il était vide.

Je lui ai apporté du produit à vitres, elle a passé une journée entière à nettoyer tous les cadres, sa tierce personne ne devait pas y toucher.

Pour les autres petits-neveux et nièces, les bons, elle disait simplement On va avoir de la visite, sans les montrer, sans les nommer.

Je n'ai jamais su non plus comment s'appelait le jeune soldat.

Un soir de ce mois de juin, Marguerite avait déployé une grande nappe en coton brodé dont les pliures avaient jauni et qui faisait partie de son trousseau, et dressé la table avec ce que les peigne-culs lui avaient laissé. Il y avait sept couverts. Elle attendait six de ses bons petits-neveux et nièces pour le déjeuner du lendemain. La maison exhalait une appétissante odeur de ragoût de mouton qu'avait cuisiné dans la journée la tierce personne, mais c'est Marguerite elle-même qui avait fait les courses, je lui avais rendu son porte-monnaie jaune trois jours auparavant, elle avait pu aller au cimetière, elle avait récupéré au-delà des espérances puisqu'elle s'était redressée au point que son dos avait pris une oblique prometteuse, le jeune soldat ayant exigé des séances de kinésithérapie. Alors là ! s'était écriée sa fiancée, mais il n'y avait pas eu de plus amples protestations, elle était curieuse de voir si elle n'allait pas rester en morceaux entre les mains du praticien.

Le jardin était en fleurs, Jeanne avait mangé plusieurs

fois avec Marguerite ces derniers temps, et elle avait montré de l'appétit, les neveux arrivaient demain, Marguerite était très joyeuse ce soir-là.

Elle m'a fait fermer les volets et a allumé les deux chandeliers posés sur la table pour nous montrer l'effet produit, au jeune soldat sur le guéridon et à moi-même. Depuis trois jours, elle ne cessait de bavarder, de raconter des épisodes de sa vie, d'apostropher son fiancé pour une raison ou pour une autre, de lui montrer tous les gestes qu'elle pouvait désormais accomplir et alors qu'elle ne parlait évidemment jamais de son âge, qu'elle ne pouvait prononcer le mot de rajeunissement, c'était bien de cela qu'il s'agissait.

Au moment même où j'allais partir, Marguerite s'est assise, au lieu de m'accompagner comme d'habitude jusqu'au seuil de sa maison, et s'est emparée de la photo du jeune soldat pour lui dire en vis-à-vis combien elle était contente, combien les six de demain allaient être surpris de la voir en pleine forme comme elle l'était, je crois qu'elle m'avait oubliée. J'étais sans doute un peu éblouie par la lueur des chandelles, à cause des volets tirés, la pièce était dans une relative obscurité, et Marguerite avait arraché le portrait du fiancé au halo rose de la lampe, son visage et celui du jeune soldat étaient à peine éclairés, peut-être aussi n'avais-je jamais vraiment regardé Marguerite, sa figure à l'horizontale m'ayant été presque toujours dérobée par l'ombre des châles, l'hiver, du seul châle de soie qu'elle portait aux beaux jours, mais, ce soir-là, alors que ni la confrontation des deux visages, le très vieux et le très jeune, ni l'écart entre eux, pas plus que le caractère insensé de leurs dialogues ne m'avaient frappée, à cet instant précis de mon départ, au comble de la joie de Marguerite, c'est au contraire la jeunesse du vieux visage qui m'a bouleversée, l'identité des deux fiancés qui se faisaient face dans la pénombre et l'étrange et cruelle distorsion entre le corps antique et ravagé de la vieille dame et les traits, le regard et la joie de la jeune fille qu'elle était fidèlement demeurée.

Et c'est alors que je me suis avisée qu'il n'y avait pas de miroirs dans la maison de Marguerite.

Louise

Parfois, Line Taviani rêvait de reprendre l'épicerie-tabac de la mère Piroëlle, sur la place de l'Église, de la restaurer, la repeindre en clair, l'aérer, la moderniser et d'en faire un commerce florissant. Elle décrivait les métamorphoses que subirait la boutique et, quand tout était achevé, quand elle imaginait l'entrée des premiers clients, elle se voyait, elle, devoir rester toute la sainte journée derrière le comptoir, esclave de la clientèle et des fournisseurs, passer la soirée à tenir la comptabilité, les jours de congé à prospecter pour trouver de nouveaux produits, elle en arrivait enfin à évoquer les démarches auprès de la chambre de commerce, les relations conflictuelles avec l'expert-comptable, les contrôles fiscaux et visites des services d'hygiène, et l'assaut des réelles contraintes dissipait son rêve. Non, décidément, elle aimait trop sa liberté, travailler puisque c'était nécessaire, mais avant l'aube dans l'ancien château de Morch quand tout le monde dormait encore, et quelques heures par-ci par-là, au camping qui s'installait sur le terrain de football à la saison, dans les écoles à la cantine ou à la garderie jusque dix-huit heures si on avait besoin d'elle, sur le petit marché, en haut de Nieul, juste devant Le Soleil Levant, le dimanche, pour vendre les huîtres de sa sœur Marie et de son beau-frère Alexandre Faure, ainsi le reste du temps lui appartenait, et, le temps lui appartenant, elle s'appartenait à elle-même, car telle était la sage théorie de Line.

Il arrivait que le rêve survive un peu à l'évocation de

l'emprisonnement de Line dans la boutique refaite à neuf, quand elle y mettait à sa place une employée, mais le recrutement de l'employée était une affaire délicate, il fallait qu'elle ne fût ni bête, ni désagréable, ni voleuse, ni, surtout, lente à la besogne, la mollesse de l'employée aurait déchaîné les fureurs de Line, l'employée exigeait un minimum de surveillance, du moins au début, où Line aurait alors à subir son *blabla* inepte, et, quand Line lui aurait accordé toute sa confiance, elle devrait encore veiller à ce que l'employée ne déborde pas le cadre de ses prérogatives, que, la bride sur le cou, elle ne se mette pas à se prendre pour la patronne, c'est-à-dire pour Line en personne. De toute façon, cela supposait d'autres paperasses, URSSAF, SIRET, et des difficultés sans nom pour se débarrasser de l'employée au cas où celle-ci aurait perfidement présenté son meilleur profil à l'heure du recrutement et révéler l'autre, veule, paresseux et incompétent à l'heure de se mettre au travail. Line, qui aimait autant la solitude que la liberté, se voyait vite enchaînée à l'employée. Lorsqu'elle la décrivait, cette situation paraissait plus comiquement cauchemardesque encore que si Line s'envisageait pieds et poings liés à la boutique elle-même, et ce rêve, quoique un peu plus élaboré que le précédent, mourait de la même mort, parmi les rires des femmes dans la cuisine des Lesage.

Dans le dos de Papa Louis, à l'autre extrémité de la petite place aux trois arbres, l'épicerie-tabac de la mère Piroëlle.

Une grotte.

La lumière naturelle y pénétrait timidement. Une lampe, suspendue au plafond, qui se balançait quand par la porte ouverte s'engouffrait un peu du vent de mer, était allumée même en plein jour. L'obscurité cernait le cône de lumière chiche qu'elle répandait. L'atmosphère y était humide. Il y régnait des odeurs âcres de moisi et de légumes suris et, flottants, les relents de la vinasse dont s'était si bien imbibé le père Piroëlle qu'il avait pris l'allure de la barrique où il s'abreuvait et où avait déjà commencé de s'abreuver lui-même le fils Piroëlle.

Le comptoir était en L. La mère Piroëlle se tenait derrière la branche courte du L, sa petite tête triste, ronde et blafarde à la pointe du triangle isocèle qui allait en s'évasant jusqu'à ses coudes écartés sur le comptoir de chaque côté de sa poitrine, elle, assez répandue sur le bois sombre et luisant de graisse pour donner l'illusion que la mère Piroëlle tout entière était posée sur le comptoir et qu'elle se réduisait à une tête d'une pâleur de lune enfoncée directement entre des épaules étroites, à deux seins flasques et à un buste qui s'élargissait comme une bouteille de Saint-Galmier, enfin à deux bras repliés en guise de tréteaux.

Mais elle ne s'arrêtait pas là.

Quoique l'essentiel de son activité consistât, sans qu'elle ait à bouger de sa place, à attraper derrière elle les paquets de cigarettes ou à plonger la main droite dans un grand bocal de bonbons multicolores, à tendre ceux-ci aux gamins dont la tête arrivait tout juste à hauteur du comptoir, à fourrer la petite monnaie dans une caisse antédiluvienne qui sonnait à l'ouverture du tiroir et à reconstituer le triangle isocèle en ramenant son bras replié sur le plan horizontal, il lui arrivait de s'ébranler, par exemple le long de l'autre branche du L ou, derrière celle-ci, dans les fins fonds enténébrés et puants de sa boutique pour en rapporter quelques légumes dans un état calamiteux ou des produits de première nécessité, tels beurre, lait, sucre ou farine. L'ampoule allumée de la suspension, le bocal de bonbons et la figure blême de la mère Piroëlle étaient les seules taches claires à quoi accrocher le regard lorsqu'on pénétrait dans la boutique encore aveuglé par la lumière du jour ou, quand la nuit était tombée, par celle que répandait jusque sur la place la grande vitrine illuminée de la pharmacie et l'éclairage public qui ne laissait dans une ombre propice aux amoureux que la venelle de la Job.

À la gauche du bocal à bonbons et de la caisse, un passage était ménagé entre le comptoir et la fenêtre basse qui donnait rue de Beauregard et sous laquelle s'alignaient les bonbonnes de gaz, jusqu'au pied de l'escalier de bois, étroit, raide et d'une seule volée par lequel on accédait à l'étage où vivaient les Piroëlle. La plupart du temps, le père Piroëlle se tenait là-haut. Le plafond de la boutique n'était autre que le plancher du logement privé. Soudain, le père Piroëlle se mettait en mouvement, marchait de son pas lent et laborieux de mastodonte, ébranlant toute la boutique, imprimant à la lampe suspendue des mouvements cette fois sismiques. Aussi, les premières fois qu'ils pénétraient dans la boutique, les nouveaux venus, ceux des cités qui ne connaissaient pas l'existence de l'homme obèse et aviné, rentraient-ils instinctivement la tête dans les épaules comme si la maison entière allait s'ébouler sur eux. Mais ils savaient vite où il était allé et comprenaient vite à quoi, à l'étage, se limitaient ses déplacements : ils entendaient le bruit de la chasse d'eau, puis, de nouveau, le bruit des pas, et, de toute façon, la mère Piroëlle n'avait pas bronché. Il semblait qu'elle n'entendait rien, ne sentait pas les secousses, elle servait, encaissait, rendait la monnaie ou s'ébranlait elle aussi, mais silencieusement, la tache blafarde de son visage se mouvant dans les ténèbres.

On entendait brailler la télévision. Ou tousser et cracher, c'était lui. Ronfler. Il lui arrivait de se mettre à hurler et à taper sur le plancher-plafond, violemment, de sa canne. Alors la mère Piroëlle montait, prenait les ordres qu'il aurait tout aussi bien pu lui gueuler comme il avait gueulé son prénom, puis Alors ! Ça vient, oui ou merde ? pour lui éviter de descendre et de remonter, mais non, elle montait prendre les ordres, quand elle était là-haut, nul n'entendait sa voix, elle descendait, remontait avec de la bière, du tabac, du vin, redescendait, servait, elle avait alors la même expression que celle qu'elle arborait avant l'appel, les coups sur le plancher, les insultes, les ordres, mais, dans le regard, une supplique discrète, toutefois insistante, Il ne s'est rien passé.

Déjà, quand son mari l'appelait et frappait le plancher de sa canne, la mère Piroëlle me donnait l'impression étrange de se dédoubler. Comme si je ne pouvais désolidariser la boutique de sa présence, il me semblait tant que je l'attendais qu'y persistait sa silhouette tronquée mélancolique, que, de celle-ci, s'était détachée une femme entière, épouse victime et mère malheureuse, et que la femme revenait enfin réintégrer l'épicière, comme elle aurait enfilé une chasuble, pour y disparaître.

Mais cette illusion était plus forte encore quand le père Piroëlle se mettait en tête de passer quelque temps dans la boutique. Il s'asseyait dans le passage, sa tête bouffie, méchante, à hauteur du bocal à bonbons, presque aussi volumineuse que le bocal, ses fesses débordant de chaque côté de la chaise. Il trônait là, régnant en despote sur un domaine misérable, il tirait sur sa cigarette de papier maïs, en allumait une autre au mégot encore incandescent qu'il jetait par terre, il toussait, faisait rouler ses glaviots dans sa gorge, les avalait bruyamment ou les crachait ostensiblement dans un mouchoir crapoteux, effrayait les enfants, tenait des propos obscènes aux jeunes filles et aux femmes, il en riait, déblatérait sur les produits pas frais, périmés, que vendait la mère Piroëlle, Trop cher ! rigolait-il là encore, Tu les voles ! Il ne laissait les clients et l'épicière que pour s'acharner sur l'épouse, la mère, la maîtresse de maison, toutes ces incapables réunies en une seule et unique incapable qui ne l'avait satisfait sur aucun plan, avec la même abjection, la même absence totale de retenue car le vin l'avait débridé, le même évident plaisir, et il avait l'air sincèrement content de lui-même, de ses bons mots, de l'effroi des enfants, du dégoût des clientes ou de leurs protestations, il n'y avait qu'en présence des hommes et de grandes gueules de femmes qu'il piquait du nez et se taisait, avec cette veulerie ordinaire, cette lâcheté commune à tous les salauds.

Tout le temps que son mari, lui, entier, innommable, passait dans la boutique, la mère Piroëlle se divisait, certes, de la même manière que lorsqu'elle avait à monter, descendre, remonter satisfaire les exigences de son mari, redescendre, mais cette fois-ci ses deux moitiés restaient sur place, et leur présence simultanée plongeait la boutique-grotte dans une atmosphère très légèrement vertigineuse, car le contraste était saisissant entre l'improbabilité de ce phénomène – la partition fantastique d'une épicière de campagne en deux siamoises – et le côté effroyablement réaliste, à la Zola, incontestable, du lieu dans lequel cela se produisait, cette épicerie obscure aux odeurs suffocantes, et de la raison pour laquelle la femme était le siège de cette mitose quasi merveilleuse, à savoir lui, ce tas répugnant dont les déblatérations étaient plus puantes que les cageots de légumes suris et les émanations de cadavres de rats qui arrivaient du fond, à droite, quand elle avait à ouvrir la porte du cellier.

Elle tournait sa tête vers l'homme et acquiesçait à toutes les horreurs qu'il débitait sur elle, femme, mère et maîtresse de maison confondues en une seule moins-que-rien, Oui, je suis ainsi et je mérite que ce soit dit, avec une façon de tendre l'autre joue, le dos pour plus de coups de bâton, une soumission qui n'était pas moins répugnante que la violence et la vulgarité des éructations de l'homme et qui non seulement interdisaient toute compassion, mais, d'une certaine manière, détournaient sur elle, la victime, une partie de la haine assassine qu'éprouvaient pour lui, son bourreau, les témoins de ces scènes pénibles. Oui, l'homme obèse et graveleux était un fin pervers, qui l'avait rendue, à ses propres yeux et aux yeux du monde, coupable de ce qu'il lui infligeait.

Mais c'était une tout autre affaire quand il s'en prenait à sa sœur siamoise épicière-buraliste, directement ou à travers sa clientèle. Sauf cette prière muette dans le regard de la Piroëlle, fiché, s'ils n'étaient pas tournés vers le mari, dans les yeux des clients, Il ne se passe rien, sauf cette dénégation éperdue, sa face d'astre mort demeurait impavide, et elle saluait, écoutait la commande, tendait un bras ou l'autre, ou s'enfonçait dans les rayonnages obscurs, servait, encaissait, rendait la monnaie, s'enquérait des nouvelles des familles, puis, à mesure qu'elle parlait et jouait son rôle, il lui venait un air de résistance opiniâtre et digne qui prenait parfois, quand les propos s'aggravaient et que le ton montait du côté de la chaise du tyran, des accents d'invincibilité triomphale, Celle-là (l'épicière-buraliste), tu ne l'as jamais eue et tu ne l'auras pas.

Et le fait est que malgré l'homme, et bientôt malgré le fils, malgré l'installation d'un supermarché sur la zone artisanale et du gaz de ville dans tout le Vieux Nieul et les cités, malgré la progressive mais irréversible désertion de la clientèle et l'état désastreux des comptes de la boutique, l'épicière-buraliste perdurait et donnait l'impression qu'elle demeurerait encore debout derrière son comptoir parmi les rayonnages vides une fois la boutique définitivement désertée, la faillite déclarée, le bocal de bonbons pillé par les enfants et les fenêtres grossièrement badigeonnées de blanc, les yeux rivés sur l'envers du bandeau À VENDRE collé à la porte mais l'esprit se refusant avec ténacité à y croire, la lueur de lune se mourant peu à peu sur son visage, jusqu'à ce que l'odeur de son corps en décomposition vienne se mêler, pour s'y confondre indistinctement et comme amoureusement, à tous les effluves de pourriture, moisissure et putréfaction qu'aura de tous temps exhalés sa boutique.

J'ai dû plusieurs fois monter à l'étage, quand le père Piroëlle tombait malade. L'hiver, il y régnait le même froid humide que dans la boutique, l'été, une atmosphère de touffeur tropicale. En toute saison, l'air confiné y était irrespirable, comme si une soldatesque avinée avait dormi et sué et vomi et fumé et bu durant des jours et des jours sur des litières faites d'épluchures de légumes sans sortir ni aérer la chambrée de fortune. Il était enfoncé dans un matelas douteux, semi-assis au bord de l'étouffement, le front dégoulinant, le drap rejeté quelle que soit la température, la veste de pyjama ouverte, la braguette béante. Il avait encore assez de souffle pour susurrer des obscénités, faire des plaisanteries graveleuses sur ce qui se serait passé dans cette pièce si j'y étais montée dans d'autres circonstances, mais il s'étouffait vite, et toutes les ignominies qu'il ne pouvait prononcer il les exhibait, et il fallait bien pour qu'il le fasse de cette manière, pour que tienne le temps des soins le sourire salace et d'autosatisfaction qu'il arborait, qu'il soit dans une double illusion : illusion sur le point de vue car je ne serais pas montée dans d'autres circonstances, illusion sur ce que je voyais effectivement car le corps exposé n'était pas même d'un homme à demi nu, il était d'un malade suant, fiévreux et suffoquant, et si graisseux et obèse que même ce sexe qu'il voulait me montrer s'était retiré jusqu'à disparaître dans les plis et replis du bas-ventre, et j'entendais la voix de la mère Rolland, une des femmes de l'hosto que j'avais connues avant mes vingt ans, qui avait un langage des plus fleuris et la gouaille d'Arletty : connaissant son bonhomme, à la première allusion et sans même manifester d'impatience, elle lui aurait rétorqué Z'avez pas plus de quéquette que d'or en barre, alors vous vantez pas. Peut-être la digne et raide, et d'autant plus truculente Natacha Ermitage lui aurait-elle parlé de cette manière, mais je me taisais, je me contentais de solliciter leur présence et cela suffisait à me maintenir ici et maintenant, d'où m'aurait sans cela arrachée ce sentiment d'indifférence profonde que j'ai bien vite éprouvé pour les effluves nauséabonds, les oreillers jaunis par la graisse, les chairs répandues et morbides, le sexe avalé par les bourrelets, les récurrentes cochonneries prononcées par le père Piroëlle, et même plus pour le père Piroëlle lui-même, ainsi découpé en détail et dissous dans ces détails, réduit à toutes ces petites choses dispersées par sa propre pornographie.

Cette indifférence, en effet, ne m'abandonnait pas de sitôt, elle finissait par affecter le monde que j'arpentais, les gens du monde que je visitais, la vie que j'y menais et jusqu'à cette part de moi-même qui la vivait, je n'étais plus ni en ce lieu ni en ce temps et ne les réintégrais pas sans un affolement rétrospectif: comment avais-je pu m'en soustraire si facilement, laisser mes mains procéder aux soins, ma bouche débiter quelques paroles de circonstances tandis que, simultanément, j'étais ailleurs et que ma voiture semblait elle-même m'avoir menée d'une maison à l'autre ?

Il est vrai que je m'émerveillais que, dans ces moments-là où le monde menaçait de s'engloutir dans mon indifférence et de m'engloutir avec lui, il en émergeât toujours les figures aimées de Line, de ses sœurs, de ses parents, de Louise Parant et du docteur Rivière qui avaient le don de le maintenir à flot et de m'y amarrer, comme celles de certains patients qui m'y retenaient avec la même force, quoique quant à eux paradoxalement, car il s'agissait de tous ceux qui semblaient vivre moins au sein de ce monde que sur quelqu'une de ses tangentes. Mais ici, dans la chambre du Piroëlle, comme ailleurs en des circonstances analogues, c'était la présence des femmes de l'hosto que je sollicitais auprès de moi, mes aînées, Raymonde, Denise, Évelyne, et les « mères », Danet, Rolland, car toutes ces femmes, lorsqu'elle était hostile, savaient se coltiner la réalité présente en la saisissant à bras-le-corps et en lui faisant front, se donnaient tout entières à cette confrontation directe et à cette résistance active, rétorquant aux enquiquineurs une octave au-dessus, refusant d'accorder le moindre privilège aux notables hospitalisés qu'on appelait les huiles ou de satisfaire aux incessants desiderata des capricieux, parce que Tu commences comme ça, et après ils te demandent de leur vernir les ongles des pieds, tandis que j'avais tendance à adopter toujours la même technique d'esquive, à entendre de loin, à voir de loin comme si une vitre me séparait des emmerdeurs, à laisser accroire enfin d'un signe d'acquiescement que j'allais de ce pas chercher de quoi lui, leur, vernir les ongles de pied, sans plus obtempérer qu'argumenter, mais il ou elle bientôt rappelait, s'impatientait, Et alors, ce vernis ? J'entamais une guerre d'usure, dont je me désintéressais bientôt si totalement que, sans prétendre comme la mère Piroëlle Il ne se passe rien, tout en reconnaissant donc Il se passe ça, je fais ci, j'en arrivais à me dire Toutefois je n'y suis pas. Or, cette guerre était autrement plus longue que les batailles décisives, les corps à corps dans lesquels s'engageaient totalement et immédiatement les femmes de l'hosto, armées de leur langue, de leur langage et de leur drôlerie, et qu'elles remportaient parfois en une seule et unique réplique.

Parfois, je rétorquais comme elles m'avaient appris à le faire, mais c'étaient toujours elles que j'entendais en entendant ma voix, à elles que j'empruntais leur sens de la repartie, leur insolence drolatique. Le plus souvent, je me contentais d'imaginer ce qu'autrefois elles auraient dit en pareille situation, ainsi, comme leur présence flottait là où j'étais moi-même, les femmes de l'hosto m'y maintenaient et maintenaient le monde alentour sous le soleil, les étoiles et la lune, depuis l'intérieur des terres jusqu'au plus loin qu'allaient, en mer, les ostréiculteurs de Lauzières et le géant Éphraïm avec son vieux fanal, au-delà encore, les pêcheurs et Jérôme Billot, le marin au long cours de l'avenue du Parc qui sillonnait toutes les mers du globe, et Charles Belletête dans ses rêveries.

Donc, le père Piroëlle se vantait car il n'avait pas plus de quéquette que d'or en barre, du moins cela me faisait-il sourire intérieurement, et, de toute façon, il a fini par mourir.

Les derniers temps, il ne pouvait plus descendre l'escalier de bois, au fond de la boutique, que laborieusement, de profil, les fesses raclant le mur, le ventre raclant la rampe, lui risquant à tout instant d'y rester coincé, et la montée était encore plus problématique, la mère Piroëlle devant le précéder et le tirer. Mais, quant au cercueil, force a été de constater une fois les mesures prises que, puisqu'il devait contenir le cadavre tout entier, il ne passerait pas par l'escalier. Une solution a été envisagée qui consistait à tirer le cadavre par les pieds ou par les bras

– déjà, sur ce point, la discussion a été âpre –, à le tourner sur le côté, à lui faire dévaler l'escalier et à le mettre en bière dans la boutique. Mais elle a été abandonnée car il aurait fallu, arrivé en bas, c'est-à-dire dans le meilleur des cas, remettre le corps debout, en comptant que la raideur cadavérique le maintiendrait dans cette posture, pour lui faire prendre le virage jusqu'au passage ménagé entre la branche courte du L du comptoir et la rangée de bonbonnes de gaz, et l'amener à l'aplomb de la lampe suspendue, là où la bière aurait été déposée. Trop aléatoire. C'est la seconde solution qui a été adoptée. Aussi le cercueil a-t-il été hissé vide jusqu'à la chambre par la fenêtre et a-t-il pris le chemin inverse, mais cette fois plein et lourd, avec grande difficulté. Cette fenêtre, restée fermée du vivant du père Piroëlle, a donc été largement ouverte sur le passage grand-guignolesque de son cadavre. À le voir finalement en descendre de cette manière, il semblait que le père Piroëlle n'avait pas survécu à une ascension en cordée de sa propre maison.

Trois jours plus tard, le fils s'installait à la place du père, sur la chaise-trône, dans le passage. De son ancienne ressemblance avec la mère Piroëlle, il restait une certaine finesse des traits, encore lisibles avant leur envahissement total par la graisse, et la teinte blême du visage, qui faisait pendant, de l'autre côté du bocal à bonbons, à la tache blafarde de la figure maternelle. Sans doute Piroëlle junior avait-il pensé, tant la distribution des rôles avait été chez lui radicale, que de toute sa vie il ne se présenterait d'autre alternative que d'être bourreau ou victime et avait-il finalement opté pour la première solution, emprunté la voie du père. Il avait été svelte et plutôt serviable. Il lui était arrivé de s'occuper lui-même des clients, d'aller jusqu'à porter les bouteilles de gaz et les paquets chez les vieux Nieulais, d'amuser les enfants et même de tenter de faire taire son père, puis il s'était mis progressivement non seulement à refuser d'aider sa mère dans la boutique et à ricaner de concert avec le père, mais à renchérir sur les plaisanteries et les insultes paternelles et, quand le Piroëlle était à l'étage, à les répéter comme un perroquet. Il avait commencé à boire et à s'empâter. Il ne s'était pas arrêté. À la mort du Piroëlle, en août 1981, il avait pris l'habitude d'allumer sa cigarette au mégot de la précédente qu'il jetait par terre, lui aussi. De terroriser les enfants. D'insulter sa mère et sa sœur siamoise, l'épicière-buraliste. De provoquer les jeunes filles et les femmes. Il n'était pas encore obèse, toutefois il avait fait de notables progrès en ce sens et se mouvait comme s'il avait déjà atteint le calibre du père, lourdement, empruntant l'escalier de profil alors qu'il y tenait encore de face, croisant ses doigts sous son ventre, soufflant comme un bœuf, crachant dans un mouchoir aux initiales de son modèle, mais il n'était pas convaincant. Il ne tenait pas le vin et la bière qu'il ingurgitait à longueur de journée, ostensiblement, assis à la place du père, son visage se couvrait d'épaisses gouttes de sueur et prenait vite une teinte verdâtre. Ivre et nauséeux, il ne mettait pas le ton quand il répétait les propos autrefois tenus par le père, jetés à la face de la Piroëlle ou des clientes et des enfants, et le texte semblait émaner de la bouche d'un souffleur apathique, à demi endormi dans son trou et plus amnésique sous la scène que le comédien déficient sur la scène. Quand il voulait imiter le sourire de joie perverse du père, c'était encore le sourire du jeune homme aimable qu'il avait été qu'il amenait à ses lèvres. Pourtant déjà aux trois quarts du chemin qui le conduirait à une ressemblance parfaite avec le Piroëlle des dernières années, car la couperose finirait bien par lui colorer le visage et les bouffissures, par engloutir ses traits distinctifs, il demeurait une pâle et comme illégitime doublure du père, ce salaud, quoique idéale figure du mal, car le mal n'a d'ordinaire pas de visage, sauf dans les films américains, il lui faut pour faire son œuvre demeurer insoupçonnable.

La mort prématurée du père, pourtant prévisible, semblait ainsi avoir surpris le fils avant qu'il ait eu le temps d'apprendre son rôle.

Non seulement Piroëlle junior ne faisait peur à personne, pas même aux enfants, mais il jouait si mal qu'à peine un mois après la mort du Piroëlle les victimes autrefois désignées par le père, qui s'étaient peu à peu muées en public insatisfait des prestations du fils, ont commencé de se venger sur lui du sort que leur avait réservé son modèle et de l'accabler d'insultes et de quolibets, de le traiter de bon à rien, de saoulographe, de ventre à bière, et Essaie donc de m'attraper avec ton gros cul, lui disaient les gamins qu'il avait tenté d'épouvanter, et Qu'est-ce que tu crois, tu tètes encore le sein de ta mère, les femmes qu'il avait provoquées. Il arrivait que sa mère lui jette des regards compassionnels et navrés quand elle était la cible mutique de ses vulgarités, mais le plus souvent elle faisait mine de n'avoir entendu ni les mots de son fils ni la réplique des enfants et des clientes, ou plutôt d'attendre qu'on ait momentanément claqué le museau à Piroëlle junior, puisque tel était son sort, pour se livrer dans une atmosphère enfin détendue à son activité d'épicière-buraliste. Mêmes gestes, mêmes formules, mêmes questions sur la santé du beau-frère ou de l'époux, mêmes considérations météorologiques prononcées d'une voix atone d'officiant, mêmes déplacements de la face blanche et désolée dans l'obscure et comme cryptique arrière-boutique, le *cling* de la caisse en guise d'*ite missa est*, tout cela avait fini par prendre un tour liturgique, semblait l'avoir occupée depuis la Genèse, devoir le faire encore après la fin des temps, *in saecula saeculorum*.

Louise Parant arrivait rarement les mains vides à la maison. L'armoire de mes filles aînées était pleine à craquer de vêtements que Noëlle Gillet confectionnait elle-même, avec des chutes de tissu. Chaque petite jupe, robe, blouse, chaque corsage, manteau, blouson, ou ciré qu'elle faisait avec les toiles de parapluie récupérées à l'usine Queval où elle travaillait, était une merveille d'inventivité et de bon goût, une petite œuvre d'art parfaite jusque dans les finitions. La fille de Louise avait du génie. Le génie inexploité de Noëlle était à l'image du bateau de Charles Belletête dont elle était la voisine, un rêve enfermé dans son jardin. Quand j'arrivais à dix-huit heures pour ma consultation, je trouvais ainsi mes filles habillées de neuf, car Louise ne m'en avait rien dit une heure auparavant, l'heure où nous avions pris ensemble notre énième café de la journée, et je n'avais pas à la remercier, Qu'est-ce que tu veux qu'elles fassent de tout ça ? disait-elle de ses deux petites-filles, la fille de Noëlle et celle de son fils aîné, elles ont déjà de quoi se changer quatre fois par jour pendant un mois sans mettre deux fois la même tenue. Ça encombrait. Elle dissimulait pareillement le poisson non calibré et resté emprisonné dans les filets de son frère pêcheur, il était tout préparé, prêt à cuire quand je rentrais, et Louise me rembarrait également si je la remerciais, disant là encore que c'était pour s'en débarrasser qu'elle me l'avait apporté. C'est pour pas jeter. Ou bien, elle était allée à La Rochelle et en était revenue avec des pains au chocolat, ou des bricoles, disait-elle, colliers, bagues de pacotille, petits jouets. Quand il n'y avait ni vêtements ni poissons et qu'elle n'avait pas eu le temps de descendre en ville, elle passait s'approvisionner en confiseries chez la mère Piroëlle.

Si je ne pensais jamais à la mère Piroëlle quand j'étais en compagnie de Louise, à la maison, chez elle ou chez les Lesage, je ne voyais jamais la mère Piroëlle sans les imaginer elle et Louise face à face, de chaque côté du comptoir comme de part et d'autre d'une ligne de partage entre la mort et la vie, entre le confinement et les ténèbres et l'air et la lumière, en même temps que d'un axe de symétrie entre deux figures antithétiques de femme, toutes deux ayant dépassé la cinquantaine et fréquenté la même école du temps où toutes les classes du village tenaient dans les anciennes écuries du château de Morch, et peut-être les mêmes bals dans leur jeunesse, mais la première, depuis trente ans qu'elle menait une existence réglée comme du papier à musique et n'évoluait plus qu'entre deux intérieurs, entre l'atmosphère renfermée de l'appartement du dessus et l'obscurité de l'épicerie du dessous, ayant pris la teinte et les manières furtives et silencieuses d'une créature de cave guettée par les prédateurs, tandis que la seconde arrivait de l'extérieur à n'importe quelle heure et n'importe quel jour et sortirait de nouveau, amenait avec elle la bouffée d'air qui animait l'ampoule suspendue, avait le visage coloré et toujours une anecdote en bouche, prenait immédiatement langue avec les clients présents, s'ils se plaignaient de leurs maux, de la vie, les poussait irrésistiblement à en plaisanter et à en rire, de ces douleurs et de cette chienne d'existence, le verbe haut, le geste libre, parlait de ses six enfants en présence de l'unique rejeton lamentable et oisif des Piroëlle sur lequel elle ne jetait pas plus un œil qu'elle n'avait accordé de regard au géniteur de son vivant, ses cinq aînés maintenant étaient mariés, et sa bru, préparatrice à la pharmacie, venait d'accoucher d'une petite fille, et tous avaient du travail, même celui qui avait été licencié des usines Peugeot en avait aussitôt retrouvé, c'étaient des bosseurs ou du moins des débrouillards, et les belles-filles et le gendre étaient du même acabit. Elle pépiait et faisait régner un joyeux brouhaha, se servait elle-même dans le bocal à bonbons, comptait, tant pour les deux aînées de ses trois petites-filles et la même quantité pour mes filles, payait enfin et, tout à coup, après une volte-face, un salut à la cantonade, elle n'était plus là. Mais il semblait sans doute à la mère Piroëlle atteinte de vertige que c'était elle, la Valladolid, et non pas le vent de mer par la porte, qui avait agité la lampe en bougeant, en demandant et en donnant des nouvelles du monde, en riant et parlant fort, et que sa présence flottait dans la boutique encore longtemps après son départ, y maintenait un reliquat d'animation, le cône de lumière continuant d'aller de-ci de-là sur le sol, comme atteint par la joie de vivre insoumise de Louise. Il lui semblait sans doute que sa lampe jouait un jeu inhabituellement long, inhabituellement frivole après le passage de Louise, et elle devait contempler l'étrange phénomène non pas avec envie mais avec effroi, car c'était cela qu'elle avait craint par-dessus tout, plus que les violences de son homme, plus que le malheur familier et l'encroûtement dans l'échec : le jeu, le mouvement, la lumière, l'air extérieur, ce fichu vent marin, la liberté, les surprises de la vie et que celle-ci se perpétue.

Quand Louise s'était présentée à la maison plus de trois ans auparavant, elle ne s'était pas encombrée de salamalecs, elle m'avait prévenue qu'elle n'était pas une folle du ménage, qu'avec elle les balais n'allaient pas dans les coins et qu'elle ne pouvait pas me fournir de lettre de recommandation, vu que la seule personne chez qui elle travaillait tous les matins à l'époque était peu recommandable elle-même, c'était une call-girl de La Rochelle qui vivait seule avec son fils, était au demeurant gentille et respectueuse. Mais, pour les enfants, elle en avait élevé six, ses deux petites-filles étaient dans la même classe que ma fille cadette, et, pour la clientèle, elle aimait le monde, connaissait presque tout le village et adorait répondre au téléphone. Du moins est-ce tout ce que j'ai retenu, car la chose a été entendue immédiatement, l'irruption de Louise dans l'entrée de la maison qui servirait de salle d'attente m'étant apparue comme un cadeau du ciel. Elle avait exactement l'allure, la taille et la bonne bouille de la mère Rolland, son franc-parler et son âge quand je l'avais connue à l'hôpital. La mère Rolland aurait pareillement ri aux éclats en évoquant la possibilité de se faire recommander par une poule de luxe qui prenait l'avion pour aller à ses rendez-vous. Son acolyte, la mère Danet, avec qui elle faisait équipe l'après-midi, aurait aussitôt ouvert la même parenthèse sur les qualités de cœur de cette femme, manifesté la même absence de préjugés, Attention ! Ce n'est pas parce qu'elle..., et les femmes de l'hosto dans leur ensemble, également insisté sur le fait que, toute pute qu'elle était, elle les respectait, Ce n'est pas parce que nous..., en guise, au passage, d'avertissement préalable. Pour le boulot, elles aussi allaient à l'essentiel et, de toute façon, elles aussi, elles en avaient vu d'autres que ce qui attendait Louise deux heures par jour à la maison. Rieuses, indulgentes, insoumises, endurantes, c'était comme si elles s'étaient toutes réincarnées en cette Louise inconnue et arrivaient à ma rescousse me dire Tu vois que nous sommes toujours là, alors que je venais de m'installer à Nieul, où je ne connaissais que le docteur Rivière, et de commencer d'y travailler, seule pour la première fois.

Louise s'était maintenant présentée, je me fichais du zèle des balais comme de toute lettre de recommandation, nous avons pris notre premier café de dix-sept heures avant que je reparte, elle était là à mon retour une heure plus tard, elle est partie à dix-neuf heures après avoir pris l'apéritif, elle est revenue le lendemain et quatre jours par semaine pendant des années, moins souvent quand j'ai cessé mes activités, mais elle n'a quitté la maison que lorsque j'ai quitté son village, et je ne m'étais pas trompée, du moins les femmes de l'hosto ne m'avaient-elles pas trahie, Louise était bien un cadeau du ciel.

À peine trois mois après son arrivée, ma fille cadette s'est mise à parler, qui réservait jusqu'alors ses discours à de petits personnages en bois et à sa sœur aînée, la seule à la comprendre et qui me traduisait ses paroles. Elle s'est mise à parler, les phrases étaient élaborées, parfaitement compréhensibles, elle ne s'est plus arrêtée de bavarder. Louise l'a appelée Mille Goules.

Quand la gentille et respectueuse call-girl a quitté La Rochelle avec son fils, Louise a dû chercher du travail.

Elle en a trouvé chez une jeune femme, cadre d'une

petite entreprise de La Rochelle, qui habitait à Lagord. Louise y a travaillé trois heures le premier jour, seule dans la maison, elle a fait le ménage, le repassage, la vaisselle, repéré les lieux, rangé, elle a refermé la porte derrière elle, elle est revenue deux jours plus tard comme prévu, puis encore deux fois la semaine suivante, elle ne voyait la femme que le matin en arrivant, tout allait bien, mais la cinquième fois, c'était un vendredi, la cadre l'attendait avec une épingle à cheveux et une petite boule de cheveux qu'elle avait retrouvées, après le passage de Louise, sous le lavabo. Elle les avait gardées du mercredi au vendredi précieusement, comme corps du délit, Pour un peu, m'a raconté Louise, elle aurait mis les scellés. Elle a collé le corps du délit dans la main de Louise et lui a adressé des reproches, Vous, vous ne regardez pas derrière vous, quelque chose comme ça, mais, avant qu'elle ait pu continuer, avec des recommandations, des conseils, peut-être chargés de menaces, Louise lui avait déjà rendu les cheveux et l'épingle, lui avait rétorqué Et vous, vous me devez douze heures, et elle était partie après avoir été payée.

Je me suis rappelé le C'est ni fait ni à faire de Mlle Réjeane, mais Mlle Réjeane aurait gardé Louise, grâce à Louise qui l'aurait déchargée du poids de Mme de Bizères, elle aurait pu devenir M. Porcelaine à part entière, les deux femmes auraient fait la paire, une fameuse paire probablement, et, même si la formule avait échappé des lèvres de Mlle Réjeane, Louise l'aurait prise pour ce qu'elle était, une formule, précisément, un tic de langage, elle aurait surenchéri, Et pas à refaire, mais pour le peu qui est fait, c'est pas à défaire non plus, ou argué que la serpillière aujourd'hui avait été prise de somnolence, allez savoir pourquoi, que le vent avait transporté la poussière du bureau au salon, Figurez-vous, et elle n'aurait pas quitté pour autant la maison de Mme de Bizères, elle aurait à la longue éduqué Mlle Réjeane, ai-je pensé quand Louise m'a donné cette raison essentielle à son départ de chez la jeune cadre à l'épingle à cheveux : Encore, si j'avais pu l'éduquer. Et elle a ajouté superbement que la jeune cadre à l'épingle à cheveux n'avait même pas pu aller au terme de sa période d'essai, et qu'elle l'avait vu tout de suite. Quand c'est là-haut, Louise s'est tapoté le front, et que ça les prend toutes jeunes, il n'y a plus rien à faire.

Car c'était Louise qui mettait ses patronnes à l'essai et non l'inverse.

Une autre de ses éphémères patronnes, elle aussi dans un état désespéré selon les critères de Louise, avait ainsi échoué à l'épreuve du repassage. Louise devait donner un coup de fer sur les serviettes, mouchoirs, torchons dépliés, tendre chaque serviette, mouchoir, torchon déplié à la femme qui se tenait au bout de la table à repasser et les pliait en deux, puis les rendait à Louise qui devait repasser les serviettes, mouchoirs, torchons pliés en deux et les tendre à la femme qui les pliait en quatre et les redonnait à Louise qui les repassait pliés en quatre, et une autre fois pour les torchons pliés en six, enfin venait le moment de les ranger dans l'armoire à linge où les rayures des torchons pliés étaient à l'aplomb les unes des autres, même chose pour les motifs des serviettes, si c'étaient des fleurs, le pli passait à une certaine hauteur des pétales, qui semblait avoir été mesurée au pied à coulisse. Quand j'ai vu ça, m'a raconté Louise, la folie de cette femme exposée dans son armoire à linge, j'ai pris mes jambes à mon cou, je ne pouvais pas garder une raide cinglée pareille, car c'était Louise qui gardait ses patronnes et non l'inverse.

J'ai trouvé à Louise quelques heures chez Mme Ponty, une de mes patientes qui habitait à cent mètres de chez elle une maison neuve surélevée, mitoyenne de celle que Joseph Marimon avait construite de ses mains. Louise n'avait qu'à traverser la rue de Lauzières de biais, monter l'escalier, entrer et vaquer aux occupations domestiques décidées par Mme Ponty, il n'y avait pas grand-chose à faire chez elle, c'est ce que j'avais dit à Louise, Tu verras, elle a juste besoin de compagnie. Louise n'était pas obligée de prêter une grande attention à ce que Mme Ponty racontait, d'autant qu'elle racontait souvent les mêmes histoires, des anecdotes à n'en plus finir concernant les membres de sa famille, ses anciennes collègues de travail, ses anciens voisins ou amis, tout un monde qu'elle avait quitté en se retirant à Nieul-sur-Mer, qu'elle ne revoyait que rarement et faisait revivre par ses récits. La nostalgie, disait Louise qui, à la longue, avait appris à connaître les gens de Mme Ponty et devait parfois rectifier, Non, à Antibes, vous y étiez avec l'oncle France et la tante Thérèse, quand Mme Ponty s'emmêlait les pédales. Toute cette noria suivait Louise et Mme Ponty où qu'elles se trouvent, dans une des deux chambres, dans la salle de séjour ou la cuisine, dans le sous-sol ou le jardin, mais ce n'était pas désagréable car Mme Ponty ne s'attardait ni sur les défauts ni sur les malheurs, c'étaient plutôt de bons souvenirs qui lui revenaient, et les portraits qu'elle dressait étaient plutôt flatteurs. Louise n'avait eu à subir d'interrogatoire sur d'autre sujet que celui de sa propre famille, et donc qu'à nommer ses six enfants, son gendre, ses belles-filles et ses petites-filles, et donner les dates d'anniversaire pour ces dernières, que Mme Ponty honorait d'un petit cadeau. Mais, pour le reste, Ce n'est pas une femme qui s'interroge, disait Louise, pas de question, pas de réponse, tu ne me reconnaîtrais pas, je ne l'ouvre pas. Louise n'avait pas non plus à se fendre d'une anecdote, de toute façon, Mme Ponty ne l'aurait pas laissée la raconter jusqu'au bout, je l'appelais Abrège-Albert.

Albert était son mari, un militaire en retraite court sur pattes et replet, tandis que Mme Ponty était une grande et forte femme qui le dépassait d'une demi-tête, et aussi laconique que son épouse était bavarde. C'était un retraité actif, il était donc rarement chez lui, où je venais le plus souvent pour Mme Ponty, périodiquement atteinte d'affections engendrées par l'ennui, ce dont elle n'était pas dupe, Je me morfonds, me disait-elle en se moquant doucement d'elle-même car, à son propre égard aussi, elle faisait preuve d'indulgence et de bonté. Un jour que M. Ponty était là, il avait entrepris de me parler des activités qui l'appelaient à l'extérieur, mais à peine avait-il commencé la première phrase que Mme Ponty l'avait interrompu en lui disant Abrège, Albert! Je n'ai donc jamais su ce que faisait M. Ponty à La Rochelle toute la journée, mais c'est de ce jour-là que je les ai surnommés, elle, Abrège-Albert, lui, Albert-tout-court.

La maison était neuve, les appareils ménagers étaient neufs, les Ponty venaient d'y emménager, il n'y avait guère d'allées et venues, et Abrège-Albert passait son temps à faire étinceler ce qui brillait, à ranger, épousseter, nettoyer ce qui avait été rangé, nettoyé et épousseté la veille, mais sa marotte n'en demeurait pas moins de faire à fond telle pièce, ou l'argenterie, le garage, etc. Louise s'exécutait, Mme Ponty sur les talons qui la suivait partout non pour superviser le travail mais pour n'être pas seule, et, d'ailleurs, elle mettait elle aussi la main à la pâte, si Louise s'attaquait à un coin de la cuisine, Abrège-Albert briquait le coin opposé et parlait, parlait, parlait, puis toutes deux abandonnaient leur tâche pour s'attabler et prendre un café, l'une entendant l'autre éperdument bavarder, ayant trouvé en l'autre une Mille Goules plus Mille Goules qu'elle-même et désormais ma fille cadette. Il est arrivé à Louise de faire à fond la chambre à coucher trois jours après l'avoir faite à fond, on retourne le matelas, les draps sur le rebord de la fenêtre, on bat le tapis sur le fil à linge dehors, on traque les moutons inexistants sous le lit, On aurait mangé par terre, m'a dit Louise, on vide les tiroirs de la commode pour les nettoyer, on tire les meubles, parce que Abrège-Albert ne se rappelait pas l'avoir déjà fait. Pourtant Louise a gardé Mme Ponty.

Quoique, au début, m'avait-elle dit, elle avait eu peur de salir en nettoyant.

C'est que jamais Abrège-Albert n'aurait fait le moindre reproche à Louise si elle avait trouvé une épingle à cheveux sous le lavabo, elle n'ordonnait pas Vous allez faire ci ou ça, mais proposait Et si aujourd'hui nous faisions? et il s'agissait de lessiver des murs, l'une juchée sur un tabouret, l'autre sur un escabeau, ou d'épousseter les étagères du garage tout simplement parce que Mme Ponty n'osait pas l'emmener faire les magasins ou jouer aux petits chevaux avec elle, ce n'était certes pas maniaquerie de raide cinglée, elle n'aurait pas exigé que les rayures des torchons soient exactement empilées, non. Le travail était absurde, selon Louise, On le fait juste pour se donner une contenance. Mais Mme Ponty était l'aménité même. Elle avait beau s'ennuyer mortellement seule toute la journée sauf les heures où Louise venait rénover sa maison neuve, et tomber parfois malade d'ennui, elle était toujours volubile et envisageait choses et gens sous leur meilleur angle. Sans doute son ennui était-il d'autant plus pesant que son existence, au travail, dans ses relations avec les autres, telle qu'elle la ressassait, avait été légère.

J'ai trouvé à Louise quelques heures encore dans une autre maison route de La Rochelle, entre le cabinet des docteurs Rivière et Compagnon et le pavillon ébréché et la caravane de Corinne Rambaud que, finalement, la coalition socialo-communiste au pouvoir ne lui avait pas confisquée. C'était aussi une maison surélevée. À l'étage vivaient les Dumoulin, un couple de professeurs d'un établissement catholique et leurs deux filles élèves dans le même établissement. Sans donner une impression aussi désastreuse que la fille, le gendre et les deux petites-filles des Séjourné, ils avaient l'air tous les quatre d'être également sans âge, sans beauté, sans joie, sans goût, sans opinions, sans désirs, les parents d'avoir procréé par devoir et tous les quatre, de vivre par devoir, dans le devoir. Ils partaient le matin, rentraient l'après-midi, s'attablaient tous les quatre dans la salle à manger pour goûter, puis les filles faisaient leurs devoirs, les parents corrigeaient les devoirs de leurs élèves. Le samedi après-midi, ils s'en allaient tous les quatre s'occuper du jardin et des moutons de Mme Jouve, la mère de Mme Dumoulin, et de celui de sa vieille voisine et amie, Mlle Cavallier. À la saison, ils en rapportaient quantité de fruits et légumes, ils passaient le dimanche à faire des confitures et des conserves, on était de nouveau lundi, et, quand les moutons de Mme Jouve avaient été tondus, je trouvais le matin Mme Jouve, assise dans le garage à califourchon sur une sorte de grand peigne, occupée à carder la laine à la main, avec laquelle ensuite elle tricoterait les pulls de ses petites-filles, il fallait que rien ne se perde.

Elle vivait avec eux, mais dans une chambre grossièrement aménagée à côté du garage, de la chaufferie et d'une réserve où s'alignaient à perte de vue des bocaux de haricots verts et secs, petits pois, carottes, tomates, poires au sirop, cerises au sirop, de confitures, de ragoûts de mouton, etc. L'escalier d'accès au niveau inférieur, mi-rez-de-chaussée mi-sous-sol, débouchait directement dans la chambre qui s'ouvrait de l'autre côté dans le garage. Le lit de Mme Jouve était placé sous un soupirail, à ras de la pelouse qui montait en pente de l'avant à l'arrière de la maison, les pièces ouest de l'étage étaient ainsi en rez-de-jardin, et l'ersatz de chambre à demi en sous-sol. L'autre lit était près de la porte du garage, moins éclairé, il y gisait la vieille Mlle Cavallier, grabataire, le corps creusé d'escarres, et qui depuis des mois n'en finissait pas de mourir, c'est pour elle que je venais tous les jours chez les Dumoulin.

Ou plutôt dans l'insoupçonnable sous-sol des Dumoulin.

L'amitié entre les deux vieilles dames n'avait pas survécu à la promiscuité ni aux soupçons que nourrissait la vieille Cavallier à l'égard des Dumoulin, qu'elle accusait de l'avoir recueillie, c'était leur formule, pour piller les produits de son terrain et pour détourner sa pension. Il y avait effectivement peu de chances pour que la charité ait seule conduit les Dumoulin à inviter la vieille demoiselle à mourir dans leur garage, car il fallait que rien ne se perde, j'ai même vu Mme Jouve raccommoder d'antédiluviennes charentaises et refaire des ourlets à des mouchoirs usés et ravauder de vieux torchons, peu de chance qu'ils ne s'y soient pas retrouvés, comme disait Louise, qu'ils n'aient pas au moins déclaré à charge la vieille demoiselle ou qu'ils ne lui aient pas fait payer quelque pension, ou touché le loyer de la maison qu'elle avait quittée comme ils touchaient celui de Mme Jouve, mais la Cavallier, qui n'avait pas de famille, était logée, nourrie, blanchie, suivie par le docteur Laurent, soignée quotidiennement et n'était pas maltraitée, il n'y avait rien à dire. La Cavallier s'accrochait à la vie tandis que ses chairs se décomposaient jusqu'à l'os, susurrait des horreurs, promettait les pires châtiments aux Dumoulin et à son ancienne amie Mme Jouve, et allait jusqu'à m'agonir moi-même d'insultes quand elle ne me frappait pas.

Il s'agissait pour Louise de tenir la maison, lui avait dit sans autre précision Mme Dumoulin, et Louise allait et venait à l'étage supérieur librement. Au terme de la période d'essai, aucun Dumoulin n'avait manifesté de manie ni adressé de reproches, le seul impératif était qu'il fallait que rien ne se perde, ni les bouchons ni les élastiques ni les caoutchoucs des bocaux ni les sacs en plastique, et que Louise devait éviter de gaspiller les produits ménagers, l'électricité, l'eau, et même l'eau de cuisson, Louise avait vu Mme Dumoulin cuire successivement divers légumes dans le même jus, il n'y avait pas de machines à laver ni pour le linge ni pour la vaisselle, c'était Mme Jouve qui se chargeait du linge. Il y avait un bac dans le fond du garage avec une planche à laver du même âge que le peigne à carder la laine, et une barre de bois sur laquelle elle lançait le linge essoré comme autrefois, et Louise, là-haut, s'amusait à nettoyer les casseroles avec l'eau savonneuse qui était restée dans un verre, et rigolait de devoir essuyer les couverts avec des torchons rapiécés fabriqués dans des draps, pour que rien ne se perde, ni le drap devenu inutilisable comme tel, ni les autres torchons qui, tant qu'on utilisait les pièces du drap, ne s'usaient pas, en notant toutefois que l'avarice exigeait une crispation de tous les instants.

Louise avait bien voulu garder les Dumoulin qui lui fichaient une paix royale, elle disait non sans un certain mépris qu'ils vivaient plus chichement qu'elle, comme des pauvres.

Mais voilà qu'un matin de cette fin septembre 1981, elle s'est aperçue que les Dumoulin tenaient une comptabilité scrupuleuse de leurs conserves dans un cahier d'écolier, avec des colonnes tracées à la règle, une ligne par bocal, pour chaque bocal, deux dates, date de sa confection, date de sa consommation, et, à la fin, une sorte de table des matières dans laquelle ils relevaient le nombre de conserves d'asperges qu'ils avaient consommées, un bâtonnet par bocal ouvert, le cinquième bâtonnet venant rayer de travers les quatre premiers pour faciliter la récapitulation annuelle, et ainsi pour les rubriques cornichons, oignons blancs ou compotes, ces dernières pages faisant penser aux murs des cellules sur lesquels les prisonniers font le décompte de leurs journées d'incarcération. La découverte de ce cahier a bouleversé Louise, car en même temps que le cahier garantissait les Dumoulin contre tout risque de vol et rendait donc pour Louise le chapardage impossible, sa découverte lui avait donné une irrépressible envie de voler, elle m'a dit de ce cahier qu'il la poussait au crime, a prétendu ne plus pouvoir entrer dans cette maison sans être la proie de pulsions kleptomaniaques, un jour c'était sur un bocal de haricots qu'elle aurait bien jeté son dévolu, un autre jour c'était sur des poires au sirop, Alors que j'ai largement de quoi, a insisté Louise, m'acheter toutes les conserves de la réserve et le bois des étagères, les tasseaux, les vis et les chevilles avec.

Puis la crise est passée.

Vraiment, l'idée de bouffer des carottes épluchées au plus près, pesées et comptées lui sortait soudain par les trous de nez.

Mais Louise n'a pas gardé les Dumoulin, moins encore la vieille demoiselle Cavallier dont le spectacle la dégoûtait et la méchanceté la mettait d'humeur assassine, quelque soupçon qu'elle ait elle-même quant au caractère intéressé de la charité toute catholique de ses protecteurs, parce que, Au minimum, me disait Louise entre deux clients pendant ma consultation, ils comptent bien gagner avec ça une place au paradis, il faut que rien ne se perde. Non, ni le couple de professeurs, ni la garce moribonde, ni même les deux filles, malgré la dévotion que vouait Louise à l'enfance, car elles étaient insipides, c'est Mme Jouve qu'elle a gardée.

Mme Jouve était encore relativement jeune, la soixantaine, elle allait et venait dans la maison de sa fille en menant la petite vie parcimonieuse et surannée qu'elle avait toujours vécue, ravaudant, cardant la laine, tricotant, détricotant pour récupérer de quoi retricoter, épluchant les légumes à stériliser, savonnant et battant le linge sur la planche comme autrefois au lavoir de son village, le tordant, le lançant avec dextérité sur la barre de bois, toujours affairée et toujours sereine. Elle manifestait une affection indéfectible à sa vieille amie, répondait à ses insultes en lui disant paisiblement, Tu te fais du mal, était aux petits soins pour elle malgré les coups qu'elle pouvait prendre si elle la remontait sur ses oreillers, malgré les Ne me touche pas, charogne ! qu'elle accueillait d'un hochement de tête navré. Elle lui rappelait à toute occasion leurs communs souvenirs heureux qui remontaient à l'enfance, pareille opiniâtreté dans la douceur valait bien une récompense. La récompense était, deux fois par semaine, la présence tourbillonnante de Louise, car c'est ainsi qu'elle l'appelait, Un vrai tourbillon, me disait-elle ravie. Et je savais que pour être auprès de Louise elle abandonnait ses propres tâches tatillonnes et avaricieuses, elle était pour la première fois de son existence capable de perdre son temps et de ne rien faire, de monter s'asseoir à la table de la cuisine et d'écouter Louise raconter mille histoires, ou chanter, ou même la rabrouer, Foutez-moi donc ces vieilles chaussettes en l'air, il est temps de profiter de la vie, et de la regarder bouger, imiter tel ou tel, mimer la joie, l'étonnement, la peur, la perplexité, en tordant son visage dans tous les sens, une explosion de vie qui aurait terrorisé Eulalie Séjourné, l'aurait fait sauter, vivante, à pieds joints dans son caveau.

Tout ce que Louise avait été tentée de chaparder chez

les Dumoulin à cause de leur cahier pousse-au-crime, elle le récupérait dans les poubelles des marchands de pizzas enrichis chez qui je lui avais trouvé encore quelques heures, et qui jetaient à qui mieux mieux de la nourriture périmée d'une journée, des vêtements qu'on leur avait vus trois fois sur le dos, des objets qu'ils avaient eu trop longtemps sous les yeux, du linge de maison parce qu'une tache avait résisté à la lessive, et Louise n'avait qu'à traverser la route de La Rochelle en regardant à gauche vers le château des armateurs Delmas et à droite vers la ville pour passer d'un monde de faux pauvres où il ne fallait rien gaspiller à un monde de nouveaux riches où il était de bon ton de se lasser des choses, et tout aussi accaparé par le renouvellement de ses avoirs que le premier l'était par leur conservation. Louise avait gardé les marchands de pizzas, pourtant d'une vulgarité confondante, parce que leurs poubelles étaient une véritable caverne d'Ali Baba et qu'elles avaient contribué, pensait-elle, à tempérer les ardeurs de kleptomane qui l'avaient saisie dans la maison d'en face.

Louise s'était trouvé des heures supplémentaires dans deux autres maisons, et ainsi, avec sa demi-douzaine de patronnes qu'elle surveillait attentivement, prête à décamper au moindre écart de conduite, et ses cinq ou six heures de travail quotidiennes, le spectre du bouillon d'espérance ne s'agitait plus que rarement, elle avait conquis à sa maturité une indépendance dont elle n'avait joui ni dans son enfance ni dans sa jeunesse, mais, surtout, elle avait un prétexte pour quitter sa maison où ils n'étaient désespérément plus que trois pendant la semaine, et qui lui semblait aussi déserte et vide que le monde avant sa création. Quand elle n'était pas au travail chez l'un ou chez l'autre, elle prenait sa voiture et partait faire un tour, à La Rochelle ou chez ses frères et sœurs, chez des amis qu'elle avait en grand nombre, il lui arrivait le soir de servir au restaurant de Clavette jusqu'à une heure avancée de la nuit, elle était toujours bénévole pour le moindre banquet, la moindre fête et les voyages du troisième âge, elle organisait des sports d'hiver pour toute sa famille en raclant les fonds de tiroir, était de tous les mariages, allait par monts et par vaux et me racontait ce qu'elle avait vu, entendu et vécu par monts et par vaux, envoyait sur les roses la mère Lapierre qui voulait me fourguer des produits Avon en échange des soins qu'elle ne m'avait pas réglés mais qu'elle s'était fait rembourser, elle me disait Tu vas te faire bouffer, trop bon trop con, elle me disait Mais regarde-toi ! Tu es encore habillée en noir, ou Tu t'en fous, t'as qu'à mettre les petits plats dans les grands, ou De quoi tu t'inquiètes ? Ça va pas empêcher la terre de tourner, elle répondait au téléphone, rassurait, conseillait, faisait rire les malades au bout du fil, appelait chaque patient par son nom et souvent par son prénom, ne manquait jamais de demander au passage des nouvelles de la mère ou du père ou des enfants, qu'elle connaissait aussi souvent par leur prénom et dont elle avait retenu les misères spécifiques, jouait avec mes filles et tous les gamins du Val-Hureau, fournissait casseroles et cuillères pour leurs charivaris, pansait leurs plaies et apaisait leurs querelles.

Chaque semaine, elle s'en allait, pétulante et pétillante, infatigable, un pot de fleurs à la main, petite silhouette ronde et toute colorée des yeux et des joues jusqu'aux pieds, causer, encore et toujours car elle aimait causer, rapporter à sa première petite-fille les mille choses gaies de l'existence que celle-ci ne connaîtrait donc que de la bouche de l'explosive grand-mère Valladolid, le souffle de l'amour et de la vie transperçant la pierre funéraire, le mètre de terre et le bois du cercueil où reposait l'enfant depuis maintenant neuf ans, que depuis neuf ans Louise allait visiter et informer, qu'elle irait visiter et informer jusqu'à ce que les fossoyeurs l'allongent à ses côtés, et à qui elle raconterait tout ce qui lui reviendrait en mémoire quand elles seraient toutes deux flanc à flanc sous la terre, l'enfant morte trop tôt et la grand-mère indéfectiblement fidèle, car, Moi défunte, me disait Louise, tu peux être sûre que la parole me montera encore dans la bouche avec son flot de salive.

Jacquot le Simple

À la course aux métastases, c'est l'Eulalie qui a gagné, elle dépérit et son visage est jaune, Je vous l'avais bien dit, me dit-elle. Mais le pire la rassure, et la beauté, l'exceptionnelle douceur de l'arrière-saison la confortent dans l'idée que la mort ne fait jamais si bien son œuvre que dissimulée sous les oripeaux splendides de l'automne, par une incisive lumière hivernale, pendant les après-midi jubilatoires du printemps, lors des infinis et calmes crépuscules d'été, Si vous avez bien remarqué.

Elle m'expose sa théorie, C'est parce qu'on ne se méfie pas.

Elle est moins abattue que d'ordinaire, elle sourit, elle est en bonne compagnie en compagnie de ses ganglions envahis par les cellules cancéreuses et maintenant de sa tumeur du foie. Dans la pièce voisine de la cuisine, le drap blanc a été retiré du fauteuil et celui-ci, repoussé contre le mur. La mort qui circule en elle lui donne des ailes, l'Eulalie est en train de lui aménager des appartements.

Oui, il y a eu des journées bouleversantes lors de l'arrière-saison qui a suivi l'élection de Mitterrand, et toute la côte depuis le port de La Pallice jusqu'au nord se réduisait alors à quelques couleurs peintes en aplats, les reliefs étaient doucement atténués, une brume vaporeuse donnait l'illusion que les piquets des bouchots à marée basse, les carrelets et, même, plus loin, les barques des ostréiculteurs, les bateaux de pêche n'appartenaient ni au ciel ni à la mer, mais à quelque féerique domaine intermédiaire. Si le vent était tombé, les voiliers encalminés semblaient confirmer l'existence de ce royaume suspendu, comme si leurs voiles faseyaient, étaient agitées de cette irrépressible trémulation mi d'effroi mi de ravissement parce qu'ils l'avaient pénétré. Sur la toile peinte, Lauzières était fait de trois lignes de fuite, une centrale, fine et grise pour l'unique rue, deux plus grasses ponctuées des taches colorées des maisons et des jardins, qui, là-bas, avant la mer d'huile, au niveau des cabanes et des bassins à huîtres, finissaient par se confondre. Le ciel était bleu franc, quelques nuages s'y étiraient, paresseux, les incessantes allées et venues des mouettes depuis les plages jusqu'aux terres grasses fraîchement labourées paraissaient lentes alors et n'avoir d'autre fin que d'y dessiner d'illisibles calligraphies.

C'est par une de ces journées de trêve où le monde avait quelque chose de merveilleux que le bon géant Éphraïm est mort.

La vieille Janine Robilleau était sur le seuil de la maison d'Éphraïm quand je suis passée devant. Elle m'a arrêtée d'un geste autoritaire, les deux paumes à plat sur l'air pour que je ralentisse, puis du tranchant de la main elle m'a fait signe de m'arrêter, là, devant la maison, elle a fait le tour de la voiture pour venir vers moi, je savais ce qu'elle allait m'annoncer, elle m'a prise dans ses bras et m'a serrée contre son vieux corps noueux, robuste, elle m'a dit Écoute voir, il dormait, c'est comme ça que je l'ai trouvé, va pas te chagriner plus qu'il ne faut, elle m'a demandé Veux-tu le voir ? et j'ai dit Non, Janine, vous savez bien. Elle a desserré l'étreinte de ses bras et m'a essuyé le visage de ses pouces, mes joues étaient sèches, c'était un geste maladroit et rude car l'envers de son pouce, comme toute sa paume, avait pris l'allure et la carnation minérale des huîtres qu'elle manipulait depuis l'enfance, mais c'était une manière de caresse. Elle m'a ordonné Entre voir, il est pas dans la salle, mais y a les femmes et du café.

Il y avait les femmes et du café, l'odeur du café brûlé comme du vivant d'Éphraïm, et l'œil-de-bœuf, et le géant mort dans la chambre mitoyenne, la porte était entrouverte, j'ai vu des bougies qu'avaient allumées les femmes et j'ai pensé au vieux fanal mais je me suis tue. On l'a bien préparé, tu peux être sûre, m'a dit Josette Renard, j'ai répondu que j'en étais sûre. Il y avait Janine et sa sœur Huguette, et Josette et Émilie, deux autres ostréicultrices, toutes quatre presque octogénaires, veuves, arrière-grands-mères et arthrosiques, mais que je voyais toujours chaussées de bottes, juchées sur leurs petits tracteurs ou affairées aux huîtres dans les cabanes, et Claudine, une des petites-filles de Janine, des femmes rompues à la préparation et à l'habillage des morts.

J'ai avalé un café debout, il était imbuvable comme du vivant d'Éphraïm, j'ai dit que je ne pouvais pas rester. Elles savaient que je ne le voulais pas, elles allaient reprendre la conversation là où mon arrivée l'avait interrompue, leur conversation portait sur leurs morts à elles, les quatre maris, un fils de Josette et le petit garçon de Claudine, et je n'aimais pas cela. Elles ont opiné du chef, Janine m'a raccompagnée à ma voiture, je l'ai remerciée, elle a haussé les épaules, Pff! C'est qu'un prêté pour un rendu. Elle parlait pour elle du jour où César s'est pendu, pour les autres des jours ou des lendemains des morts, tout cela parce que j'avais alors été appelée auprès d'elles, les femmes et les mères endeuillées.

Le jour où César s'est pendu, c'est Éphraïm qui m'a fait signe de m'arrêter, debout dans l'encadrement de sa porte. Je te guettais, m'a-t-il dit. Puis Va voir chez Janine, mon p'tit, le César s'est pendu mais c'est elle qui n'a plus sa tête. Le gendarme Joseph était venu et, avec deux collègues, ils avaient décroché César et l'avaient transporté sur son lit. Le docteur Rivière était passé constater le décès, ça aura duré moins d'une heure, et pendant tout ce temps-là Janine avait été calme, m'a raconté Mélanie Lherbier, une fille de Josette Renard. Ce n'est pas elle qui a découvert le corps dans la grange mais Jean-Louis, son aîné, et c'est heureux qu'il ait oublié quelque chose, parce que le César n'avait pas annoncé qu'il allait se pendre, il avait dit qu'il partait dans l'île, il était harnaché pour et ne devait pas rentrer tout de suite, tu sais comme il faisait, il restait à dormir là-bas chez le cousin Gérard, on se serait pas inquiétés de son absence, le César aurait pu pourrir pendant deux jours et trois nuits et tout aussi bien retomber de là-haut comme un gibier qu'aurait trop faisandé. Au lieu de quoi, Jean-Louis a trouvé son père aussitôt pendu, mais pour être mort, il était mort quand même. Le fils n'a pas laissé sa mère venir voir. Il a juste dit qu'il était mort et comment il était mort et qu'elle n'y aille pas. Elle a fait Oh ! puis Mon Dieu ! Mon Dieu ! Le malheureux ! en faisant comme ça (Mélanie s'est pris la tête dans les mains et l'a balancée latéralement), Exactement comme ça, sauf qu'elle était debout pour aller chercher la cafetière et qu'elle s'est assise, j'étais avec elle, on prenait le café. T'en reprends ? elle m'a demandé, elle s'est relevée rapport à la cafetière qui était sur le poêle, preuve qu'elle était calme. Et tout après, pendant les cons-ta-ta-tions, a ajouté Mélanie en détachant les syllabes avec un air d'importance, elle est restée calme.

Les femmes qui étaient là ont acquiescé d'un signe de tête, c'était la vérité.

Il n'y avait qu'une rue à Lauzières, si on ne compte pas les nouvelles rues du nouveau lotissement et les impasses, l'annonce de la mort de César a été faite comme si elle avait été portée par le facteur, tout droit de maison en maison pour les numéros pairs, demi-tour juste avant la cité que cette nouvelle ne concernait pas, tout droit pour les numéros impairs, et là-bas d'une cabane à l'autre. C'est ainsi qu'Éphraïm est arrivé. Quand Éphraïm est arrivé, la

Robilleau s'était retirée dans la buanderie, on l'a trouvée qui avait sombré dans la folie, elle était assise sur le banc et elle causait au mort, T'en reprends ? elle lui demandait, Sûr que j'en reprends, elle lui faisait répondre, et Veux-tu de la moutarde ? des affaires de nourriture comme ça, et d'autres qui tournaient autour du fait qu'il n'irait pas jusqu'à l'île. Ça fait deux heures qu'elle est dans cette crise de marmonnements, on lui cause, elle nous entend juste pour nous gueuler dessus qu'elle ne veut pas du docteur et qu'on lui fiche la paix, elle a perdu la tête mais pas l'autorité, puis elle repart dans cette conversation qui n'a pas de sens, qu'elle recommence à son début, et qui la met dans une colère qui n'a pas de fond.

Janine était effectivement très en colère, mais elle n'avait pas sombré dans la folie et sa conversation avait du sens. Elle m'a dit Te voilà, ma fille, comme la Reine Mère quand je passais en plein milieu de la matinée ou de l'après-midi à une heure inhabituelle, si je n'avais pas pu venir au petit matin me joindre au chœur des femmes. Vois-tu, je cherche, m'a-t-elle dit avec rage mais avec simplicité, et ces bourriques m'empêchent de trouver en me donnant les mille raisons qu'il avait d'y aller (y aller a été la formule de Janine) comme si je ne les connaissais pas et, par-dessus le marché, elles voudraient rappeler le docteur pour lui faire me donner des gouttes qui vont noyer la réponse. Je n'ai pas compris tout de suite ce que cherchait Janine, puisqu'elle avait déjà fait l'inventaire des mille raisons qu'avait eues César de se pendre, mais je n'avais pas envie d'être répertoriée parmi les bourriques, je lui ai dit C'est en cherchant qu'on trouve, et j'ai obéi à son geste impérieux, je me suis assise à côté d'elle sur le petit banc après qu'elle s'était glissée sur le côté et avait tapoté à l'endroit où je devais m'installer. Elle a repris la conversation, mais en me précisant pour chaque réplique, Vois-tu, j'ai dit ci, puis Là, c'est lui qui me répond, et je restais aussi silencieuse que si nous nous étions fortuitement trouvées l'une à côté de l'autre dans un train, que nous étions parfaitement inconnues l'une de l'autre et que, pour cette raison précisément, elle s'était confiée à moi, et non pas à ses proches, ses propres enfants, ses vieilles voisines et amies. La conversation était la dernière qu'elle avait eue avec César, à l'heure du déjeuner, à table, et elle la ressassait pour découvrir quelle réplique de César, quel détail dans son comportement aurait pu lui apporter la preuve qu'il avait déjà décidé d'y aller, ou laquelle de ses réflexions à elle aurait pu le décider à y aller, par exemple Tu n'iras pas jusqu'à l'île, vu qu'il était trop fatigué et trop vieux pour cela, mais elle le lui avait déjà dit cent fois, il y était parti, il y était arrivé, il en était revenu cent fois. Et ce n'est pas que Janine se demandait à quel moment, le César lui ayant mis la puce à l'oreille, elle aurait pu l'empêcher d'y aller. La question n'était pas non plus de savoir pourquoi il s'était pendu, il y avait mille raisons, bien qu'elle considérât, m'a-t-elle dit tandis que nous étions côte à côte sur le petit banc, dans la pénombre fraîche de sa buanderie, que Dans le lot, t'as pas forcément la bonne, et que, Même si tu tombes sur la bonne, c'est pas ce qu'on pourrait appeler une raison. Non, ce qui taraudait Janine et qui la mettait dans un pétard du feu de Dieu, c'était pourquoi diable, s'il savait qu'il y allait, il lui avait gaspillé un repas.

Il aurait pu y aller avant.

Toutefois, sévère mais juste comme elle avait toujours été, Tu me connais, avant de l'engueuler jusque devant sa tombe pour ce gaspillage, elle devait s'assurer qu'il savait à l'heure du déjeuner ce qu'il allait faire, découvrir dans les propos qu'ils avaient échangés le petit indice, la preuve que tout en mâchant sa nourriture il remâchait son projet.

Un bon quart d'heure était passé.

Quand j'ai compris, j'ai dit à Janine que César ne lui aurait jamais gaspillé un repas, qu'il ne lui aurait pas fait ça, Ne cherchez plus, Janine.

T'en es sûre ?

Et il n'y avait rien dont j'étais moins sûre que de ce qui pouvait passer par la tête d'un suicidé avant son passage à l'acte, j'aurais pu me perdre en spéculations sur ce sujet jusqu'à ma mort sans pouvoir me satisfaire d'une solution, autant tenter de décompter les étoiles le nez en l'air par une nuit dégagée, mais Sûre et certaine, ai-je répondu à Janine sur un ton sûr et certain, car Janine serait retournée à son ressassement si elle avait perçu la moindre hésitation dans ma voix.

Tu sais ces choses-là ?

Je ne savais pas plus ces choses-là que la plupart des autres sur quoi on m'interrogeait à longueur de jour, mais Oui, ai-je affirmé.

Si jeune, m'a dit Janine avec sévérité. J'ai vu le moment où, au lieu d'engueuler César parce qu'il avait gaspillé un repas, elle allait m'engueuler parce que j'avais gaspillé ma jeunesse, et je lui ai dit que, d'accord, la parenthèse de la jeunesse ne s'était pas ouverte pour moi mais que, du coup, je passerais directement de l'enfance à la maturité ou peut-être même directement à la vieillesse.

Ça l'a fait rire.

Nous sommes ensuite convenues que, les raisons, César les avait accumulées les dernières années dans la morosité de son caractère, la vieillesse, la maladie, les huîtres qui rapportaient tout juste de quoi manger, mais que, l'idée, il l'avait eue subitement dans la grange où il était allé chercher la nourrice pour le moteur du bateau, comme d'habitude. Nous nous sommes représenté un trou noir enveloppant César, dans lequel il aurait vu électivement le tas de cordages enroulés et le crochet sous la poutre maîtresse de la grange, regardé l'un et l'autre sans d'abord lui-même comprendre pourquoi il regardait tantôt par terre tantôt en l'air, puis fait le rapprochement entre le crochet et une drisse, puis entre le crochet, la drisse et lui-même, et éprouvé l'irrépressible désir d'en finir de cette manière.

Le malheureux ! s'est de nouveau écriée Janine, j'ai acquiescé, Oui, le malheureux. Nous en avons conclu qu'il méritait non pas des engueulades mais des larmes quand viendrait l'heure du chagrin. Janine est restée un moment silencieuse puis s'est levée brusquement, m'a levée en me tirant énergiquement par les mains et m'a ordonné, Mais vas-y donc ! Regarde dans quel retard tu t'es mise !

C'était au mois de juin dernier et, sauf le lendemain de la mort de son arrière-petit-fils, le petit garçon de Claudine, je l'avais revue une dizaine de fois en passant, un salut de la main, un Comment ça va ? un Ça va, et toi ? un Moi aussi, hurlés au-dessus du tintamarre de la machine à calibrer, de la lieuse et de la radio à plein volume dans les cabanes, c'est tout ce que nous avions échangé depuis que César s'était pendu, mais Janine a trouvé le jour de la mort d'Éphraïm une occasion de me remercier et elle l'a fait à sa manière, C'est qu'un prêté pour un rendu, une manière rude, bourrue, laconique, qui n'admettait pas de réplique, si j'avais insisté, elle m'aurait rabrouée, C'est pas que tu vas nous faire des façons ? tant il est vrai que l'authenticité, à l'inverse des hypocrisies mondaines, exige peu de mots, peu de gestes.

Pour la vieille Huguette, une fois son mari mort de mort naturelle et enterré début mai, un bon mois avant le suicide de César, les choses avaient pris une autre tournure. D'abord, elle avait encaissé le choc, c'était dans le destin des femmes d'ici, passé un certain âge, d'endosser des habits de veuve, étant entendu que se mettre en tenue de deuil, pour les vieilles ostréicultrices, consistait à enfiler bottes et pantalons plus souvent qu'elles ne l'avaient fait auparavant pour aller trimer aux cabanes, parce que le travail qu'elles y avaient accompli pendant plus d'un demi-siècle n'ayant jamais été rétribué elles ne touchaient pas de retraite, et que celle de leur mari, une fois celui-ci sous terre, fondait comme neige au soleil. Quand tu mettais deux poireaux dans la soupe du vivant de ton homme, me disait Janine, une fois veuve, tu peux compter que sur la queue d'un, l'aut' bout, c'est pour le surlendemain. Personne n'aurait parié un sou que Huguette pouvait flancher, sauf Éphraïm, sans doute, qui se défiait des apparences : elle était bâtie comme un homme. Quant à César, par exemple, son beau-frère, qui se serait noyé dans ses cuissardes si elles s'étaient remplies d'eau et qu'il n'avait pas choisi d'en finir autrement, il lui arrivait à l'épaule. Janine disait de sa sœur cadette que tout ce qu'elle n'avait pas dans le ciboulot, elle l'avait en taille et en muscles, et elle a de nouveau invoqué le fait que, quand on lui cognait sur le crâne, ça faisait le bruit d'une huître creuse, pour expliquer que Huguette ait fait une dépression nerveuse, à peine du corps de son homme tout l'alcool dont il était imprégné avait-il commencé de s'évaporer en feux follets. Les nerfs, ici, m'a dit Janine, ils vous lâchent que si vous avez pas de cervelle pour les tenir. Toutefois, avec ce diagnostic, Huguette s'était attiré un respect dont elle n'avait jamais bénéficié auparavant, et, même si ce respect n'était pas dénué d'une certaine méfiance, C'est pas qu'elle va nous tourner folle ?, je comptais bien que cette considération dont elle jouissait contribuerait à sa guérison. Pour les Lauziériens de Lauzières, la dépression nerveuse avait été exclusivement une maladie de riches et oisives citadines, une langueur de rentières, dont ils commençaient tout juste d'admettre que, dans les cités et certaines maisons du vieux village, le chômage en avait transmis le virus comme les rats, autrefois, le bacille de la peste, mais qui concernait si peu la vieille génération que, même pour César, un mois plus tard, il n'en serait pas question. Toujours est-il que la grande Huguette avait des langueurs et des larmes à n'en plus finir quand elle restait chez elle, se traînait à la cabane où elle se murait dans le silence et en avait de mauvaises sueurs, me disait sa fille non sans admiration, comme si les gouttes de sueur qui perlaient au front de sa mère et lui trempaient la paume des mains et les aisselles et lui dégoulinaient le long des bras jusqu'aux coudes avant de goutter *ploc ploc ploc* sur le sol ou la paillasse de bois étaient le fruit de quelque métamorphose merveilleuse de la rancœur à l'égard du mort plutôt que du chagrin, de tous les mauvais souvenirs qui lui revenaient en mémoire et qu'elle n'osait dire. Je suis allée voir Huguette pendant deux semaines, les trois premiers jours chez eux, et les suivants à la cabane, pour lui injecter dans les veines un produit à base de calcium, peu nocif, et sans doute peu opérant s'il n'avait produit ce triple effet: l'intervention en elle-même démontrait à Huguette (et à son entourage) que la dépression nerveuse avait été prise au sérieux; le produit était conditionné en grande quantité et la seringue de 20 cc était d'une taille impressionnante, témoin selon Huguette (et son entourage) de la gravité de son état; enfin, le produit chauffait, exigeait que je l'injecte lentement, que je m'arrête sur ordre de Huguette, puis je reprenais, je m'arrêtais, toutes ces manières témoignant cette fois, toujours selon Huguette (et son entourage), de la complexité de sa maladie et de la délicatesse avec laquelle elle devait donc être traitée. Le rouge lui montait tout de même aux joues, elle avait des vapeurs, dès qu'elle s'est fait soigner dans la cabane, elle a poussé de tels cris d'orfraie que tout le monde est venu voir et a été aux petits soins. Le lendemain et les jours suivants, les machines ont tourné à vide et la radio n'a plus braillé pour personne tout le temps qu'a duré l'injection, car Huguette était devenue l'objet de toutes les curiosités comme une accidentée sur le bord d'une route. Mais elle ne s'est payée un franc succès que le jour où elle s'est exclamée, en étouffant de rire, Bon Dieu! Va pas si vite! Ça me chauffe jusqu'au divertissoir! une formule qui même après la mort de César, celle du petit garçon de Claudine et celle d'Éphraïm est restée historique, a continué d'être répétée à l'envi dans les cabanes et de conférer à Huguette une certaine aura. Toutefois, la preuve de sa guérison ne m'a été véritablement donnée que lorsqu'elle m'a fait cet aveu, en présence de sa sœur Janine, Vois-tu, ce qui me gêne, c'est ce soulagement. Je lui ai répliqué Vous avez bien le droit. Janine m'a dit ensuite, en me garrottant l'avant-bras de sa poigne amicale, que cela avait fait de sa perruche de sœur une femme doublement soulagée, soulagée de la présence de son homme et soulagée parce qu'elle avait le droit de l'être. C'est ce à quoi elle a fait allusion le jour de la mort d'Éphraïm en haussant les épaules avec son C'est qu'un prêté pour un rendu, et je n'avais pas intérêt à arguer que Huguette n'avait pas eu besoin de moi pour se sortir d'affaire, qu'elle l'avait déjà fait, et toute seule, en mettant un nom sur ce qu'elle ressentait en fait de chagrin et en venant demander la permission d'éprouver ce sentiment à l'égard d'un mort à qui, à coup sûr, la lui accorderait sans barguigner, parce que Janine m'aurait rétorqué Pff ! Toi, tu prends toujours la défense des couillons, à croire que t'es de la même famille.

Le petit garçon de Claudine est tombé d'un ponton du port des Minimes le premier dimanche de septembre et s'est noyé. Le lundi, l'enfant mort reposait dans son cercueil, le cercueil était ouvert, et Claudine m'a appelée en sanglotant, elle voulait que j'aille le voir, que je le regarde longtemps et que je revienne lui dire que ce n'était pas vrai, qu'il était vivant, qu'elle ne l'avait pas tué en ne le tenant pas par la main, elle était dans une douleur infinie, et tout ce qu'elle savait que le médecin ne pouvait réaliser parce qu'il était un homme de science et que ses intimes ne pouvaient réaliser puisqu'elle-même malgré ses prières et ses cris n'avait pu ranimer son propre enfant, elle me suppliait de le réussir, moi qui servais de médiation entre l'inaccessible savoir des médecins sur la maladie et la mort et l'intimité des souffrances causées par la maladie et la mort, qui ne détenais pas le savoir ni ne faisais partie des proches, qui devais donc pouvoir agir, même sur l'impossible, depuis ce domaine intermédiaire, indéfini, où j'évoluais, entre science et vie, entre lointain et intime, entre rationnel et irrationnel, entre deux limites et donc peut-être sans limites, et c'était une demande insensée mais légitime car il n'y avait pas de consolation, pas d'autre solution immédiate à sa douleur qu'une solution miraculeuse. Sauf Janine, qui semblant tout entière avoir été le siège d'une calcification de coquillage, ne s'était pas assise comme si elle avait perdu toute souplesse, les femmes pleuraient bruyamment et s'étreignaient avec force gestes et allaient de l'une à l'autre et tentaient de dénier la mort de l'enfant, d'en rejeter la réalité en secouant négativement la tête, en répétant Ce n'est pas vrai, ce n'est pas possible, en revenant inlassablement au pas qui avait précédé le pas fatal sur le ponton, comme on fait faire marche arrière à un film de vacances, parce qu'il s'agissait d'un enfant et que les femmes perdaient alors toute mesure et jusqu'à la mémoire de leurs propres défunts, tandis que les hommes, plus gauches, plus silencieux, entraient puis sortaient sans pouvoir rester. Janine a vu que je tremblais des pieds à la tête avant de pénétrer dans la pièce où gisait le petit garçon et m'a fusillée du regard, mais elle m'a accompagnée, l'enfant était beau et reposé, je l'ai regardé longtemps, et ce n'était pas dans le fol espoir de revenir annoncer à Claudine qu'il était vivant comme elle me l'avait réclamé, mais parce que Janine m'a dit que je ne pourrais décemment me présenter à Claudine que quand j'aurais cessé de pleurer et de trembler, elle m'a violemment traitée de carcasse, Carcasse ! m'a murmuré Janine, puis Tu as quelque chose à dire à la petite et tu lui trouveras quoi parce qu'elle n'a pas besoin de porter cette faute sur le dos, et sa voix était devenue étrangement douce et pleine de compassion, Et après tu pourras partir. Elle est allée chercher Claudine, et j'ai dit à Claudine qu'il n'était pas mort noyé, tant il est vrai que l'enfant n'avait pas l'air d'un noyé tel que je me représentais un noyé, bleu, flasque et boursouflé. Je me suis entendue lui affirmer C'est une mort subite, peut-être une insolation, et il est tombé à l'eau parce qu'il était mort, il serait mort dans ton jardin, et le lui répéter encore deux fois jusqu'à ce que Janine ait l'idée lumineuse de prendre le relais et de prétendre, Tu vois, je te l'avais dit, des noyés, j'en ai vu, il ne s'est pas noyé. C'est pas de ta faute, tu l'aurais tenu par la main, il aurait eu le même sort, et d'éloigner Claudine du silence de la chambre mortuaire et du tintamarre de la pièce adjacente. Puis elle est revenue me chasser, d'une grande bourrade dans le dos, et m'a dit de sa voix à elle, File maintenant. Débarrasse-moi le plancher, et c'était bien mon intention, mais la Robilleau était femme à donner des ordres, elle n'a jamais manqué de me dire Va maintenant au moment même où je partais. Puis elle m'a accordé un T'as fait que la moitié de l'impossible, mais c'est déjà pas mal qui valait toute la reconnaissance du monde. Dans les semaines qui ont suivi, nous avons encore échangé des Ça va ? Faut bien que ça aille, et toi ? Pareil, par-dessus le tintamarre des machines, et voilà que la Robilleau revenait sur cette tragédie, elle m'avait pourtant déjà remerciée, elle n'avait pas besoin d'en rajouter avec ce prêté pour un rendu, mais je me suis bien gardée de le lui dire, elle m'aurait coupée d'un irrévocable C'est encore moi qui décide à l'âge que t'as.

Ainsi Lauzières avait-il été durement frappé par le deuil, le mois précédant la rocambolesque descente au tombeau, par la fenêtre, du père Piroëlle, et encore immédiatement après avec la mort subite du petit garçon de Claudine, et plus tard en plein automne avec la disparition d'Éphraïm Bonneau qui du moins aura assisté aux marées d'équinoxe, les plus belles, me disait-il sobrement.

Maintenant, c'était la pleine saison des maladies mais aussi la pleine saison des huîtres, avant la folie des périodes de fête, et tous ceux qui étaient souffrants dans le village des paysans de la mer devaient embarquer, aller à la marée ou turbiner dans les cabanes avec leur mal, disaient-ils. Ils n'avaient pas de patron à qui présenter un arrêt de travail, pas d'indemnités journalières à toucher, et quant à ce qu'ils avaient à faire le jour même il était impossible de le remettre au lendemain, les huîtres n'attendent pas, ils devaient guérir vite, et pour cela, s'il le fallait, supporter un traitement de cheval, c'étaient piqûres le matin dans les cabanes, piqûres l'après-midi dans les cabanes où l'on battait le rappel, novembre, les amis chômeurs étaient dans les cabanes, décembre, c'était la surchauffe, ceux qui travaillaient en dehors allaient aux huîtres faire des heures supplémentaires, les enfants venaient donner un coup de main après l'école et même Jacquot le Simple y était alors embauché, c'était l'idiot de Nieul.

Lauzières aussi avait son idiot mais il ne travaillait pas aux huîtres. Je l'avais surnommé Dillinger parce qu'il lui arrivait de ne pas apparaître ici ou là dans le paysage pendant plusieurs semaines, et qu'après s'être avisé de son absence on disait chaque fois de lui qu'il était mort. Puis on le revoyait. Il surgissait sur la route de Lauzières aussi brusquement qu'un animal des fossés soudain saisi de curiosité pour la vie en surface, il émergeait du petit bois qui séparait les deux villages et d'abord on croyait voir un arbre avancer, il arrivait par une rive du Gô et il gardait sur quelques dizaines de mètres encore la démarche malhabile d'un amphibien tout juste sorti de son état larvaire aquatique, toutefois il semblait avoir une prédilection pour le parc de l'ancien château de Morch, dont il arpentait le cœur obscur ou longeait le mur extérieur en le rasant, et il terrorisait les enfants des écoles. Pourtant il ne leur parlait pas, ne s'en approchait pas, il ne semblait pas même les voir ni voir quiconque, il allait les yeux baissés et la bouche close, muré dans une formidable solitude. Il avait la peau telle l'écorce, aussi foncée et patinée, avec des irrégularités de structure, des vêtements croûteux de boue ou de vase avec des feuilles, des herbes et de la mousse collées dessus, des ronces prises dedans, et c'est pourquoi quand de nouveau on ne le voyait plus de nouveau on disait qu'il était mort, car il paraissait possible que Dillinger meure d'une sorte de mort végétale provisoire, retourne ici ou là, à l'abri des regards, à quelque état embryonnaire dormant, puis renaisse, la sève en lui se remettant à circuler, et qu'il ne sorte du Gô, du petit bois, de quelque fossé, des broussailles du parc de la mairie qu'une fois le phénomène de reconstitution accompli.

Il vivait avec sa vieille mère à Lauzières. Toutes les morts de Dillinger correspondaient en réalité à des périodes où la vieille dame était hospitalisée et Dillinger, interné à l'hôpital Lafont, d'où il rentrait propre comme un sou neuf, la peau blanche et d'une carnation humaine, mais il ne lui fallait pas deux jours pour redonner l'illusion qu'il avait été façonné avec la boue des fossés et des champs et la vase des rives du Gô, et revêtu de quelques hardes hâtivement faites de feuillages tressés et d'herbes tissées sur une trame d'humus et de mousse. Il y avait aussi les semaines où il restait confiné dans la petite maison de sa mère, saisi d'effroi, sans pouvoir faire un pas dans le monde extérieur ni même en constater l'existence en jetant un œil par la fenêtre, comment aurait-il pu travailler dans les cabanes, avec tout ce monde, tout ce bruit et pas l'ombre d'un feuillage, je ne suis pas certaine que Dillinger était idiot.

Tandis que pour Jacquot le Simple cela ne faisait pas l'ombre d'un doute. Il était idiot et il jouissait à Nieul et jusqu'à Lauzières du statut d'idiot de village et de la protection due à son rang.

Léna Braud avait été veuve une première fois du père d'Henri Parant avant d'avoir pu donner des frères et des sœurs à son fils, et une seconde fois de M. Braud avec qui elle n'avait pas eu d'enfant à cause de la charge que représentait Jacquot le Simple, lequel lui avait été laissé en héritage. Il vivait donc avec la sœur de la Reine Mère dans la moitié de la petite maison de la rue de Beauregard que n'occupaient pas M. Poitrinaud et sa sorcière d'épouse aux dentiers. La pièce du bas donnait sur le jardin, mais celui-ci comportait deux parties aveugles quand Léna était assise dans sa cuisine-salle à manger, la première vers le fond où elle envoyait son faux fils chercher de l'eau au puits, des légumes ou des herbes dans le potager, ou bêcher et désherber, la seconde qui longeait la moitié de la maison dévolue aux Poitrinaud, qui ouvrait sur la rue de Beauregard et par laquelle s'échappait Jacquot, alors que Léna le croyait au fond, occupé à des tâches utiles et éreintantes, ainsi il tomberait de fatigue et lui ficherait une paix royale dans la soirée.

À la différence de Dillinger, il ne faisait pas peur aux enfants alors qu'il recherchait leur compagnie, allant jusqu'à l'école à l'heure de la sortie à l'insu de sa fausse mère, faisant mine d'avoir lui aussi passé la journée dans une classe, et il emboîtait le pas à ceux qui empruntaient la rue de Beauregard, se mêlait aux conversations, se faisait bousculer et se chamaillait avec eux, mais il était heureux, il était avec les siens. Quand il rentrait, Léna lui hurlait dessus, parce que cette garce de Poitrinaud avait bien sûr vu passer Jacquot le Simple quand il avait quitté la maison, puis l'avait revu de son autre poste d'observation discuter ou se bagarrer avec les gamins et bavarder en faisant de grands gestes dans la rue et qu'elle était venue prévenir Léna, Il est encore après les enfants, un jour, il arrivera un malheur, en faisant passer ses dentiers, serrés l'un contre l'autre comme un piège refermé sur sa proie, du haut en bas en haut en bas de sa bouche, *tac cloc tac cloc*.

Léna me prenait à témoin du sort que lui avait réservé l'existence, elle avait été la plus belle et la plus courtisée dans les bals, elle n'avait eu longtemps d'autres soucis que le souci de son propre corps, de ses bijoux de pacotille, vêtements et accessoires assortis, de son maquillage et de sa chevelure, elle me montrait les photos de sa jeunesse, c'étaient des photos posées sur lesquelles elle figurait, opulente et le visage clair, les yeux limpides, pimpante et ravie, habillée pour un bal, pour un mariage ou quelque autre cérémonie, pour un buffet dehors, un grand repas à l'intérieur, comme si elle n'avait fait que cela, aller d'une fête à une autre et en être la vedette incontestée. Sur toutes, elle avait les yeux plantés dans l'objectif et, sur certaines, avait été surprise en train de rectifier sa coiffure ou d'ébaucher un geste de coquette et fausse protestation. Le fait est, au dire de la Reine Mère sa sœur, de son beau-frère, de Louise Parant et de ses nièces, car son fils Henri n'en parlait pas, qu'elle n'avait eu longtemps d'autre objet de soins et d'attentions qu'elle-même et son apparence, Et maintenant, me vois-tu, là où j'en suis, avec en plus cet idiot sur les bras ? me demandait-elle en me serrant convulsivement une main dans les siennes et en se forçant à pleurnicher.

Je la voyais.

Elle avait vite vieilli, s'était empâtée, elle se négligeait, se déplaçait difficilement et ne sortait plus guère, elle criait misère, souvent ses nièces ou Louise, sa bru, devaient leur apporter à manger à elle et à Jacquot, puis elle est tombée malade, elle a fait descendre son lit de l'étage, d'où je la levais d'autorité en lui arrachant des hurlements de douleur, des larmes, des tirades nostalgiques sur sa splendeur d'antan, T'ai-je montré les photos de moi ? et je les regardais pour la énième fois parce qu'elle retrouvait un peu de vitalité à me voir feuilleter son album, on n'a plus vu Léna Braud en dehors de sa maison, tout cela est vrai, et que sa maladie s'aggraverait et qu'elle en mourrait, que son lit serait un lit d'agonie puis son lit de mort. Mais Léna était restée la même, d'elle seule préoccupée, toujours en représentation, quoique, désormais, dans un registre exclusivement mélodramatique.

Parfois, quand je venais au petit matin ou le soir, que son lit était seul éclairé par la lueur soufrée d'une petite lampe et que, par un vieux réflexe, elle défaisait les plis de sa chemise de nuit blanche en la lissant sur son vieux corps esquinté ou se remettait coquettement une mèche en place, elle me donnait l'illusion qu'elle s'apprêtait à poser pour un tableau de genre du dix-neuvième, *Femme à l'agonie dans sa modeste demeure*, et procédait aux derniers ajustements de sa personne avant de donner au peintre l'autorisation de poser son pinceau sur la toile, et il n'aurait plus manqué qu'elles y figurent elles aussi, sa bru, ses nièces, ses sœurs la Reine Mère et la tante Nana, qui s'arrachant les cheveux adossée à un mur, qui à demi évanouie dans un fauteuil, qui à genoux au pied du lit, qui un bras emphatiquement levé l'autre main sur le cœur, et toutes en sanglots.

Elle ne parlait plus que d'une voix faible et geignarde, et pour se plaindre ou réclamer quelque chose, mais tout changeait quand arrivait Jacquot le Simple, il n'avait pas rapporté l'eau du puits, ni les légumes du potager, ni le pain de chez le boulanger, ni le quart de beurre de chez la mère Piroëlle comme elle le lui avait demandé, il était encore allé rôder autour des enfants, il sentait l'urine car il s'était compissé, Léna retrouvait toute l'énergie dont elle avait usé autrefois pour danser et rire et plaire aux hommes, elle hurlait comme une furie après l'idiot, et quand elle avait bien crié, elle revenait à ses gémissements de douleur et de nostalgie, alternait bientôt rapidement vociférations dans les aigus fortement vocalisées et plaintes plus lentes et plus graves, on aurait dit un grandiose air d'opéra, auquel venaient se mêler les marmottements nasillards de Jacquot le Simple, et c'étaient de vagues protestations d'innocence, peu convaincues, qui semblaient d'ailleurs être non pas destinées à la convaincre mais plutôt une piètre imitation d'usages qu'il avait observés surtout auprès des enfants, tels quelqu'un questionne l'autre répond, quelqu'un accuse l'autre se défend, Jacquot le Simple était essentiellement indifférent à la rage dans laquelle il mettait Léna, je l'ai souvent surpris en train de la regarder s'agiter et crier avec une sorte d'intérêt clinique au demeurant navré, comme si c'était elle, le phénomène, et que lui, esprit scientifique, renonçait à l'instant même à en comprendre le mécanisme, les causes et les finalités.

Il me tue ! déclamait-elle pour finir. Que dis-je ? Il m'a déjà tuée, il arrivait encore quelquefois à Léna d'atteindre au sublime.

Les jours de surchauffe aux cabanes, quand Jacquot y allait travailler toute la sainte journée, empruntant le car le matin avec l'argent du car et sa gamelle pleine et rentrant par le car de la fin d'après-midi les poches et la gamelle vides, Léna était plus calme.

Il était le plus souvent dans la cabane de sa fausse cousine Marie Faure, parfois chez les parents d'Alexandre, rarement chez les autres ostréiculteurs, mais on l'employait toujours et exclusivement au tri des huîtres. Il se tenait comme les autres debout le ventre collé à la paillasse sur laquelle était déversé en vrac un tas d'huîtres extraites des bassins situés à l'arrière de la cabane, et toutes dégoulinantes. Le sol était trempé, les portes, ouvertes, il n'y avait pas de chauffage dans les cabanes où régnaient en maîtres le froid et l'humidité. La radio marchait à plein volume. La lieuse ronronnait et émettait à intervalles irréguliers de secs claquements, un pour le lien dans la longueur, un autre pour le lien dans la largeur, les deux donnant aux cageots rectangulaires l'allure de petits cercueils frappés d'une croix. La machine à calibrer tournait sans discontinuer, et les huîtres tremblotaient avant de tomber dans un bac par le trou correspondant à leur taille. Dans ce tintamarre, les hommes et les femmes parlaient fort, très fort, spéculaient sur la quantité et dissertaient de la qualité des huîtres, racontaient des anecdotes, se rappelaient des souvenirs, se donnaient des nouvelles les uns des autres, pas toujours bonnes mais quand faut y aller faut y aller, médisaient de quelques voisins, en louaient d'autres, faisant preuve à égalité d'aveuglement et de grande finesse psychologique, de causticité et d'indulgence, se lançaient dans des considérations d'ordre météorologique passées présentes et à venir et ne semblaient prendre garde aux braillements de la radio que lorsqu'il s'agissait d'une chanson, ceux qui la connaissaient l'entonnaient alors, les autres rigolaient, esquissaient des pas de danse, mais, quant aux informations données et commentées, personne n'en faisait le moindre cas, ils ne parlaient même plus de l'élection de Mitterrand, sauf pour dire sans même s'en plaindre que, si ça devait sortir le monde de la crise, ils seraient bien les derniers à en profiter.

C'est dans les cabanes de Lauzières que j'ai mesuré combien les drames, tragédies ou simples histoires familiales, le chômage, les difficultés financières et l'âpreté de la vie quotidienne pouvaient contraindre l'Histoire, même immédiate, à la plus humble des discrétions.

Jacquot le Simple n'aurait pas retiré les huîtres des bassins, il serait tombé à l'eau, ou bien la caisse lui aurait échappé des mains et les huîtres se seraient fracassées sur le sol, au mieux, il serait parvenu avec son chargement jusqu'à la paillasse mais l'aurait déversé sans ménagement et il y aurait eu de la casse. Il n'était pas question de le mettre à la lieuse, il aurait pu se couper, se prendre les doigts sous le lien serré à craquer, mal placer le cageot. Quant à la machine à calibrer, elle le plongeait dans des abîmes de perplexité, puisque toutes les huîtres passaient dans les plus grands trous, pourquoi diable s'emmerder à en diriger certaines vers les trous plus petits. Impossible non plus de l'employer à remplir les cageots, il se tapotait la tempe en les traitant de folles quand les femmes tentaient de lui expliquer qu'une huître avait un dessus et un dessous et qu'il ne fallait pas les poser à l'envers, sinon, elles perdraient leur eau.

Avec la balance, il jouait à faire bouger l'aiguille.

Mais au tri, l'idiot était une valeur sûre. Le tri consistait à distinguer, tous calibres confondus, entre les huîtres vivantes et les huîtres mortes, c'était la première et essentielle des opérations. Chaussé de bottes, droit comme un I, répétant des bribes de conversation ou de phrases entendues à la radio, riant tout seul, râlant, s'engueulant avec les mots de Léna et lui répondant avec les mots des autres, Jacquot le Simple plongeait ses mains gantées de caoutchouc dans le tas de coquillages, ramenait deux huîtres, les tapait l'une contre l'autre près de son oreille, son plein, les deux huîtres étaient vivantes, son creux, une du moins était morte, la vie s'en était échappée par une fissure ou un petit trou invisibles, avec une autre huître, il saurait laquelle des deux avait rendu ce bruit de coquille vide, il jetterait l'huître morte dans la poubelle, pousserait l'autre vers le tas dont les femmes ou les hommes affairés à la machine à calibrer débarrassaient la paillasse, il s'acquittait de cette tâche répétitive et éreintante la tête penchée comme un bigot, l'oreille à l'affût du faible son qu'émettait le choc délicat du coquillage contre l'autre, et rien, ni le bruit infernal des machines, de la radio et des conversations, ni ses propres soliloques, ni sa raison endommagée, ne semblait pouvoir l'empêcher de procéder sans faillir à cette distinction fondamentale entre le bruit de la vie et le bruit de la mort.

À l'heure du déjeuner, s'il n'avait pas été invité à la table de Marie, il mangeait le contenu de sa gamelle, assis sur un tabouret ou sur le bord d'un bassin quand il faisait beau. Quelquefois, il oubliait de retirer ses gants en caoutchouc. Puis il se remettait au travail dès que l'équipe revenait. Toute sa personne n'était déjà plus réduite qu'à quelques fragments anatomiques, ses pieds et ses mollets glacés et mouillés, ses mains glacées et mouillées malgré les bottes et les gants, ses sens étaient réduits à un seul et unique, l'ouïe, et il n'était plus capable de fixer son attention que sur le seul et unique son émis par le choc des huîtres l'une contre l'autre et d'établir que deux relations de cause à effet, son creux égale mort, son plein égale vie. Aussi les femmes devaient-elles le secouer quand arrivait l'heure de partir et d'attraper le car qui le ramènerait à Nieul, lui redire l'endroit où l'attendre, le lui désigner du doigt, là-bas, au carrefour, juste en face de la maison d'Éphraïm, vérifier qu'il avait bien l'argent du car, lui expliquer à quoi servaient l'argent, les cars en général, celui-ci en particulier, et il s'en allait.

Je le trouvais souvent posté à l'endroit où la route de Lauzières s'interrompait devant la maison d'Éphraïm et cédait la place, perpendiculairement, à l'unique rue de chaque côté de laquelle étaient distribuées les maisons du village. Sur le trajet et durant l'attente, Jacquot le Simple avait eu le temps de récupérer. Déjà, il n'avait plus ni les bottes ni les gants, il avait perdu la sensation de se résumer à ses propres extrémités humides et glacées, il avait recouvré son unité corporelle, des pieds à la tête pour la hauteur, des épaules aux doigts pour la largeur, et, quant à la tête, elle n'était plus tout entière consacrée à isoler dans le tintamarre de la cabane le son vide de la mort de celui, plein et mystérieux, de la vie minuscule logée dans les coquillages, il avait vu, entendu, senti dans la rue le froid de ces derniers jours d'automne, qui n'était pas le même que celui qui sévissait dans la cabane, il avait reconnu des gens de Lauzières sur son passage, il les avait salués, on lui avait répondu, Salut Jacquot ! et, à force d'entendre ne fût-ce que son diminutif, il s'était rappelé son prénom, Jacques, et son nom dans la foulée, Braud, c'était la première chose qu'il faisait quand je m'arrêtais à son niveau : il déclinait son identité, Jacques Braud. Puis il s'écriait Oh ! madame l'infirmière !

Il m'appelait ainsi, à l'italienne, depuis que Léna lui avait hurlé dessus, l'avait promis aux foudres du diable et aux feux de l'enfer, puis plus trivialement à l'Institution dont elle brandissait périodiquement la menace, Je vais te coller dans une Institution ! un jour que Jacquot m'avait appelée par mon prénom, comme Léna le faisait, et tutoyée, comme Léna le faisait.

Je lui disais de monter, que j'allais le ramener rue de Beauregard, je le lui ordonnais, plutôt, autant qu'il me fût possible de prendre un ton comminatoire, parce que, la première fois, des années auparavant, je lui avais demandé Veux-tu monter, Jacquot, et que je te ramène chez Léna en voiture ? et ma proposition l'avait véritablement tourmenté, il s'était pris la tête dans les mains avec un air de souffrance et de perplexité profondes, où diable, dans quel recoin de son cerveau pouvait-il se trouver réponse adaptée à une situation pareille, inédite ? Il s'était mis à aller et venir comme un lion en cage, à marmonner, à argumenter, à crier, à prendre un ton soudain apaisant, à crier, puis il s'était immobilisé, nous avait tour à tour regardées, moi, ma voiture, moi, était reparti, de nouveau très agité et douloureusement indécis. Je n'allais pas le laisser dans cet état tout seul au bord de la route ni l'embarquer de force dans ma 2 CV de l'époque, et je n'avais pas davantage l'intention de me lancer dans d'interminables palabres, je lui ai dit Le mieux, c'est que j'attende le car avec toi, et que je te suive. Ainsi il aurait les deux, l'habitude avec le car et la nouveauté avec le trajet avec moi puisqu'il pourrait me voir par la vitre arrière.

J'ai attendu le car en pestant contre moi-même, Jacquot y est monté, est allé coller son front contre la vitre arrière et n'a pas quitté ma voiture des yeux jusqu'à notre arrivée à Nieul, en face du Soleil Levant, il avait un air de ravissement qui faisait plaisir à voir.

Par la suite, je lui ai évité de s'interroger sur ses propres désirs, Monte, Jacquot, aujourd'hui, c'est moi qui te ramène. Quand je m'arrêtais faire un soin dans les belles maisons sur la route, avant Nieul, ou dans le lotissement de Charles Belletête et de Noëlle Gillet, ou aux alentours du four à chaux, il m'attendait docilement dans la voiture. Quand je n'avais pas le temps de le ramener sur la place ou chez Léna avant de prendre les enfants à l'école maternelle, il restait dans la voiture, et les gosses protestaient, ouvraient les fenêtres malgré le froid parce que Jacquot le Simple sentait fort l'eau de mer et les huîtres mais que cette odeur ne dissimulait pas l'odeur d'urine séchée qui émanait de son pantalon, et je les laissais s'empoigner verbalement, lui, l'enfant de quarante ans qui s'était pissé dessus et protestait que c'était faux, eux, les quatre ou cinq gamins de moins de sept ans entassés derrière qui chantaient Il a pissé dans sa culotte sur l'air du Petit Navire, il allait être dix-sept heures, l'heure de prendre mon café avec Louise Parant, le reste m'importait peu.

Au début, Jacquot le Simple se tenait assis droit sans s'adosser au fauteuil, les doigts accrochés à la boîte à gants, il s'était peu à peu enhardi à me donner des conseils de conduite, à répéter ce qu'il avait entendu dire à la cabane pendant les pauses ou des bribes d'informations à la radio, car il y avait été finalement plus sensible que ses compagnons, mais il s'agissait de phrases captées par-ci par-là et mises bout à bout sans logique aucune, ce qui m'épargnait d'intervenir, puis il replongeait dans le silence, se perdait dans la contemplation du paysage, ravi de passer par des lotissements ou de s'arrêter devant des maisons qu'il ne connaissait pas, fier d'être dans la voiture de madame l'infirmière, et, comme il le dirait à Léna avec un air important, de faire une partie de la tournée avec moi, comme s'il avait été mon assistant.

Lors des derniers voyages avec moi, plus rien n'était nouveau pour Jacquot le Simple sur le trajet, il avait enregistré le fait que je n'avais plus à passer par l'école maternelle puisque mes aînées étaient toutes les deux à l'école primaire en bas de la rue de Beauregard, il s'adossait au fauteuil, il avait cessé de me conseiller, ici, de ralentir un peu parce que le virage était mauvais, là, de faire gaffe aux trous que monsieur le maire, malgré ce que, lui, Jacques Braud, lui avait demandé, n'avait pas encore fait combler, il était tout entier accaparé par la remémoration des propos entendus dans la journée et par leur organisation en un long récit, son soliloque nasillard était désormais ininterrompu qui me berçait depuis la maison d'Éphraïm Bonneau, vendue à un couple de jeunes instituteurs rochelais qui en avait aménagé les dépendances, jusqu'à Nieul.

Mais il est deux choses qu'il a continué de faire invariablement jusqu'à la mort de Léna : quand je le déposais sur la place ou devant sa maison, il fouillait fébrilement dans sa poche, sortait l'argent du car et hochait la tête avec un air sincèrement contrarié en me disant que je lui avais fait gaspiller l'argent du car et que Léna ne serait pas contente, et, quand le car nous doublait sur la route de Lauzières ou plus bas devant le four à chaux, ce qui ne manquait jamais de se produire lorsque j'avais à m'arrêter pour faire un soin sur le trajet, il s'écriait affolé que je lui avais fait rater son car et que Léna ne serait pas contente.

Le vieillard du château

Dans la pièce adjacente à la cuisine des Séjourné, dont la porte est grande ouverte mais la fenêtre toujours close, les rideaux, tirés, les volets, fermés, il y a maintenant un divan. Le vieux sommier repose sur trois pieds de bois rongés par l'humidité et les bestioles, et sur deux briques car le quatrième pied est manquant. Il est creusé en son milieu comme sous le poids d'un fantôme. Le matelas recouvert d'une toile rayée et rapetassée est dans sa longueur debout contre le mur et, quoique ce soit depuis la veille seulement, déjà il se plie et s'affaisse. Dans la pénombre qui règne, on dirait qu'une dizaine d'hommes en pyjama ont été décapités et leurs cadavres encore mous, alignés, collés les uns contre les autres et adossés derrière le vieux sommier, leurs jambes invisibles, leur torse légèrement replié sur lui-même, comme si les suppliciés, pourtant privés de leur tête, avaient encore cherché à puiser du fond de leurs poumons un ultime souffle d'air.

Je ne peux m'empêcher d'apprécier l'indéniable talent que manifeste là l'Eulalie dans la dramatisation et la mise en scène de la mort à venir.

Le vieux M. Séjourné se marre.

Il va vers le divan et le fait se balancer, il appuie sur le coin du lit opposé en diagonale aux deux briques empilées, elles sont plus hautes que le quatrième pied manquant, puis il le lâche, appuie et lâche et rit, le lit est bancal, ce qui explique pourquoi le matelas n'est pas posé sur le vieux sommier, et pourquoi il n'y a ni drap ni couverture ni courtepointe, Faut encore que j'fabrique trois cales pour rattraper la hauteur, me dit-il. Faut espérer que j'y arriverai du premier coup, parce qu'à force de rattraper la hauteur d'un côté puis d'un autre et encore d'un autre il se pourrait bien que j'arrive à lui faire toucher le plafond. Ou alors je tâche de faire un quatrième pied, j'hésite. Il en rigole encore quand il revient à la table, à sa place, toujours la même, il a un coude sur la toile cirée et soutient son front d'une main, de l'autre essuie ses larmes. La vieille me prend alors à témoin du fait que Y a jamais rien eu dans la vie qui l'a pas fait rire d'une manière ou d'une autre, et le regarde soudain, longuement, puis me regarde de nouveau, elle a l'air absolument suffoquée comme si elle avait fait cette découverte en même temps qu'elle la formulait et que se révélait, maintenant, avec le caractère décidément heureux de son vieux mari, le bilan désastreux de sa propre existence, du moins depuis que son interprétation de l'inaugurale inondation du Gô, dans les années trente, avait arraché à son jeune époux de l'époque, elle aussi, des larmes de rire, et donc était restée incomprise.

Cinquante ans. Elle aura vécu cinquante ans dans la solitude, sans pouvoir partager son intime connaissance de l'œuvre des forces obscures.

Elle hoche la tête et répète Même ça, même ça, ça le fait rire, elle parle de son propre lit de mort, car il semble bien que la petite Mme Séjourné ait finalement décidé de figurer seule à l'affiche, de monter seule sur les planches pour jouer l'acte ultime de son existence, et de laisser à M. Séjourné le rôle du régisseur à la langue tronquée, l'unique témoin de la dernière prestation de la diva, et qui devra survivre assez longtemps pour en faire le récit, et tant pis si la plupart des syllabes en seront éludées. Mais elle parle aussi de ce Ça par lequel elle a toujours désigné le cancer, du Ça que son mari a avalé et qui lui a bouffé la langue, qu'elle a elle-même inhalé, qui lui a dévoré les poumons puis s'en est allé lui fabriquer des métastases qu'elle appelle aussi Ça. Et ainsi Jusqu'à ma rate, je crois bien, me dit-elle ce jour-là. Depuis hier, je sens que Ça m'a envahi la rate, et elle appuie là où sa rate ne peut pas se trouver, elle est de l'autre côté, et beaucoup plus bas, mais je suis fatiguée de discuter avec l'Eulalie, la dernière fois que j'ai dû le faire c'est le jour où elle s'est éveillée avec la conviction que Ça lui avait touché la prostate, durant la nuit, ainsi procède le mal, insidieusement et en silence, quand tout dort. Après mes explications, elle m'a accordé que ce n'était pas possible, mais elle a aussitôt ajouté, Enfin, faut surveiller quand même parce que ça pourrait bien me venir. Une prostate d'abord, le Ça ensuite.

D'ailleurs, la voilà qui jette soudain un coup d'œil soupçonneux sur son vieux mari. Il se pourrait bien que le mal qui a jusqu'alors été véhiculé par l'air et la lumière, les insectes vecteurs de maladie et le pollen, la neige et le vent, les connaissances et les amis, l'aide ménagère et le facteur, et la chaleur de l'été, M. Séjourné en ait été également le porteur joyeux, d'abord sain dans sa jeunesse, ensuite infecté dans sa vieillesse, puisqu'il n'y avait rien eu toutes ces années-là, pas même l'inondation du Gô, qu'il n'eût tourné en plaisanterie, et le Ça serait bien assez pervers pour se dissimuler dans la bouche même d'une de ses propres victimes et, de là, insoupçonnable, pour continuer d'agir.

Toutes ces années passées, il l'aura serrée de trop près, puis lui aura parlé de trop près. Exprès.

Bah, soupire-t-elle en me raccompagnant à la porte. Et ces nuits qui rallongent.

Bientôt l'hiver, lui dis-je. Vous aurez vos petites-filles pour Noël, et les jours vont rallonger.

Elle enrage.

C'coup-ci, j'verrai rien de tout ça.

La Reine Mère était resplendissante. Elle se tenait assise à la table, à sa place, elle aussi, toujours la même, mais sa chaise était légèrement reculée. Elle m'attendait la robe relevée jusqu'aux genoux, un morceau de combinaison de nylon en dépassait, et ses jambes étaient nues, les pansements défaits, ici et là noires, ailleurs, les ulcères à vif, ses pieds trempaient dans une bassine, les chevilles creusées par des plaies, elles aussi, Te voilà, ma fille, sourire large, les mêmes petits yeux pétillants que dans le visage de Line, odeur d'éther, de bétadine, de tulle gras, et d'eau de Cologne, Tu sens bon, lui ai-je dit, tu t'es parfumée.

Et maquillée, aussi, elle devait partir au Club.

Derrière elle, sur le buffet, la photo de son fils aîné.

Fais vite. Je ne veux pas arriver en retard.

Puis elle a commencé à dire que les pansements auraient encore bien pu tenir une journée, que tout cela pouvait guérir tout seul, ou ne pas guérir du tout, Crois-tu que j'ai du temps à perdre à me faire pareillement bichonner ?, à hausser les épaules, à ponctuer mes arguments en faveur de soins quotidiens, Tu vois bien dans quel état sont…, mes questions Est-ce que je te fais mal quand je…, de ses pff ! rituels, sans me laisser finir mes phrases, pas une plainte, pas une grimace, nous nous sommes un peu disputées, comme d'habitude, puis la tante Nana est venue, toute dandinements, passer son nez, demander je ne sais quoi, se faire rabrouer et renvoyer dans ses pénates, là-bas, au bout, elle avait arrêté son commerce de journaux, Elle se trompait dans les comptes, m'avait expliqué, impassible, Papa Louis, c'étaient pourtant de petites sommes. Petites sommes, additions simples. Mais que veux-tu… et il avait écarté les bras en un geste fataliste. Dès qu'il y avait une retenue… et il avait haussé les yeux au ciel. Et il avait eu son petit sourire fin, ironique et redoutable, son rire avalé.

Pansée, bandée, chaussée, revêtue de son manteau antédiluvien, le cou ceint d'un joli foulard de satin, la Reine Mère s'en est allée en boitillant superbement faire sa belote au Club, nous nous sommes quittées à l'angle de la rue de l'Océan, Tu vas voir la piquette que je vais leur mettre.

Ce jour-là, elle était pressée, c'est dans les jours suivants qu'elle m'a résumé ainsi la vie de son fils Pierrot, celui de la photo, Il était pyromane, alors je l'envoyais faire des feux sur la plage avec tous les bois flottés et toutes les laisses de mer qu'il pouvait trouver. Va mon fils si tu dois voir le feu. Et il a fait des feux comme ça toute son enfance et sa petite jeunesse, il les regardait et il revenait, pendant ce temps-là il ne mettait pas le feu à la maison, mais, que veux-tu, c'était le destin, il était pyromane, il est mort au feu. En Algérie. En 1961.

Depuis, je n'ai plus regardé la photo de Pierrot, derrière la Reine Mère, sans penser à celle du jeune soldat, chez l'éternelle fiancée de Marsilly.

M. Séjourné ne s'est toujours pas mis à la fabrication des cales. Ni du quatrième pied. Il dit qu'il a bien le temps.

Pas moi, rétorque l'Eulalie.

C'était au mois de novembre. Je suis passée ainsi pendant une dizaine de jours soigner les ulcères de la Reine Mère. Souvent j'étais venue également le matin vers huit heures et demie, mais il n'était pas question alors de déballer le matériel sur la table de la cuisine, elle était trop encombrée, et il y avait trop de monde autour pour que la Reine Mère pût tourner sa chaise et moi m'agenouiller à ses pieds, en signe d'allégeance, comme je le lui disais, Grand Dieu que tu es sotte ! De toute façon, c'était l'heure sacrée du chœur des femmes et du maître de chœur laconique, avec, de temps à autre, de brefs solos un peu surréalistes de la tante Nana. Et nous avions moult commentaires à faire sur les mesures sociales prises depuis juin 1981, qui, pour une fois, disait Papa Louis, intéressaient directement les familles d'ici, et sur les événements du monde. Comme pour M. Séjourné, à l'autre extrémité de Nieul, c'étaient l'Iran, surtout depuis l'assassinat d'Anouar el-Sadate, et la Pologne qui retenaient son attention. Et s'il faisait passer la conversation un peu abruptement de Solidarité aux mollahs iraniens et qu'une de ses filles lui disait qu'il passait du coq à l'âne, il prenait un air sibyllin pour lui répliquer Ne crois pas que ce ne soit pas lié.

La maison pleine de vie des Lesage et celle, ténébreuse, des Séjourné, c'étaient les seuls lieux où, durant ma tournée du moins, Nieul et Lauzières perdaient de leur caractère insulaire et me renvoyaient un écho du monde.

L'après-midi, dans la cuisine de la rue de Beauregard, l'atmosphère est toute différente. Le plus souvent, je me retrouvais seule avec la Reine Mère qui, spontanément, n'abordait pas de sujets politiques. Sauf ce jour où je pestais contre les difficultés que je rencontrais à faire appliquer la loi Veil, pour trois de mes patientes déjà surchargées d'enfants, de condition plus que modeste, que l'on avait fait atermoyer jusqu'à ce qu'elles aient dépassé le délai légal, et qui devaient payer, comme par le passé, un avortement devenu dès lors illégal. La Reine Mère a hoché la tête et a déclaré, avec de graves accents prophétiques, ce qui n'était pas dans son habitude, qu'un jour, après des années passées à constater que la loi n'avait pas été faite pour leurs parents, les enfants décideraient en retour qu'eux-mêmes n'étaient pas faits pour la loi. Vois-tu, ma fille, le droit, c'est dans les deux sens, ou alors… Puis elle s'est souvenue que dans le temps, et elle l'a dit cette fois avec la plus grande simplicité du monde, Dans l'temps, nous, on faisait ça avec des queues de persil et une aiguille à tricoter, et hop ! Elle a eu un regard un peu incertain, une moue sceptique, comme si elle ne se rappelait plus très précisément quand où avec qui ni comment elle avait elle-même procédé, à de multiples reprises, car elle n'avait voulu que huit enfants, pas plus, ni plus rapprochés qu'ils l'étaient aujourd'hui, Un tous les deux ans, ça allait, mais il ne fallait pas exagérer. Puis elle a repris son visage habituel, son sourire et ses yeux pétillants. Il lui suffisait de voir une silhouette connue entrer chez la mère Piroëlle pour me brosser le portrait de la personne en question, ou me rapporter une anecdote cocasse la concernant, ou m'en faire la biographie en deux temps trois mouvements, pas plus longue que pour son fils Pierrot, et toujours empreinte de ce léger fatum qui était sa manière de voir le cours des existences, préalablement écrites du moins dans leurs grandes lignes et dans les plus dramatiques, car, selon elle, quant au bonheur, l'homme ne le devait qu'à ses propres mérites, et il lui arrivait parfois de dire qu'il fallait même pour le conquérir beaucoup de volonté et autant d'héroïsme quotidien. La Reine Mère était décidément du côté de la vie, elle n'avait pas une mémoire très fiable s'il s'agissait de mauvais souvenirs, elle n'avait de goût ni pour la tragédie ni pour la maladie ni pour la mort, et même ces fichus ulcères, ils la contraignaient plus qu'ils ne la faisaient souffrir.

La Reine Mère, ces après-midi-là, surtout si j'étais passée chez les Séjourné, c'était ma récompense.

Après quoi, j'allais directement au château.

La rue de La Rochelle venait buter en pente douce sur les immenses grilles du château de Nieul, elle avait des allures de grande allée cavalière, construite aux seules fins de permettre aux habitants du château d'aller jusqu'au port surveiller leurs affaires d'armateurs, de rentrer au château une fois le travail accompli, et à leurs hôtes de venir les visiter puis de rentrer chez eux. Mais je ne le voyais pas autrement que situé à l'exact milieu de la trajectoire qui menait à vol d'oiseau du four à chaux réduit à un chicot de pierres à l'abbaye de Sermaize en ruine. La bâtisse, avec sa façade d'une sobriété confinant à l'austérité et son aile unique, était pourtant superbe, et le château, très bien entretenu par un couple de gardiens qui logeait dans une dépendance avec leurs deux enfants, Maurice, le jardinier, s'occupant du parc, Marinette, de la vingtaine de pièces à l'intérieur. Mais, à cette époque, le seul à y faire encore quelques séjours ponctuels, et à recevoir de rarissimes et brèves visites de ses enfants, entre le mois de mai et l'automne finissant, était un vieillard, M. Delmas, l'unique héritier du trisaïeul fondateur, armateur, et la solitude qui était alors la sienne, le silence et le vide dans lesquels il laissait toutes les pièces du château hormis le bureau-bibliothèque où il dormait et où Marinette lui portait ses repas, et la cuisine où elle officiait, la tenace odeur de moisissure que je respirais quand Maurice me faisait visiter le château en l'absence du vieillard, les fissures qui commençaient d'apparaître, la peinture qui se craquelait ici et là, les éclats de plâtre mis à nu sous le vieil or des cadres, l'argenterie noircie, car Marinette ne la faisait que l'avant-veille de l'arrivée de M. Delmas, tout cela me semblait autant de signes que les lieux allaient être irrémédiablement abandonnés par les êtres vivants, comme le four à chaux l'avait été par les ouvriers et l'abbaye, par les moines.

Quand le vieillard faisait annoncer son arrivée de Paris au couple de gardiens, la nouvelle nous parvenait à tous presque en même temps, car Maurice passait alors au peigne fin de son râteau la vaste cour de graviers, qui avaient été chahutés par les jeux de ses enfants, et les deux petits devaient dès lors jouer derrière, dans les allées et sur la pelouse, dans les sous-bois et le petit bois du parc, Marinette ouvrait les volets, s'activait trois ou quatre jours durant, et, lorsqu'elle avait fini, Maurice repassait le râteau derrière ses pas, entre le seuil de la cuisine et le seuil du logement qui leur avait été aménagé, dans le prolongement d'une longue dépendance symétrique de l'aile du château, mais décrochée de celui-ci, et dont l'essentiel était occupé par une immense serre envahie jusqu'au plafond par des plantes extravagantes. Graines et boutures et plants avaient été rapportés dans les cales des navires du fondateur, encore empuanties de la sueur et des déjections des esclaves, de l'odeur de leurs cadavres, avec le poids de pavés correspondant pour le retour au poids des hommes, pavés qui désormais jonchaient les rues de La Rochelle. Ç'avait été une fantaisie de l'épouse de l'armateur fondateur, sans doute la seule qu'elle ait pu se permettre, quoi qu'il en fût que l'on n'avait pas contrariée, et dont, désormais, cinq générations plus tard car le vieillard était arrière-grand-père, nul ne maîtrisait plus la croissance, Je peux tout juste empêcher que ces foutues plantes me crèvent le toit, disait Maurice. Il taillait dans le vif, un peu au hasard, et quittait en toute hâte l'atmosphère étouffante et les parfums entêtants de la serre, mais c'étaient plutôt son exotisme et sa folle exubérance végétale qu'il semblait alors fuir.

Quand les traces de pas de Marinette avaient été effacées, elle et son mari attendaient.

Ils attendaient l'arrivée de la voiture.

Je connaissais le château par cœur, car c'était la coutume quand je venais chez les gardiens pour l'un des parents ou des enfants, Maurice me disait, Allez, viens, on s'fait not' petit tour, et nous visitions le château. Nous le faisions à la lumière des lustres à pendeloques et des lampes de cuivre qui devaient autrefois éclairer les cabines des officiers dans les navires de la famille Delmas, car les volets en étaient clos. L'architecture intérieure obéissait à des principes régaliens de distribution des pièces entre les espaces respectivement dévolus aux propriétaires, à leurs hôtes et aux domestiques, et entre les salles de réception, les chambres, la bibliothèque, exclusivement constituée de livres reliés sur le commerce, sur les bâtiments de marine et de remarquables ouvrages sur la faune, la flore et les indigènes des pays du Nouveau Monde – ces derniers faisant l'objet du même traitement, planches de dessins, descriptions de détails anatomiques et des mœurs respectives des spécimens, que les fleurs, les fruits et les animaux, si bien que leurs ornements, plumes, bijoux, cuirs travaillés, et leurs vêtements, tels qu'ils étaient présentés, donnaient l'illusion d'être des excroissances saisonnières, printanières puis estivales, de leur corps qui, sur d'autres planches numérotées où il était dessiné et aquarellé dans sa nudité, avait alors quelque chose d'hivernal. Aucune préoccupation d'ordre esthétique n'avait visiblement présidé à l'ameublement et à la décoration du château, où des objets et des meubles de toute beauté côtoyaient de véritables horreurs tarabiscotées, dont le prix avait, seul, de toute évidence, décidé du choix. Dans l'une des salles de réception se succédaient des huiles sur toile peintes par une main académique assez peu rompue aux règles de la perspective, qui mettaient en scène, dans des couleurs tapageuses, la glorieuse conquête du Nouveau Monde, avec, au premier plan, ces messieurs-dames en grande tenue, en arrière-plan, ou une demeure coloniale, ou une forêt tropicale, ou une plage bordée de cocotiers, ou quelque avatar saint-sulpicien de paradis, et, toujours en retrait ou rejeté sur les côtés, des animaux apprivoisés multicolores, perroquets ou indigènes puis, sur les plus récentes, esclaves africains. Une abondance de fruits et d'épices et de pigments et d'or trônait sur des tables, ou bord cadre, ou en frise décorative, ou dans des plats présentés par de bons sauvages, parfois posés sur leur tête ceinte d'un turban de teinte éclatante.

Avec les cuisines et l'office, le bureau où se tenait le vieillard lors de ses courts séjours était selon moi le seul lieu habitable, les murs étaient entièrement couverts de livres dont Marinette cirait une fois par an les reliures, il n'y avait que deux sobres aquarelles représentant chacune un trois-mâts, et, pour tout mobilier, un bureau sous la fenêtre, un fauteuil de bureau, un fauteuil en cuir, un divan recouvert d'un tapis turc, une petite table de nuit curieusement rustique et divers objets de marine dont une canne en os de baleine. Mais Maurice préférait les salles de bains et salles d'eau, à cause des robinets en or devant lesquels il ne manquait jamais de s'extasier et qui étaient une cause de discorde entre nous, parce que je lui certifiais qu'ils étaient en laiton, ce qu'il se refusait dans un premier temps à croire. Il haussait les épaules et prenait des airs scandalisés et comiques comme si la vulgarité de l'alliage de la robinetterie entachait l'honneur des châtelains commanditaires, et, par leur biais, son honneur à lui, qui était entré à leur service à l'âge de seize ans comme aide-jardinier. Depuis, il avait gravi tous les échelons, c'est-à-dire deux, me disait-il en riant. Mais il ne voulait pas tout de suite démordre de son or et je ne démordais pas de mon laiton, je marmonnais entre mes dents Tout ce qui brille n'est pas or, avec l'accent de mon arrière-grand-mère paternelle qui, arrivée à Paris de sa Nièvre natale en roulant les R, elle avait vingt ans, est morte à Paris soixante-quinze ans plus tard en roulant toujours les R. Maurice finissait par céder, Remarque, t'as peut-être raison, ils sont tellement pingres, déclarait-il. Et c'était ce mélange détonant chez lui de fierté, d'identification à ses maîtres, à leur histoire et à leurs signes extérieurs de richesse, et d'insolence gouailleuse à leur égard qui me plaisait lors de la visite, plus que celle-ci, de peu d'intérêt. Lors de la visite suivante, l'affaire des robinets en or revenait immanquablement sur le tapis, qui s'achevait par un méprisant, Du vulgaire laiton, t'as peut-être pas tort. Y a guère plus rats que les gens riches, dès que Maurice n'avait plus les robinets sous les yeux. C'est quand j'les vois que ça m'trouble. À mesure que les visites se succédaient, Maurice s'enhardissait à ouvrir buffets, armoires et tous les tiroirs des commodes et des secrétaires en bois précieux, et les ménagères, et à me déballer linge de maison, vaisselle et argenterie et couverts en vermeil (en or, selon Maurice). Tout cela derrière les volets clos. Nous retombions en enfance, j'étais sa cousine venue de la ville et lui, mon cousin fils du gardien du château qui profitait de la nuit et de l'absence des maîtres pour me faire secrètement visiter les lieux. Quand nous ressortions par la cuisine, Marinette nous attendait les poings sur les hanches et nous confortait dans notre complicité de gamins et dans notre sentiment d'avoir commis un acte répréhensible. Elle nous traitait de tous les noms, puis passait derrière nous faire sa tournée, disait-elle, vérifier que nous n'avions rien cassé, rien dérangé. L'histoire de la famille Delmas s'étoffait chaque fois, Maurice la connaissait sur le bout des doigts, il la tenait de son père qui la tenait lui-même de son père, et ainsi jusqu'au trisaïeul. Tous ceux-là et leurs frères et sœurs eux aussi employés au château avaient logé dans les étages, du temps où la bâtisse était habitée toute l'année et par toute la famille du vieux Delmas. L'histoire s'achevait toujours de la même triste manière, sur l'image de la voiture attendue, avec, sur la banquette arrière, le vieillard solitaire dont les trois enfants attendaient la mort pour s'emparer du château, et qu'accueillerait Maurice, dernier de la lignée des domestiques.

Le chauffeur klaxonnait, Maurice accourait pour ouvrir les deux battants du grand portail, seule ouverture, avec une petite porte latérale, ménagée dans une grille monumentale qui partait de l'aile, finissait avec la serre où commençait le mur d'enceinte du parc – celui que dans sa 203 métallisée longeait certains matins la première Mme Simenon, sans passer, donc, sous les yeux de la bouchère. Marinette sortait de l'office pour venir jusqu'au seuil du château, un tablier blanc noué autour de la taille, le vieillard arrivait toujours un peu avant le repas de midi. Puis Maurice me confirmait sa présence. Sur mon répondeur, je trouvais enregistré son rituel C't' après-m' au château, il me fixait une heure, et ajoutait Pétantes dans un rire. L'heure variait selon la saison. Au printemps, lors de son premier séjour de l'année, je devais venir soigner le vieillard dans la soirée, après ma consultation, puis, juste avant la fermeture du château de la fin de l'automne jusqu'au début du printemps, à seize heures. Maurice ajoutait Pétantes, parce que la première chose que faisait le vieux M. Delmas, quand Maurice m'annonçait, c'était de sortir son oignon de la poche de sa veste et d'en consulter le cadran. Il le refermait d'un coup sec, le remettait dans sa poche. Il était bien rare que j'arrive à l'heure sonnante. Il n'a jamais émis le moindre commentaire. Un geste qu'il avait toujours fait – par lequel autrefois il avait dû vérifier qu'on avait obéi strictement à son ordre, de se présenter à telle heure à son bureau, d'arriver à telle heure à un rendez-vous à l'extérieur, de rentrer à telle heure à la maison, de servir la table à telle heure – et qui était aujourd'hui vide de sens, comme lorsque Mlle Réjeane regardait par-dessus mon épaule la manière dont je remplissais ma seringue puis piquais Mme de Bizères.

C'était sans doute aussi par principe ou par habitude qu'il m'avait autoritairement imposé l'heure de mon passage, alors que dès son réveil il avait toute une journée vide devant lui, durant laquelle à tout instant j'aurais pu lui prodiguer les mêmes soins. Pourtant je m'y étais pliée, en raison même de ce vide, parce qu'il l'avait très sagement comblé en scandant sa journée, tel un moine, d'occupations rituelles dont l'horaire était simplement décalé, au fil des mois, selon la longueur du jour. Que ce vieillard à certains égards détestable eût soumis sa vie quotidienne à l'inclinaison des rayons du soleil m'attendrissait plutôt. D'autant que sa scrutation de la lumière le rapprochait de cette ivrognesse de Mariette, la dite Mère supérieure de l'abbaye de Sermaize, dont la seule apparition ne fût-ce que dans la cour du château eût installé sur le visage glacial et jaunâtre du vieux M. Delmas un rictus de stupeur dégoûtée.

C'était la lumière aussi, et non la température ou la clémence du ciel, qui avait dicté au vieillard il y avait des années de cela les dates de ses premier et dernier séjours annuels au château. Il faisait ouvrir et aérer la grande demeure familiale dès qu'il pouvait se lever avec le soleil, la faisait refermer avant que la nuit tombe sur son souper. Le passage à l'horaire d'été le plongeait chaque année dans un grand et touchant désarroi. Entre-temps, le chauffeur venait le chercher et le conduisait à Paris ou, pendant les vacances d'été, chez l'un puis l'autre de ses enfants, et il le ramenait une ou deux semaines plus tard.

Lorsque la voiture repartait, le lendemain du voyage,

Maurice repassait la cour de graviers au peigne fin de son râteau.

Jusqu'en mai et dès le mois de septembre, quand il faisait encore froid, seuls la cuisine, l'office et le bureau où était installé le vieil homme étaient chauffés. Marinette traversait les grandes salles de réception et le couloir qui menait au bureau en claquant des dents, et nous attrapait, selon la formule de Maurice, une broncho en partie double, Vu que tout richards qu'ils sont, ils ont un cactus dans la poche et nous feraient crever plutôt que de débourser un centime de fioul pour notre santé. Si bien que je venais souvent à la fois pour M. Delmas et pour Marinette, à l'heure imposée par M. Delmas.

Sauf en plein été, mon arrivée coïncidait avec l'imminence du crépuscule.

Quand il ne pleuvait pas, dans cette lumière singulièrement éclatante, presque forcenée, qui précède de quelques instants le déclin du jour, le vieillard se tenait au beau milieu du parc, sur la pelouse tondue ras, le visage tourné vers l'ouest, le nez chaussé d'antédiluviennes lunettes de soleil, dans un transatlantique cannelé çà et là brûlé par le sel marin, qui avait voyagé sur le pont de l'un ou l'autre des navires de la famille Delmas, que Marinette appelait le fauteuil de l'amiral, et Maurice, en aparté, le sous-cul-de-l'admirable.

Le châtelain était invariablement coiffé d'un feutre insolite et ses jambes, couvertes d'un plaid écossais. Même si, par temps de canicule, Maurice avait installé l'étrange parasol, carré, à pompons, qui faisait penser à un dais colonial auquel il n'aurait plus manqué que l'esclave porteur. Dans l'herbe rase, à l'heure où j'arrivais, je pouvais voir la trace des déplacements que Maurice avait fait faire au dais-parasol durant la journée, tandis que le fauteuil de l'amiral lui, s'était contenté de s'enfoncer au fil des heures dans le sol meuble, comme si le vieillard avait passé la journée entière à attendre, tournant d'abord résolument le dos au soleil, de l'avoir enfin en pleine face pour se décider à regagner sa grande demeure déserte, à petits pas, une main appuyée sur la canne en os de baleine, l'autre, s'il chancelait, prête à repousser méchamment le bras de Maurice venu à sa rescousse.

En réalité, M. Delmas n'était venu s'installer ici que durant une heure dans la matinée, à partir du moment où la rosée pour une moitié s'était évaporée, pour l'autre avait été bue par la terre. Deux déplacements de parasol. L'allure du transatlantique était alors toute différente, le repose-pieds en était retiré, le dossier était en position verticale, il était métamorphosé en chaise basse devant laquelle était posée une table au bois cannelé et assez courte sur pieds pour que l'homme puisse lire et écrire. Quatre autres trous dans le sol, moins profonds que les six du fauteuil de l'amiral. Puis M. Delmas revenait quand le soleil était au zénith, parfois moins d'une demi-heure, le temps de finir son courrier, troisième déplacement du parasol, après quoi Maurice devait mettre la table à l'abri pour la nuit. Il y retournait au beau milieu de l'après-midi, jusqu'aux premiers signes du crépuscule au printemps et à l'automne. Quatrième et cinquième déplacements du parasol. Les rares journées qu'il passait au château en été, il restait là jusqu'à l'heure du souper – à cette saison, je venais après ma consultation – et il repartait au milieu de sa pelouse, à l'orée du bois, assister à la tombée du jour aussitôt son repas avalé. La lumière était d'une obliquité douce, pas de déplacement du parasol, que Maurice avait déjà mis à l'abri. Le transatlantique était alors en position méditation, repose-pieds installé et dossier incliné, Maurice le démontait, le pliait et le rentrait, en pestant comme un diable, L'été, disait-il, je finis à pas d'heure.

C'était donc à pas d'heure que le vieillard, la première fois en plein été, avait décidé de me faire venir. Ce n'était pas une proposition, faite sur le mode interrogatif, je n'avais pas à répondre. Ce n'était pas non plus un ordre, qui eût été prononcé sur un ton comminatoire, je n'avais pas à protester non plus. C'était l'expression de son désir, elle ne pouvait être ni plus simple ni plus nue, prononcée d'une voix plus calme, il allait de soi que son désir serait satisfait. Demain, elle viendra à vingt et une heures, avait-il dit à Marinette, parce que nous étions dans son bureau ce jour-là et que dans la maison c'était Marinette qui assistait aux soins. J'étais là. Il ne m'avait pas adressé directement la parole. J'ai dit à la cantonade, à lui, à Marinette, aux aquarelles représentant deux des trois-mâts de l'aïeul, à la canne en os de baleine appuyée à la table de nuit, Elle ne viendra pas à vingt et une heures, c'est beaucoup trop tard, sur le même ton paisible et naturel que celui qu'il avait emprunté parce que c'était, pour moi aussi, l'expression de mon désir – ne pas passer au château à pas d'heure – et que je n'avais pas plus que lui à la dissimuler sous de quelconques oripeaux rhétoriques.

Il y a eu un silence, puis, Soit, a dit le vieillard.

Il a attendu.

J'ai proposé Le plus tard possible, dix-neuf heures. Mariette ne faisait que nous regarder alternativement l'un l'autre en retenant son souffle, sans aucune appréhension cependant sur le visage, mais avec assez de curiosité, assez d'excitation pour que je sente un léger suspense, sans elle, je me serais profondément ennuyée.

Soit, a acquiescé le vieillard après un moment. Et il a fait un signe de tête qui me donnait congé.

C'est là la plus longue conversation que nous ayons eue. Et, il faut bien le dire, la plus personnelle, parce que j'avais rencontré son regard. Par la suite, ça ne s'est pas reproduit.

Quand je lui faisais des intraveineuses, il pouvait rester dans son transatlantique, je venais jusqu'au vieil homme sous son dais-parasol, Maurice m'annonçait, C'est l'infirmière, il avait un hochement de tête, pour me saluer ou signifier à Maurice qu'il avait compris, je me servais de ma sacoche comme tablette pour préparer ma seringue, il relevait sa manche, la rabaissait sur le petit pansement, et avait un hochement de tête, au revoir ou merci, allez savoir, il avait regardé mes mains, puis son pansement, puis le soleil au moment du dernier signe de tête, si quelqu'un d'autre était venu à ma place, le grand infirmier de Lagord, par exemple, quand nous avons commencé de nous remplacer mutuellement, il aurait constaté, et peut-être serait-il allé jusqu'à le dire à Maurice, Ce ne sont pas les mêmes mains.

Pour les autres soins, Maurice allait le chercher dès qu'il entendait ma voiture, j'attendais M. Delmas dans son antre, et c'était alors Marinette qui l'accompagnait.

Je l'ai souvent surpris, notamment au début de ses séjours, à dévisager Maurice et Marinette quand ils venaient de lui parler, avec un air de perplexité légèrement panique, très fugitif, puis il semblait soulagé, il recouvrait son impassibilité jaunâtre, il me semblait chaque fois qu'il avait remis un nom sur chacune des deux figures et qu'il pourrait donc non pas les considérer comme des personnes distinctes, mais les appeler en cas de besoin. Puis, eux non plus, il ne les regardait plus. D'ailleurs, les deux gardiens s'adressaient le plus souvent à la nuque du vieux châtelain.

L'enceinte de l'ancien hôpital d'Orléans comprenait aussi l'asile de vieillards dont étaient également pensionnaires des débiles de plus de quinze ans, résultat des fantaisies taxinomiques de l'administration française, toujours en verve (des années plus tard, je relèverais moi-même quelque temps de la catégorie Artistes et Membres du clergé). Parmi ces vieillards et déficients mêlés, qui avaient cependant en commun d'être seuls et démunis, beaucoup étaient employés par divers services, la buanderie, la cuisine, la morgue – cette tradition, instaurée par l'Église qui possédait alors l'asile et l'Hôtel-Dieu et qui se dédommageait ainsi de sa charité, avait perduré longtemps après que tout l'hôpital (avec la charité) fut passé entre les mains de l'État. On les voyait arpenter les rues et les allées du parc hospitalier, hâlant des carrioles à timon semblables à celle de Chaya Diez, qui contenaient, dans un sens, du linge, des casiers de bouteilles, les restes de repas à déverser dans l'auge à cochon, les ordures destinées à l'incinérateur, et qui repartaient pleines de linge sale ou vides dans l'autre sens. Les plus bruyantes, sur les pavés disjoints de certaines allées ou dans les trous des rues bitumées, étaient les carrioles de bidons de lait quand ceux-ci étaient vides. Elles passaient alors, tintinnabulantes à l'envi, faisant plus de tintamarre, même, qu'un charivari, sous les panneaux HÔPITAL SILENCE qui ponctuaient leur trajet. Quand le jour n'était pas encore levé ou que la nuit était déjà tombée et que l'attelage apparaissait dans l'obscurité à l'angle d'un bâtiment, il était difficile de lire sur le visage baissé des hommes et des rares femmes à quoi ils devaient leur air absent, au sommeil auquel on les avait arraché au petit matin, à la fatigue en fin d'après-midi, à la déficience mentale congénitale ou à la vieillesse selon leurs catégories respectives, à la promiscuité des dortoirs et des réfectoires et à leur paradoxale solitude. Peut-être aussi s'absentaient-ils eux-mêmes de leur indignité animale de bête de trait. Ou encore était-ce le vin, qui était leur salaire. Car on les dédommageait en quarts de vin supplémentaires. De surcroît, il arrivait à la plupart de quitter l'enceinte de l'hôpital pour aller boire encore d'autres coups chez le bistrotier qui s'était opportunément installé juste en face. Les bonnes sœurs fermaient des yeux hypocrites sur ces faits, d'autant plus volontiers qu'elles ne détestaient pas avoir à punir leurs pensionnaires quand ils étaient saouls, tout péché devant trouver sa pénitence : elles les forçaient alors à porter le pyjama réglementaire – il était rayé –, ce qui interdisait aux services de les employer, et aux pensionnaires de sortir (en principe du moins, car il nous arrivait souvent de voir passer sous nos fenêtres un de ces pensionnaires revêtu de son pyjama et portant un petit sac à la main, et de le voir repasser le sac vide et engoncé dans des habits de ville, un col rayé mal dissimulé sous le col relevé de sa veste).

Ces pensionnaires au statut spécial employés à toutes fins utiles par l'hôpital étaient tout naturellement et gracieusement appelés les utilités. Ils avaient bien un prénom ou un surnom, mais nul ne connaissait leur histoire ni ne savait qui ils étaient. On en désignait un pour une tâche particulière, puis il se fondait dans la collectivité asilaire.

Toutes proportions gardées, c'était ainsi que le vieillard du château nous considérait, Marinette, Maurice et moi, et le chauffeur sans doute, les domestiques de Paris, son comptable, son gestionnaire de biens, comme des utilités, sans nous connaître. Et je n'ai jamais plus clairement entendu le mot quelqu'un que dans la bouche des gardiens, quand ils exprimaient le souhait que leurs enfants ne prennent pas leur relais au château, parce qu'ils voulaient que chacun des fils soit *quelqu'un*. Ni l'un ni l'autre n'était quelqu'un aux yeux du châtelain. Il ou elle était quelconque, comme l'on dit d'une quelconque utilité.

Le vieillard n'était ni d'une autorité ni d'un mépris agressifs. Il obéissait de toute évidence à un principe inculqué depuis l'enfance et selon lequel, auprès du monde impersonnel des utilités, ses désirs étaient des ordres. Il les formulait avec une sorte de condescendance glacée mais courtoise qui, si on la lui avait fait remarquer, lui aurait paru aussi naturelle que l'irrévocabilité de la demande qu'il venait d'exprimer. S'ajoutait à sa politesse le fait que la solitude dans laquelle il supportait de vivre, sans jamais se plaindre ni s'ennuyer, forçait le respect. Aussi ni Maurice ni Marinette ne semblaient-ils lui faire grief de son attitude à leur égard, qu'ils considéraient comme une attitude propre aux gens de son monde. À lui, en particulier, ils n'auraient pas eu de reproches à adresser si tant est qu'on leur en eût laissé le loisir, ne fût-ce que parce que lui-même ne leur en faisait jamais. Ils avaient même fini par adopter ses manières : ils s'adressaient à sa nuque avec naturel et s'intéressaient si peu à lui, en tant que personne, le regardaient si peu que, lorsque j'ai dit à Marinette, ces premiers jours de novembre 1981, qu'on ne le reverrait probablement pas au printemps prochain, ou alors dans un piètre état, elle m'a demandé Mais à quoi tu vois ça ? alors qu'il maigrissait à vue d'œil et que son teint jaunâtre avait nettement viré au gris. Puis elle a haussé les épaules, D'toute façon, faut bien qu'il crève, lui aussi. Et Maurice, quand elle lui a annoncé qu'ils allaient peut-être changer de patron, a émis un Lui ou un autre, y a qu'le nom qui change, sur le même ton d'indifférence profonde que celui qu'avait adopté Marinette et qu'adoptait le vieillard pour leur transmettre ses desiderata.

Je me suis rappelé Joseph, une des utilités de l'hôpital, qui avait cette particularité de venir pousser un chant de coq, en tournant sur lui-même, devant la porte de la cuisine du service de cardiologie où je travaillais, tous les jours à sept heures trente et à dix-sept heures trente : un matin que la sœur Angèle cherchait une quelconque utilité pour un petit service, il avait regardé avec un air interloqué la mère Rolland qui lui avait transmis le message, Qué bonne sœur ? Z'ont pas d'nom, c'est toutes des coiffées, renvoyant la sœur de l'hospice à la collectivité anonyme à laquelle elle-même l'avait amalgamé, bonnes sœurs, vieillards, débiles de plus de quinze ans – une inclusion de ces deux dernières catégories constituant le sous-ensemble des utilités.

Le vieillard repartait toujours le matin à sept heures avec le chauffeur interchangeable arrivé la veille au soir. Avant de monter dans la voiture, il avait un hochement de tête pour prendre congé de Marinette, au seuil de la maison, et de Maurice, à un des battants du portail monumental, et eux répondaient par le même hochement de tête indifférent. En remontant la route de La Rochelle, le vieillard ne pouvait manquer de croiser le facteur Léon sur son vélo qui, lui, descendait à la poste, chargeait son porte-bagages du courrier de sa première tournée, rapidement car il avait d'abord à passer au Soleil Levant, sur la même place, Pour ça, c'est pratique, disait-il, où il continuait héroïquement de mettre l'efficacité de sa cure de désintoxication à l'épreuve, Heureusement que la maison me fait payer le jus de fruit au prix du ballon.

Au moment où Léon levait le coude, à cette époque encore pour porter un café ou un verre d'orangeade à ses lèvres, Marinette commençait de fermer les volets du château et Maurice en passait la cour de graviers au peigne fin de son râteau.

Le Bonhomme Pénicilline

Désormais, je commençais la tournée dans la nuit, la finissais dans la nuit et lors des tempêtes traversais des villages entièrement déserts comme s'il y sévissait quelque épidémie et qu'ils avaient été mis en quarantaine. Mais les ciels, lourds, étaient parfois d'une grande beauté.

J'avais la clé de chez la veuve du peintre Barnes qui ne s'appelait pas Barnes mais avait eu l'idée de génie de signer ainsi ses paysages, une soixantaine d'années auparavant. Il est aujourd'hui impossible de faire la moindre distinction entre les plus anciennes des huiles sur toile signées Barnes et les ultimes tableaux, et pas davantage entre cette œuvre et la précédente, qu'il avait signée de son nom, Mignard, entre ses vingt et trente ans et qui n'avait rencontré aucun succès, tandis que de Royan et Saint-Georges-de-Didonne au sud jusqu'à la côte vendéenne et, à l'intérieur, à Cognac, Saintes et Saint-Jean-d'Angély, il n'y avait pas un présentoir de cartes postales qui n'eût contenu des paysages du peintre Barnes. Charente-Maritime et Vendée, des plages jusqu'au fin fond de l'intérieur des terres, il avait tout représenté, me racontait la veuve Barnes en riant, et dès l'instant où ils avaient cru que c'était là l'œuvre d'un étranger qui s'intéressait à leurs terres, des amateurs charentais et vendéens l'avaient achetée, puis elle avait été carte-postalée. Il était arrivé au peintre Barnes, à l'occasion, de s'adresser à ses interlocuteurs avec un accent anglais plus ou moins prononcé, et même de se tourner vers sa future veuve pour lui faire traduire certaines expressions dont il n'avait prétendument pas saisi le sens. Ce qu'elle n'avait pas fait sans devoir réprimer un furieux fou rire. Quant au peintre Mignard trop peu hardi pour être allé voir plus loin que son terroir natal, son œuvre trop peu hardie sur le plan esthétique couvrait les murs de la maison de feu le peintre Barnes. C'étaient donc strictement les mêmes paysages que ceux de son illustre successeur, à quoi s'ajoutaient des natures mortes signées Barnes qui n'avaient pas fait recette et quelques toiles peintes d'après Cézanne, à cette différence que le peintre Barnes avait restitué aux lieux représentés, qu'il avait donc arpentés à la suite de son aîné en la compagnie de sa femme, leur fidèle ressemblance au modèle, mais ils n'avaient pas fait recette non plus, ni les originaux ni les rares cartes postales qui en avaient été tirées, ajoutait la veuve avec une moue perplexe, et elle finissait par trouver une justification au fait que cette partie de l'œuvre de Barnes eût été dédaignée du grand public et des amateurs locaux : c'est que, précisément, elle n'était pas locale. Mais elle avait trop souvent évoqué cette question, me montrant pour la énième fois les tableaux incriminés en levant sa canne dans leur direction, pour que je la croie satisfaite de cette explication, car la veuve Barnes n'avait pas l'habitude de radoter.

Quand je venais chez elle, tôt le matin et le plus tard possible après ma consultation, c'est que des crises rhumatismales douloureuses l'avaient clouée au lit, mais elle n'avait que soixante-cinq ans, en dehors des crises elle était autonome, et elle avait toute sa tête, selon la formule d'Armande Mélodie. Non, décidément, que Cézanne fût devenu Cézanne avec ses multiples essais de montagne Sainte-Victoire, et non seulement que Barnes fût resté Barnes avec la seule même montagne qu'il avait réussi du premier coup, lui, à représenter sous tous ses angles à l'image fidèle de son modèle, mais encore qu'il n'eût pas réussi à vendre cette série de toiles, elle ne parvenait pas à le concevoir. Et Barnes ne l'avait pas digéré non plus. Alors qu'il avait très bien supporté le dédain de ses anciens condisciples des Beaux-Arts de Poitiers devenus avant-gardistes, abstraits ou hyperréalistes et qui, le ventre creux et depuis des ateliers misérables, l'accusaient d'avoir trouvé le filon et par la suite de n'avoir fait que l'exploiter. Il avait de même très bien supporté de n'avoir été acheté ni par des musées ni par des fonds régionaux ou nationaux d'art contemporain, de ne figurer sur aucune liste d'artistes contemporains, de n'avoir aucune commande de fresque dans le cadre des réhabilitations de logements sociaux ou de trompe-l'œil sur des façades aveugles d'immeubles municipaux. Il ne se faisait aucune illusion sur l'originalité de son œuvre, mais cette affaire de montagne Sainte-Victoire lui avait fichu un sacré coup au moral, disait-elle. Pour la première fois il s'était considéré comme un peintre du dimanche qui avait simplement eu la chance, grâce à Barnes, de disposer de tous les jours de la semaine comme d'un dimanche et de pouvoir ainsi perfectionner sa technique. La crise avait duré presque un an durant laquelle il s'était essayé aux toiles monochromes, ou tout juste barrées de trois ou quatre frêles traits de couleur, mais aucune de ses tentatives ne l'avait convaincu, le seul avantage de cette période critique avait été la formidable économie qu'il avait faite sur les pigments.

Ils n'étaient plus jamais allés dans le Midi de la France, ce qui avait été leur premier voyage, et, lors des suivants, Barnes n'avait plus emporté son matériel, pas même le plus petit crayon, le plus petit carnet de croquis, rien de ce qui lui eût permis de peindre d'après les notes de son double, au retour, la place Jema el Fna, la montagne Pelée, Angkor Vat ou la nécropole de Gizeh, pourtant des sujets sûrs, disait-elle.

Quant à peindre de mémoire, il n'en avait jamais été question.

Elle ne l'appelait jamais autrement que Barnes.

Elle qui avait été la femme du peintre Barnes, on l'appelait désormais la veuve Barnes.

Quand elle l'avait rencontré, elle avait vingt et un ans,

lui déjà près de cinquante, mais il portait beau, aimait-elle à préciser, et c'est vrai que le peintre Barnes avait une belle tête burinée et une fière allure, il avait beaucoup marché à la recherche de ses sujets et passé beaucoup de temps dehors, il y avait quelques photos de lui ici et là dans la maison, et la veuve Barnes m'avait montré les autres, sous le prétexte de me montrer celles des sites touristiques qu'ils avaient visités ensemble. La rencontre avait eu lieu chez le droguiste de la place du marché, à La Rochelle où il avait loué un appartement et un atelier pour un an, car il voulait être sur place pour peindre les deux tours, le vieux port, les remparts, bref les trucs habituels, mais dont il devait refaire des tableaux, selon d'autres perspectives et sous d'autres ciels, étant donné la demande. Mais, dans la droguerie, elle ne savait encore rien de tout cela, et d'autant moins qu'elle l'avait pris pour un employé à cause de sa blouse. Il n'avait pas démenti immédiatement, il l'avait baladée dans tous les rayons et longuement baratinée sous couvert de lui vanter les produits avant qu'elle commence à se poser des questions. Le premier soupçon qui lui était venu et qu'elle lui avait exposé avec la plus grande simplicité du monde avait été Avez-vous l'intention de me vendre la totalité de votre boutique ?

Quand la veuve Barnes m'avait rapporté cette scène, elle l'avait jouée telle qu'elle avait dû exactement se dérouler, elle avait le visage tranquillement levé vers le mien (puisque j'incarnais momentanément le peintre Barnes et qu'elle était au lit), les yeux plantés dans les miens, sa voix était paisible mais le ton doublement déterminé, d'une part à ne pas acheter la totalité de la boutique, d'autre part à éviter un conflit, et il émanait d'elle une sorte d'inaltérable innocence. Le peintre Barnes avait rendu les armes en riant, il s'était présenté, le nom ne disait rien du tout à la future épouse, et d'autant moins que, cette fois, elle avait cru qu'il était peintre en bâtiment. Ce second malentendu sur les activités professionnelles de Barnes avait duré beaucoup plus longtemps que le premier. Trois ou quatre mois, croyait se rappeler la veuve Barnes, en tout cas, elle s'était donnée à un peintre en bâtiment, dans un petit appartement situé juste en face du commissariat de la place de Verdun, qu'il appelait le copissariat de molice, dans l'immeuble mitoyen de celui du café de la Paix où, des décennies plus tard, Barthélémy Réaux perdrait définitivement la tête. Quand il lui avait proposé, au moment où il partait s'installer à Saintes, de quitter son travail de secrétaire bilingue d'un constructeur nautique installé à La Pallice pour tenir sa comptabilité à lui, elle avait accepté en pensant seulement, avec un peu de regret, que son anglais commercial ne lui servirait plus. Puis elle avait visité l'atelier de La Rochelle qu'il allait quitter, et compris qu'il était artiste peintre, mais ça ne l'avait pas émue le moins du monde. Elle lui avait avoué qu'elle l'avait cru jusqu'alors peintre en bâtiment, et, avec la même naïve sincérité, que de le découvrir aujourd'hui artiste peintre ne lui faisait ni chaud ni froid, et c'est alors qu'il lui avait demandé de l'épouser. En revanche, quand elle avait appris qu'on le prenait pour un Anglais et qu'il devait de temps à autre jouer à l'Anglais, elle en avait été ravie : son anglais commercial allait finalement lui servir.

Trois ans plus tard, avec les tableaux et les cartes postales tirées des vues de La Rochelle, il avait acheté la maison de Lauzières, où elle avait d'abord passé une partie de l'été, puis toute la belle saison comme le vieux châtelain de Nieul, et que, une fois veuve, elle avait habitée à l'année.

Le babillage de la veuve Barnes commençait dès qu'elle m'entendait pousser la grille du petit jardin de devant, triangulaire, mais je ne percevais que le son de sa voix à travers la fenêtre et les volets, *piapiapia*. Dans la cuisine, où je pénétrais d'abord, son discours ne m'était pas plus intelligible, car elle était située à l'extrémité de la petite branche du L que faisait sa maison, et la chambre d'où me parlait la veuve Barnes, à l'extrémité de la grande branche, mais la femme ne se taisait pas pour autant. Un souvenir l'avait réveillée et elle racontait la bribe de sa vie, et de celle du peintre Barnes, qui lui correspondait.

Parfois, je n'écoutais rien, elle avait une jolie voix, elle-même était jolie, et la maison était pleine de charme, la veuve Barnes y avait amassé toutes sortes de petits meubles et d'objets insolites glanés chez les brocanteurs, et avait ponctué le décor de taches de couleur, poteries, faïences, porcelaines, bouquets de fleurs, étoffes, de matières qui ramassaient la lumière, verres, cuivres, et, bien sûr, aux murs, des invendus de Mignard et des invendus de Barnes qui n'étaient pas sans me rappeler les huiles sur toile de mon grand-père. La maison était mystérieuse et un peu inquiétante dans l'obscurité mais devenait chaleureuse et joyeuse quand elle était éclairée, aussi la première chose que je faisais en entrant dans la cuisine puis dans le salon à angle droit, dans une sorte de bureau, dans une première chambre et enfin dans celle de la veuve babillarde, était d'ouvrir les volets, bleus, du même bleu que les boiseries et certains bateaux de pêcheurs de l'île de Ré. Au début, la veuve Barnes avait protesté que ce n'était pas mon travail, mais ça prenait deux minutes et c'était un véritable plaisir que de faire entrer la lumière, ne serait-ce qu'une lueur lunaire, dans ces pièces qui changeaient aussitôt d'atmosphère, et de voir s'illuminer de joie, malgré la douleur, le visage de la femme alitée.

Toutes les pièces du bas se commandaient, j'avais installé le divan de la veuve Barnes dans l'enfilade des portes et laissé celles-ci ouvertes, de manière à ce que, sans devoir tourner la tête, le moindre mouvement lui étant douloureux, elle pût avoir vue par les fenêtres sur les deux jardins et par les portes, à l'intérieur, sur une perspective moins démoralisante que le seul mur de sa chambre. Elle pouvait ainsi voir venir les visiteurs jusqu'à elle, regarder évoluer sa femme de ménage quand elle traversait l'enfilade des portes, et surtout, se faire entendre des uns et de l'autre, aussi loin qu'ils se tiennent dans la maison.

C'est qu'il n'y a pas d'articulation à la langue, disait-elle, et que j'ai toujours une petite histoire en tête.

Quand je la quittais en fin de journée, si elle me disait Laissez, ce soir, je fermerai, c'est qu'elle était guérie. Je revenais le lendemain et le surlendemain, elle m'accompagnait alors jusqu'au seuil de sa cuisine, et je ne revoyais plus la veuve Barnes avant la crise suivante.

Entre le matin où je poussais la barrière du petit jardin triangulaire et commençais d'entendre l'indistinct *piapiapia* de la veuve Barnes et le soir où je refermais la barrière et où s'effrangeaient dans mon dos les dernières images du dernier souvenir revenu à l'esprit de la veuve Barnes, j'avais vécu entre les parenthèses d'un monde que je ne pouvais pas même qualifier de fictif, tant la veuve dans son lit, puis dans son fauteuil, enfin debout, dans sa présentation des choses, savait elle-même brouiller les principes dont elles relevaient, respectivement : le roman de sa vie et de celle du peintre Barnes était en effet sous un éclairage direct et réaliste, tandis que la trame historique sur laquelle celui-ci se déroulait flottait dans une atmosphère de pure rêverie, les lieux étant évidemment le plus souvent réduits à ceux qui, dans leur détail, seraient finalement enfermés dans le cadre de l'huile sur toile du peintre Barnes. Cela m'avait alertée quand j'avais calculé qu'ils s'étaient rencontrés au moment de la déclaration de guerre, qu'ils avaient acheté la maison en pleine Occupation, quand le port de La Pallice était une base de sous-marins allemands, ce qu'elle n'avait pas même signalé, et j'avais été plus encore troublée le jour où elle avait raconté les circonstances dans lesquelles le peintre Barnes avait peint tel paysage (elle m'avait montré la carte postale), en pleins combats juste avant la Libération, d'une manière telle que je m'étais imaginé le peintre se frayer un chemin et se ménager une place idéale, avec sa toile, son chevalet et sa boîte de couleurs, sur le lieu de tournage d'un film de fiction, les autres jouant la comédie de la guerre, avec force bruit et force agitation, tandis que lui, dans le silence et la sérénité, s'occupait de représenter un détail du monde tel qu'il était en réalité et d'en pérenniser le souvenir fidèle.

Quand je ne visitais personne au petit matin avant la

veuve Barnes et personne dans la soirée après elle, c'était ma tournée qui à son tour me semblait s'être déroulée entre les parenthèses de l'univers barnesien, absolument singulier, délivré de toutes contingences. La veuve habitait à trois maisons de celle d'Éphraïm Bonneau, et même lui, du temps où il était encore en vie, avec ses souvenirs liés à la mer, ne m'avait jamais ouvert de perspective à ce point sans repères ni attaches, comme les fragments biographiques de la veuve Barnes.

Il n'y a guère que le Bonhomme Pénicilline qui m'ait périodiquement donné ces années-là une impression plus forte encore d'avoir soudainement échoué sur quelque *terra incognita*, tout à la fois sans relation apparente avec le monde extérieur et à laquelle on avait pourtant accès en tournant simplement une poignée de porte, comme Alice faisant un saut dans son miroir. À la différence de ce qui se passait avec la veuve Barnes, qui me transportait deux ou trois fois par an, aux mauvaises saisons, dans son monde barnesien, au charme duquel, passivement, je me laissais aller, c'était le Bonhomme Pénicilline qui me réclamait de m'activer à lui bâtir avec des histoires un tout autre monde, et assez enchanteur pour qu'il en oublie sa douleur, sa solitude, son sort d'enfant malade. Il n'avait pas la fantaisie de Bill l'Aspirateur ou, plus exactement, il ne se donnait pas la liberté d'inventer ne serait-ce que l'un des jeux, légers, auxquels Bill m'invitait à participer et que lui et moi oubliions dès le lendemain. D'un autre côté, Jérôme, le Bonhomme Pénicilline, était plus exigeant. Il ne s'agissait pas d'un simple jeu, ni surtout pour lui d'avoir quelque rôle à y jouer. C'est même tout le contraire qu'au fil des mois il avait visé : tout le temps du récit, lui et moi devions parvenir à nous réduire à nos fonctions respectives, lui, d'auditeur, moi, de conteuse. Et je me suis vite aperçue que, d'un jour sur l'autre, et d'une série d'injections de pénicilline à l'autre, d'un à trois mois plus tard, Jérôme gardait une mémoire fidèle des protagonistes des histoires, de leur aspect et de leurs aventures. Tant et si bien que ce que nous avions appelé les Histoires pénicilline était devenu l'Histoire pénicilline, dont tous les personnages avaient fini par se croiser, puis Pénicilline tout court, comme s'il s'agissait du titre d'un conte sans fin, et non plus du produit dont le récit devait arriver à distraire l'enfant, à l'abstraire absolument, des effets immédiatement très douloureux – la remémoration et la synthèse de toutes les petites histoires ayant ensuite pour finalité de lui faire oublier son isolement et de l'arracher à son ennui.

Le Bonhomme Pénicilline n'avait ni frère ni sœur, il manquait l'école presque un mois par trimestre et ne s'y était pas fait d'amis. Il ne s'en était pas fait davantage parmi les enfants du lotissement où il habitait, mitoyen des terres de Mme de Bizères, qu'il n'avait guère le loisir que de regarder jouer, quand ce n'était pas de sa fenêtre, depuis la barrière de son jardin ou par-dessus la haie de buis taillée au cordeau, à cause de la contagion, disait sa mère malgré mes protestations, et je me référais alors à la théorie de mon père selon laquelle c'était dans les caniveaux qu'on se fabriquait ses anticorps.

La mère de Jérôme était une grande mollasse à la peau d'une blancheur cadavérique, aux chairs aussi flasques que celles de Barthélémy Réaux, malgré sa jeunesse et sa minceur, et que je ne pouvais imaginer couchée nue sur une table d'examen autrement que comme un morceau de veau à l'étal. C'est que, debout, elle avait quelque chose d'une escalope. Quand son fils unique n'était pas malade, elle était seule toute la journée à se morfondre dans son pavillon. Jérôme malade, elle avait de la compagnie et, surtout, elle l'avait, lui, exclusivement à elle. L'image de l'escalope s'éloignait alors pour faire place à celle d'une pieuvre, ou de quelque mollusque à tentacules de cet acabit, étreignant son enfant-proie avec amour à l'étouffer.

C'est elle qu'il faut soigner.

En attendant, c'est lui qui a quarante de fièvre, me rétorquait alors le docteur Compagnon.

À l'image de la pieuvre, il m'opposait le résultat, bien tangible, des prélèvements de gorge. Mais il était de mauvaise foi, parce que de mon côté je ne contestais pas l'existence des streptocoques, tandis que mes soupçons, sur la morbidité altruiste de la mère, lui arrachaient des moues sceptiques. Et si je lui parlais de l'Escalope, il riait aux larmes. C'était difficile de se disputer avec le docteur Compagnon, alors que nous avions maints sujets de discorde : le carnet à souche, qu'il n'ouvrait jamais sans une grande réticence, et il le faisait alors de guerre lasse, ou si le docteur Rivière s'était mis de la partie ; la mère de Jérôme et ses consœurs ; et dès qu'un problème d'ordre psychiatrique ou de simple désordre psychologique se posait chez un de ses patients, à quoi il était radicalement sourd, tandis que, selon ses propres dires, j'étais à cet égard hyperacoustique. Quand il était témoin de nos disputes de gamins, comme il les appelait, le docteur Rivière qui était notre aîné comptait les points en rigolant. Puis il concluait Match nul, et prononçait quelque assertion sentencieuse sur l'impossible issue du combat perpétuel entre le cœur et la raison. Compagnon et moi, cette fois unis dans l'adversité, protestions, lui qu'il avait du cœur, moi que j'avais de la raison. À la prochaine occasion, nous recommencions à nous empoigner fraternellement.

Les premières fois, quatre ans auparavant, la Grande Escalope avait eu du mal à admettre que je ne soignais les enfants que seule avec eux, en l'absence de la mère, du père ou de la nourrice, et qu'il n'y avait pas de dérogation à cette règle. L'enfant ressemblait à sa mère, il était flasque, blafard, la fièvre lui colorait électivement les joues et le blanc des yeux. La mère était terrorisée. Docile, il l'était aussi. Il avait alors cinq ans. Il m'avait demandé en sanglotant si ça allait lui faire mal, je lui avais répondu Oui, à cause du Bonhomme Pénicilline. À l'origine, le Bonhomme Pénicilline était un cracheur de feu, la fesse de Jérôme, la piste aux étoiles jonchée de petits tas de paille, et Jérôme, qui cumulait les fonctions de directeur de cirque et de M. Loyal, devait arrêter le bonhomme quand un tas s'était enflammé, lui donner l'ordre de cracher sur le suivant, et ainsi jusqu'à ce que ma seringue soit vide. Après quoi, on couvrait l'arène du cirque d'un gant éponge imbibé d'eau de Cologne et chauffé à la vapeur pour éteindre les braises. La mère escalope avait été chargée de la savante préparation du gant éponge, ce qui l'avait décollée de la porte derrière laquelle elle s'était d'abord tenue, prête à bondir, et sa présence était si tangible qu'elle m'avait donné l'impression de respirer par le trou de la serrure et d'avoir pompé tout l'oxygène de la chambre de l'enfant. Le deuxième jour, elle m'avait manifesté la même hostilité mais du moins s'était-elle attelée aussitôt à préparer la compresse antalgique, et peu à peu, elle avait même perfectionné le système, elle m'expliquait qu'elle avait toujours un gant éponge chaud et alcoolisé pour remplacer le précédent, qui se refroidissait très vite.

C'est l'enfant qui, au fil de la première semaine, puis de la série suivante un mois et demi plus tard, a d'abord fait se télescoper les personnages du Bonhomme Pénicilline et de M. Loyal, privant le bonhomme de son métier de cracheur de feu, quand la douleur ne l'a plus inquiété, mais exigeant, sous ses nouveaux oripeaux de Bonhomme Pénicilline directeur, que je fasse entrer en scène d'autres saltimbanques. Le premier a été Gontran, un ver de terre à lunettes, contorsionniste myope, que j'avais rencontré sur mon chemin et lui avais ramené, ce, pour expliquer mon retard. C'était le quatrième ou cinquième jour, l'enfant, déjà, guettait mon arrivée par la fenêtre, comme il le ferait jusqu'à la fin, il attendait l'histoire avec une impatience, une avidité poignantes à quoi je mesurais la profondeur de sa solitude et de son ennui.

Le deuxième s'appelait Sidonie, du prénom d'une de mes arrière-grands-mères, et était une mille-pattes manchote, jongleuse maladroite et, donc, clown.

Plus tard, le Bonhomme Pénicilline s'est retiré dans les

rangs des spectateurs, sans jouer d'autre rôle ni avoir pris d'autre initiative que celle qui avait consisté à se retirer de sous les feux de la rampe. Du moins était-ce ce que je pensais. Mais un jour, en panne d'imagination, j'ai introduit les deux seuls personnages que je me rappelais parmi tous ceux dont ma mère avait inventé pour nous et écrit les histoires dans un cahier d'écolier : Raoul le Veau et Pollux le Castor. Jérôme a fait la lippe, j'ai cru qu'il allait se mettre à pleurer. Puis il m'a dit qu'ils étaient trop difficiles à dessiner. Exit Raoul et Pollux. J'ai compris qu'il dessinait les artistes de notre cirque, qu'il en tenait un inventaire, il fallait qu'ils soient d'une forme facile à dessiner par un enfant de cinq ans. Puis de six ans. Paradoxalement, cette exigence de simplicité m'a forcée à faire preuve de plus d'imagination. Une fois épuisée ma réserve de lapins, oiseaux, otaries, limaces et autres lombrics, et toute la gamme des reptiles, impossible de puiser chez les gazelles ou les tigres du Bengale, il me fallait abandonner le bestiaire, animer et nommer les cuillères, les marguerites et les soliflores et aller bientôt jusqu'à m'emparer de formes géométriques simples, leur donner identité et leur insuffler vie, le peintre Barnes devait s'en retourner dans sa tombe.

C'est après l'introduction d'un simple trait bleu, prénommé Charles-Édouard, danseur de corde, que le chapiteau a été démonté. Plus de deux ans avaient passé. Il y avait déjà plusieurs séries de piqûres que le Bonhomme Pénicilline avait quitté les bancs des spectateurs et même cessé de poinçonner les billets comme il l'avait fait quelque temps, il était garant de la mémoire de son monde, la planète Pénicilline, c'étaient la biographie et les aventures croisées des personnages qui l'intéressaient, il savait écrire maintenant, il avait commencé de prendre des notes dans un petit cahier.

Durant l'hiver 1982, Jérôme avait neuf ans et demi, et comme il arrivait maintenant à résumer les histoires, plus aucun impératif de forme ne présidait à la colonisation des régions encore désertes du pays Pénicilline. Beaucoup des derniers protagonistes de cet univers avaient désormais ou une apparence humaine ou des activités humaines. Jérôme avait dressé un inventaire exhaustif de ses habitants, et c'est lui qui m'en rappelait d'une fois sur l'autre les péripéties et caractéristiques respectives. Calmement. Qui connaissait qui. Qui habitait près du Lac à Rayures, ainsi nommé en raison de la couleur de ses eaux jaunes rayées de fines bandes noires.

(Qui m'avait été inspiré par une désastreuse tentative mondrianesque du peintre Barnes que m'avait montrée la veuve, en sanglotant de rire.)

Qui avait épousé qui, car nous avions célébré quelques mariages contre nature. Il me précisait chaque fois qu'il en était sûr puisqu'il l'avait noté. Sauf quelques artistes du cirque fondateur de Pénicilline, et la famille des ébénistes Billot (du nom de celle de ma grand-mère paternelle, dont le père était ébéniste faubourg Saint-Antoine) – chaque membre en était un outil de menuisier –, j'ai oublié tous ces personnages dont le Bonhomme Pénicilline enregistrait dans son cahier les noms et qualités avec le sérieux pointilleux et flegmatique d'un fonctionnaire de l'état civil austro-hongrois, et, quant à ce cahier, je n'en ai jamais vu que la couverture. Jérôme ne m'a jamais proposé de m'en montrer le contenu. Je ne le lui ai jamais demandé. Je crois que je craignais par-dessus tout qu'il me dévoile son secret de scribe. Et sans doute, tant il avait peu manifesté de fantaisie lui-même toutes ces années-là, de devoir constater que, comme le peintre Barnes, le Bonhomme Pénicilline avait résumé les récits d'après nature, et que la ressemblance au modèle était effroyablement fidèle.

Il m'est arrivé plusieurs fois au cours de ces années de commencer ma tournée au petit matin avec le roman barnesien, de devoir rapporter quelques éléments supplémentaires à la planète Pénicilline en plein milieu du jour, et de finir ma tournée, au lieu de mes vagabondages du soir, par un chapitre de l'atemporelle biographie du peintre Barnes.

C'est ce qui s'est passé cet hiver-là.

Avec ceci de particulier que, désormais, le vieux M. Séjourné ayant remplacé le quatrième pied du divan, le fauteuil ayant retrouvé son drap blanc, le divan lui-même ayant été recouvert d'une courtepointe blanche, comme d'un grand linceul, dont les pans touchent terre, la chambre funéraire de l'Eulalie est fin prête.

Il ne manque plus que moi, me dit-elle après avoir ouvert les deux battants de la porte sur la seule pièce nue et claire, d'une clarté presque aveuglante, de la ténébreuse maison des Séjourné.

Elle sourit aujourd'hui.

Madame de, 14 heures

L'éternelle fiancée de Marsilly s'est éteinte dans la soirée, devant son bol de soupe inentamé, sous le regard du jeune soldat.

C'était avant de fermer sa porte à double tour, aussi au petit matin du lendemain Jeanne Moulin a-t-elle trouvé la maison ouverte. Elle venait avec des oignons de tulipes préparer le printemps du jardin, elle avait constaté que les roses de Noël, les crocus, les perce-neige avaient fleuri et s'étaient fanés, les jacinthes étaient sorties de terre et, même, m'a-t-elle raconté ce jour-là, le temps avait été assez doux pour que des fleurs aient déjà éclos sur les branches nues du cognassier du Japon dont elle avait bouturé quelques branches pour la vieille demoiselle au début de l'automne précédent. Pour la première fois, Marguerite n'était pas venue l'accueillir au seuil de la maison, mais Jeanne ne s'était pas inquiétée, elle avait pris le temps de déposer sa cagette d'oignons, de sortir les outils et de dresser l'inventaire des travaux à accomplir le jour même et les jours suivants, puis elle était entrée l'esprit toujours aussi paisible, elle avait appelé Marguerite ! Marguerite ! et d'abord pensé que sa fiancée, comme elle l'appelait, était tout entière à l'une de ses inlassables conversations avec le jeune soldat, D'une certaine manière, je ne pouvais pas mieux penser, m'a-t-elle dit, et elle a ajouté Elle n'était pas tombée de sa chaise.

Jeanne avait fait preuve d'un grand sang-froid : elle avait appelé le médecin, l'aide ménagère et les neveux préférés de Marguerite Jacquet, elle avait aidé les deux premiers à coucher l'éternelle fiancée dans sa chambre aux mille photographies et elle était restée à la veiller jusqu'à l'arrivée des derniers. Elle avait attendu de savoir quand aurait lieu l'enterrement, parce que, pour ce qui concernait le lieu, elle savait bien que Marguerite serait ensevelie aux côtés du jeune soldat dans le petit cimetière de Marsilly. Puis elle avait rangé posément les outils, remis la cagette sur le porte-bagages de sa mobylette, elle était rentrée chez elle où elle avait trouvé sa mère imbibée d'alcool, comme d'habitude, le corps tout entier infiltré sauf les jambes, maigres et variqueuses, si bien qu'elle avait l'air d'un tonneau monté sur deux allumettes, le visage boursouflé, les joues couperosées, la diction déjà embarrassée à cette heure, et, elle, mobilisée pour une part à feindre d'être à jeun, pour l'autre, sachant intimement son échec à dissimuler son état, à solliciter d'un regard désespéré et plein de honte l'indulgence voire le pardon du témoin de sa déchéance. Je connaissais bien le regard suppliant et expectatif de Mme Moulin. Je la surprenais souvent chez des patientes qu'elle n'aurait jamais fréquentées si elle n'avait trouvé en elles autant de prétextes pour boire en compagnie. Il arrivait que, dans la journée, la solitude lui pèse, que la honte éprouvée à picoler toute seule lui soit insupportable.

Jeanne n'avait pas pu lui parler, C'était coincé là, m'a-t-elle dit en serrant ses doigts en garrot sur sa gorge. Mme Moulin avait dressé la table pour elles deux, mais Jeanne n'avait pas pu avaler une miette en sa seule compagnie, Ça me restait là. Même geste. Elle avait téléphoné à son père. Il était occupé, en plein conseil d'administration. Il n'avait pu que lui promettre de rentrer plus tôt le soir même, mais, pour parler de la mort de l'éternelle fiancée de Marsilly, elle n'avait pu attendre le retour de son père tant aimé, qui ne méritait pas plus la femme qu'il avait maintenant que celle-ci n'avait mérité de devenir ce qu'elle était. Aussi était-elle venue à ma consultation pour me raconter la mort de Marguerite, le jardin tel qu'il aurait été au printemps et cet été et cet automne jusqu'aux premières gelées, le choc qu'avait représenté pour sa mère leur départ forcé et précipité de Marrakech trente ans plus tôt, la femme que celle-ci avait été et que Jeanne aurait aimé connaître et, surtout, pouvoir aimer, le jardin de Marguerite tel qu'elle l'avait transformé, la manière dont sa mère s'était progressivement et irréversiblement métamorphosée en pocharde, ce fait, pour elle miraculeux et qui l'avait ravie, que Marguerite n'était pas tombée de sa chaise, si bien qu'il lui avait fallu la toucher pour comprendre qu'elle était morte, et elle avait encore un problème qui se posait à elle puisque sa fiancée n'était plus là, et qui prenait des proportions gigantesques à mesure que Jeanne ne parvenait pas à le démêler de l'imbroglio de tout ce qu'elle avait sur l'estomac, disait-elle, et donc ni à l'exposer ni *a fortiori* à le résoudre, et j'ai attendu les données du problème, jusqu'à ce que je comprenne qu'il tenait tout entier sur le porte-bagages de sa mobylette. Il s'agissait de la cagette des bulbes de tulipes que Marguerite lui avait payés, d'une dette que Jeanne avait prétendument contractée à l'égard de la fiancée de Marsilly, dont elle ne pourrait jamais s'acquitter et qui lui pesait déjà sur l'estomac, a-t-elle dit, car elle ne prononçait guère de phrases où ne figuraient pas les formules rester en travers de la gorge, dur à avaler, à te couper l'appétit, ça ne passe pas, ou les mots imbuvable, immangeable, indigeste, pourtant elle n'avait été hospitalisée qu'une fois et elle avait pris cinq kilos depuis que je lui avais fait rencontrer Marguerite Jacquet.

D'abord, tu manges un peu ici, sinon tu vas tomber dans les pommes. Ensuite tu rentres chez toi, tu enfouis tes oignons dans un coin de ton jardin, quand les tulipes auront fleuri, tu achèteras un vase et tu poseras les fleurs dans leur vase sur la tombe de Marguerite.

Jeanne Moulin est revenue plus tard me demander ce qu'elle devait faire avec les tulipes noires qui avaient poussé avec les autres, les rouges, les bicolores, les fleurs à bords dentelés, etc., et qu'elle avait sélectionnées pour le jardin de sa fiancée, Est-ce que tu crois que c'est de *bon goût* des tulipes noires dans un cimetière ? Il y avait aussi le choix du vase, non seulement la question de la couleur et de la forme mais aussi celle du matériau, cassable, incassable, et si on le volait ? tout cela parmi les thèmes récurrents qui ponctuaient toujours les soliloques embarrassés de la petite jardinière anorexique, Marrakech, son père, sa mère, mais aussi les fleurs et les arbres. Elle s'interrompait quand un patient arrivait, puis reprenait jusqu'au suivant, sans avoir changé de position – elle restait à califourchon sur sa mobylette, comme chaque fois qu'elle venait me voir, prétextant qu'elle passait par là, juste le temps de me dire bonjour, ou de déposer un petit pot de dahlias nains, une bouture de géranium, elle repartait tout de suite –, mais en ayant perdu le fil de son exposé, le prétexte de sa visite éclair, qui durait parfois tout le temps de la consultation, les raisons d'abord invoquées, jamais les bonnes, Ah oui ! les tulipes noires dont elle avait déjà elle-même décidé que, une ou deux dans chaque bouquet, ça passerait, que le noir n'était jamais franchement noir de toute façon, le vase, d'une couleur neutre et résistant au gel, elle le scellerait, elle riait de la bonne farce qu'elle ferait ainsi aux pilleurs de tombes. Enfin, quand il était pour moi l'heure de repartir, elle disait ce qu'elle avait à dire.

Ce jour-là elle était venue parce qu'un horticulteur de Cognac lui avait proposé une place stable, mais c'était loin, d'un autre côté ce n'était pas si loin que ça, c'était assez loin et assez près, ou trop loin et trop près, et je lui ai demandé Qu'en pense le jeune soldat ? pour couper court, parce que avant de repartir je servais à Louise son doigt de porto, dont elle m'avait précisé une bonne fois pour toutes qu'il s'agissait du majeur, et en position verticale, et que je n'avais pas l'intention de déroger à ce rite qui m'était devenu une respiration nécessaire dans le rythme de mes journées. Jeanne a souri et, sans se démonter, m'a déclaré que le jeune soldat lui avait dit que ce ne serait pas mauvais d'essayer, puis elle a fait démarrer sa mobylette.

Quand les tulipes ont fleuri, j'ai trouvé sur mon palier, dans une bouteille en plastique sciée et remplie d'eau, un bouquet sans doute semblable à celui qui devait orner la tombe de Marguerite Jacquet, avec un petit mot m'annonçant le départ de Jeanne à Cognac et ceci : *Ainsi en a décidé le jeune soldat...*

J'avais beau me dire que ce n'était qu'un bouquet, de tulipes, de variétés et de couleurs diverses, tout le temps qu'a duré le bouquet sur mon bureau je n'ai pu m'empêcher de penser qu'il y avait le même sur la tombe de Marguerite, là-bas, à côté du jeune soldat, et de tombe en tombe, de penser à mes morts, mes proches, et les morts anciens de l'hôpital à qui les femmes de l'hosto fermaient les yeux, puis qu'elles lavaient, bourraient de coton, habillaient, elles appelaient cela emballer un mort, et qu'elles confiaient ensuite à Gaston, du nom de code de l'employé de la morgue, et les morts récents de ma tournée, le petit Jérémie Contamine ou le fils de Claudine, noyé ou pas noyé, Augustin Diez ou Armande Mélodie, Ladislas Ermitage l'hiver dernier et tous les autres, et ceux qui allaient mourir, ceux qui étaient sortis de l'hôpital pour mourir chez eux et que j'allais quotidiennement visiter, et, quand le bouquet a été fané, de toute façon, il est resté les marques rondes et pâles du vase sur le bois, et des traces de gouttes d'eau, parce que la sûre et vigilante dextérité exigée tout le temps de la tournée était en quelque sorte équilibrée par une tout aussi constante maladresse domestique, elles y sont toujours, souvenirs lancinants des morts, empreintes de la lassitude que je commençais alors d'éprouver et qui devait moins au combat quotidien souvent inégal contre la maladie et la mort qu'à l'écart qui se creusait entre la nécessité de mener ce combat et l'absurdité des visites simultanées, beaucoup plus nombreuses, chez les tire-au-flanc, les geignards, les hypocondriaques et les affabulateurs.

Ce matin, l'Eulalie s'est mis en tête que ce serait pour bientôt et a décidé de rapatrier depuis la frontière avec les Allemands jusqu'au chevet du vieux divan du moins sa fille et ses petites-filles. Tout ce qu'elle hait, l'air et la lumière, est généreusement dispensé par la fenêtre ouverte dans sa chambre mortuaire, elle a supprimé les rideaux, la pièce donne sur le fond du jardin et les cerisiers sont en fleur. Avec le vieux M. Séjourné, nous bataillons ferme. Qu'elle laisse à Véronique et Lucie le temps de finir leur année scolaire, à sa fille celui de prendre ses congés annuels, Tu peux bien attendre les vacances pour passer, lui dit M. Séjourné. Je lui prends son pouls, je regarde le plafond, je feins un air inspiré et je prophétise Pas avant juillet, le vieil homme s'étouffe de rire, l'Eulalie n'a jamais été aussi authentiquement malade, elle ne s'est jamais si bien portée, elle arrache vivement son poignet à l'étreinte de mes trois doigts, et nous regarde avec effroi, On ne plaisante pas avec Ça.

Ça, maintenant, désigne aussi la mort.

Je sais par Sabine, l'aide ménagère, qu'elle s'exclame tout à coup dans la journée Ça vient, qu'elle s'allonge sur le divan, et qu'elle attend sans dormir car elle ne veut pas se laisser surprendre comme ses terres s'étaient laissé surprendre par l'inondation du Gô, que Ça la visite et l'emporte pendant son sommeil lui est une perspective insupportable.

Puis se relève, dépitée.

La femme aux chiens, elle, attendrait le mois de juin pour se relever, et la pièce où elle s'alitait chaque printemps, qui préfigurait sa chambre mortuaire, était dans un tel désordre, un tel état de saleté quasi indescriptibles que je n'avais pas réussi à faire au début de distinction bien nette entre l'aspect des chenils et celui de sa maison. Impossible de savoir par exemple si le sol était originellement en terre battue ou s'il avait été recouvert, au fil des ans, par la terre du jardin et la poussière de la rue apportées sous ses propres semelles et celles de ses deux fils, Luc et Jean, comme les apôtres, m'avait-elle précisé, sous les pattes des chiens qu'elle gardait, pour vivre, et les chaussures des propriétaires des chiens lorsqu'ils amenaient leurs bêtes puis revenaient les chercher, quand ils revenaient, pas toujours. Qui, des chiens ou de la femme aux chiens et de ses enfants, mangeaient dans les assiettes dépareillées qui traînaient par terre, sur les tables, les commodes, dans toutes les pièces et jusque dans la salle de bains ? C'était difficile de trancher. Au regard de la salle à manger de la femme aux chiens, le réfectoire de Mariette, la Mère supérieure de l'abbaye de Sermaize, aurait pu passer pour une page du catalogue de la CAMIF. Les premières fois, tous les chiens étaient rentrés quand je venais, enfermés les uns dans les chenils, les autres dans une pièce de la maison, désormais deux bergers allemands et un énorme briard que personne n'était venu récupérer circulaient librement entre la maison, le jardin clos et leur chenil même quand j'étais là. C'était le seul endroit, avec la maison de Mlle Moreau qui vivait à Lagord avec et pour dix-sept yorkshires, où je tolérais la présence des chiens, mais la raison en était que ces trois grandes bêtes étaient devenues indissociables de la femme, de ses fils et des lieux, comme les yorkshires l'étaient de Mlle Moreau et de son pavillon, Mlle Moreau portait même dans les cheveux deux nœuds roses identiques à celui dont elle avait orné le dessus du crâne de ses yorkshires femelles et avait fini, comme le vieux Salamano de *L'Étranger* de Camus, par ressembler à un yorkshire, par en avoir la fragilité de race dégénérée et être agitée d'une semblable trémulation de tout le corps, invisible, mais que je sentais sous mes doigts quand je la soignais.

Bien qu'une puissante odeur fauve ait, comme chez Mlle Moreau, imprégné les vêtements de la femme aux chiens et de ses fils, la peau, la literie, les cheveux, tout le linge de maison et probablement les pierres des murs et là-haut jusqu'aux tuiles, dont les pluies battantes ne pourraient plus avoir raison, ou que, du moins, un semblable échange d'odeurs ait eu lieu entre les animaux et la femme aux chiens et ses enfants d'un côté, Mlle Moreau de l'autre, car il n'était pas impossible que, du point de vue des chiens laissés dans les chenils du moins le temps de mes visites et toutes les nuits, les deux bergers allemands et le briard abandonnés à leur gardienne et devenus des familiers de la maison aient été imprégnés, à jamais, d'une odeur humaine, il n'y avait aucun signe d'un mimétisme à la Salamano ni sur le visage ni dans les manières de la femme aux chiens. Il s'était même produit ce phénomène paradoxal : plus m'avait paru naturelle la compagnie des trois grandes bêtes, que j'avais appelées Bison I, Bison II et Bison III et à qui il m'arrivait même de parler, plus la présence en ces lieux innommables de la femme aux chiens et de ses deux garçons aux prénoms d'apôtres m'avait semblé insolite.

Peu à peu, tous trois me sont apparus sous l'espèce d'une sorte d'excroissance pathologique de la maison, des chenils, du jardin en friche conchié et compissé, des chiens eux-mêmes, une triple tumeur proliférante qu'une seconde mutation aurait dotée d'une forme humaine et d'une vie autonome. Car c'étaient eux qui avaient un air de ne pas faire partie de la famille, d'être les hôtes accidentels de ces lieux, échoués là en catastrophe en attendant des jours meilleurs, et, tandis que tout et tous au début m'avaient été indistincts, meubles et chiens, vaisselle et enfants, linge douteux et cette femme que chaque printemps muait pour de longues semaines en gisante, le sol de la maison et la terre du jardin, la puanteur des chenils et l'odeur *sui generis* de la maison, mille petits détails m'avaient ensuite frappée comme autant de signes de refus de leur part de sembler être pour quelque chose dans cette déchéance et, même, de se sentir concernés par leur propre existence, du moins par cette existence apparente de gueux telle qu'on la rapportait dans le village et dont j'ai découvert de jour en jour que pour la femme aux chiens elle n'avait pas toujours été la sienne et que pour eux trois elle n'était pas entièrement la leur.

On m'appelle Madame de, m'avait-elle dit, et je l'avais appris longtemps avant d'entrer chez elle. À Nieul, c'est-à-dire essentiellement chez la bouchère, le plus souvent à l'initiative de la bouchère, ou dans l'épicerie-tabac de la Piroëlle, la Piroëlle toutefois se taisant quoique Madame de avait une ardoise chez elle aussi, ou chez les voisins quand ils avaient été éreintés par les aboiements des chiens et se plaignaient à moi, le lendemain, d'avoir mal dormi, on parlait de Madame de. Je lui ai dit Je sais, mais d'une manière sans doute assez désabusée ou amusée ou impuissante – comment éviter les ragots ? – pour qu'elle m'adresse une brève œillade d'intelligence, ainsi était-elle assurée que je savais ça et le reste, tout mais rien, puis elle a détourné le regard, elle a avalé un rire, il lui est traîné un moment sur les lèvres un sourire d'une ironie fatiguée. Je les ai gardés en mémoire, cette vive œillade et ce premier sourire de la femme aux chiens, mais en raison moins de leur signification que de leur particularité – dans leur étirement, les lèvres étaient entièrement avalées et, avec elles, comme avec le regard soudain plein de vie, disparaissait aussi la ressemblance que, malgré son extrême pâleur, la femme aux chiens accusait avec un portrait funéraire du Fayoum.

Cette fois-là pourtant, je ne l'ai pas beaucoup vue, ou sans doute pas regardée, je n'étais pas venue pour elle, ce n'était pas au printemps, mais plutôt lors d'un automne ou d'un hiver sombre et pluvieux, et je n'ai pas prêté non plus attention à l'enfant malade, Luc ou Jean, je ne m'en souviens plus, il y avait des chiens dans la maison, à écarter de moi, à faire enfermer, il y avait la boue jaunie par la pisse de chien, l'assaut des odeurs de poils, de cuir mouillé et de déjections animales à refouler, le fait de ne pas pouvoir décider si, dans la maison pourtant, on était dedans ou encore dehors, s'il s'agissait d'un lieu d'habitation ordinaire ou si la femme aux chiens et ses enfants ne venaient pas, au hasard de leur errance, d'intégrer une maison sauvagement mise à sac des mois de guerre auparavant puis abandonnée précipitamment, les restes de repas sur la table témoignant d'une fuite subite après le pillage, et dont une meute hétéroclite de chiens auraient été les premiers locataires opportunistes, la crasse, le désordre, une porte manquante au buffet bas, une chaise renversée, la double et paradoxale impression de vide et de trop-plein, tout cela provoquant un véritable affolement des sens. Il m'a semblé les jours suivants encore que la femme et ses deux fils étaient arrivés là en même temps que moi, que nous faisions à l'instant tous les trois le même constat de ravage, que nous étions dans une stupeur identique, l'ouïe saturée par les aboiements des chiens, la vue saturée par l'innombrable quantité de riens qui jonchaient le sol et le dessus des meubles, l'odorat saturé par la puanteur suffocante, avec ce sentiment chez eux, cependant, que je ne partageais pas, qui devait tenir du soulagement éprouvé à avoir, malgré tout, trouvé un toit.

Oui, ces premiers temps, six ans auparavant, le regard fugitivement vif et le sourire de la femme aux chiens qui avaient effacé de son visage toute ressemblance avec un portrait du Fayoum, l'impression qu'elle et ses fils me signifiaient On a déjà ça, pour le reste on verra après, avec une sagesse confondante, et surtout l'harmonie immédiatement perceptible qui régnait à l'évidence entre la mère et les deux garçons, à proportion de la pagaille qui s'était emparée des lieux et de la panique qui gagnait les chiens, hors les trois bisons, quand un visiteur se présentait, tout cela mais seulement cela m'avait permis d'abord de les détacher de l'affolant agrégat maison-chiens-capharnaüm-chenils-friche-puanteur et de leur soupçonner quelque chose d'autre, aurait dit Barthélémy Réaux, que ce que l'état catastrophique de leur logement et de leurs finances et les quelques données biographiques recueillies d'abord de la bouche de cette langue de vipère de bouchère avaient bien voulu concéder de vérité sur leur compte.

Au début du printemps suivant, je me suis plus facilement faite aux lieux, semblables à eux-mêmes, et à la promiscuité débonnaire des bisons, qu'à l'incongruité de la présence en ces lieux et en la compagnie des chiens de Madame de, de Luc et de Jean, et à l'énigmatique métamorphose saisonnière de la femme aux chiens en mourante. Et, même, lorsque je la trouvais assoupie les yeux clos, les doigts pieusement croisés sur son ventre, son souffle écourté par la maladie qui la terrassait soulevant à peine les draps, un des bisons dormant au chevet du lit semblant lui aussi pétrifié, je voyais la femme moins comme une morte que déjà comme sa reproduction de pierre telle qu'on en orne le dessus des tombeaux des princesses et des saintes, et sa chambre chaotique, jusqu'où me guidait un des grands chiens familiers des lieux, comme une crypte profanée.

Toute la famille De a été ruinée par la guerre, m'a-t-elle dit, car elle aussi avait fini par réduire son nom de famille à sa seule particule.

Et il en avait été de même pour la famille au nom de porcelaine de Mlle Réjeane, mais autant les mots ruine, guerre, semblaient avoir été taillés sur mesure pour la femme aux chiens, autant nul, dans l'ignorance des faits, n'aurait songé ni à l'une ni à l'autre en voyant Mlle Réjeane qui, pourtant, avait été un témoin immédiat et avait sans doute directement souffert de la guerre et de la ruine. Madame de, elle, était née, comme elle le disait, *de* la Libération, et non pas d'un père de retour de captivité *après* la Libération (elle avait dit de même ruinée *par* la guerre et non *pendant* la guerre). Mais j'avais appris à la connaître, à l'entendre toujours parler de tel ou tel épisode de sa vie comme d'un coup du sort, chaque fois dû à un événement extérieur à elle et d'une dimension telle qu'aucun individu n'aurait pu avoir prise sur lui ni donc infléchir le cours de la destinée qui lui était consécutive.

La guerre, l'Occupation, l'exode, la réquisition de l'entreprise familiale par les Allemands et finalement la ruine de la famille De, puis la Libération, tout cela était invoqué quand la femme aux chiens prenait la mesure du capharnaüm qui régnait dans sa maison, le jardin et les chenils, décidait d'y remédier et y renonçait aussitôt devant l'ampleur de la tâche et le caractère historique des causes initiales de cet état des choses. Il y avait un peu de la petite Mme Séjourné revenant inlassablement à l'inondation du Gô chez Madame de dans ces moments-là, mais celle-ci ne se délectait pas de son malheur comme l'Eulalie le faisait, elle ne guettait pas avidement l'apparition d'autres cataclysmes, elle n'aurait jamais soupçonné quiconque d'en être le vecteur.

Elle ne se plaignait pas non plus. Jamais.

Quand je l'avais rencontrée, Chaya Diez ne m'avait pas immédiatement fait penser à elle, mais par la suite, et bien que sa maison fût une antithèse de celle de Chaya, et même une pâle réplique de l'abbaye de Sermaize telle que la tenait Mariette, la femme aux chiens a été la seule à me rappeler cette manière digne et détachée qu'avait eue Chaya de dénier une importance essentielle à son sort misérable. La femme aux chiens n'avait certes pas engagé une lutte décisive contre les coups du sort, du moins pas autrement qu'en s'improvisant gardienne de chiens, et l'idée lui en était venue mollement, m'a-t-elle dit, tout simplement parce qu'il y avait eu des chiens au manoir de la famille De, du temps de sa splendeur, lui avait-on raconté, des chiens qui n'avaient pas suivi leurs maîtres dans l'exode. Elle avait pensé aux chiens. Un jour. Et voilà.

Pas de lutte, donc.

Simplement, elle tenait le coup.

Le premier printemps, c'est pourtant à une femme tout entière abandonnée à sa défaite que j'avais eu l'impression d'avoir affaire, mais l'attitude de Luc et Jean devant leur mère comme déjà morte m'avait bien vite détrompée. Je les voyais les jours de congé et de vacances scolaires, ils avaient alors huit et neuf ans, ils ne manifestaient aucune inquiétude, or, il y avait trop d'évidente tendresse entre eux trois pour que je puisse prendre cette absence de sollicitude pour de l'indifférence, et il ne s'agissait pas non plus de quelque déni conjuratoire, car ils ne se détournaient pas d'elle ni n'évitaient sa chambre, ils venaient la voir, l'embrassaient, lui parlaient, lui tâtaient le front, s'asseyaient à son chevet où ils se faisaient aider pour leurs devoirs (quelques années plus tard, je serais témoin du fait que la femme aux chiens parlait latin couramment et que les mathématiques n'avaient aucun secret pour elle). Les enfants se comportaient plutôt comme s'ils assistaient à je ne sais quelle cérémonie, quelle célébration rituelle, dont leur mère eût été tout à la fois la prêtresse et la victime expiatoire, et dont ils respectaient sans intervenir le déroulement immuable.

Entre les premiers symptômes – fatigue indescriptible, me disait leur mère dans un souffle ténu, étouffements, fièvre, évanouissements, qui se répétaient par crises durant toute la saison – et son lever à l'orée de l'été, tandis que son visage aux grands yeux fixes avait pris cette teinte bleutée qu'arborent les prisonniers après des mois passés dans des geôles sans lumière, ils venaient tous deux régulièrement me demander, non pas des nouvelles de l'évolution de l'étrange maladie maternelle, mais si, moi, j'avais besoin d'eux, avec une déférence exquise, dans ce même français châtié, très légèrement désuet dont usaient pareillement Madame de et, à l'autre bout du village, au bord de la mer, l'autre ruinée de grande famille, Mlle Réjeane.

Entre le début et la fin du printemps, la femme aux chiens s'était couchée, en proie souvent à des fièvres impressionnantes sans qu'on pût jamais détecter d'agent infectieux, avait lu ou plus exactement relu tout Proust, Shakespeare, Romain Rolland, Balzac, etc., qu'elle avait en édition reliée, la plupart des volumes traînant sous son lit, les autres ici et là parmi la vaisselle et le linge, et tous munis d'un ex-libris du grand-père De, puis avait cessé de lire et presque de parler, gagné en pâleur, délaissé entièrement la maison, les chiens et ses enfants – du moins pour ce qui concernait les chiens des chenils et les courses et la cuisine pour Luc et Jean qui s'acquittaient de toutes ces tâches –, car, même au cœur du printemps, au plus fort de sa faiblesse, elle savait encore remercier d'une caresse les trois bisons qui la veillaient fidèlement et elle interrogeait encore inlassablement ses enfants sur leurs résultats scolaires et les devoirs à faire, sur leur état de santé et ce qu'ils avaient pu acheter, cuisiner et manger, elle ne supportait plus la lumière du jour ni même celle, parcimonieuse, de sa lampe de chevet, avait pris sa teinte parme des habitants des caves, mais l'été approchait et elle demandait que Luc ou Jean ou moi-même lui remette au cou, au poignet et aux doigts la part qui lui était revenue des bijoux que la famille De avait pu éviter de vendre et, ainsi parée de splendeurs, vêtue d'une chemise de nuit à l'ancienne trempée de mauvaises sueurs, toujours gisant dans ses draps douteux mais brodés aux initiales de la famille De, dans les remugles nauséabonds de sa chambre, elle recommençait à parler d'abondance. Signe que, quoique au début chancelante, elle allait se relever, une fois encore moins guérie qu'invaincue.

Car c'était finalement bien dans cette paradoxale invincibilité de leur mère que, depuis les premiers signes de sa chute printanière, les deux enfants au prénom d'apôtre avaient une confiance indéfectible et qu'ils puisaient leur propre force. Quand elle sortait enfin, sans tapage, de ses draps jaunâtres et graisseux, puis de sa chambre dans laquelle, les derniers jours, elle avait fait pénétrer l'air tiède et la lumière déjà éblouissante, et qu'elle émergeait dans la salle de séjour, tel un spectre qui ne se serait pas ébroué de la poussière séculaire des greniers, ressemblant plus que jamais à un portrait funéraire du Fayoum auquel l'exposition à l'air aurait fait curieusement virer la teinte en mauve, ni Luc ni Jean n'en paraissaient soulagés. Là encore, c'était le moment. De même que, à l'heure dite, elle s'était retirée dans sa chambre pour lire et se taire, sauf sur les romans ou les drames dans lesquels elle était plongée et qu'elle évoquait d'une manière un peu folle, comme si véritablement elle en était une des protagonistes, Anna Karénine ou la duchesse de Guermantes, puis pour y sombrer dans un curieux sommeil morbide de personnage de conte, puis pour lire de nouveau, puis pour recommencer de raconter non pas exactement sa vie mais ce qui en avait décidé du cours, irrévocablement, de même, à l'heure dite près de trois mois plus tard, elle se relevait, sale, dépeignée, hagarde, le visage cependant immanquablement lisse et d'une grande beauté antique, parée des bijoux que ni la guerre ni l'exode ni l'Occupation ni la ruine ni sa naissance survenue, malgré la Libération, sous le signe de cette quadruple malédiction n'avaient réussi à soustraire à la famille De.

Fin de l'énigmatique cérémonie saisonnière.

Entre le premier printemps et celui-ci, elle a lu en plus de ceux de son héritage tous les livres que je lui apportais, que je ramenais chez moi le papier imprégné de l'odeur des chiens, après qu'elle m'en eut parlé au cours de ses délires légers et fébriles, et comme s'il ne s'agissait bien sûr pas des romans d'Alejo Carpentier, ou de Nabokov, ou de Faulkner, etc., mais d'existences qu'elle vivait successivement lors de ces parenthèses morbides printanières, qui lui constituaient un véritable refuge, une sorte de maquis où elle se repliait, d'où, finalement, elle résistait.

Sans lutter.

En tenant le coup. Je ne trouvais pas d'autre formule la concernant.

Entre-temps Luc et Jean avaient eu respectivement quatorze et quinze ans et accumulé les succès scolaires. Mais pas plus qu'ils ne s'émouvaient de la maladie de leur mère, ni elle-même de son état, et pas plus que tous trois ne semblaient essentiellement concernés par l'existence qu'ils menaient, aucun d'eux ne s'enorgueillissait des brillants résultats que les deux garçons, et avec l'aide de la femme aux chiens penchée sur leurs devoirs chaque soir, avaient obtenus dans une école primaire catholique puis au collège et obtenaient désormais au lycée de La Rochelle.

Si les enfants accueillaient d'un sourire poli mes propres félicitations, sans autre commentaire, Madame de avait toujours recours aux mêmes explications pour ce qu'elle considérait aussi comme un coup du sort, cette fois heureux : elle invoquait d'un côté, sans orgueil, le caractère héréditaire de l'intelligence dont avaient été dotés absolument tous les membres de la famille De, même un arrière-grand-oncle plus ou moins escroc, et les membres de la branche maternelle, elle aussi De, d'un autre côté, les vertus et bontés du Système. C'est ainsi qu'elle parlait tout à la fois de l'Éducation nationale et de l'Aide sociale, de monsieur le maire et de l'Administration en général, qu'elle voyait comme une abstraction agissant au-dessus d'elle et de ses deux fils, et contre les bénéfices de laquelle elle ne pouvait pas davantage intervenir qu'elle n'avait pù le faire contre les inconvénients à long terme de la guerre et de la ruine de la famille De.

Je savais de longue date, par la bouchère et autres commères dans l'épicerie-tabac de la Piroëlle, que les deux fils de la femme aux chiens étaient aussi ceux, évidemment illégitimes, de l'abbé R., curé d'une petite ville du Poitou dont l'église était visible depuis l'ancien manoir de la famille De. Avec la ruine consécutive à la guerre, c'était l'élément le plus romanesque de la biographie de ma gisante, et son premier sourire d'intelligence, six ans auparavant, avait été pour me signifier qu'elle savait maintenant que je savais cela, mais son ironie subtile, que je ne savais que cela, et certes pas son origine, sa cause : ni la guerre, la ruine, ou le Système, ni même l'amour, mais l'Amour – Ce sont des enfants de l'Amour, m'a-t-elle dit en insistant sur le A et en le faisant traîner pour marquer la majuscule. Et il aura fallu ces cinq printemps, et les interprétations toujours fatalistes qu'elle me faisait des romans que nous avions lus toutes deux, mais aussi que je fasse abstraction moi-même du caractère proprement feuilletonesque de sa liaison avec un curé d'une bourgade poitevine, pour que je comprenne à quel point l'amour n'était pas pour elle un sentiment qu'elle avait éprouvé pour l'homme d'Église, et l'homme d'Église pour elle, assez fort, même, pour que tous deux bravent l'interdit, supportent l'opprobre, puis, pour elle et ses enfants, la sanction, terrible, de la *vox populi*, paroissiens et famille : l'exil, sans aide aucune, et l'échouage fortuit à Nieul-sur-Mer, non loin du four à chaux écroulé et mangé par les herbes folles, et, pour lui, la sanction bien plus indulgente de sa seule hiérarchie : une mutation, à la condition *sine qua non* qu'il renie cette Jézabel et sa progéniture maudite, ce dont il s'était acquitté sans mauvaise grâce, après confession, et l'absolution en poche. Elle ne lui en voulait pas. Comment lui en aurait-elle voulu ? Pas plus qu'elle dans cette histoire entièrement régentée par l'Amour, l'abbé R. n'y avait été pour quelque chose.

L'Amour, c'était bien le petit Éros joufflu et ailé qui avait fiché une flèche dans chacun de leurs deux cœurs, au curé et à elle-même, un jour que, par hasard, ils discutaient proches l'un de l'autre sur le parvis de l'église qu'elle fréquentait assidûment. Et l'amour n'était que la conséquence du jeu divin, peut-être même pour la femme aux chiens simplement le produit dont le jeune dieu enduisait la pointe de ses flèches, car elle parlait d'inoculation, de contamination, de contagiosité, d'incubation ou d'effet immédiat, de dilution ou d'élimination de l'amour, elle disait, par exemple, que chez l'abbé l'amour avait été volatile mais pas chez elle, et que finalement le poison initial avait viré, comme s'il s'agissait d'une réaction chimique, en continuant de circuler dans ses artères sans jamais perdre de sa virulence, qu'il était passé sous cette espèce modifiée dans le sang de ses fils par voie placentaire, et que le petit Éros facétieux était tout aussi bien encore aujourd'hui l'unique cause, cette fois extérieure à eux trois, de la tendresse qui les unissait si fortement, la mère à ses fils, les enfants à leur mère et les deux frères entre eux.

Lorsqu'elle évoquait sa mise au ban de la petite ville où la famille De, ruinée, avait échoué, et cultivait la nostalgie en rôdant non loin du manoir qui ne lui appartenait plus, elle avait un hochement de tête indulgent, ce mince sourire narquois et las qui lui métamorphosait le visage en une figure véritablement humaine et pleine de vie, et les idées passéistes, disait-elle, que cultivait l'Église sur le péché étaient accueillies de la même manière amusée, tant il est vrai que la femme aux chiens ne s'identifiait pas à la Jézabel de l'Apocalypse, qu'elle n'éprouvait aucun sentiment de culpabilité. Quand je lui faisais remarquer qu'elle-même avait recours à des explications plus passéistes encore, le destin, Éros, le dieu de la guerre, elle m'opposait qu'elle avait raison, Mais oui, c'est ainsi, je vous assure, que vouliez-vous que je fasse ? avec une sorte d'assurance enfantine et souriante. Ou quand je doutais que sa vie fût une tragédie grecque et elle, une héroïne antique, soumise au *fatum*, aux caprices des dieux, elle me désignait sa maison, le jardin, les chenils et pour finir sa propre personne, Ah oui ? Vraiment ? Et ce désastre ? et, s'il lui arrivait d'autres jours d'attribuer ce désastre aux chiens, Ça ? Mais ce sont les chiens, ce n'était pas aux chiens réels qu'elle pensait, aux trois bisons qui allaient et venaient librement dans la maison, et aux chiens des chenils libérés dès mon départ, et qui fouillaient dans les assiettes, en faisaient tomber, culbutaient une chaise en se disputant un reste de repas, je ne sais quel chiffon pour jouer, c'était bien à une sorte d'instance animale supérieure qui régissait la conduite des chiens réels, eux aussi n'y étaient pour rien. Mais je revenais à la charge, le lendemain ou au plus tard une dizaine de jours après notre dernière conversation, car, au printemps, elle ne restait jamais deux semaines entières sans avoir une nouvelle crise de suffocation, sans être la proie d'une fièvre de cheval, disait-elle, ou le siège d'autres symptômes tout aussi impressionnants que mystérieux.

Maintenant je l'interrogeais même quand elle avait les yeux clos, était dans sa posture de gisante et ne pouvait me répondre que dans un murmure, sur ses contradictions, par exemple : je la savais animée de la même foi en Dieu que celle qui l'avait amenée sur le parvis de l'église de l'abbé R., dans la ligne de tir de l'Éros farceur, comment faisait-elle cohabiter Mars, Éros, l'esprit des chiens et son Dieu unique, et elle rigolait doucement, Oh, mais ce sont de tout petits dieux, de faibles esprits, croyez-vous vraiment qu'Il puisse en prendre ombrage ? À une autre occasion, je la taquinais sur l'instance canine, l'esprit du capharnaüm, qui semblait depuis peu avoir épargné, encore électivement il est vrai, la chambre de Luc, rangée, rutilante de propreté, et que je voyais comme le point d'attaque de la mise en ordre de la maison entière, car les choses s'y étaient organisées et embellies progressivement. L'adolescent avait commencé par son bureau, une planche sur deux tréteaux, qu'il avait peint en blanc. Avec des caisses de vin récupérées chez la Piroëlle, elles aussi passées au blanc, il s'était fabriqué tout un mobilier – une table basse, des casiers à livres et fournitures scolaires, une armoire à linge (plié, propre). Puis il avait peint les murs, s'était attaqué au sol désormais jonché de chutes de moquette dépareillées, son lit était toujours fait et la literie nette. Dans le trésor de guerre de la famille De, éparpillé dans toute la maison, il avait dégoté une tenture encore vaguement moirée qu'à sa demande sa mère avait adaptée aux dimensions de son armoire de fortune, pour dissimuler les vêtements, une paire de rideaux somptueux, dont la femme aux chiens avait ravaudé les points bouffés aux mites, et même rebrodé certains motifs usés, et un châle de soie dont il avait recouvert un fauteuil à l'assise effondrée, mais qu'il avait posé à califourchon sur une caisse de la Piroëlle, et dans lequel je le retrouvais parfois, assis jambes croisées et songeur, avec un vague air de châtelain, car la tenture, les rideaux, le châle, leur tissu précieux, conféraient à sa chambre un petit quelque chose de régalien.

Quant à tout cela, me semblait-il, que Luc avait réalisé presque seul en un an, l'adolescent y était bien pour quelque chose. Mais non. Une fois elle prétendait que les chiens n'avaient plus franchi le seuil de la chambre de l'aîné, Allez savoir pourquoi, avec les bêtes... et c'était donc le caractère éminemment versatile de la Chiennerie, en sa qualité d'esprit faible, qui était invoqué, une autre fois elle me rappelait combien l'abbé était ordonné, et qu'il tenait lui-même cela de son père, lequel le tenait, etc., et nous voilà en plein hasard et nécessité et déterminisme génétique, et pas de libre arbitre qui tienne, pourtant elle était fière de l'œuvre de son fils qu'elle félicitait chaudement, et le serrant convulsivement dans ses bras – pourquoi, s'il n'y était pour rien ? Alors elle m'accordait qu'il avait tout de même eu le choix entre l'ordre et la propreté sans la beauté et le même ordre et la même propreté mais avec le goût qu'il avait manifesté dans l'agencement et la décoration des choses, ou bien elle justifiait ainsi, sobrement, irrévocablement, son élan de tendresse : Parce que je l'aime, sinon, c'est vrai, il n'y a pas de raison.

Je revenais quelques jours plus tard, et je l'assaillais sur la faute qu'elle prétendait n'avoir pas commise, la culpabilité qu'elle prétendait ne pas éprouver, et j'imitais son geste circulaire, englobant maison, jardin, chenils, elle-même, lui demandais si tout cela ne représentait pas pour elle le prix à payer, si elle se croyait vraiment indigne de vivre, même avec les chiens, dans un environnement, par exemple, aussi net et beau que la chambre de son fils. Et elle bataillait, Quoi ? Quelle indignité ? m'assurant contre toute évidence, étant donné son propre aspect, que le désordre et la saleté n'avaient affecté que les choses, et que les choses ne représentaient rien, ou bien elle me disait La faute, c'est vous qui y pensez, insinuant que je serais un peu bégueule moi-même, comme l'avaient été les ouailles de l'abbé R. et sa propre famille, M'auriez-vous jeté la pierre, vous aussi ? Ou bien elle revenait au point de départ, sur la guerre, l'exode, la ruine, la Libération, Éros et la Chiennerie régnante, mais je voyais bien qu'elle n'était plus aussi convaincue par ses arguments que les premiers temps, qu'elle n'en usait que pour relancer éternellement la même discussion.

Elle avait commencé d'être sérieusement ébranlée

quand, la semaine précédente, j'avais décidé de l'asticoter sur sa propre beauté, arguant qu'elle n'y était pour rien mais qu'elle était pour quelque chose dans le fait qu'elle la négligeait. Elle avait eu un sourire timide de confusion, une légère rougeur était montée à ses joues au teint funèbre, puis elle avait ri, avait eu un geste mélodramatique, une main sur le cœur, l'autre bras étendu, et avait soupiré drôlement Ah ! cruelle ! puis Je vous vois venir, vous allez me dire que c'est un don de Dieu, Et qu'en faites-vous ? elle avait ajouté C'est de la pure provocation. Enfin, coquette, pour conclure, Suis-je vraiment belle ?

Le lendemain, la femme aux chiens avait changé ses draps et bien qu'on fût au cœur du printemps elle n'avait pas clos ses volets, elle ne portait pas ses bijoux car ce n'était pas l'heure dite pour se relever, mais elle s'était coiffée, sa chemise de nuit brodée aux initiales de la famille De était propre.

La chambre n'en paraissait que plus immonde. Les odeurs auxquelles je croyais m'être habituée, plus nauséabondes.

Une semaine plus tard, elle était de nouveau dans un état lamentable, essoufflée, fiévreuse, d'une pâleur de mort, ne supportant pas la lumière, échevelée, sale, Vous voyez bien ? À quoi bon…

Allez-vous laisser Luc, armé de son seul héritage génétique paternel, ranger, nettoyer et repeindre lui-même toute la maison ? lui ai-je demandé un peu plus tard, quand il s'est attaqué à la cuisine, pendant les vacances de Pâques de cette année-là.

La table de la salle à manger était entièrement débarrassée, décorée en son milieu d'une coupe de fruits en argent. L'argent était oxydé, j'ai pensé à la brillantine à loupiote d'Éphraïm Bonneau.

Non, non, ne croyez pas cela, Jean lui donne un coup de main, a été sa seule réponse. Mais il n'intervient que pour les travaux délicats, il a cette particularité d'être maladroit pour les gros travaux et d'une grande méticulosité pour les petits, Luc lui laisse les boiseries des fenêtres, les raccords de peinture, les fissures à boucher, les finitions de menuiserie, les petits détails. Elle s'est tue. Puis elle a repris, Mon père lui-même…, et j'ai opiné du chef. D'accord. Une nouvelle discussion allait s'engager sur l'inné et l'acquis, nature et culture, c'était le jeu favori de la femme aux chiens, discuter, malgré son essoufflement, sa faiblesse, parfois sa fièvre, avec souvent beaucoup de mauvaise foi, dont elle guettait les effets, des signes d'agacement, sur mon visage, quand je ne protestais pas oralement, un rire réfréné aux lèvres, et sans que jamais, en cinq printemps, elle eût finalement cédé un pouce de terrain.

Elle allait les laisser faire. Puisqu'ils étaient comme ça, aurait dit Chérie Belletête, quoique, elle, dans sa profonde bêtise. Luc, ordonné, Jean, méticuleux. La seule chose dont j'étais sûre était que la femme aux chiens respecterait les territoires d'ordre et de propreté conquis par ses enfants sur la pagaille et la crasse environnantes.

Puis je lui ai demandé si elle avait vraiment besoin de tomber à ce point malade pour lire et s'enfermer dans sa chambre, si elle ne pouvait pas faire la même chose en restant en bonne santé, s'octroyer cette liberté : trois mois de repos gratuits. Alors, vous ! Parce que vous croyez que je le fais exprès ? Et nous voilà toutes deux à nous empoigner sur la question des maladies psychosomatiques, qu'elle intitulait elle-même, sur un ton comiquement sentencieux, De l'influence de la psyché sur le soma.

Mais sa distraction favorite, ces dernières années, a été sans conteste la consultation systématique des cartes postales du peintre Barnes. La pensée m'était venue, un jour que la femme aux chiens me décrivait pour la énième fois le manoir perdu et l'église fatale, que le peintre Barnes avait peut-être traîné ses guêtres de ce côté-là et fidèlement peint l'un et l'autre, qui étaient tous deux sur son territoire de chasse. Je lui apportais toutes les cartes que me donnait la veuve, puis les enfants eux-mêmes ont commencé d'en acheter, quand elles étaient par dizaines vendues au rabais, pour avoir été trop longtemps exposées à l'air, dehors, sur les présentoirs, et qu'elles représentaient une église ou une bâtisse assez imposante pour pouvoir être le fameux manoir. Depuis deux ou trois ans déjà, Madame de, une fois qu'elle était relevée, enfourchait son vélo antédiluvien, partait elle-même jusqu'à La Rochelle en quête de cartes représentant le manoir, l'église, quelque paysage alentour immédiatement reconnaissable, la fontaine de la place du marché, peu lui importait. Au début, elle s'était contentée de consulter toutes les cartes sur tous les présentoirs sans faire l'acquisition d'aucune si elle n'y avait découvert ni la maison de famille ni la moindre représentation de la bourgade voisine. Puis elle a fini de rechercher ces cartes précises, comme j'ai fini moi-même de m'étonner en la voyant pédaler comme une forcenée sur la route de La Rochelle, parfois moins d'une semaine après être sortie de ses draps. Elle s'est mise à en acheter quelques-unes, sous le prétexte, me disait-elle en me les montrant parfois seulement des mois plus tard, qu'elles étaient emblématiques de ce qu'elle appelait la prodigieuse et totale absence de génie du peintre Barnes – qui la faisait rire aux larmes. Madame de aimait la peinture. En plus des romans, elle, qui ne réclamait jamais rien, me demandait des catalogues d'exposition, des livres d'art, des reproductions, tout ce que je pouvais lui obtenir ou lui prêter, avec une avidité plus grande encore. Quand j'entrais dans sa chambre, immuablement escortée par un des bisons, je la trouvais souvent la tête tombée, le menton touchant la naissance du sternum, tel un voyageur assoupi mais elle-même ne dormait pas, un livre ouvert à plat sur les cuisses et qu'elle n'avait plus la force de soulever, le halo chiche de la lampe ou un faible rai de lumière éclairant une fresque de Fra Angelico ou une toile de Nicolas de Staël qui était son peintre de prédilection, et, quand elle relevait la tête et me présentait son visage, j'y lisais un pur ravissement.

Mais je me suis vite aperçue que, si elle y recherchait toujours une image de son passé, elle n'achetait pas les cartes simplement pour se moquer de Barnes : elle choisissait des motifs les plus proches possible de ce qu'elle avait connu, et elle avait commencé d'écrire au dos des paysages du peintre sans génie et d'envoyer carte sur carte à sa mère et à ses frères et sœurs, qui gardaient le silence depuis dix ans et les avaient laissés, elle et ses fils, dans une solitude totale. De son père, celui qui avait prétendument légué à Jean son habileté à bricoler et restaurer les détails, elle n'attendait rien. Des autres, sans espérer toutefois de réponse, qui ne dépendait selon ses grandes théories sur les causes supérieures ni d'elle ni d'eux, elle pensait qu'ils seraient du moins amusés par la ressemblance entre les lieux représentés par le peintre Barnes et ceux qu'ils avaient arpentés ou habités ensemble, avant l'irruption du petit dieu joufflu et ailé au-dessus du parvis de l'église.

C'était ce qu'elle me disait, avec toujours dans les yeux, le sourire, le même aveu de sa mauvaise foi, mais assez de détresse ce jour-là pour que je ne proteste ni ne manifeste le moindre agacement.

Elle m'avait dit une fois, au cours des longues discussions sans solution que nous avions, qu'il n'y avait rien de plus minant que l'espoir, elle n'espérait pas. Elle s'en gardait avec une force et une sagesse exemplaires.

De mes visites à Madame de, après tous ces printemps, je pouvais dire qu'elles s'étaient soldées par un échec total. Les seules notables améliorations apportées dans la maison l'avaient été par les garçons, de leur propre initiative, et dans le but, m'avait dit Luc le plus naturellement du monde, d'amener ici des copains. La salle à manger était maintenant vivable, les chiens des chenils y étaient interdits de séjour, il restait à la repeindre, à trouver de quoi refaire une porte au buffet, à recouvrir les chaises dont la paille avait été griffée par les chiens, à régler le problème du sol – une simple chape de ciment –, à trouver des rideaux, puis à s'attaquer à la chambre de Jean qui avait chiné dans les décharges des serrures, ferrures et poignées de portes anciennes, et même trouvé dans le trésor de guerre de la famille une bordure de dentelle en fil doré qu'à sa demande sa mère avait cousue tout autour d'un plaid dans un état calamiteux. Bref, des détails. Mais, pour ce qui me concernait, ma seule contribution avait consisté à apporter à Luc un produit spécial pour faire briller la coupe en argent, et, s'il est vrai que Madame de avait à l'occasion recherché, trouvé et nettoyé toute la petite vaisselle, ronds de serviette et timbales de baptême en argent, éparpillée dans la maison, pour le reste, je n'avais rien obtenu de la femme aux chiens. Je n'espérais plus obtenir quoi que ce soit, je tâchais de désespérer avec sa grandeur d'âme à elle, je n'y parvenais pas, Madame de se moquait de ma sensiblerie, pourtant j'avais fini par puiser dans ces visites à cette femme étrange et romanesque un tel plaisir, si récréatif, que j'en avais déplacé l'horaire à mesure que je restais plus longtemps chaque fois auprès d'elle, dans une puanteur, une saleté et une pagaille dont je ne me formalisais plus, puis à venir la voir et vainement la soigner pendant les moments de loisir que je m'octroyais, quand je le pouvais, à la mi-journée.

Depuis trois ans, je venais chez elle à quatorze heures, et j'y restais parfois plus d'une demi-heure.

Jamais même une histoire Pénicilline ne m'avait pris autant de temps.

Au tout début du mois de juin 1982, alors que la femme aux chiens était au plus mal la veille encore et devait rituellement rester alitée deux ou trois semaines, je l'ai trouvée habillée, parée de bijoux et coiffée, attablée dans la salle à manger, elle m'attendait pour le café. Essuyez-vous les pieds, vous allez salir, a-t-elle claironné en éclatant de rire.

Abâtardie par l'odeur des chiens, l'odeur du café de Madame de m'a rappelé la salle à l'œil-de-bœuf d'Éphraïm Bonneau, et j'en ai éprouvé de la nostalgie.

Je me suis demandé si elle avait enfin trouvé une carte postale du peintre Barnes représentant le manoir ou l'église, ou si elle avait une réponse. Elle a brandi une carte postale représentant le manoir, et c'était une réponse d'une de ses sœurs, plus âgée qu'elle de trois ans, que Madame de disait née non pas de son père en permission, mais de la permission elle-même, la dernière avant la captivité, comme si sa sœur était le fruit du seul règlement militaire. Elle demandait à sa cadette de venir la voir.

Il faut que je m'arrange un peu, a dit la femme aux chiens. Pour le reste, a-t-elle ajouté comme au tout premier jour, en désignant d'un seul geste chiens, chenils, jardin, et toutes les pièces de la maison où ses fils n'étaient pas intervenus, On verra après.

Elle avait un cadeau pour moi, pour me remercier de lui avoir apporté ces fameuses cartes du peintre Barnes sans quoi rien ne serait arrivé, a-t-elle prétendu. C'était une vieille édition d'*Ulysse*, dont la couverture cartonnée était rafistolée avec du scotch.

Que Barnes, avec son absence comique de génie, et vous, avec vos grandes idées sur le libre arbitre, ayez pu vous faire les instruments de mon destin m'amuse beaucoup, m'a-t-elle dit.

Elle a intitulé la conversion qui s'est ensuite engagée De l'ironie du sort.

Femmes seules, 13 heures

Elle s'appelait Mme Rondeau. Elle me l'avait dit au téléphone, elle avait eu un rire bête qu'elle avait brusquement interrompu pour ajouter Vous allez voir pourquoi je ris, et elle avait recommencé à rire. Du même rire. Il y avait deux solutions : ou bien elle était étique ou bien elle était rondouillarde. En arrivant chez elle, j'avais déjà oublié cette histoire de Rondeau, de rire et des deux raisons également possibles de son hilarité, si bien que je m'étais demandé pourquoi elle pouffait dans sa main en insistant sur son nom, Rondeau, qu'elle me montrait du doigt sur l'ordonnance, et ce qu'elle attendait de moi, telle qu'elle s'était ensuite tenue, bouche bée, le regard interrogateur. Elle avait insisté, d'abord avec un Alors ? je vous l'avais bien dit, ensuite avec un Vous comprenez maintenant ? qui ne m'avait toujours pas fait réagir, enfin avec un Il n'y avait qu'une ronde comme moi pour épouser un M. Rondeau qui m'avait heureusement éclairée. Mais elle était ordinairement ronde, son nom était commun, et j'avais eu d'autant plus de mal à partager son hilarité que je lisais sur l'ordonnance qu'elle était en pleine dépression et, sur son visage, rond, dans ses yeux, aussi expressifs que des boutons de bottine, outre la joie – malgré son état dépressif – où semblait décidément la mettre la coïncidence entre ses rondeurs et le nom de son mari, une bêtise qui n'avait pas le caractère légèrement énigmatique de celle d'Éléonore Pinsard, ni n'était tempérée par la bonté fataliste de Chérie-Marie-Louise, ni n'atteignait évidemment aux dimensions pathologiques de l'idiotie de Jacquot le Simple, et dont j'avais soupçonné sur-le-champ qu'elle serait militante.

Mme Rondeau était donc ronde, plongeait périodiquement dans des états dépressifs atypiques, dont les manifestations étaient variables selon les saisons, était inaccessible à toute discussion sur les raisons probables de ces états – dont elle avait de toute façon refusé le qualificatif, quand le docteur Laurent le lui avait suggéré, par un irrévocable La dépression, c'est pas mon genre – et donc à toute autre thérapeutique que symptomatique. Et, les rares fois où, emportée par son propre bavardage, elle envisageait d'exercer de nouveau son métier, elle renonçait vite à le faire et donc à s'adonner à toute autre activité que celle qui consistait à récurer sa maison, à peine plus grande que celle de Barthélémy Réaux, qui lui faisait face, à cuisiner dans la semaine toutes sortes de plats et desserts auxquels elle goûtait, qui accusaient ses rondeurs, son poids, son inertie, avant de décider des menus des samedis et dimanches, seuls jours de présence à la maison de M. Rondeau, qu'elle appelait Monmari, à faire les courses le samedi avec Monmari car elle n'avait pas de voiture, et à prendre langue avec ses voisins immédiats et avec les clients des seuls commerces de Nieul qu'elle fréquentait : la boulangerie, la boucherie et la pharmacie – car, quant à l'épicerie-tabac de la place de l'Église, ce n'était pas son genre non plus, même après la mort du Piroëlle, elle ne s'était pas résolue à y entrer, et, quant au petit supermarché dont monsieur le maire, dans sa bonté de barine à l'égard de ses âmes, avait obtenu l'ouverture au-delà du four à chaux, il était trop loin pour elle. Même si, à l'aller, par la rue du Treuil-Boulard, tenait-elle à me préciser, c'est là que ça monte et qu'on a le panier vide, alors qu'au retour, si vous allez par là (c'était une de ses expressions favorites), j'aurais qu'à me laisser rouler avec mes provisions, et elle pouffait dans sa main.

Car, de tout cela, elle parlait abondamment. Elle décrivait ses états morbides par le menu avec l'égocentrisme propre aux dépressifs, elle répétait les ragots quand elle entrait dans une phase plus altruiste, elle me racontait les recettes de cuisine, car j'avais refusé de goûter à ses ragoûts et gâteaux malgré ma maigreur, disait Mme Rondeau en me considérant avec un air perplexe, et elle ajoutait ses propres commentaires en introduisant chacune de ses contributions personnelles par un J'y ai bien réfléchi, qui pouvait l'amener à conclure que Mme Réaux risquait de trouver quelqu'un si l'hospitalisation de Barthélémy se prolongeait, et même quelqu'un de Lafont, pourquoi pas un docteur ? ou, l'air tout aussi soucieux, à diminuer d'un quart le dosage de sucre glace dans telle recette de pâte à dacquoise, parce que Monmari avait trouvé celle-ci un peu riche. Monmari était sa référence en toute chose, et, dans le cours de son incessant bavardage, les opinions de M. Rondeau suivaient immédiatement les pensées qui étaient spontanément venues à son esprit à elle, après qu'elle eut bien réfléchi au problème que posait, si l'on allait par là, la confection d'un veau marengo, l'ivrognerie du fils Piroëlle, ses propres rondeurs ou ses états maladifs, les grossesses et avortements successifs de Mme Loiseau, ou la nécessité où allait être Mme Thiers de travailler, après la mort de M. Thiers, alors que Monmari disait que la place d'une femme était à la maison et que le gouvernement devait tout faire pour l'y maintenir en cas de malheur, On paye des impôts pour ça.

Parfois, le vendredi, après avoir vécu cinq jours sous la seule influence du monde extérieur, elle était fermement convaincue qu'avec quelques kilos en moins elle verrait disparaître ses récurrentes et graves crises de lumbago, et tout aussi fermement décidée à reprendre son activité professionnelle. Le lundi, elle décrétait que Monmari l'aimait comme ça, et, sans aucune retenue, mais avec une sorte de fierté naïve, elle me racontait combien de fois et comment il le lui avait prouvé ces samedi et dimanche passés avec elle dans leur petite maison, et elle avait abandonné l'idée de recommencer à travailler, à cause du samedi, précisément, elle serait obligée d'ouvrir le salon le samedi car c'était le meilleur jour pour le chiffre d'affaires, mais, d'un côté elle ne pouvait pas laisser Monmari tout seul ce jour-là, de l'autre Monmari pensait qu'on ne pouvait pas laisser un salon le samedi sous la seule responsabilité d'une ouvrière, et *blablabla*.

Elle marquait toujours un temps d'arrêt avant de prononcer le mot ouvrière, et avait toujours du mal à reprendre le fil de son discours après que ouvrière lui fut sorti de la bouche.

Mme Rondeau était coiffeuse et, depuis son mariage, elle n'avait eu que deux clients : Monmari et elle-même, toutes celles à qui elle avait proposé gracieusement ses services (moi y compris) ayant décliné ses invitations, probablement (autant que moi) découragées par les extravagantes teintures qu'elle se faisait elle-même, qui faisaient passer ses cheveux par toutes les couleurs du soleil couchant, de l'orangé au vermillon jusqu'au carmin, même Odilon Redon n'avait pas eu de pareilles audaces, et par l'immuable coupe qu'elle arborait, poil ras sur crâne rond. Après l'avoir appelée Rondeau la Ronde, car Mme Rondeau n'avait pas manqué, la première fois qu'elle avait pénétré dans sa boutique puis chaque fois qu'elle y avait rencontré une nouvelle cliente, de faire remarquer à la cantonade qu'il n'y avait qu'une ronde comme elle pour épouser un M. Rondeau, la bouchère, qui avait le perron de la petite maison dans son champ visuel, me demandait périodiquement Alors ? Qu'est-ce qu'elle nous fait maintenant la Cheveux Rouges ? à quoi je tâchais d'opposer un air impavide de vieux Chinois opiomane, et comme si j'étais atteinte de la même surdité qu'Éléonore Pinsard.

Les Rondeau avaient acheté trois ans auparavant cette maison de pêcheur de la rue de l'Océan et y avaient emménagé sans avoir préalablement renoncé au mobilier Henri II dont la mère de Monmari s'était défaite, pour l'offrir en cadeau de mariage à son fils. Il est d'époque, m'avait déclaré Mme Rondeau. La première à s'aviser du fait que ça ne rentrerait pas avait été la bouchère, au moment de l'ouverture des portes du camion, le deuxième à douter du bon déroulement des opérations, un des déménageurs, qui était paraît-il entré faire un tour dans la maison vide, en était ressorti, puis était resté campé dans le caniveau, avait regardé alternativement le contenu du camion, l'intérieur de la maison, le ciel, en se grattant la tête, longuement. Sauf une table de nuit d'assez modestes dimensions qui avait échoué dans le jardinet à l'abri d'une petite verrière, que M. Rondeau entretenait d'une couche bisannuelle de lasure, où Mme Rondeau avait rangé de petits outils de jardin, Comme ça elle sert à quelque chose, et qu'elle avait surmontée en saison de pots de géraniums, hors saison de pots de fleurs artificielles pour la décoration, tout était rentré, après avoir été dûment démonté: l'énorme buffet, la table massive, les chaises au dossier haut et travaillé, l'ensemble de couleur sombre, et, à l'étage, une armoire aussi large que deux cercueils joints, un lit surélevé aux bois encombrants, collé contre le mur, au-dessus duquel la pente du toit faisait comme une velléité de baldaquin, et une unique table de nuit, pendant de celle qui avait fini dans le jardin.

Nulle part ailleurs que dans la maison des Rondeau je n'ai ressenti pareille sensation d'étouffement, pas même les jours où Mme Séjourné mettait toute sa maison en deuil. Là, l'espace manquait au point que Mme Rondeau se cognait à tous les meubles, que nous ne pouvions pas nous croiser si nous étions toutes deux du même côté de la table et que, à l'étage, je devais me coincer entre la table de nuit et le mur, en baissant un peu la tête, pour pouvoir refermer la porte de la chambre.

Dans la salle de bains, il y avait le confiturier Henri II qui n'avait pas trouvé place dans la salle du bas.

Durant ces trois ans, j'ai souvent trouvé Mme Rondeau au lit, qui ne se levait alors que pour m'ouvrir la porte dans la matinée et pour la refermer aussitôt que, selon elle, la piqûre avait produit son effet antalgique. Sa place était côté table de nuit, celle de Monmari côté mur, elle se couchait toujours la première, aussi, m'avait-elle expliqué à l'envi, il devait l'enjamber pour aller se coucher à son tour, et à peine l'avait-il enjambée que ça lui donnait des idées, lumbago ou pas lumbago, Si vous voyez ce que je veux dire. Je voyais. Suivaient, dans l'ordre, le produit de ses réflexions à elle sur les fonctionnements respectifs des désirs masculin et féminin, qui tournaient autour d'une seule opposition, Eux, suffit qu'ils touchent, nous, c'est plutôt dans la tête, et, pour finir, les opinions de Monmari sur le même sujet, dont à ce jour j'ai oublié la substance.

Quand je venais le samedi, Monmari n'était pas là. Il profitait de mon passage pour faire les courses, seul, ce qui ne se produisait que lorsque sa femme était malade. Je ne l'ai pas vu pendant trois ans. Je ne connaissais de lui que ses opinions telles que me les rapportait Mme Rondeau, et qui, notamment le lundi, lorsqu'elle se rendait tout entière à ses raisons, me rendaient son bavardage insupportable. À la différence d'Abrège-Albert, en effet, qui se contentait de rapporter anecdote sur anecdote sans solliciter l'avis de son interlocuteur, la coiffeuse aux cheveux rouges me harcelait de Et vous qu'est-ce que vous en pensez ? et tâchait par tous les moyens dialectiques, alors que l'usure y devait souvent suffire, de me faire adhérer à ses propres théories, à peu près au point le vendredi, et aux théories souvent contraires de Monmari, le lundi. Et tout cela avec une ardeur militante, presque un acharnement prosélyte, dont je ne voyais d'équivalent que dans l'immobilité obstinée et mutique et dans le regard buté de sainte Éléonore les jours où, plantée pour la énième fois sur mon perron, elle tentait de me fourguer son *Pèlerin*, pour le salut de mon âme. Je savais que M. Rondeau était représentant de commerce et qu'il sillonnait la France dans la perspective de passer chef (c'était la formule de Mme Rondeau), pour enfin se sédentariser à La Rochelle et rentrer tous les soirs à la maison. Je devinais qu'il devait avoir quelque chose de la brutalité obtuse du petit chef, et ce soupçon m'était venu moins du compte rendu de ses opinions et de l'existence qu'il faisait vivre à sa femme, dans l'oppressante compagnie du mobilier Henri II maternel, que de la manière particulière qu'avait Mme Rondeau de prononcer le mot ouvrière. Ni le ton qu'elle prenait alors, ni le mépris dont le mot était chargé ne venaient d'elle. À peine, d'ailleurs, avait-elle emprunté le premier puis fait sienne la condescendance sociale de son mari qu'elle était frappée d'une sorte de stupeur malheureuse : ses parents étaient ouvriers d'usine, elle était née et avait grandi à Sochaux, où Monmari l'avait rencontrée, lors d'une tournée, car il avait ouvert sa valise sur la table de salle à manger de sa maison natale, et ils avaient échangé leurs premiers regards au-dessus d'un choix d'ensembles nappe-serviettes dont il avait dit par la suite qu'ils étaient tous trop luxueux pour le mobilier – dépareillé – parental, parce que, par la suite, il l'avait moins épousée qu'arrachée à son milieu, débitait-elle pendant que je sortais mon matériel. Il était hors de question pour elle de retomber, c'était le mot favori de Monmari, par exemple de déchoir au point de fréquenter l'épicerie de la Piroëlle, qui n'était donc plus son genre, ou de travailler – travailler était l'apanage des femmes du prolétariat, et cela, par-dessus le marché, devait lui marteler son homme dès le vendredi soir, donnait en général des idées révolutionnaires. Seuls étaient véritablement siens l'expression de ravissement qui lui éclairait fugitivement la face quand elle en était encore à envisager d'avoir une ouvrière – elle serait alors patronne –, puis l'air d'amertume profonde quand elle en arrivait à renoncer à son projet, bâti durant la semaine, d'ouvrir un salon. À cause du samedi.

Nul ne pouvait raisonnablement envisager de lui révéler qu'elle rêvait moins d'être patronne que de sortir de cette maison étouffante, de sa solitude et de son ennui, ou que la théorie de Monmari sur la place des femmes, du moins de celles de son rang tel qu'il concevait celui-ci, était aussi violente et vulgaire que si elle avait été ouvertement formulée ainsi : il avait décrété que sa place à elle était d'avoir le cul coincé entre le buffet et la table Henri II de maman, de lui faire à manger comme maman et de se faire sauter les samedis et dimanches comme une putain. Lumbago ou pas lumbago. Dépression ou pas dépression, car elle pleurait parfois toutes les larmes de son corps, la ronde Rondeau aux cheveux rouges, elle disait, surtout le lundi, que c'étaient les hormones, une autre fois la thyroïde, elle n'éprouvait spontanément aucun mépris pour les femmes qu'elle rencontrait en semaine à la boucherie, à la boulangerie, à la pharmacie ou dans sa rue, et j'avais découvert à la longue que, si elle répétait bien les ragots sur les unes ou les autres des familles alentour, elle en donnait toujours une version finalement à son image, toute en rondeurs, car elle cherchait et trouvait à chacun, à chaque travers ou écart de conduite ce qu'elle appelait une excuse.

Et même si l'excuse invoquée était puisée dans les tenants et aboutissants d'une psychologie de bazar et laissait perplexe quant à la relation de cause à effet (par exemple, la méchanceté de la bouchère trouvant sa justification dans le fait qu'elle était quotidiennement témoin du découpage de la viande), du moins révélait-elle un fond de gentillesse tel que j'ai bientôt vu Mme Rondeau comme une femme forcée de partout : forcée d'éprouver des sentiments, d'adopter des opinions et de développer des théories qui n'étaient les siens ni les uns ni les autres, et d'aller parfois jusqu'à renier père et mère, comme elle était forcée, physiquement, de tenir dans un espace trop restreint pour son volume. Et tout ce qui lui était prescrit dans l'année, pilules ou piqûres, consistait absurdement à lui rendre supportable le manque d'espace, d'activité et de liberté, tout en la renforçant dans l'ignorance de sa souffrance réelle, et à la requinquer suffisamment pour qu'elle développe, deux ou trois mois après les derniers symptômes en date, une forme d'état morbide assez différente de la précédente pour ne pas lui mettre la puce à l'oreille, C'est pas comme l'autre fois, pouvait-elle affirmer sans mentir. Là, c'est plutôt des évanouissements qui me prennent.

L'espoir me caressait de temps à autre de voir soudain Mme Rondeau prendre le mobilier Henri II, l'espace restreint entre chacun de ses éléments, son lit volumineux et finalement Monmari en horreur, quoique les rares allusions que je me permettais, par exemple, sur ce qu'elle gagnerait à faire confiance à une ouvrière l'avaient laissée stupide, et qu'à ce maigre et fugace espoir Line m'avait depuis longtemps opposé, dans sa grande et irrévocable sagesse, qu'il n'y a pas de remède à la connerie, cause de bien des malheurs.

Puis j'ai rencontré Monmari un dimanche – jour où d'habitude les soins étaient épargnés à Mme Rondeau. Il n'avait certes pas occupé mes pensées et je ne m'étais pas perdue en conjectures à son sujet, mais sans doute me l'étais-je imaginé assez filiforme pour passer, lui, sans encombre, entre le buffet et la table de sa mère, car son aspect m'a surprise. Grand, gros et gras, l'espace qui lui était dévolu était relativement encore plus limité que pour Mme Rondeau, et il a produit sur moi, quand je suis entrée dans la pièce qui m'était pourtant familière, l'effet du meuble de trop, celui que des experts, après l'accident, désigneraient à coup sûr comme le responsable de l'implosion. Toutefois, il était né avec ces meubles d'époque et évoluait dans la salle du bas avec une souplesse insoupçonnable, repoussant sa chaise sous la table en un geste automatique avant de passer derrière, se glissant sur le bon côté avant d'ouvrir une porte du buffet, alors que Mme Rondeau restait souvent coincée et devait la refermer, se déplacer et l'ouvrir de nouveau pour atteindre enfin ce qu'elle venait y chercher. Mais, pour le reste, Monmari était conforme à l'image qu'à mon insu je m'étais forgée de lui, il m'a tout de suite fait penser à un Texan résolument certain de la prééminence de la race bovine sur la race noire. C'est bien ça, me suis-je dit.

Ce fameux dimanche, c'est donc plus exactement

l'épouse de Monmari que j'ai rencontrée, qui n'avait plus de commun avec la ronde Mme Rondeau que j'avais vue dans la semaine durant trois ans que son apparence, me donnant l'illusion d'être en présence de sa jumelle ou de son sosie. Elle n'avait pas la même voix, celle-ci avait pris des inflexions enfantines pour s'adresser à lui et petite-bourgeoise pour s'adresser à moi, avec qui elle avait immédiatement marqué une sorte de distance, avec un air de menace et de culpabilité, me signifiant ainsi qu'il ne m'était pas permis de faire état entre nous de quelque familiarité, comme si cette familiarité n'avait pas été instaurée par elle seule, et sans réciproque, et que donc elle n'avait jamais été malade, eu besoin de mes soins ni que je recueille ses confidences, ne s'était pas plusieurs fois effondrée en larmes, à cause de sa thyroïde, dans mes bras malingres, disait-elle, ou, pis encore, comme si nous avions fait connaissance dans le cadre de je ne sais quel trafic illicite qu'elle avait toujours caché à Monmari. Elle minaudait. Tout ce qui faisait sa spontanéité naïve et son authenticité avait disparu. Elle a poussé quelques cris et soupirs alors qu'elle ne s'était jamais plainte, et, surtout, j'étais soudain devenue pour elle ce que voyait manifestement en moi le Texan : une ouvrière, qui devait travailler même le dimanche pour des clopinettes, comme le disait Natacha Ermitage, elle a vite pris à mon égard cet air hautain et soucieux qu'empruntaient certaines aides-soignantes du vieil hôpital d'Orléans lorsque envoyées chercher un médicament dans un autre service elles traversaient les cours, un gilet croisé sur l'étiquette portant leur nom et véritable qualité, mais avec un stéthoscope dont elles s'étaient préalablement emparées qui dépassait de leur poche pour attester, aux yeux des visiteurs de passage, qu'elles étaient des docteurs. Elle arborait un air de ravissement feuilletonesque, ou encore tel que je l'avais vu sur les images des romans-photos de *Bonne Soirée* qu'affectionnait ma grand-tante Marie-Louise et que mes sœurs et moi lisions en cachette, si bien que lorsqu'elle parlait, avec son autre voix, son autre visage, et en y mettant la distance qui se devait d'être respectée entre elle et le petit personnel, j'avais l'impression qu'elle était doublée.

De formidables bordées d'injures commençaient à me venir à l'esprit, en même temps que j'étais gagnée par le fou rire, tant le Texan était aussi caricatural dans son genre qu'Aldo Maccione, et par la même colère impuissante, devant le jeu de rôle mortifère auquel se livrait l'épouse de Monmari en la présence de son homme, que quand j'avais appris, de la bouche même de la cirrhotique Estelle Desnoyers, qu'elle faisait passer le goût des perfusions d'extraits de foie en prenant un petit coup de Ricard. Et sans doute me serais-je rendue entièrement aux raisons de Line si je n'avais soudain vu, dans la chevelure rase et rouge, non seulement la seule tache de couleur, et pimpante, de la salle obscurcie par le mobilier Henri II, non seulement la dernière chose que possédât encore en propre la fille des ouvriers de Sochaux, et qu'elle veillait à rendre de plus en plus ostensible, mais encore, sous l'espèce alors d'une sorte d'avertissement, l'enseigne lumineuse du salon à venir.

Jusqu'à la fin, j'ai craint que Mme Rondeau ne revienne à sa couleur et ne remette entre les mains d'une collègue le soin de la coiffer. Mais je suis retournée la soigner à deux reprises et l'ai croisée des dizaines de fois dans le seul périmètre de Nieul qu'elle arpentait, papotant de sa voix naturelle, sans minauder ni faire de discrimination entre ses interlocutrices, elle n'avait pas renoncé à essayer sur elle la teinte tapageuse du dernier cri, disait-elle, ni à accentuer la forme géométrique de la tonte, qu'elle qualifiait de stylisée. Car elle se tenait au courant des nouvelles tendances, ajoutait-elle. Je regardais ces cheveux rouges paradoxalement comme les traits naturels et inaltérables de la jeune fille qu'avait été Mme Rondeau avant le passage fatidique du Texan dans le pavillon ouvrier de Sochaux, en même temps que comme l'affirmation de son savoir-faire, le signe qu'un beau jour elle reprendrait peignes et ciseaux, laque et rasoirs, et cette fois à son compte, avec son propre nom sur la vitrine, qu'elle lirait à l'envers quand elle serait à l'intérieur, et avec des prérogatives de patronne.

Les cheveux rouges sur la tête de Mme Rondeau, et plus encore sur celle de l'épouse-de-Monmari dans son rôle de composition, me semblaient ainsi chargés d'une promesse analogue à celle qu'avait tenue Olivier Robin quand, lui aussi forcé, pressé par son père alors malade d'apprendre le métier de maçon pour lui succéder dans la petite entreprise de bâtiment qu'il avait montée, il s'était juré de rester aussi fidèle à son instrument qu'il se devait d'être loyal envers son père (qui lui avait offert les cours particuliers, les instruments successifs, l'inscription au conservatoire où il l'avait emmené en voiture, et ramené, bien qu'il ait dû toujours pour cela interrompre son travail sur les chantiers). À cause des matériaux qu'il manipulait à longueur de journée, ses doigts avaient doublé de volume, la chair en était creusée de sillons et par endroits dure comme de la pierre, mais rien n'avait entamé la délicatesse des sons qu'il arrachait à sa flûte traversière lorsqu'il jouait, avec l'orchestre du conservatoire de La Rochelle ou, en privé, dans de petites formations de musique de chambre. Il y avait, à venir, dans la toison vermillon de Mme Rondeau, me semblait-il depuis que je l'avais vue presque étinceler parmi le mobilier Henri II, le même petit miracle de ténacité et de liberté que dans la qualité musicale du jeu d'Olivier Robin.

Toutefois Mme Rondeau restait immuablement inconsciente de porter sur la tête l'enseigne de son futur salon, elle fréquentait toujours aussi assidûment la pharmacie et la consultation du docteur Laurent, elle continuait de se persuader que, avec toutes ses maladies, heureusement qu'elle ne travaillait pas, qu'elle avait sa petite maison, les trois rues de Nieul qu'elle connaissait, les courses du samedi, les recettes de cuisine, et l'appétit de Monmari dans tous les domaines si vous voyez ce que je veux dire, et tout cela avec la même obstination que celle mise par Estelle Desnoyers à se verser ses verres de Ricard après les perfusions d'extraits de foie.

Ou par les cinquante filles de Danaos à remplir leur tonneau sans fond, aux enfers.

Et je ne pouvais pas oublier depuis ce dimanche que, derrière la figure bête, gentille et souffrante de Mme Rondeau, se cachait l'archétypique épouse du Texan, à la voix de fausset, aux manières, sentiments et opinions d'emprunt, à quoi elle jouait en fin de semaine et les jours de congé de Monmari, et qui la forçait à se composer un autre visage.

C'est au même moment que j'ai rencontré la femme de Lagord qui, elle, s'était fait faire un autre visage dans l'espoir que son mari infidèle reviendrait, et peu de temps après que j'ai appris que la veuve choyait le souvenir de son mari mort, mais avait préféré que l'empreinte du visage, pour le masque mortuaire du défunt, fût prise sur le cadavre d'un autre, de son choix.

La femme de Lagord était une patiente du grand infirmier Jean-Paul, parti tout le mois de juillet dans sa Bretagne natale se donner un avant-goût de sa retraite. Elle rentrait de l'hôpital où elle avait été opérée, et j'entendais bien qu'elle ne voulait pas me dire quelle intervention elle avait subie, elle insistait sur le fait qu'il importait peu qu'elle ait été opérée de ceci ou de cela que, de toute façon, c'était pour autre chose qu'il lui fallait non pas des pansements mais des intraveineuses. À cause d'un choc. Quand elle m'a ouvert la porte, je me suis dit que le choc lui avait été porté en pleine figure, son visage n'était qu'un énorme hématome en voie de résorption, de toutes les couleurs de l'arc-en-ciel, comme si elle avait été tabassée par un unique coup de poing, parfaitement centré, d'un géant. En même temps, le front était exagérément bombé, les paupières supérieures si tendues qu'elle avait les yeux perpétuellement écarquillés, et, sous les pommettes elles aussi tendues à craquer, la peau semblait d'un autre âge.

J'avais à Lauzières un patient grand brûlé que je soignais depuis cinq ans. C'était un ancien pilote d'hélicoptère, qui avait survécu à un accident, mais gardait la chambre entre chaque séjour à l'hôpital. Son corps avait été brûlé, ses doigts s'étaient ratatinés, il ne tenait plus guère sur ses jambes et avait de grosses difficultés respiratoires, et de toute façon il ne voulait pas se montrer pour épargner le spectacle de son visage aux passants et ne voulait pas davantage se camoufler sous un passe-montagne. Il gardait, me disait-il, un vif souvenir du monde extérieur, sur lequel il avait eu aussi un point de vue aérien qu'il ne se lassait pas de me décrire, de mémoire, et qu'il ne voyait plus désormais que par la fenêtre de l'ambulance qui l'amenait périodiquement à Bordeaux et l'en ramenait. Sa figure avait été dévorée par les flammes et évoquait malgré les greffes du plastique fondu, mais il avait miraculeusement gardé la vue, quoique son champ de vision fût rétréci, et ses yeux, irrégulièrement ceints de bourrelets de chair tordue presque translucide, étaient la seule chose qui rappelât figure humaine. Ses petits-enfants l'appelaient Dracula, m'avait-il dit en riant. Quand on le voyait la première fois, on comprenait à quelle source avaient puisé les concepteurs de monstres extraterrestres, qui n'étaient que de pâles répliques d'êtres humains gravement accidentés, pourtant je n'ai pas gardé le souvenir d'avoir éprouvé ni malaise ni même surprise devant le grand brûlé de Lauzières comme en présence de la femme de Lagord. Indépendamment de ce qu'était le pilote, qui inspirait plus d'admiration que son aspect ne pouvait choquer, c'est sans doute parce que lui avait été accidentellement défiguré, alors qu'avec elle c'est à une sorte de laideur de fabrique que j'étais confrontée.

J'ai pensé en la voyant non pas à un lifting, par manque d'expérience, mais à une opération de chirurgie esthétique consécutive à un accident, quelque chose de l'ordre du rattrapage, ou du pis-aller. Je ne l'ai pas interrogée, tant elle était restée volontairement évasive sur la question. De jour en jour, j'ai vu la peau recouvrer sa teinte originelle en passant par une couleur généralement jaunâtre, les derniers œdèmes se résorber, les traits définitifs se dessiner. Le front est resté bombé, le regard écarquillé, les pommettes tendues, et tout le haut de son visage, rigide, accusait une affreuse ressemblance avec une tête inexpressive de poupée de celluloïd. Le bas s'en allait relativement d'autant plus en capilotade, depuis les parenthèses amères qui encadraient la bouche jusqu'aux plis du cou, qui finissaient de s'affaisser sur les clavicules.

Mais, dès que les hématomes ont disparu, la femme de Lagord a semblé satisfaite. Elle l'était moins du résultat en lui-même que de ne pas se reconnaître, elle ne cessait de dire, avec le seul sourire étroit que lui permettait l'intervention dite esthétique, qu'elle était méconnaissable, ou une autre, qu'on l'avait changée et que tout pourrait donc changer. Elle a d'abord parlé par énigmes, puis, la veille du jour où le grand infirmier devait reprendre son travail et moi, partir en vacances, elle m'a raconté que son mari, la cinquantaine comme elle, était parti avec une toute jeune femme, et qu'elle s'était fait lifter pour se rajeunir. Elle ne lui en avait pas parlé, elle voulait lui faire la surprise, m'a-t-elle dit. Elle paraissait sûre qu'il tomberait amoureux de sa nouvelle jeunesse et reprendrait la vie commune avec cette autre qu'elle était devenue, selon elle. Je l'ai laissée avec cette certitude.

C'était une femme d'un milieu très modeste, elle avait voulu un autre visage, elle avait subi un lifting du pauvre, elle était laide.

La veuve, elle, était une voisine. Elle ne faisait pas partie des pipelettes du Val-Hureau, elle n'était pas hypochondriaque ni n'était encore tombée malade, elle avait été professeur de français, en retraite depuis un an, et vivait avec son fils Bernard, plus âgé que les enfants de Line et qui ne partageait pas leurs jeux, sur la petite place devant la maison. Ni directement ni donc par l'entremise de son fils, je n'avais vraiment rencontré cette femme avec qui, toutes ces années, comme avec Line autrefois, je n'avais échangé que des saluts, signes de la main, sourires et politesses.

En septembre 1982, son fils étant parti à Paris faire ses études de styliste, elle s'est retrouvée seule.

Elle était allée l'installer dans un petit studio au tout début du mois d'août, et quand tout a été prêt, les doubles rideaux à l'unique fenêtre, des provisions, un peu de vaisselle et déjà les vêtements d'hiver dans les placards, quand la séparation est devenue inéluctable, à son retour, elle s'est cassé la jambe. Bernard était encore là quand elle est sortie de l'hôpital, mais le départ était imminent, elle a fait une phlébite. Puis une embolie pulmonaire. C'est ce qui s'appelle marquer le coup, m'a-t-elle dit quand elle a été de nouveau chez elle.

J'allais la voir après avoir relevé les appels sur le répondeur et fait la paperasserie pour l'après-midi, il était treize heures, elle avait déjeuné depuis une bonne heure. Elle a commencé de me parler de son mari mort depuis près de dix ans au cours de la deuxième semaine. J'ai assisté à l'élaboration progressive du portrait de l'homme et du roman de la vie qu'elle avait prétendument menée avec lui. Elle a procédé par à-coups, en apportant sur ce qu'elle avait dit la veille l'équivalent de corrections, ratures et rectifications de dates ou de menus détails. Le résultat de toutes ces opérations était dénué de tout intérêt, l'histoire tenait du conte de fées moderne, ma grand-tante Marie-Louise ou l'épouse du Texan y auraient trouvé leur compte. Mais j'étais fascinée d'abord par la distorsion entre l'intelligence de cette femme, les textes qu'elle avait lus et commentés, les livres qu'elle continuait de lire et la source feuilletonesque où elle allait puiser pour se bâtir son histoire d'amour, ensuite et peut-être surtout par le gouffre qu'elle creusait de jour en jour, en l'absence de son fils, entre le souvenir imaginaire, qu'elle avait sans doute commencé de cultiver pour son fils et fini d'échafauder dans la solitude, et la réalité – elle est allée jusqu'à lui inventer une mort, quasi héroïque, dans des douleurs qu'il avait supportées stoïquement, m'a-t-elle (s'est-elle) raconté.

Je n'avais pas connu feu le mari de la veuve.

Mais c'était un incapable et un ivrogne notoire qui, à la fin de sa vie, ne pouvait pas aller plus loin que Le Soleil Levant, sur la place de Nieul, pour étancher sa soif, et n'était pas davantage capable de faire le trajet du retour après la fermeture des portes du Soleil Levant, vers vingt-deux heures. On le ramassait quotidiennement dans le caniveau, au niveau de l'école primaire, quand il avait réussi à dévaler la pente de la rue de Beauregard jusque-là, puis, au fil du temps, de plus en plus près du Soleil Levant, de plus en plus loin de chez lui, si bien qu'au début on l'avait ramené à sa future veuve à pied, en le soutenant, mais que, plus tard, on avait dû prendre chaque fois une voiture et le déposer sur le canapé de la salle de séjour.

Il a été trouvé mort une nuit, dans ses vomissures, devant chez les parents de Line.

La veuve ne pouvait pas ne pas savoir que je savais tout cela. Mais que je sois informée de la vérité l'avait laissée évidemment indifférente. Puis, à mesure que se bâtissaient son histoire et la figure d'un mari idéal, et qu'elle m'énumérait les preuves d'amour qu'ils s'étaient données l'un à l'autre, elle a dû oublier la réelle et navrante existence, inféodée à l'alcool, qu'elle avait menée.

À la fin du mois, la maison de l'invincible femme aux chiens, qui était restée fermée depuis la mi-juillet, a été entièrement nettoyée par ses propriétaires et remise en location, les chenils, détruits, le jardin, assaini. J'ai appris qu'elle avait déménagé en mon absence au mois d'août, je ne l'ai pas revue. Mais j'ai pensé que, si elle avait su, pour l'épouse du Texan, la femme liftée de Lagord, la veuve d'un autre, elle aurait ri et trouvé que, pour ces femmes seules, le petit dieu Éros avait enduit ses flèches d'un poison plus virulent que le jour où il les avait frappés, l'abbé R. et elle, sur le parvis de l'église de cette petite ville du Poitou où j'imagine qu'après le signe de sa sœur, l'envoi de la carte postale du peintre Barnes représentant le manoir perdu, elle avait dû enfin retourner vivre.

Les Tsiganes

Ni la fille ni le gendre des Séjourné n'ont cédé aux instances de l'Eulalie. Véronique et Lucie sont retournées au collège là-bas dans l'Est, à la frontière avec les Allemands. Je les ai vues en juillet, avec davantage de centimètres, mais pour le reste strictement semblables à elles-mêmes, comme si j'avais d'abord eu affaire aux plus petites figurines de deux poupées russes, puis chaque fois à la version dans laquelle la précédente s'encastrait, mêmes vêtements, m'a-t-il semblé, mêmes lunettes, et, quand elles sont revenues en septembre juste avant leur départ, les deux mois passés au soleil n'avaient pas altéré la pâleur de leur peau, sous leur épaisse chevelure noire.

Maintenant il m'arrive de plus en plus souvent de trouver Mme Séjourné allongée sur son lit de mort, que recouvre une courtepointe neuve. Et blanche. En plus du fauteuil, il y a deux petites tables de nuit – sur lesquelles manquent de toute évidence les chandeliers, dans les chandeliers, les cierges –, et des chaises en mauvais état qu'elle a fait descendre du grenier. Elle attend du monde pour la veillée mortuaire, encore faut-il réparer les chaises. J'ai un boulot ! me dit M. Séjourné en levant les bras. Le vieil homme a la peau tannée, quant à lui, il a passé l'été au jardin où il a encore fort à faire en ces jours d'équinoxe, Il sera toujours temps de m'enfermer dans l'atelier pour remettre à neuf les chaises des pleureuses, c'est ainsi qu'il les appelle désormais. Il s'est habitué à sa langue coupée et a repris une vie sociale. Je le rencontre souvent dans Nieul, trottinant jusque chez un vieux copain, sortant de chez un autre, ou suivant un enterrement. Il est un des rares à aller visiter Gustave Lambert, le dernier agriculteur de Nieul, mis au ban du village parce que pendant la guerre il vendait ses pommes de terre aux Allemands. Les champs de Gustave bordent la route qui mène à l'abbaye de Sermaize. Comme Olivier Jeanjean, quoique à une bien moindre échelle, son fils Gustave junior travaille au contrat avec des conserveries, petits pois, carottes, haricots. Une moitié du rang le plus proche de la route est pillée par Fil d'Acier, la Mère supérieure et Josy, la deuxième par le père Loiseau, pour payer les avortements de sa femme, toujours onéreux malgré la loi Veil dont l'application, sept ans après, laisse décidément à désirer. Gustave junior sait parfaitement qui vient se servir, c'est pourquoi il cultive au plus près du bitume et qu'à cet endroit le trottoir d'herbes folles est plus étroit qu'ailleurs. Depuis des années que ça dure, me raconte M. Séjourné, le Junior, il est averti du moment de la récolte quand Loiseau et les gens de l'abbaye ont cueilli. C'est dans les deux ou trois jours qui suivent à coup sûr. Avant, c'est trop tôt, après, c'est trop tard, les légumes ont commencé de pourrir sur pied ou t'as un orage qui va tout te foutre en l'air. C'est qu'ils ont l'instinct, bêtes comme ils sont.

Et le Junior ne renoncerait pas à ce rang caritatif : il a la faute de son père à payer. Lui aussi est tenu à l'écart. M. Séjourné a un hochement de tête navré : Alors qu'il avait cinq ans quand son père faisait son petit trafic avec les Allemands, et que les Allemands auraient peut-être zigouillé Gustave ou, de toute façon, auraient bouffé ses pommes de terre gratis si Gustave les avait pas fait payer, c'était pas un mauvais bougre, mais eux, si, c'en étaient même de sacrés.

Il y encore quelques mois, l'Eulalie aurait sursauté au mot Allemands et rappelé en gémissant qu'elle allait mourir seule si sa fille ne venait pas s'installer ici le temps qu'elle trépasse, ou prétendu que son mari allait leur porter la poisse en allant traîner avec Gustave, ce vendu.

Aujourd'hui, elle repose sur sa couche mortuaire presque toute la journée. Elle est calme, d'humeur sereine.

Depuis qu'elle est morte, me dit le vieux monsieur en me raccompagnant à la porte, elle va beaucoup mieux.

Et c'est vrai.

Je lui dis Votre Eulalie, c'est un défi à la science.

Ça le met en joie.

C'est qu'j'ai pas épousé n'importe qui.

Les Tsiganes sont arrivés sans crier gare pour la troisième année consécutive au début du mois d'octobre. Et les premiers certainement de nuit, silencieusement, en venant par le haut, car la veille il n'y avait rien ni personne sur la lande sauvage en bordure de la mer, entre Lagord et Lauzières, de part et d'autre du chemin de promenade du vieux Jeanjean, nul n'avait été réveillé dans la nuit par leur passage, et voilà qu'au petit matin s'y trouvaient déjà toute une théorie de caravanes et des hommes qui s'affairaient à dresser l'immense chapiteau de leur église évangélique. Le bruit des coups de marteau, des appels, des ordres, des cris d'enfants étaient portés par le vent marin jusqu'au four à chaux. Les deux années précédentes, ils étaient là au printemps et repartaient tous le même jour, à la queue leu leu, en descendant la route de Lauzières jusqu'à la place, puis ils passaient devant le château, tournaient à gauche avant le cimetière, longeaient le mur du parc du château et le terrain de football, qui allait se transformer en camping dans la quinzaine suivant leur disparition, et ils gagnaient le nord par la route de Marsilly. Ils devaient libérer le terrain avant le démarrage de la saison touristique. À cause du préjudice, expliquait la bouchère, alors que la file interminable qu'ils formaient en s'en allant ne passait pas devant chez elle, et que pas un Tsigane, durant les deux ou trois semaines que durait leur installation, non seulement n'était venu lui acheter de la viande, mais ne s'était montré dans les rues de Nieul ou des villages alentour. On en rencontrait quelques-uns à La Rochelle et dans les grands supermarchés de l'est de la ville. La bouchère disait roulottes et Romanos ou Gitans. Elle ne se serait pas aventurée dans les parages du campement, mais leur présence, dans son dos, tandis qu'elle était installée derrière sa caisse, à l'angle de deux petites rues tortueuses, lui donnait des frissons. Elle les désignait d'un geste du pouce, poing fermé, par-dessus son épaule, Eux, là-bas, et se représentait des roulottes en bois, des chevaux lâchés sur la lande, des femmes en jupe longue, bustier laissant voir leur nombril, fichu à pompons, tressant des paniers d'osier dans la journée, exécutant des danses obscènes devant des feux de camp jusqu'à des heures indues, des enfants à demi nus et crasseux, des hommes ivres, édentés, jouant de la guitare et braillant des chants de sauvages, un singe sur l'épaule. Que le vent, qui soufflait rarement de la terre, n'eût jamais porté jusque chez elle, dans le silence de la nuit, l'écho de ces bacchanales ajoutait à leur mystère, à son effroi à elle et, curieusement, la renforçait dans ses convictions. Elle ne se lassait de dire C'est comme si je les voyais.

Il y avait du désir, le désir effréné de les voir effectivement, et de la fascination dans ses propos. Et sa haine redoublait chaque année du fait qu'aucun délit, du moins à Nieul et dans les villages, n'avait pu leur être attribué.

Elle les disait tous étrangers, sans patrie ni papiers, On les laisse aller partout, Ils vont partout, disait-elle encore, et il y avait alors de l'envie dans sa voix, du moins une vague nostalgie de la vie que selon elle, rivée à sa chaise derrière sa caisse, ils menaient, Eux, là-bas, tous des voleurs, mais qu'elle s'imaginait aussi en libres nomades, en grands voyageurs, allant de par le monde au gré de leur volonté, et je me rappelais alors à l'entendre que ma mère, autrefois, avait cru jusqu'à un âge avancé de l'enfance que les caissières n'avaient pas de jambes.

Le premier à aller au campement, après un adjoint du maire de Lagord pour les branchements et formalités d'usage, était le docteur Rivière. Je le suivais d'une demi-journée. Le campement s'étendait sur quatre ou cinq hectares d'une lande presque chauve, de sable et d'herbes, et les jours de pleine mer, quand l'amplitude des marées était forte, l'eau montait à moins de vingt mètres des caravanes les plus proches de la rive. Je pouvais arriver par n'importe quel côté du terrain et à n'importe quel endroit, m'arrêter devant la première caravane, en moins de cinq minutes, une nuée d'enfants me faisaient cortège jusqu'au lieu, en général central, où je devais garer ma voiture et où convergeaient les Tsiganes à soigner, des enfants pour la plupart, qui avaient été avertis de ma présence.

Une femme âgée dirigeait les opérations, qui se déroulaient dans sa caravane, où défilaient le premier jour six ou sept personnes que je piquais ou pansais à la suite les unes des autres, sans cérémonie. Il y avait eu la vieille Lily, une Française sèche comme un sarment de vigne, qui me tendait une ordonnance, approchait de moi l'enfant ou l'adulte en le tirant par le bras, le jetait dehors aussitôt le soin effectué, me tendait l'ordonnance suivante en appelant le prochain, et les prénoms égrenés étaient les seuls mots qu'elle prononçait. Il y avait eu Else, aussi considérable et pleine de bonhomie que Lily était maigre et taciturne, et qui n'arrêtait pas de me parler, de me poser des questions, peut-être de me présenter les malades ou de me raconter leur histoire, comment le savoir ? Elle usait d'un sabir incompréhensible, riait de mes mimiques, de mes gestes d'impuissance, rabrouait joyeusement ceux qui entreprenaient de me traduire ses propos, et me serrait contre son énorme poitrine en me donnant l'accolade quand la séance était terminée. De temps en temps, quand elle me lâchait, elle me tâtait les bras avec une grimace d'effroi comique puis me faisait signe de manger davantage, en portant ses doigts plusieurs fois à sa bouche d'un air gourmand, les yeux ronds.

Cette année-là, tout était centralisé chez Ottla, une Tchèque de près de quatre-vingts ans, au visage magnifique sillonné de rides. Sa chevelure épaisse, rassemblée en une natte de la largeur d'une main qui lui tombait sur les reins, était maintenant d'un blanc crémeux mais devait avoir été du même noir corbeau que ses sourcils, fournis et parfaitement rectilignes, qui m'ont rappelé les sourcils de la coiffeuse aux cheveux rouges, ou plutôt leur dessin car ils étaient épilés, les deux lignes horizontales tracées chaque matin d'une main sûre et qui m'apparaissaient comme une limite au-dessus de laquelle il eût été vain de solliciter la ronde Mme Rondeau. Ottla avait de longs cils lourds, et leur poids imprimait à ses paupières un clignotement au rythme lent d'oiseau de nuit. Elle était d'une sérénité olympienne, faisait régner le calme autour d'elle, et sa caravane était rutilante, quoique toutes celles que j'ai pu entrevoir en traversant le camp dans un sens et dans l'autre comme celles de Lily et d'Else étaient à mille lieues de ce que s'imaginait la bouchère : il s'agissait de véritables petits appartements modulables, avec télévision et appareils ménagers, rideaux aux fenêtres, et pots de fleurs disposés sur les marchepieds le temps du séjour, il y en avait de luxueuses, d'autres modestes, elles étaient plus ou moins bien tenues, aussi, quand le campement était installé, que le linge séchait dehors, quand les enfants se poursuivaient, jouaient, criaient, se disputaient ou faisaient du vélo entre les caravanes, l'impression n'était guère différente de celle donnée par les cités de Nieul pendant les vacances scolaires.

Simplement peut-être, au campement, davantage d'objets pieux exhibés. Mais nulle part je n'ai vu d'empilement de paniers d'osier.

Pas plus que deux ans plus tôt Lily la revêche, la belle et impavide Ottla n'a pu empêcher que, dès le deuxième jour, il se présente à l'entrée de sa caravane plus de patients qu'il n'y avait d'ordonnances, et déjà un petit attroupement de curieux, femmes et enfants, de rares vieillards, ni qu'au début de la deuxième semaine aux six du début se soient ajoutés une vingtaine de consultants, pour des blessures sans gravité en général, mais qui ont transformé sa caravane de matriarche en dispensaire de brousse – ce que, l'année précédente, dans sa faconde, la grosse Else avait plutôt encouragé, je l'avais même soupçonnée d'avoir battu le rappel.

Dès l'arrivée des Tsiganes sur la lande, comme les années précédentes, je commençais plus tôt le matin pour arriver au campement à midi, car je savais que j'y serais mobilisée une bonne demi-heure. À midi, il n'y avait pas de guitaristes ni de danses, mais des femmes qui s'affairaient dans leur cuisine et des hommes encore au chapiteau, à organiser le rassemblement des pentecôtistes. Mon coffre était plein de ce que j'avais pu récupérer au Bureau d'aide sociale, à l'école pour les bouts de crayons et cahiers entamés dont on arrachait les premières pages, et glaner chez les autres patients, de vêtements d'enfants désormais trop petits ou d'adultes dont on s'était lassé, de jouets, de livres, de draps et couvertures, et d'objets divers dont on voulait se débarrasser, poussettes, lits de bébé, lampes de chevet, petits meubles... Dès qu'ils voyaient ma voiture, les enfants m'escortaient en grand tapage jusque chez Ottla qui, avertie, se tenait devant sa porte, prête à m'accueillir, avec une dignité princière.

Quand je me suis arrêtée, les enfants se sont regroupés derrière mon coffre.

Du temps de Lily, c'était elle qui évaluait rapidement le contenu du coffre, donnait quelques ordres lapidaires avant de me précéder dans sa caravane, de me tendre la première ordonnance et d'amener le premier patient par le bras. Elle aussi qui renvoyait sèchement les enfants qui s'étaient hasardés à me réclamer du rouge, disaient-ils, sur des blessures qu'elle avait jugées trop peu profondes, ou trop peu étendues, ou trop peu enflammées pour nécessiter quelque soin. Quand je ressortais de la caravane, mon coffre était vide, refermé, et tout le monde avait décampé. Else avait chaque fois laissé s'installer une joyeuse pagaille de jour de solde, en moins d'une minute, les plus rapides, les plus décidés des gamins s'étaient emparés chacun de son butin, mais, comme elle exigeait d'eux qu'ils me remercient, la cérémonie quotidienne du coffre durait aussi longtemps qu'avec Lily, les enfants devant venir tour à tour m'embrasser, je me souviens du petit Max, qui se remettait dans la file après son p'tit bisou pour en avoir un autre, ou deux, ou trois, avec son jouet ou son cahier sous le bras, ou son crayon serré dans son poing, ou rien car il s'était fait doubler ce jour-là, me disait-il avec un franc sourire.

Ottla, dans sa superbe, semblait se désintéresser de l'affaire, mais les enfants levaient les yeux vers elle avant d'oser le moindre geste, il me semblait que le signal de l'ouverture du coffre était donné par un battement de paupières et que la distribution avait été organisée par avance, la veille ou dans la matinée : ceux qui avaient eu droit à quelque chose les jours précédents se tenaient un peu à l'écart, les autres se servaient. De la caravane où pendant ce temps-là je piquais et pansais, j'entendais parfois l'éclat d'une dispute, Ottla se levait, me souriait d'un air las en hochant la tête, intervenait dans un français des plus étranges, tout à la fois légèrement désuet et irréprochable, qui me donnait l'impression qu'elle l'avait appris dans des romans du dix-neuvième, et ponctué d'insultes et de divers vocables dont, de toute évidence, elle n'avait pas conscience qu'ils étaient orduriers. Elle disait Bordel de merde exactement comme Petit galopin, sur le même ton calme et sans se départir de sa douceur fatiguée et digne, mais, quand dans le bref moment que nous passions seules, après le dernier venu me montrer une coupure ou se plaindre d'une douleur quelconque, je lui expliquais pourquoi j'avais ri, ce qu'elle avait dit en réalité, l'effet de pavé dans la mare que cela produisait dans son français littéraire, c'était avec une autre Ottla que je me retrouvais fugitivement, un mélange de Marguerite Jacquet dans son éternelle, énigmatique jeunesse et de Natacha Ermitage quand les fous rires avaient raison de sa raideur de parapluie.

Puis elle recouvrait son allure de grande dame épuisée par la vie d'errance qu'elle avait menée, et qui attendait la mort.

Le jour et à l'heure où le Seigneur conviendrait, m'a-t-elle dit, de me l'accorder.

Ce sont tous des Français, ai-je affirmé à la bouchère.

Sa bouche s'est ouverte d'un coup, comme si on lui avait plombé le menton, mais elle n'a pu émettre aucun son et est restée un moment figée ainsi avec un air de stupeur cadavérique.

Sa main a instinctivement bougé jusqu'au tiroir-caisse pour y enfourner l'argent d'une cliente. Le *cling* a remis ses traits en mouvement.

Manquait plus qu'ça.

La première année, quand les Tsiganes sont venus, Lily a dit au docteur Rivière de passer le mardi se faire payer, et à moi de préparer les feuilles de maladie pour le lundi, qu'ils me paieraient le lendemain midi, car ils s'en iraient dans la nuit ou au plus tard le mercredi matin à l'aube.

Il avait plu à seaux les jours précédents.

Le campement s'était métamorphosé en un champ de boue et de vase détrempé. En partant le matin à Lauzières, ce mardi-là, j'ai trouvé la lande déserte. Ils avaient plié bagage dans la nuit de lundi à mardi. Dans la soirée, le docteur Rivière s'est arrêté à la maison pour me raconter qu'il s'était garé au petit matin en bordure de la route qui coupe à travers les champs d'Olivier Jeanjean, entre les routes de Lauzières et de Lagord, qu'il était descendu de voiture, avait commencé de marcher sur la pointe des pieds les yeux rivés sur les flaques d'eau et la gadoue, tenant le bas de son pantalon relevé – et le voilà se mimant lui-même, debout sur la pointe des pieds dans ma salle de séjour, grand et dégingandé, la tête penchée vers le sol et tenant comiquement entre ses doigts les jambes de son pantalon, avançant à petits pas –, et si préoccupé de ne pas se salir qu'il ne s'était d'abord pas avisé du fait que, sur la lande, il ne restait qu'empreintes de manœuvres de voitures, ornières profondément creusées dans la vase et la boue par les caravanes, traces de pas, quelques rares touffes d'herbes miraculeusement encore vertes, et les trous laissés par les piquets du chapiteau de l'église évangélique et par les bancs qui avaient été aussi strictement alignés que les croix dans un cimetière militaire.

Le docteur Rivière avait ainsi parcouru une vingtaine de mètres, quand il avait été soudain averti par l'étrange silence qui pesait à l'emplacement du camp des Tsiganes, avait relevé la tête et compris qu'il s'était fait doublement couillonner, une fois par les Tsiganes qui allaient se faire rembourser de sommes impayées mais sur lesquelles lui aurait quarante pour cent de frais avant impôt, une deuxième fois par sa propre maniaquerie, Tu m'imagines au milieu du terrain vague, obligé de faire demi-tour dans la même posture ? Tu sais de quoi j'avais l'air ? Oui, je le savais. Puis il m'a demandé si, moi aussi, je m'étais fait avoir. Oui, mais une seule fois, par les Tsiganes seulement.

Décidément, toi, trop bon trop con, a été le commentaire laconique de Louise, qui a ajouté que, du moins, avec les Tsiganes, je n'avais pas risqué de me retrouver avec un lot de produits Avon comme avec la grosse Lapierre.

La deuxième année, c'est la mère du petit Max qui a cherché à nous entourlouper de la même manière, Else aurait eu du mal à se faire comprendre avec son sabir et, de toute façon, se serait trahie en éclatant de rire. Mais ni le docteur Rivière ni moi n'avons rempli le moindre formulaire – de même, nous avions cessé de le faire avec la famille Lapierre. Ainsi c'était gratuit, mais sans frais.

Tu t'y retrouves quand même pas, maugréait Louise en levant les yeux au ciel.

J'ai croisé les Tsiganes sur la route de Marsilly, deux ou trois heures avant le moment où j'étais censée administrer les derniers soins, avoir rempli les feuilles de maladie. Et me faire payer. Ils m'ont saluée d'un concert de klaxons, et de grands signes de la main par les fenêtres, d'envois de baisers, d'un chahut d'au revoir. Sans vergogne, mais joyeusement.

À la fin du mois d'octobre 1982, c'était un jeudi, Ottla m'a raccompagnée jusqu'à ma voiture, ce qu'elle n'avait jamais fait, elle restait sur le pas de sa caravane où je la voyais jusqu'à ce qu'elle disparaisse de mon champ visuel. Elle m'a retenue par le bras avant que j'ouvre la portière. Elle m'a regardée, a eu un battement de cils, et m'a dit C'est demain le dernier jour. Elle a eu un sourire désolé et a ajouté dans un soupir Enfin... puis a laissé la suite en suspens. Je lui ai dit que je savais. Que c'était comme d'habitude. Alors au revoir, m'a-t-elle chuchoté en recouvrant soudainement son visage de jeune et rieuse Ottla. Elle m'a embrassée avec pudeur. Elle m'a bénie, en un geste rapide. Elle s'est éloignée. Puis, agitée d'une dernière inquiétude, elle est revenue sur ses pas, pour me dire Surtout ne te dérange pas.

De nouveau, la lande, le vendredi matin, était déserte et seulement creusée des cicatrices laissées par l'éphémère installation des Tsiganes.

L'agonie à l'orange

C'est l'Eulalie qui m'a ouvert la porte, comme par le passé, avec les mêmes manières que par le passé, dos au mur, une main sur la poignée, l'autre froissant sa blouse. Elle me dit d'entrer vite à cause de l'air mauvais – mais je vois bien qu'elle s'attarde sur le perron tandis que le jour se lève –, elle ajoute qu'elle est sortie de son lit mais qu'avec l'automne porteur de misère elle attrapera une demi-pneumonie sur son poumon restant, qui l'emportera d'un coup, et j'imagine la petite Mme Séjourné s'envoler soudainement dans le ciel pâle de ce matin de novembre, soulevée par sa pneumonie comme un ballon lâché par un enfant, un jour de grand vent.

La porte se referme. Glissement de mules sur le carrelage.

Malheureusement c'est ce qui m'attend, j'en ai bien peur.

En réalité, elle l'espère. Elle enrage. La mort ne veut pas d'elle.

De toute façon, M. Séjourné n'a pas réparé les chaises des pleureuses. Il lui reste les gourmands des pommiers à tailler et, me dit-il, pas mal de petits trucs dans ce goût-là à finir au jardin, et il me fait un clin d'œil.

T'as qu'un truc à finir, c'est finir d'aller voir ce collabo de Gustave.

Son médecin, un Rochelais, un notable de la pire espèce, un quelconque pharmacien Homais, a pris l'habitude d'entrer avec fracas dans sa chambre d'agonie et de l'interpeller à voix forte, sur un ton familier, Alors ? Mon Cazimajou joli, comment va-t-on ce matin ? dès que Félix Cazimajou a manifesté de graves troubles psychiques. Homais II ne pouvait plus rien pour Cazimajou, condamné même par les chirurgiens cardiaques de Bordeaux et qui était rentré chez lui pour y mourir, selon ses propres volontés quand il pouvait encore les exprimer et désormais selon les volontés de sa femme. Il ne pouvait rien faire non plus pour éviter à Cazimajou de devenir de plus en plus confus, l'homme était maintenu en hyponatrémie et tout apport de sel l'aurait promis à une mort par étouffement. On va perdre un peu la boule, c'est en ces termes que Homais II a annoncé cela à Mme Cazimajou, alors que Félix était déjà confus et que lui-même avait commencé de le traiter comme un enfant ou un idiot et, alternativement, de parler de lui et de lui parler directement en usant du pronom indéfini *on*. Comme si la réduction de M. Cazimajou en Mon Cazimajou joli pouvait diminuer d'autant la portée de son échec d'homme de science, devant la maladie incurable, et que, par l'emploi du *on* neutre, pour désigner cet homme promis à une fin imminente, il espérait juguler sa propre terreur de la mort – après tout, si elle ne concernait que ce *on*, cet objet, peut-être l'épargnerait-elle, lui.

Je ne pouvais pas toujours éviter Homais II, avec qui j'entretenais des relations glaciales. Mais, quand je voyais sa voiture devant la maison des Cazimajou, je m'attardais en face chez les Dumoulin, les faux pauvres, disait Louise, à regarder Mme Jouve ravauder les chaussons, les torchons, à faire des conserves dans le garage où Mlle Cavallier s'en allait en lambeaux comme un vieux tissu mais ne s'éteignait pas, pas plus que sa haine à l'égard de ses bienfaiteurs ne connaissait de trêve, et où Mme Jouve achèverait de vivre sa vie parcimonieuse, puis, quand la femme a été malade, je passais d'abord chez les marchands de pizzas, leurs voisins nouveaux riches.

Le contraste était saisissant.

C'était comme le mois précédent quand j'entrais successivement chez la femme liftée de Lagord, chez le pilote d'hélicoptère, plein d'humour, chez l'énarque de la route de Lauzières, sûr de sa séduction de haut fonctionnaire, certes plus raffiné, mais aussi ridicule finalement qu'Aldo Maccione, et bien plus pervers, puis chez les Tsiganes, puis chez Chérie-Marie-Louise Belletête où les familles, et pas seulement celles de sa cité, avaient pris l'habitude de déposer leur enfant malade, C'est comme ça.

C'était comme ça pour moi aussi les mois précédents, et tous les jours. Mais avec les années, à devoir m'adapter à de nouveaux interlocuteurs en moyenne toutes les cinq ou dix minutes, je me sentais parfois dans des confusions de caméléon qui, pris de folie, se serait roulé sur la palette du peintre Barnes.

La première fois, chez les marchands de pizzas enrichis, c'est le doberman qui m'avait ouvert. Lui avait trouvé très drôle cette petite farce qu'il avait coutume de faire à ses visiteurs. Moi pas, d'autant moins que la tête du doberman m'arrivait à l'épaule. Je le lui avais fait savoir, en des termes et sur un ton à la mesure de la peur que m'avait faite le chien. Entre les marchands de pizzas, leur fils et moi, les rapports avaient été immédiatement houleux. Pourtant, ils m'avaient rappelée. Nos rapports étaient restés houleux. La deuxième fois, au moment de me régler la série de soins, la femme m'avait demandé, avec une moue de mépris vulgaire que je retrouverais cette année-là aux lèvres du Texan, Vraiment, est-ce que vous avez de quoi vivre avec ça ? et, du bout de la table où elle se tenait, après avoir rédigé son chèque, elle avait fait rouler vers moi en guise de pourboire une pièce de cinq francs dont j'avais suivi la course des yeux, jusqu'à ce qu'elle tombe par terre. Vous la ramasserez, lui avais-je dit, moi, je ne me baisse pas pour si peu. Elle m'avait traitée de grande gueule, en me souriant, et ils m'avaient rappelée. C'était le seul mode de relation, violent, conflictuel, sur lequel ils savaient fonctionner, entre eux, à la pizzeria, avec leurs amis comme j'avais pu le constater, et qui était devenu une sorte de jeu, on s'insultait, on se provoquait, on parlait haut, on gueulait souvent, Moi, ce que j'aime, m'avait dit l'homme, c'est quand on me rentre dans le chou. Quand ça résiste. Il avait cette formule : Si ça plie ça m'lasse. C'est alors que je leur avais recommandé Louise, qui risquait ni de ne pas leur résister ni de plier ni donc de les lasser.

Tout détail, dans la maison des marchands de pizzas, devait se remarquer comme un signe de richesse. Moquette aux murs. Robinets dorés. Vitres biseautées de la porte-fenêtre à doubles battants de la salle de séjour, chaque biseau étant un miroir surligné d'un filet doré. Marbre dans la salle de bains. Oiseaux en cristal. Dessous d'assiettes dorés. Coupe de fruit tarabiscotée. Lustres flambant neufs, dorés, à pendeloques de cristal qui tintinnabulaient au moindre souffle d'air. Doberman. Et il en allait de même sur eux. Gourmette et grosse bague et montre et chaîne en or du marchand de pizzas. Bijoux et vêtements et accessoires de la marchande de pizzas qui avait un sac par paire de chaussures. Une cinquantaine. Vêtements et jouets et jeux et vélos du fils. Et ils se lassaient de tout très vite. Changeaient la moquette des murs. Refaisaient la cuisine. Jetaient. Et c'est ainsi que leurs poubelles avaient bientôt constitué pour Louise une véritable caverne d'Ali Baba.

Sauf les volets d'un bleu glycine, le blanc régnait dans la maison des Cazimajou, dont les murs avaient été passés à la chaux. Les ouvertures étaient réduites comme dans le Midi, d'où Félix Cazimajou était originaire. Il en avait gardé un accent chantant, qui s'était atténué au cours des vingt années passées à enseigner à La Rochelle, puis était de jour en jour plus accusé depuis qu'il était tombé malade. Le mobilier était fait de meubles rustiques provençaux, sobres, ils exhalaient de bonnes odeurs d'huile de lin qui se mêlaient aux senteurs de lavande et de thym, de menthe et de citronnelle qui flottaient dans toutes les pièces. Mme Cazimajou avait trouvé en chinant de la vieille tommette qui, avec une unique aquarelle représentant un champ de lavande et une petite maison semblable à la leur, avec une table en bois blond et une chaise cannée, était le seul élément du décor qui distinguait la chambre d'ami de dimension modeste où elle avait installé son mari agonisant d'une chambre d'hôpital, et où régnait plutôt une atmosphère de cellule monacale : murs blancs, lit recouvert d'une couverture de laine blanche, même la table de nuit était peinte en blanc, avec un effet de céruse, comme j'en vois aujourd'hui dans tous les magasins de décoration en me rappelant chaque fois la chambre d'agonie de Félix Cazimajou.

Là, Mme Cazimajou et moi, sans chuchoter toutefois, nous parlions bas. Calmement.

Lors des interventions qu'avait subies son mari à Bordeaux, elle avait eu si peur que, me disait-elle, Pendant les heures d'attente, j'aurais mangé les murs. Elle avait pleuré toutes les larmes de son corps quand les chirurgiens lui avaient dit, après la première opération, que le pronostic était réservé, puis annoncé qu'il fallait de nouveau opérer, puis à la sortie du bloc que le pronostic était réservé et ainsi trois fois, jusqu'à ce qu'ils lui avouent qu'il n'y avait plus rien à faire. L'un d'eux lui avait montré une radio pulmonaire, sur un négatoscope vertical, et avait souligné du doigt le contour du cœur de M. Cazimajou, qui faisait une ombre énorme dans le poumon gauche.

Déjà à l'hôpital, elle avait fait son deuil de l'homme qu'il avait été. Le père de ses quatre enfants, le professeur d'histoire, celui qui l'avait aidée ses jours de congé à construire cette maison, laquelle était réduite à un toit, des murs et des cloisons, l'installation électrique et la plomberie, les fenêtres, portes et volets, et la clé sur la porte lorsque les artisans avaient quitté le chantier.

Les jours où Mme Cazimajou commençait de parler de

la maison, celle-ci devenait l'unique sujet de conversation, elle se rappelait où elle avait chiné chaque meuble et chaque objet, trouvé les vieux matériaux – elle avait rôdé sur des chantiers pour les récupérer, et même les chantiers navals : le plancher des petites dépendances dans le jardin, derrière, était fait de lattes larges prises sur le pont d'un vieux bateau en bois, qu'elle avait poncées et traitées, sciées chacune à la bonne longueur, installées et cirées elle-même. Mme Cazimajou avait les mains aussi calleuses que celles d'Olivier Robin et il y avait le même contraste saisissant entre elles et sa voix, la manière dont elle s'exprimait et ses paroles qu'entre les doigts larges et esquintés du maçon et les sonorités de sa flûte. Mais elle finissait toujours par se rappeler que l'achèvement de la maison avait coïncidé avec l'entrée en agonie de Félix Cazimajou et elle riait avec une sorte de douceur amère de ce que la vie, parfois, nous réserve d'absurdité.

Puis elle rectifiait ses dires, elle m'expliquait que ce n'était pas exactement le Félix qu'elle avait connu et aimé qui allait y mourir parce que celui-ci était déjà mort et que, même, elle n'avait plus de larmes pour lui. Ce serait l'autre, ce Félix, là, pour lequel elle éprouvait une tendresse fraternelle que le premier Félix ne lui avait pas inspirée à cause de l'amour, et c'était cet autre Félix que je la voyais traiter avec patience et respect, sans jamais ni se plaindre ni le plaindre.

Ou alors, ajoutait-elle, c'est un homme que je perdrai deux fois, on verra bien.

De l'autre côté de la route de La Rochelle, à travers les branches d'un pin maritime et les frêles rameaux de tamaris dont le rose avait passé, je voyais la caravane de Corinne Rambaud, les ouvriers s'affairer enfin à réparer son pavillon. Lorsque Corinne, juchée sur son vélo, regardait à droite et à gauche avant de traverser et qu'elle s'attardait devant son portail, dans une posture soudain raidie de sentinelle en alerte, j'imaginais qu'elle avait cru reconnaître, dans telle silhouette d'homme qui montait depuis le château ou telle autre qui descendait vers le village, celle de son mari. Maintenant qu'elle avait gagné son procès et que les travaux avaient commencé, il n'allait pas tarder à rentrer à la maison, pensait-elle. Peut-être reviendrait-il, comme l'avait fait le mari de Christiane Flamant. Peut-être feraitelle preuve de la magnanimité du père du fils prodigue, ou bien lui serait-il alors révélé qu'elle ne l'aimait plus, qu'elle n'en voulait plus, que l'amour et le désir, le plaisir éprouvé en sa compagnie, tout cela s'en était allé à son insu avant même qu'il eût franchi un beau matin le pas de la porte une valise à la main, et que là était sans doute une des raisons de son départ, comme la nourrice de la rue du 18-Mars-1962 nous l'avait expliqué, à Chérie-Marie-Louise et à moimême, après avoir entamé une procédure de divorce.

T'as bien fait, avait été le commentaire de Chérie Belletête, et c'est une des rares occasions où elle n'avait pas émis son fataliste C'est comme ça, alors qu'elle avait dit C'est comme ça quand le bateau de Charles, après de fortes pluies, s'était dangereusement incliné sur la béquille bâbord, et C'est comme ça, ça va, ça vient, sans manifester de joie particulière, quand Charles avait enfin retrouvé une place de marin pêcheur et décidé – Il est comme ça – de rétablir l'équilibre du bateau de ses rêves en enfonçant également la béquille tribord, de cimenter son assise tel qu'il était désormais, plus proche du sol, accessible non seulement à Matthieu et Anne qu'il élevait, mais aussi à tous les gamins que Chérie accueillait sans compter, et à transformer le roof en une salle de jeux. Il y avait un baby-foot maintenant, à l'intérieur, des animaux en peluche, des poupées, des jouets, des boîtes de crayons et de gouache, avec leurs ronds de toutes les couleurs.

Ah ! m'a dit M. Cazimajou en levant un doigt maigre, en l'approchant lentement de ses oreilles. Ah ! Les grillons. Il a paru éprouver une joie sans bornes.

Puis, soudain saisi par l'inquiétude, Entendez-vous les grillons ?

Oui.

Félix Cazimajou a fermé les yeux, et il est resté ainsi, les yeux clos, un sourire de béatitude aux lèvres, tandis que je lui posais sa perfusion.

Félix Cazimajou a demandé une orange.

Ce n'était ni pour en boire le jus ni pour la manger.

L'orange a été posée sur la table de nuit blanc d'argent, dans une coupelle blanche. Félix Cazimajou portait un pyjama clair. Il avait les cheveux du même blanc net et comme moelleux que la natte d'Ottla, le teint pâle, avec des nuances de ce parme bleuté que donne la cyanose et qui rappelait la couleur des champs de lavande, celle des volets de la petite maison de l'aquarelle et de la leur, maintenant il y avait l'orange, ronde et immobile comme un soleil de crépuscule, dans ce moment suspendu qui précède sa disparition, à l'horizon de la mer, quand le ciel n'est altéré ni de nuées ni de brume.

De temps à autre, il tournait la tête vers l'orange.

Puis détournait la tête. Regardait droit devant lui.

La pêche a été bonne ? m'a demandé M. Cazimajou.

Plus que ça !

Il a applaudi. Et puis s'est arrêté, essoufflé.

Alors, mon Cazimajou joli, On va mieux ? On mange des oranges ? C'est bien, c'est plein de vitamines, les oranges.

Félix Cazimajou a regardé l'orange. Puis en a vivement détourné les yeux, a demandé des lunettes de soleil, sa casquette.

Mme Cazimajou et moi riions de le voir désormais sur son lit de mort avec des allures de touriste à une terrasse de café.

L'orange est redevenue une orange. Il l'a regardée en disant Je regarde l'orange. Puis il a tourné la tête de l'autre côté en disant Je ne regarde plus l'orange. Il a recommencé plusieurs fois.

Le lendemain Mme Cazimajou m'a annoncé qu'il avait fait cela toute la journée.

Je me suis rappelé les malades à l'hôpital qui se mettaient tout à coup à plier méticuleusement le bord de leur drap, à lisser le pli, à en faire un deuxième, à le lisser, à défaire les plis, à les refaire, un à un, signe de mort.

Il en est à qui nous donnions des journaux. À plier.

La dernière semaine de novembre, Félix Cazimajou a pris son orange, il a dit Je prends l'orange, il l'a cachée sous son drap, il a dit Je cache l'orange, il l'a sortie, Je sors l'orange, l'a posée sur la coupelle blanche, Je pose l'orange, a repris l'orange. Il faisait cela depuis l'aube, infatigablement.

Il a fait cela toute la journée, avec des gestes d'une extrême lenteur, parce qu'ils représentaient pour lui un effort considérable, ne s'arrêtait que pour reprendre son souffle ou pour dormir, et le lendemain matin il le faisait encore, il n'avait pas prononcé d'autres mots, l'orange avait pris dans la chambre l'allure d'un soleil fou qui se couchait sous les draps et se levait au même endroit, arrivait à son zénith dans la coupelle blanche, soutenu dans sa course elliptique par la main blanche et décharnée de Félix Cazimajou, et repartait dans l'autre sens, et se couchait et se relevait, et parfois s'immobilisait, longtemps, dans la coupelle, ou dans la nuit des draps, ou, tout aussi bien, il chutait en plein milieu, parce que le démiurge à l'agonie ne pouvait plus en supporter le poids.

Quand je suis arrivée, quatre jours après que M. Cazimajou s'était emparé de son orange, j'ai trouvé Mme Cazimajou assise au bord du lit, le dos appuyé au mur, et qui caressait l'épaule de Félix d'un geste aussi mécanique et répétitif que le mouvement qu'il avait imprimé, sauf durant son sommeil, à son fruit-soleil, ces derniers temps.

Elle ne lui avait pas ôté l'orange de la main. Ni sa casquette dont il était de nouveau coiffé, sans doute selon son ultime volonté, et qui lui était tombée sur le front, lui dissimulant à demi les yeux, et ses yeux à lui étaient clos. Tels qu'ils étaient, lui semblait s'être simplement assoupi et elle, rêvasser, comme après une longue conversation, et tous deux êtres terrassés par la canicule, celle qui sévissait dans l'esprit tout entier nostalgique de Félix Cazimajou, et qui faisait chanter les grillons.

J'ai arraché Mme Cazimajou au lit de son mari Félix. Elle a semblé s'éveiller, elle m'a dit Je vous attendais, je ne sais pas depuis combien de temps, avec un air de patient désespoir, sans larmes, mais avant que nous soyons sorties de la chambre blanche voilà qu'il y est entré avec fracas, lui, Homais II, et voyant l'homme à demi assis dans son lit avec sa casquette sur la tête, une orange à la main, il s'est écrié Alors, mon Cazimajou joli ? On va prendre ses vitamines ?

On est mort, lui ai-je dit.

Deux putes à marins

J'avais eu un accident de voiture quelques jours après la mort de Félix Cazimajou et n'avais pu reprendre mes tournées que cinq semaines plus tard, avec une jambe plus maigre que l'autre, une incisive encore irréparée et des cicatrices sur le front, si bien que le Bonhomme Pénicilline, en me voyant arriver, m'avait demandé si j'étais tombée de vélo.

J'étais en train de raconter tout cela à Olivier Jeanjean sur un ancien chemin vicinal qui menait à Lagord, longeant d'un côté ses champs, en deçà du grand terrain vague où s'était installée l'église évangéliste tsigane, de l'autre le lotissement maintenant presque achevé dont Estelle Desnoyers avait été la première propriétaire, quand nous avons entendu le bruit d'un coup de frein puis un fracas de tôle puis plus rien. La route était creusée de nids-de-poule et encore jonchée du tout-venant des travaux et, ce matin de la mi-janvier 1983, couverte d'une boue verglacée. Une petite voiture électrique gisait dans le fossé, sur son flanc, les roues continuaient de tourner. Olivier et moi nous sommes précipités et avons été la proie d'un des plus grands fous rires que nous aurons jamais attrapés ensemble : nous avons extrait de la minuscule carcasse non seulement Jack dit Le Bigle, qui malgré son strabisme prononcé était le conducteur de l'engin, non seulement sa compagne Viviane, mais encore Henri appelé Le Troisième car ils étaient trois copains dans leur bande à porter le même prénom, et un des bergers allemands de la compagnie. Ils n'avaient que de légères contusions, chacun ayant dû pour l'autre amortir le choc, le chien pour Le Troisième, celui-ci pour Viv', elle-même pour son compagnon, Le Bigle pour le berger allemand, et de toute façon ni Olivier ni moi n'étions à ce moment en état de faire le moindre diagnostic, sauf à distinguer entre un mort et un vivant, ni d'éprouver la moindre compassion. Jeanjean hoquetait presque à plat ventre sur le capot de sa voiture en ressassant Même des harengs dans une boîte, j'en ai jamais vu de si serrés, et, à l'idée qu'il ait pu y avoir quelqu'un d'autre, La belle-mère, suggérait-il, vous êtes sûre qu'elle n'y est pas ? il recommençait à rire bruyamment et à pleurer, puis de voir le strabisme de Jack et de l'envisager comme pilote automobile redoublait son hilarité, moi-même je demandais grâce. Le fou rire ayant finalement gagné les trois accidentés, quand les quelques habitants du lotissement d'Estelle Desnoyers, surtout des femmes, sont arrivés sur les lieux, ils ont trouvé un tas de tôle à peu près réduit à une œuvre de César, un chien impavide et cinq adultes dans des postures diverses, Viv' assise les pieds dans le fossé et qui se tenait le ventre, Olivier la tête entre les bras contre sa voiture, et tous secoués comme par des sanglots, ils ont d'abord cru à une catastrophe et se sont affolés, puis, édifiés entre deux hoquets par Olivier Jeanjean, ils ont regardé alternativement la voiture pliée, les deux hommes, Viv' et le chien, de nouveau la voiture, et ont été à leur tour la proie d'un fou rire inextinguible. Mais nous n'allions pas passer la matinée ici, Olivier a embarqué le chien et Le Troisième, moi, Jack et Viviane pour les ramener chez eux, les badauds se sont dispersés, et c'est alors que j'ai vu Estelle Desnoyers immobile sur son perron, avec sa blouse fleurie tendue par la cirrhose et ses maigres pattes variqueuses, qui, dans les brumes matinales de l'alcool, devait se demander ce que diable faisait dans le jour naissant de ce mois de janvier, sur une route déserte de campagne, un pareil attroupement.

Jack et Viv' habitaient un pavillon resté inachevé en bordure de Lagord, avec les trois Henri et régulièrement trois autres femmes, une par Henri, qu'ils avaient pris l'habitude d'appeler respectivement La Première, La Deuxième et La Troisième, la première pouvant devenir la troisième ou être remplacée par une nouvelle femme, j'y trouvais souvent d'autres couples, et tous étaient entassés dans les trois pièces sans portes, ouvertes sur un vaste espace, initialement destiné à constituer une salle de séjour et un couloir, mais sans cloison et, lui aussi, comme les chambres, jonché de matelas, et tout ce petit monde continuait à copuler à qui mieux mieux même en ma présence, mais Jack me disait avec gentillesse Z'inquiétez pas, j'ai rentré les chiens. Il possédait cinq bergers allemands. Les ordonnances étaient toujours rédigées au nom d'Henri Le Deuxième, le seul à avoir une activité salariée, il était manutentionnaire dans un grand magasin. Viv', Le Bigle et les deux autres Henri étaient au chômage, et ils devaient vivre d'un incertain trafic de ferraille, à en juger la quantité de frigidaires, vieilles cuisinières, portails rouillés, voitures cassées qui s'entassaient sur le terrain, derrière le pavillon inachevé, toutes choses auxquelles ils pourraient désormais joindre leur petite voiture, ou plus exactement joindre à nouveau, car, m'avait dit Le Troisième en hoquetant de rire, C'en est une qu' j'venais d'rafistoler.

On disait des femmes qui passaient là qu'elles étaient des putes à camionneurs, de celles qui faisaient le pied de grue sur les aires de repos de la grande déviation qui menait à La Pallice et aux bacs pour l'île de Ré et qui surplombait le quartier misérable où vivait Chaya Diez, et de Viv' qu'elle taillait exclusivement des pipes et qu'elle n'avait pas de dents. Mais j'imaginais difficilement les trois chômeurs en souteneurs, et moins encore les marginaux de passage dont j'avais vu deux d'entre eux mendier à La Rochelle, durant la saison touristique, aux terrasses de cafés. Ils relevaient plutôt de la catégorie des pauvres hères tels que les font entrer en scène les auteurs omniscients des feuilletons du dix-neuvième et, sans doute, dès le début de l'après-midi, devaient-ils atteindre un certain coefficient de dangerosité proportionnel à la quantité de piquette qu'ils avaient ingérée, mais à cette même heure ils étaient incapables de distinguer entre un billet de cent francs et un de ces formulaires de demande d'aide médicale gratuite que je leur remplissais au petit matin, *a fortiori* de diriger de main de maître un bataillon de prostituées spécialisées dans le réseau routier. Par ailleurs, je n'avais pu vérifier l'état dans lequel ils étaient tous après neuf heures du matin parce que j'étais toujours venue avant, suivant en cela les sages conseils du Bigle qui m'avait dit la première fois que j'avais été appelée chez eux, Feriez mieux d'venir tôt. P't-êt' qu'à c't'heure, on s'ra pas réveillés, mais en tout cas on n'aura pas r'plongé. Quant aux colporteurs de ragots, ils étaient de plus en plus nombreux à associer désormais le mal à la pauvreté, ici extrême, dans laquelle le chômage avait soudainement plongé leurs voisins, comme si, par cette pratique conjuratoire, ils pouvaient écarter d'eux, qui ne vivaient ni dans le vice ni dans la promiscuité avec les étrangers montrés du doigt par le Front national, sinon le spectre du chômage lui-même, du moins celui de la misère.

D'autre part, Viv' avait des dents.

Jeannie, elle, avait authentiquement été une pute à marins, autant qu'on pouvait l'être officiellement. Le bar-hôtel où elle avait sévi portait un nom magnifique, celui que la patronne s'était elle-même attribué, Chez Lily Macao. On imaginait des pales de ventilateur, quelques aventuriers mal rasés en costume blanc coiffés d'un panama et parlant toutes les langues, dans un angle quatre marins tapant le carton et tenus de dignement conserver, malgré leur ivresse, une raideur épiscopale, deux ou trois Lauren Bacall juchées sur de hauts tabourets et attendant nonchalamment le client un fume-cigarette aux lèvres, et Lily Macao elle-même, en ancienne beauté, trônant derrière son comptoir et faisant régner despotiquement l'ordre et le calme dans son établissement. Quelques plantes exotiques. Un perroquet dans sa cage accueillant les voyageurs de passage de quelques insultes en dialecte malais.

Chez Lily Macao était situé dans une grande rue de La Pallice encore pavée, sillonnée par les camions, bordée par des maisons basses ou à un étage et par de petits immeubles aux façades noircies par les émanations des pots d'échappement, dont les fenêtres de certains étaient condamnées par des parpaings et l'alignement soudain interrompu par des ruelles, des chicots de quelques baraques en démolition et par des terrains vagues. Les trottoirs étaient défoncés. Chaque passage de camion ajoutait à la précarité de l'équilibre des maisons, il semblait qu'elles tremblaient sur leurs fondations et s'appuyaient les unes contre les autres, se soutenaient presque frileusement épaule contre épaule pour ne pas immédiatement s'écrouler.

Le bar-hôtel de Lily Macao n'était pas loin de l'endroit où étaient entreposées les grumes, par milliers, des tas et des tas de troncs gigantesques organisés par essence, ébéniers, tecks, anacardiers d'Amérique tropicale, palissandres de Madagascar, okoumés du Gabon, sur des hauteurs atteignant trois fois la taille d'un homme, s'étendant à perte de vue sur un quai souvent désert qui exhalait, mêlées, les odeurs de résine des courbarils, des pitchpins et des séquoias et les effluves du large, décrivant autant de couloirs où le vent s'affolait, sifflant et chantant dans la rumeur du port, et les arbres abattus devaient suer, suinter, car le quai était le lieu de prédilection du brouillard. Les troncs couchés tout en haut des tas y étaient parfois noyés bien avant qu'au large ne résonne l'appel sinistre des cornes de brume et prenaient des allures légères et improbables, fantômes d'arbres vivants des forêts lointaines venus s'allonger pour les visiter sur le charnier d'arbres arrachés à leurs racines.

C'est en allant sur ces lieux, d'une étrange beauté, que j'étais passée et repassée devant Chez Lily Macao. Un bar-hôtel misérable, dont la devanture était à peu près aussi opaque de saleté que celle du Soleil Levant et qui était périodiquement ébranlé par le passage des remorques surchargées de grumes et chichement éclairé par une lumière lugubre.

Jeannie, qui avait distillé les informations au compte-gouttes, m'avait d'abord présenté Lily Macao comme une sorte de mère universelle, propriétaire d'un hôtel plutôt modeste, qu'elle aurait transformé en maison d'accueil pour des filles égarées, sans argent ni travail et ayant rompu tous liens avec leur famille, dont elle assurait le gîte et le couvert en échange de services rendus en cuisine et au bar, qui faisait brasserie le soir, et dans la partie hôtelière de la maison, fréquentée par une clientèle elle-même assez démunie, où elles exerçaient les fonctions de femmes de chambre. Plus tard, le portrait s'était un peu précisé, Lily Macao gardant toutefois une inaltérable facette maternelle et compassionnelle, toutefois, le séjour des pensionnaires se prolongeant et les frais s'accumulant à proportion, il ne leur était pas interdit d'œuvrer à l'hôtel non plus seulement après le départ d'un marin en escale à préparer la chambre pour le prochain voyageur, mais aussi pendant le séjour du marin s'il le désirait et si la fille ne s'y opposait pas de manière trop catégorique. Spécimen singulier et laïc de dame de charité, bistrotière, aubergiste, hôtelière, mère maquerelle et mère tout court quand une fille était au désespoir, indic par-dessus le marché et à l'occasion faiseuse d'anges, Lily Macao devait effectivement être tout cela, les dires de Jeannie ayant été corroborés par Yolande, la femme de Jérôme Billot, le marin au long cours de l'avenue du Parc, qui comme Jeannie avait passé quelques années chez Lily Macao et qui elle aussi avait été mariée par Lily Macao, celle-ci exerçant donc de surcroît les fonctions d'entremetteuse.

Je n'ai pas connu la tenancière pluridisciplinaire, ni

Jeannie ni Yolande n'ayant jamais fait coïncider les visites de Lily avec les miennes. Mais il y avait une photo chez Yolande qui représentait Lily Macao entre les jeunes mariés : la soixantaine largement passée, le visage large, plein et rond, les yeux clairs, le corps court et massif, elle avait revêtu pour la circonstance une robe fleurie devenue trop petite pour elle et qui la boudinait, elle portait un foulard pour l'église, m'avait-il été précisé, d'où dépassaient des touffes indisciplinées de cheveux blancs, et elle évoquait davantage une grosse paysanne russe posant sur le seuil de son isba et habillée de frais pour quelque modeste cérémonie qu'une Madame Claude de minable bordel portuaire.

Ainsi Yolande avait été mariée à Jérôme Billot, qui travaillait sur des pétroliers et restait parfois jusqu'à deux trimestres en mer, et Jeannie à Caetano, un marin portugais taillé dans la masse et court sur pattes qui pratiquait la pêche au large. Les campagnes duraient en général deux ou trois mois et, lorsqu'il débarquait, Caetano avait toujours l'air de ne pas en croire ses yeux. Tout cela était donc à lui, sa petite femme, ses deux fils, sa maison. Il me disait, avec une sorte d'étonnement béat, que c'était surtout la première fois qu'il se réveillait chez lui qu'il croyait avoir rêvé, mais l'impression durait des jours et des jours, et parfois jusqu'à la campagne de pêche suivante, si bien que sur le bateau il continuait de se demander s'il n'avait pas rêvé. Jeannie était restée près de cinq ans chez Lily Macao, entre ses vingt et un ans et ses vingt-deux ans, disait-elle avec un pauvre sourire, parce qu'elle avait dû être officiellement âgée de vingt et un ans de 1971 à 1975, au moment même où la majorité avait été instaurée à dix-huit ans. Un an plus tard, elle épousait son pêcheur au large et quittait le havre qu'elle avait trouvé chez Lily Macao. En 1980, Jeannie et son mari avaient racheté leur pavillon à un couple surendetté, en plein cœur du lotissement situé entre l'avenue du Parc et la cité du Bonhomme Pénicilline, et ils y habitaient depuis avec leurs deux fils, Paul et Frédéric.

Jeannie vivait dans la terreur que ses deux enfants apprennent qu'elle avait travaillé comme pute à marins et dans la terreur égale que le secret gardé sur cette partie de sa vie ne les perturbe profondément, comme elle l'avait lu au chapitre intitulé péremptoirement Des méfaits des secrets de famille, dans un ouvrage édifiant sur l'éducation des enfants, rédigé par une psychologue. Elle oscillait toute l'année entre ces deux peurs et ne se décidait ni à se taire éternellement ni à parler, se contentant pour l'instant de temporiser, De toute façon, ils sont trop jeunes, me disait-elle pour conclure, ils avaient cette année-là six et quatre ans. Elle n'avait noué que des liens purement conventionnels avec les mères qu'elle rencontrait à la porte de l'école maternelle et n'invitait chez elle que les enfants des voisins dont elle s'était préalablement assurée d'une part qu'ils ne pouvaient pas l'avoir rencontrée Chez Lily Macao, d'autre part qu'ils étaient fréquentables, parce qu'elle craignait autant d'être reconnue que de voir ses enfants Glisser comme moi, disait-elle, sur la mauvaise pente. Car ils pourraient bien ne pas avoir la chance qu'elle avait eue, et que lui avait offerte Lily Macao, qui avait également contribué à sa perdition, de mener une vie dont elle avait toujours rêvé, me racontait-elle encore, alors que je la sentais habitée de mille peurs, que je la voyais s'entourer de mille précautions et trop protéger ses deux fils.

Quand la vieille Ottla m'avait fait visiter sa caravane, ouvrant tous les placards, dépliant les couchages et les repliant, faisant de même pour la table et les sièges, me montrant toutes les astuces de rangement, détaillant la décoration, me nommant les plantes en pot accrochées aux hublots et disposées sur l'escalier, me donnant des conseils pour le choix des produits de nettoyage qu'elle possédait en quantité et sur lesquels elle avait accumulé des connaissances de vieux droguiste, elle avait répété à l'envi N'est-ce pas qu'on dirait une maison ? et ajouté dans son français châtié N'est-ce pas à s'y méprendre ? Et sans doute espérait-elle que tous ces soins, après avoir eu pour résultat de donner au visiteur l'illusion de pénétrer dans une petite maison, auraient quelque jour le pouvoir magique d'enfoncer puis d'enraciner sa caravane dans un terrain vague où elle se serait arrêtée, ici ou là, peu lui importait, et d'empêcher que le jour du départ des gens du voyage, elle s'arrache du sol où elle se serait ancrée, car les roues, cet appendice maudit de son deux pièces-cuisine modulable, auraient disparu. Ottla rêvait d'une petite clôture tout autour, dans l'enclos de laquelle elle pourrait enterrer ses fleurs. Après quoi, maintenant que, elle, la vieille Ottla, errante parmi les gens du voyage, se serait métamorphosée en une propriétaire sédentaire, elle pourrait s'enquérir du lieu du cimetière le plus proche, y faire creuser sa tombe avant l'heure, la faire graver à son nom, en laissant tout juste en suspens la date de son décès, et prodiguer de son vivant au rectangle de pierre posé sur un trou vide les soins normalement dévolus aux morts, et auxquels, si elle continuait d'aller de cette manière d'ici à là au gré des desiderata administratifs, ni sa dépouille ni sa mémoire n'auraient droit.

Au regard de la caravane de la vieille Tsigane, la maison de Jeannie me paraissait d'une propreté pénitente.

Elle me demandait toujours de venir au milieu de la matinée, Que j'aie le temps de mettre un peu d'ordre. Autant que possible je venais vers les dix heures, avant de repasser au Val-Hureau d'abord discuter avec le facteur Léon, de nouveau chancelant sur sa bicyclette à cette heure – parce que sa cure de désintoxication avait échoué, qu'il avait dilué sa déception dès potron-minet au Soleil Levant, sa culpabilité au coin des tables où il avait fait signer les mandats, et qu'il était revenu s'accouder au comptoir du Soleil Levant pour noyer l'une et l'autre –, ensuite relever les appels sur le répondeur, de plus en plus illisibles au fil des années, chacun pensant que je ne manquerais pas de le reconnaître à sa voix ou au contenu du message, Si vous pouviez venir le plus tôt possible, cette fois-ci c'est pas pour moi c'est pour ma belle-mère, mais j'l'ai prise à la maison, elle peut plus guère.

Jeannie avait un fichu noué sur le crâne, sa robe de chambre surmontée d'un tablier, quelque balai ou serpillière ou chiffon ou éponge ou plumeau à la main, elle était déjà rouge et en sueur tant elle s'était démenée dans tous les coins, malade ou pas, elle me recevait avec un Oh la la ! Faites pas attention au désordre ! avec un air d'affolement et courait se préparer, disait-elle, ou préparer Paul ou Frédéric. Elle ne manquait jamais de passer un coup sur la table avant que j'y pose mon matériel et de repasser un coup après que j'avais tout remballé, et chaque coup de chiffon, rapide et compétent, tout silencieux qu'il fût, me semblait faire le tintamarre de ces espèces sonnantes et trébuchantes contre lesquelles, du temps des indulgences, les bons pères échangeaient le rachat de tout ou partie des fautes de leurs ouailles. Jeannie serait aujourd'hui tombée sur quelque confesseur qui, au lieu des Je vous salue Marie et Notre Père à débiter en quantité proportionnelle au nombre ou à la gravité des péchés commis, lui aurait prescrit le nettoyage méticuleux et répétitif de sa maison. Car je ne pouvais croire qu'à lui tout seul un évier en inox, qui était l'obsession de Jeannie, puisse plonger une ménagère, même maniaque, dans les affres où elle se mettait quand elle abordait la question des traces de calcaire laissées par les gouttes d'eau. Il fallait qu'une peine ait été prononcée, qu'un chantage ait été exercé : une indulgence contre l'inox comme neuf après usage, une menace, proférée : sinon, péché mortel. Irrémissible.

Toutes mes suggestions étaient restées lettre morte. Échangez l'évier en inox contre un évier en émail. Dites à vos enfants que vous êtes femme au foyer et avez été serveuse. Emmenez-les dans un beau et bon restaurant, montrez-leur les serveurs et les serveuses et dites-leur que c'était votre métier. Fichez-vous la paix avec vos balais.

Laissez un peu la poussière voler. Vous vous gâchez la vie.

À quoi elle s'entêtait à me rétorquer L'émail se raye, Ce n'est pas toute la vérité, Ils vont attraper des allergies ou des maladies car Dieu sait ce que la poussière transporte de microbes, J'ai la vie que j'ai rêvé d'avoir, pour finir par son De toute façon ils sont trop jeunes.

Encore une chose que je n'avais pas dans ma sacoche : de quoi racheter la faute de Jeannie, et il n'y avait pas grand résultat à attendre de ce que périodiquement j'injectais dans ses veines – ce produit qui, dans une des cabanes des ostréiculteurs de Lauzières, avait fameusement chauffé la vieille Huguette jusqu'au divertissoir, ou qui permettait de temps à autre à la coiffeuse aux cheveux rouges de s'immiscer sans trop suffoquer entre le buffet et la table Henri II de sa belle-mère et de supporter son existence d'épouse du Texan. Jusqu'aux prochaines larmes, ou à la prochaine conversion de son désespoir en quelque symptôme illisible. Mal au dos. Vomissements. Évanouissements. Grossesse nerveuse.

Mais maintenant Jeannie n'avait plus que six mois pour se décider. Car dans six mois Paul aurait atteint l'âge de raison. Elle me montrait du doigt l'intitulé du chapitre Sept ans : un tournant, dans ce maudit manuel d'éducation des enfants, et restait sourde à mes injonctions, Mettez-moi ça au feu.

Un matin de ce mois de janvier, quand Jeannie m'a ouvert, elle n'avait pas son fichu sur la tête. Ni tablier ni balai à la main. Ni sa robe de chambre. Elle était habillée de pied en cap, son manteau sur le dossier d'une chaise, son sac sur la table, prête à partir. Elle avait cet air d'entêtement farouche et boudeur avec lequel elle repoussait tous mes conseils, haussait les épaules, arguait que, de toute façon, moquette ou parquet, que la poussière s'infiltre entre les poils, entre les fibres du bois ou qu'elle se colle à la cire, le problème restait la poussière et toutes les cochonneries contagieuses qui allaient avec, finissait par aborder l'éternel problème de l'éternel dilemme, dire ou taire, et concluait désormais par un C'est qu'il va avoir sept ans, de plus en plus panique à mesure que l'échéance approchait.

Elle m'a déclaré, Je vais chez Yolande, le menton levé et décidé, les yeux plantés dans les miens, sur un ton légèrement provocateur, légèrement interrogatif aussi, où j'entendais un Est-ce que vous y trouvez quelque chose à redire ? comme si j'étais la *vox populi*, le qu'en-dira-t-on en personne, et je n'avais pas de commentaire à faire, sinon Alors on se dépêche, Jeannie ne m'ayant jamais parlé de Yolande et moi-même ne lui en ayant pas parlé non plus.

C'est Yolande qui m'avait raconté de sa voix rocailleuse et dans le style lapidaire et irrévocable qui était le sien que Jeannie Caetano avait elle aussi vécu quelques années chez Lily Macao, que Paul et Frédéric appelaient Lily Mamie, et tout cela non pas sur le mode de la dénonciation revancharde, mais parce que l'installation de Jeannie si près de chez elle avait été un des rarissimes hasards heureux de son existence et qu'elle avait tenu à m'en faire part. D'ailleurs, la première fois qu'elle l'avait évoquée, elle s'était interrompue pour me dire Je sais que vous allez chez elle, puis Nous sommes amies.

Mais comme Jeannie était une des deux partenaires, cette amitié qui les liait, comme la fidélité de Jeannie à l'ersatz de grand-mère qu'était aussi Lily Macao, ne pouvait se vivre que dans la contradiction. Yolande m'avait fait comprendre qu'elle n'allait chez Jeannie que le soir en catimini, et que les deux couples se donnaient toujours rendez-vous en dehors de Nieul qu'ils quittaient chacun de son côté. Et il en allait de même avec Lily Macao : ou bien chez Jeannie à la nuit tombée, ou bien en dehors.

Mais Jeannie ne téléphonait jamais moins de trois fois par semaine à Yolande.

Les deux amies habitaient pourtant à trois cents mètres l'une de l'autre, c'est ce que rappelait parfois Yolande avec un rire pulmonaire, mais dénué de toute amertume, c'était un fait, qu'elle traitait comme elle le faisait de tous les faits dont l'enchaînement, à la longue, avait fini par lui constituer une vie, avec une ironie ravageuse. Yolande était au-delà de toute souffrance. Lorsqu'elle retombait malade, elle ne disait jamais J'ai ceci ou cela mais Le docteur dit que c'est… et elle donnait le diagnostic quand un diagnostic avait été établi, elle nommait la pneumonie, une forme de dysenterie, quelque maladie tropicale que lui avait ramenée son mari dans son bagage de matelot, une infection, une menace de septicémie, avec un air d'ennui profond, dans l'obligation où elle était dans ces moments-là de considérer que les organes atteints lui appartenaient, mais toujours comme si elle venait à l'instant de sortir ses poumons, ses intestins, son utérus, parfois son corps entier, du tiroir de la commode où elle les avait relégués pour avoir la paix. Pas plus qu'elle n'était humiliée par la honte qu'aurait éprouvée Jeannie à avoir été vue avec elle, et dont seule Jeannie se sentait coupable, elle ne compatissait aux affres où celle-ci se débattait. Quant à la sempiternelle et insoluble alternative qui se présentait à sa cadette, c'était un fait, là aussi, un paramètre indiscutable de l'existence de Jeannie Caetano, que Yolande Billot accueillait avec autant de fatalisme que de lucidité, et qu'elle avait sobrement et définitivement qualifié d'idiot.

Alors que Marguerite Jacquet et Chaya Diez se tenaient à distance du monde, et la femme aux chiens, loin du capharnaüm de sa propre maison, c'était par elle-même que Yolande ne se sentait pas concernée. Elle n'avait plus d'âge depuis longtemps, mangeait peu et mal, elle ne sortait que si son estomac criait famine, et encore fallait-il le temps qu'elle identifie la douleur comme étant celle de la faim, et le temps qu'elle identifie l'estomac affamé comme étant le sien, et que l'instinct de conservation l'alerte avant qu'elle s'ébranle, passe sur les improbables vêtements dont elle était à ce moment-là revêtue, toujours le même trench d'homme, un cache-poussière dont elle relevait le col et qui lui battait les chevilles été comme hiver, et même quand il n'avait pas plu depuis si longtemps que la vieille Séjourné, à quelques maisons de celle de Yolande, y voyait un signe de métastase. Elle longeait le mur du parc de la mairie, passait devant la petite porte à côté de laquelle Line appuyait son vélo, puis devant l'entrée des écoles, elle remontait la rue de Beauregard jusqu'à la place de l'Église, et sa haute silhouette étique et solitaire et désastreuse allait ainsi lentement, avec cette sorte de maladresse laborieuse de qui a désappris à marcher, jusque chez la mère Piroëlle, chercher de quoi survivre quelques jours, sans avoir à ressortir, Il a fallu que je sorte, quelle plaie ! me disait-elle.

Elle ne consultait que quand elle avait près de 40° de fièvre, ou était la proie de souffrances qui auraient terrassé un cheval, ou qu'une coupure au départ bénigne s'était creusée et était devenue assez purulente pour dégager des puanteurs de fond de cale. Alors elle empoignait son téléphone et prenait rendez-vous chez le docteur Laurent, parcourait les cent mètres qui séparaient sa maison du cabinet, revêtue de son cache-poussière, le col relevé, puis, sur le même ton navré, une fois revenue chez elle, elle m'appelait à mon tour.

Elle avait perdu presque toutes ses molaires. Elle n'était pas avare de ses sourires, et cette absence de dents, curieusement, leur conférait un air vorace, d'autant qu'elle accueillait par un rire fracassant l'irruption d'une de ces maladies graves, d'origine mystérieuse, dont ce corps qui était malheureusement le sien, Quelle plaie !, était le siège, et qui revêtaient chez elle l'aspect d'une véritable œuvre de mort.

Il n'y avait de vie que dans ses yeux, d'un bleu-violet foncé, et dans les justes et laconiques observations qui lui échappaient et venaient ponctuer les bribes du récit factuel, d'une précision toute clinique, qu'elle me faisait de son existence passée et présente, de celle de Jeannie, de celle de Lily Macao, de celle de Jérôme Billot qu'elle voyait deux fois l'an, aucun des trois ne paraissant pouvoir troubler en rien l'existence solitaire qu'elle avait choisi de mener depuis que Lily, un soir, dans le misérable hôtel-pension-bordel de La Pallice, avait décidé de marier ces deux-là et posé sur celle de Yolande la main du grand marin, lui aussi lunaire, sans doute lui aussi malade, qui, lorsqu'il revêtait le cache-poussière pour sortir, semblait déambuler sans but et de la même manière spectrale que Yolande, et qui demeurait indistinct de sa femme tant qu'il était de dos ou que son visage était dans l'obscurité. Quoique les commentaires d'ordre général de Yolande sur la vie, le monde, les formidables facultés d'adaptation de Lily Macao ou, au contraire, les infirmités de la petite Jeannie, aient été le produit d'un esprit fataliste, et même apathique, du moins puisaient-ils aux fondements d'une expérience hors du commun, dont Yolande n'aurait certes pas supporté qu'on la qualifie de rude ni *a fortiori* de douloureuse, et dont elle avait retiré cette sorte de sagesse qui consiste à s'épargner les tourments liés au passé – ce qui avait été avait été – et, pour ceux qui naîtraient de ce qui serait, à éviter désormais tout commerce avec autrui.

Sauf nécessaire, ajoutait-elle dans un rire carnassier. Avec vous, par exemple. Ou avec Lucie Piroëlle et le docteur Laurent.

Le sort s'était acharné sur elle, malgré sa décision de ne plus s'en faire pour rien ni personne et moins encore pour elle-même, sous l'espèce de ces maladies qu'elle contractait sans arrêt et quand elle était enceinte – elle disait tomber enceinte – et qu'elle avortait chaque fois, rongée par la fièvre et une infection généralisée comme si elle avait porté non pas un enfant, un embryon, mais un essaim de parasites, et cela lui semblait d'un haut comique. Elle saluait ce sort avec une ironie aussi ravageuse qu'était profonde l'indifférence avec laquelle, ensuite, elle livrait aux soins ce corps, lieu de dévastation, ou un détail de ce corps – qu'on s'en occupe à sa place, et que ce corps, ou cet organe, ou ce système (respiratoire, digestif, génito-urinaire) lui fiche enfin la paix.

Je n'ai jamais vu Yolande Billot réagir vivement que lorsqu'il était question de l'arracher à sa maison – une grande pièce avec cuisine, une chambre, une salle de bains en rez-de-chaussée, à quoi elle avait dû tenter, au début de son installation, de donner un air d'intérieur, avant d'y renoncer. Quelques placards du coin cuisine étaient sans porte, pas tous. Les ourlets des rideaux n'étaient pas tous faits. À court de peinture, elle n'avait pas fini de passer les murs de la chambre au blanc, une grande tenture africaine dissimulait en partie l'ancienne tapisserie du quatrième mur. Mais il y avait toutes sortes d'objets, de tissus jetés sur les fauteuils et les meubles, en grand nombre, non pas répartis mais posés ou accrochés au hasard de leur arrivée, que sans doute le grand marin avait rapportés de ses escales et avait maladroitement offerts à Yolande, pour tenter, de son côté, de donner à leur lien un aspect de lien conjugal, mais qui conférait au logement des Billot une atmosphère de caverne où l'homme aurait rassemblé, sans autre souci que celui de thésauriser, de combler un vide sans fond, tout ce qu'il aurait glané ici et là de par le monde.

Dans la salle, il y avait une petite table et deux chaises, tout le reste de l'espace était occupé par du mobilier et des statuettes, tissages et poteries hétéroclites, provenant d'Afrique, d'Indonésie ou d'Amérique latine, et les murs étaient pareillement couverts d'objets d'artisanat que Yolande se mettait à épousseter ou à nettoyer en se levant le matin, en commençant par l'angle nord-est de la maison, Avec méthode, me faisait-elle remarquer en explosant de son rire éraillé, édenté, et elle avait la semaine pour finir au même endroit en allant dans le sens du soleil, et la semaine suivante pour faire le ménage, sol, meubles et carreaux des fenêtres, dans le même sens, car au milieu de la matinée elle s'arrêtait, se recouchait ou s'installait sur un des innombrables tabourets et fauteuils et selles de méharistes et se plongeait dans la lecture d'un roman d'amour à quatre sous, épargnant ainsi, me disais-je, avec là encore à l'œuvre son instinct de conservation, les maigres forces dont elle disposait. Elle achetait les livres par caisses entières chez des revendeurs quand elle allait avec Jérôme à La Rochelle ou dans quelque autre ville à la condition qu'elle fût au bord de la mer (et je me demandais qui alors, de l'homme ou de la femme, se revêtait de l'unique cache-poussière). Elle les brûlait à mesure qu'elle les avait lus dans le poêle Godin qui lui servait de chauffage et, quoique seulement quand le grand marin était à terre, de cuisinière, car elle ne chauffait jamais sa propre nourriture, ou plus exactement sa propre subsistance, consistant essentiellement en céréales, yaourts, lait et pommes, et en des dattes en quantité. Elle avait une passion pour les dattes, si bien que, quand sa réserve s'était épuisée et que Lucie Piroëlle ne s'était pas approvisionnée de son côté, il m'arrivait d'entendre sur mon répondeur ou directement au téléphone de la bouche de Yolande un caverneux Je vous appelle parce que je n'ai plus de dattes, la seule faveur qu'elle eût sans doute réclamée à autrui et qu'elle se fût jamais accordée à elle-même.

Et elle avait le même ton de supplication, d'urgence vitale, si rare chez elle qu'il en était bouleversant, mais cette fois dans un registre tragique, lorsqu'elle criait Non, je ne veux pas ! et s'accrochait à son lit, ou au bras du fauteuil où elle était affalée, ou curieusement à son propre corps étique quand elle était debout et que le docteur Laurent, que j'avais appelé parce que son état s'aggravait, lui disait que, là, il fallait l'hospitaliser. C'était une réaction animale, on ne l'arracherait pas à sa tanière, où elle se tenait enfermée tant que son homme était en mer et que sommeillait son instinct de conservation, mais qui était paradoxalement le dernier bastion de sa liberté et de sa sauvagerie.

Aussi ai-je dit à Jeannie Vous n'y arriverez pas, quand, après m'avoir annoncé avec un petit air de provocation qu'elle allait chez Yolande, en plein jour, elle a pris un ton de franc défi pour m'exposer son projet qui était de ramener Yolande chez elle et de l'y garder tant qu'elle serait malade et tant que le grand Billot, comme elle l'appelait, serait en mer, malgré leur passé commun, malgré Lily Macao, malgré la poussière qu'elle laisserait reposer tout le temps qu'elle s'occuperait de son aînée, malgré les microbes, virus, bactéries, parasites que celle-ci accueillait en son sein, selon sa propre formule, Avec le sens aigu de l'hospitalité qui me caractérise.

Vous n'y arriverez pas.

Et Jeannie n'y est pas arrivée.

Mais elle est allée tous les jours rendre visite à Yolande. Elle avait évidemment des horaires stricts, entre dix heures et midi, entre quatorze heures et seize heures.

Quand, au début du mois de février, Yolande a contracté une pneumonie, assortie d'une parotidite, toutes deux d'une étiologie assez énigmatique pour que, devant le résultat des hémocultures, le docteur Bénichou en perde son flegme légendaire, c'est Jeannie qui a appelé le docteur Laurent pour éviter à Yolande d'endosser son trench d'homme, d'affronter le froid et la pluie et de se traîner comme une bête jusqu'à son cabinet, puis, sur un ton ferme et décidé que je ne lui connaissais pas, m'a appelée moi-même.

Les ourlets des rideaux étaient faits.

Jeannie avait pris les mesures pour les portes de placard manquantes que Caetano viendrait remplacer dès son retour de la campagne de pêche.

Elle avait un fichu sur la tête, un tablier noué sur les reins.

Elle avait acheté de la peinture, de quoi refaire toute la chambre, Pour que ce soit égal, a-t-elle dit. Pour cela, on attendrait le retour de Jérôme, parce qu'il faudrait tout déménager et que les Billot s'installent provisoirement chez les Caetano.

Elle me parlait de tout cela comme s'il s'agissait de sa propre résidence secondaire, alors que sa présence y produisait un effet aussi insolite que celui qu'aurait produit, parmi le bambou et l'osier et les bois rouges dont était fait la plupart du mobilier, un buffet en formica.

Malgré la fièvre, Yolande m'adressait des clins d'œil moqueurs.

Elle avait un livre en main, refermé sur un doigt. Ma venue avait interrompu sa lecture, mais pas la présence de Jeannie, ni probablement son bavardage.

Malgré le teint terreux de cancéreux qu'elle arborait désormais, Yolande s'était remplumée.

J'imagine que Jeannie passait tout le temps de ses visites quotidiennes à cuisiner pour Yolande, à s'affairer dans sa maison, à bavasser tandis que celle-ci continuait de lire et devait de temps à autre s'interrompre pour ponctuer le soliloque de la petite femme d'intérieur armée d'un balai, d'un chiffon et revêtue d'un tablier et chaussée de mules, de quelques brèves et définitives sentences. Ou d'exclamations Quelle plaie ! Tu parles d'une corvée ! Tu me m'entraîneras pas dans ce plan !

Mais j'ai vu Jeannie, quand Yolande était si faible qu'elle ne pouvait plus s'asseoir elle-même, prendre son aînée à bras-le-corps par les aisselles, et la plus âgée se cramponner à la plus jeune et poser avec confiance et abandon sa tête dans le creux de l'épaule de sa cadette tout le temps que celle-ci mettait à la hisser, à la redresser, à l'adosser enfin aux oreillers, avec autant de délicatesse que si Yolande était de fine porcelaine. Elles restaient ainsi au-delà du temps nécessaire, et il était aussi difficile de savoir qui étreignait l'autre de cette manière désespérée et tendre qu'il eût été impossible de démêler deux gamines, deux sœurs, pareillement étreintes, accrochées l'une à l'autre sous un bombardement, chacune effrayée à l'idée non pas de perdre la vie mais d'être séparée de sa sœur si celle-ci venait à mourir, chacune occupée à protéger l'autre de ses bras, de tout son corps, et si étroitement, si pore à pore, qu'il devait s'agir aussi d'absorber la peur de l'autre.

Jeannie n'a plus parlé de l'échéance des sept ans de Paul Caetano.

J'ai pensé qu'elle avait pris la décision, peut-être guidée par Yolande et évidemment contradictoire, de ne pas parler, ou de ne dire qu'une parcelle de la vérité, femme au foyer ex-serveuse ex-femme de chambre, mais de ne plus cacher son lien avec la femme du marin au long cours, comme elle ancienne pensionnaire de Chez Lily Macao.

L'hiver suivant, plus de dix mois après avoir cessé mes activités, j'ai rencontré Jeannie à l'école primaire où Paul était entré. Elle m'a annoncé la mort de Yolande, à l'hôpital de Bordeaux où elle avait été transportée, elle a ajouté qu'elle était morte On ne sait pas de quoi mais avec du cancer partout, et que c'était Lily Macao qui s'était occupée de l'enterrement. J'ai pensé qu'il n'avait plus manqué à la tenancière que d'être arbitre des élégances funéraires et pourquoi pas fossoyeur, et que maintenant c'était fait, elle était cela aussi. Jeannie avait du chagrin, mais elle était sereine, plus mûre, et j'ai compris que je m'étais trompée, qu'elle n'avait rien décidé du tout.

J'ai compris que Jeannie avait été intimement, instinctivement informée de l'imminence de cette mort et que tout le reste était devenu secondaire, la poussière comme le sempiternel dilemme et le qu'en-dira-t-on et l'éventuelle contagiosité de Yolande.

Je revois leurs étreintes, les seuls moments où Yolande paraissait réconciliée avec son propre corps, pourtant ravagé, et avec autrui, et où Jeannie était gagnée par l'indifférence à tout ce qui la faisait fuir auparavant, la promiscuité avec son passé honteux et avec les agents infectieux, ou quelque allergène, comme les derniers instants que toutes deux savaient avoir à vivre ensemble, les derniers dont elles disposaient encore pour se manifester, dans l'urgence, compulsivement et sans mots, de manière illisible, du moins dans l'immédiat, par le témoin que j'étais, l'amour qui les liait, le chagrin où les plongeait la perspective de leur séparation, et se rappeler toutes les fois où, dans le lugubre petit bordel de Lily Macao, elles s'étaient tenues ainsi l'une contre l'autre pour se consoler et survivre.

Quelques années plus tard, j'ai eu le soupçon que Yolande était atteinte du Sida, qui n'avait pas été ou ne pouvait pas avoir été diagnostiqué.

Véronique et Lucie

Aujourd'hui c'est le vieux Séjourné qui est couché. Dans la chambre du haut. L'Eulalie est partagée entre la peur que son homme disparaisse et une sorte de rage envieuse, car ce n'est pas directement sur elle que le mal s'acharne alors que tout est prêt : les chaises des pleureuses ont été réparées, poncées, teintées, il y en a six, elles sont alignées, quatre à droite du divan, deux à gauche, le fauteuil en face légèrement de biais. Tout le monde sera à l'orchestre quand le grand jour sera venu, et proche de la scène.

Elle n'a qu'une explication, Il l'a cherché, et qu'une consolation, Je n'y survivrai pas. M. Séjourné n'avait pas attendu le printemps pour sortir et s'activer au jardin, Et voilà le travail, dit-elle, il a attrapé du mal. Le mal spécifique du mois de février, donc, puisqu'il y en a un par mois. Et, plus précisément, le Ça des beaux jours de fin février, ciel d'un bleu pur, froid vif et sec, lumière biaisée ciselant les formes, et l'effort quotidien du soleil, chaque jour plus haut dans le ciel, qui surgit plus tôt et dure plus que la veille – car il y a le Ça qui sévit singulièrement les jours pluvieux et sombres.

Le vieil homme chuchote, car il n'a plus guère de souffle, Mon heure n'est pas venue. Je pense qu'il a raison.

Une bonne vieille pneumonie de derrière les fagots, c'est tout, dis-je à l'Eulalie. De la bonne vieille pénicilline, et on n'en parle plus.

Elle persifle. Comme vous dites. C'est de nous deux qu'on va plus parler bientôt. Le mal sur Ça ! c'est pas du petit mal. Elle plie sa langue dans sa bouche, en la coinçant entre ses dents, me la montre pliée, réduite de moitié, puis elle la libère pour me dire, en mimant le nasillement de son mari, Une demi-langue, ça fait pas barrage à tout ce qui circule à la fin de l'hiver. Au contraire, ça l'attire.

Le vieux s'esclaffe, non sans admiration, Non ! Mais toi ! Eulalie !

Et à moi, fier, Y en a pas deux comme elle.

L'heure du vieil homme n'est pas venue, mais l'Eulalie a réussi à alerter sa fille, sur leur état à tous deux. C'est elle deux jours plus tard qui m'ouvre la porte, m'accompagne en traînant des pieds comme sa mère jusqu'à la cuisine où je prépare mon fourbi, comme dit l'Eulalie. Véronique et Lucie sont là elles aussi, semblables l'une à l'autre et à elles-mêmes, semblables à la mère, et la mère semblable non pas à l'Eulalie ni à son père ni à un mélange des deux, mais à la maison. Lugubre. Renfermée. Les gamines sont attablées à la cuisine, chacune à sa place, celle du vieux M. Séjourné est vide, celle du père également. Et celle de l'Eulalie : elle s'est allongée sur son lit de mort, ou plutôt s'y est laissée tomber, une jambe en dehors, les bras écartés, la tête renversée sur une épaule, les yeux fermés, le corps entièrement à plat et de travers. L'effet est remarquable, d'évanouissement subit. D'intense faiblesse. Je ne peux pas m'empêcher de rire, si je me retiens d'applaudir. Ni de la menacer, d'une phlébite pour la jambe qui pendouille, d'un embole cérébral si elle garde ainsi la tête en arrière, sans la poser sur les oreillers.

Elle pince les lèvres, hausse les yeux au ciel, se redresse vivement, trop vivement, elle fait mine ensuite de chanceler, de devoir se tenir à tout ce qui lui tombe sous la main pour marcher jusqu'à sa place. Elle a l'autre main sur sa poitrine, doigts écartés. Il faut bien qu'elle justifie le fait d'avoir appelé précipitamment sa fille.

Comment va monsieur Séjourné ?

Mal.

Toutefois, des deux femmes et des deux petites filles sans âge, c'est l'Eulalie qui paraît la plus vivante, elle joue la comédie, du moins, et elle est en colère après moi. Vous n'avez pas de pitié. Rien ne vous émouve, m'a-t-elle dit hier. Les autres se taisent, le nez dans leur bol, les deux gamines me regardant de temps à autre, puis baissant les yeux quand ils rencontrent les miens. Non pas sournoises, pourtant, ni véritablement moroses. Non, elles vérifient, guettent, jaugent, et prennent la mesure des choses, elles sont installées dans une curieuse et attentive expectative, comme des spectateurs d'un jeu de cartes qui seraient moins là pour accompagner les joueurs que pour deviner et finalement apprendre les règles, en douce.

Il allait mieux hier.

Mal, je vous dis.

Là-haut, le vieil homme lit son journal. Il se marre. Pierre Mauroy vient de déclarer que le pire était derrière nous. Qu'est-ce qu'on n'avait pas espéré, pourtant, dit-il. Puis il s'interroge, l'index tapotant le journal, Mais qui on est pour eux ? et encore : Ont-ils seulement idée de la vie qu'on mène ?

Le vieux monsieur va mieux.

En trois jours de temps, les deux femmes ont réussi à réinstaller un air confiné et vicié. Le couloir, l'escalier, la grande salle à droite et la cuisine sont plongés dans des ténèbres peureuses. La mère a dû s'y activer, autant qu'elle a pu le faire sans éveiller les soupçons de sa fille. Quand elle n'y prend pas garde, l'Eulalie ressemble à ce qu'elle est : une vieille petite bonne femme alerte et enragée. De son côté la fille a dû subir passivement la métamorphose progressive de l'atmosphère et l'extinction progressive de la lumière, admettre qu'on pouvait, dans la maison, s'en aller vers l'hiver et de plus en plus d'obscurité, dehors, s'en aller vers le printemps et une luminosité de plus en plus franche et durable. Ou peut-être le matin s'est-elle attelée à une alternance de tâches qui s'annulaient l'une l'autre, ouvrir la fenêtre pour rabattre les volets, mais rapidement la refermer pour que l'air ne pénètre pas davantage et tout aussi rapidement tirer les doubles rideaux pour que la lumière ne pénètre pas davantage, épousseter les meubles mais laisser retomber la poussière dans l'espace clos, et a-t-elle occupé ses après-midi à des travaux entièrement négatifs, qui consistaient pour l'essentiel à ne pas assainir ni illuminer la maison, de manière à goûter de nouveau, au seuil des jours où elle serait orpheline, à l'exacte pénombre dans laquelle elle avait évolué toute son enfance et son adolescence, aux mêmes odeurs de renfermé, de café au lait et de légumes bouillis, à l'atmosphère familière, très légèrement survoltée de damnation et de menace. Elle y retrouverait alors non seulement les objets précis de la nostalgie (qu'elle doit bien éprouver de temps à autre, là-bas, dans l'Est, à la frontière avec les Allemands), mais aussi, bien plus ancienne, datant de sa jeunesse, les raisons même de sa fuite.

J'arrive de jour chez les Séjourné, j'entre dans la maison et c'est la nuit, comme si le temps était allé à rebours ou s'était précipité vers le crépuscule en l'espace de quelques pas. Je monte de nouveau dans la chambre avec l'impression de descendre dans les profondeurs d'un caveau. Toutes portes fermées, sans lumière, le couloir de l'étage me donne des frayeurs d'enfant, comme si j'étais dans une maison hantée. Il n'y a que deux pièces qui ne soient ni suffocantes ni ténébreuses : la chambre mortuaire, lumineuse, et la chambre du malade dont le sourire, les premiers traits d'humour comme les premiers signes de douce pugnacité, avant même que je ne tire moi-même les rideaux, n'ouvre moi-même la fenêtre, sont de toute façon lumineux.

Les deux gamines ont cessé de m'examiner et semblent avoir compris les jeux respectifs des deux femmes et simultanément s'en être désintéressées. La vieille joue à mourir. Soit. Puisqu'il en est ainsi, et sous le prétexte de nettoyer l'intérieur des armoires et des placards et de débarrasser la maison des vieilleries inutiles qui s'y sont accumulées, la fille fait l'inventaire. Elle jette, aussi. L'unique et modeste poubelle bi-hebdomadaire est désormais flanquée de sacs en quantité. Sur la table de la salle à manger, il y a souvent une pile de linge, ou d'assiettes, et des soupière, saucière, plats et saladier assortis, ou des couverts en vrac, qu'on va faire briller, mais surtout compter, et qui confèrent à la grande pièce aux rideaux tirés un air balzacien.

Quant au grand-père, le seul à ne jouer à rien, il est authentiquement malade, au lit, sous perfusion chaque matin, puis on le traîne jusqu'à son fauteuil, un kiné vient deux fois par semaine lui réapprendre à marcher, il n'a plus que la moitié de sa langue, il est incompréhensible, Véronique et Lucie se sont désintéressées de lui aussi. Elles n'attendent pas même qu'il se relève, retourne au jardin où il leur invente mille jeux durant les vacances, à l'atelier où il leur apprend à bricoler des pièges à taupe, une balançoire, des épouvantails, puisque, s'il venait à guérir, elles retourneraient dans l'Est, à la frontière avec les Allemands. Jusqu'à la prochaine fois. Elles sont désormais l'une avec l'autre, de plus en plus rarement devant leur petit déjeuner quand j'arrive, mais déjà dans le jardin malgré les avertissements de l'Eulalie, ou assises par terre sous un drap au fond du couloir obscur de l'étage et elles chuchotent sans prêter attention à moi, ou dans leur chambre et j'entends leurs voix et leurs rires, ou dans le grenier où elles farfouillent et galopent. Plus indistinctes l'une de l'autre que jamais, sauf quand elles se tiennent debout et droites et flanc à flanc et que la différence de taille est visible, Véronique la plus grande, Lucie la plus petite. Elles semblent moins s'être familiarisées avec la maison que l'avoir apprivoisée assez pour que la maison, soumise, leur cède à tout instant tel espace, une pièce, un couloir, l'escalier, le grenier, un coin ou le dessous de la table de la salle à manger, qu'elles s'accaparent et métamorphosent au gré de leur fantaisie, et où, quand je les y découvre, elles m'apparaissent comme d'inquiétantes jumelles fusionnellement enfermées dans une invisible et unique poche utérine, Véronique s'étant simplement développée aux dépens de Lucie, toutes deux chaussées de leurs lunettes rondes qui leur font des yeux de hibou et plus qu'indifférentes au monde extérieur: en dehors de lui.

La maison maintenant me paraît toujours amputée de l'endroit où elles se trouvent.

As-tu vu Poitrinaud ces derniers temps ?

Le Gustave, il a eu affaire à toi ?

Et Jules Masse ? Il en est où ? Toujours au Soleil Levant ?

Et dis-moi, si tu vas chez les Robilleau, là-haut, dis-leur que le Jean-Louis m'appelle, il se pourrait bien que j'aille y faire un tour dans une quinzaine, s'il peut venir me chercher.

Et le p'tit Jeanjean, t'as eu des nouvelles récemment ?

Le vieux M. Séjourné prépare sa sortie, me demande par salves des nouvelles du monde dont l'Eulalie l'aura sans doute coupé en répondant au téléphone, Mal à la question de savoir comment il allait, puis Non si quelqu'un de ses amis s'invitait à venir, et Il est très contagieux si l'on demandait la raison de ce refus, enfin Pas besoin, y a ma fille quand on proposait ses services. Je l'imagine très bien raccrocher et marmonner qu'il manquerait plus que ça que Jules vienne leur apporter ses microbes – les siens sont résistants à l'alcool, d'autant plus virulents –, ou ce collabo de Gustave, ou la Robilleau avec les virus à huîtres qui lui collent aux guêtres, ou le Jeanjean couvert de pesticides.

Je lui raconte l'accident de la minuscule voiture électrique du Bigle et ce qu'on en a extirpé, Olivier et moi, trois citoyens et un berger allemand, et le fou rire de Jeanjean. Il était habillé et dans la cuisine quand je suis arrivée, il a monté seul l'escalier jusqu'à sa chambre, celle-ci avait été aérée et la lumière y pénétrait librement, maintenant il rit aux larmes, s'interroge, Mais comment ils sont rentrés ? Ils ont construit la voiture autour ?

L'Eulalie m'engueule, Vous allez me le tuer à l'énerver comme ça.

Pour Jules, je lui annonce la quantité de gnole qu'il a distillée cette année. (À la saison, quand il avait à partir à l'alambic, très tôt le matin, et que je devais lui faire sa prise de sang mensuelle, Jules Masse me demandait de venir à l'aube, avant de descendre lui-même à la cave, Pour pas que les vapeurs perturbent. D'ici que ça me compte des globules en plus. Puis il apportait deux bouteilles à ma consultation. Une pour Louise, une pour moi. C'était une boisson d'homme, du bizarre, comme le dit Audiard dans *Les Tontons flingueurs*, je m'en servais pour décaper les meubles et leur donner une patine, selon la recette d'une vieille dame de Marsilly, dont je me souviens qu'elle cachait l'argent de sa pension dans une boîte à sucre.)

Ça fait des coups en perspective. Le vieux M. Séjourné en soupire de plaisir.

Les autres, oui, je les ai vus, et je transmettrai le message à Jean-Louis Robilleau.

Il est presque guéri.

L'hostilité entre l'Eulalie et sa fille de sourde est devenue franche, ce qui détend l'atmosphère.

La fille parle de repartir.

L'Eulalie ne nous accompagne plus à l'étage, elle dit qu'elle n'a plus la force, qu'elle ne pourra plus jamais monter. T'as de quoi faire en bas, lui rétorque sa fille. La date du départ a été fixée, elle ne changera pas d'avis. C'est pour après-demain.

Arrivé sur le palier, le vieux M. Séjourné se retourne sur moi, il me fait signe de ne pas faire de bruit, l'index barrant ses lèvres, puis de le suivre, il marche sur la pointe des pieds jusqu'au seuil de la chambre de Véronique et Lucie, qu'on entend rire et pépier, et il attire mon attention sur un billet qu'elles ont punaisé sur leur porte, petit carré blanc dans la pénombre. Tu vas voir, me chuchote-t-il, et un sourire lui éclaire le visage, ses yeux brillent, c'est la première fois que je lui vois un air véritablement heureux. Il met son pouce à l'horizontale pour désigner les deux gamines, derrière, puis à la verticale, pour illustrer son chuchotement, Ces deux-là, elles sont comme ça ! avant que je m'approche, il étouffe un rire dans sa main, Une chance qu'Eulalie puisse pas monter, et je lis, rédigé d'une écriture scolaire, avec les pleins et les déliés d'usage, suivant scrupuleusement les lignes du papier, ce que les deux petites-filles y annoncent, et qui réjouit le grand-père,

Ce soir au château
il y aura danse nue.

Alexandre

Sans doute le projet avait-il mûri à mon insu, depuis longtemps déjà. Quand une jeune femme s'était présentée à ma consultation, parce qu'elle voulait s'installer comme infirmière libérale dans le secteur, j'avais usé, sans le savoir, pour lui déconseiller de le faire, des mêmes arguments que le grand infirmier de Lagord à qui elle venait de rendre visite : ni Lagord, ni Nieul, ni Lauzières ne s'étendraient plus, Jean-Paul et moi travaillions en tandem et n'avions pas besoin de remplaçant, au mieux, elle aurait une clientèle très dispersée et devrait parcourir des kilomètres pour survivre, etc., et Jean-Paul avait beau s'exclamer Vivement la retraite, il ne la prendrait pas avant deux ou trois ans, ou cinq, selon qu'il était plus ou moins optimiste, quant à moi, évidemment, je ne pouvais pas m'arrêter, il n'en était pas question, c'était ce que je lui avais dit, et je n'ai pas le moindre souvenir de lui avoir demandé de me laisser ses coordonnées dont je n'avais prétendument pas besoin. Pourtant je les avais prises. Et gardées.

C'est une remarque de Line, un peu plus tard, qui m'a éclairée sur le fait qu'il y avait eu d'autres signes – Si tu t'étais tuée en voiture, il aurait été trop tard pour comprendre. En effet, après l'accident grave qui m'avait immobilisée plus d'un mois, je n'avais cessé d'en avoir d'autres, accidents bénins mais à répétition : j'avais fait nombre de tête-à-queue sur la route de Lauzières, et toujours quand j'allais chez Alexandre Faure, entre ses séjours à l'hôpital de Bordeaux ; j'avais embouti la maison de Gustave Lambert en entrant dans son querreux, comme si j'avais laissé à quelqu'un d'autre que moi le soin de freiner; puis un poteau électrique, parce qu'un sac de merluchons que Louise m'avait donnés s'était renversé et que je les avais ramassés, tout en roulant – et là encore, j'avais oublié que j'étais en voiture et que c'était moi qui conduisais. Tout cela, comme bien d'autres dérapages contrôlés de justesse et arrêts brusques au bord de fossés dans un état quasi amnésique, était survenu à l'époque où Papa Louis était tombé gravement malade et nourrissait l'espoir, si étrange chez lui dont l'esprit était rationnel, que, si lui mourait, son gendre Alexandre serait sauvé.

Comme si, après mes accidents de voiture, j'avais pu être électivement dans l'impossibilité moins de reprendre le travail que, dans le cadre de ce travail, d'avoir à intervenir dans le processus de la maladie, à assister à l'agonie, et à la mort, et au chagrin non plus de patients qui me demeuraient lointains, quelque sympathie que j'aie pu éprouver pour certains, mais de ceux qui m'étaient proches, et je pensais à la Reine Mère qui vieillissait, à Papa Louis et à Alexandre Faure qui étaient malades, mais il pouvait tout aussi bien arriver quelque chose, ce que je redoutais, à leurs filles ou à leurs fils, à leurs autres gendres ou leurs brus, ou à leurs petits-enfants, ou à Louise ou Henri Parant, ou à quelque membre des deuxième et troisième générations des Parant auxquels j'étais attachée.

Mais sans doute, si je l'avais jamais fait, avais-je désappris de m'entendre, et je n'avais rien compris sur l'instant. Henri me réparait ma voiture quand c'était nécessaire, je remisais mon solex, je reprenais le volant, j'avais une absence, je me retrouvais le pare-chocs contre un mur, ou dans la direction de Nieul alors que j'avais pris celle de Lauzières, ou les roues avant atteintes d'un strabisme divergent, et Henri me réparait ma voiture, sans se départir de son calme ironique, et l'état d'Alexandre ne s'améliorait pas, et Papa Louis ne renonçait pas à son irrationnel projet.

Aussi ai-je le souvenir d'une décision subite, prise très

précisément sur la place de Verdun à La Rochelle, à l'endroit où Barthélémy Réaux avait été la proie d'*autre chose*, en revenant du laboratoire du docteur Bénichou où je venais de porter une hémoculture de Yolande Billot. Ma décision revêtait toutes les apparences du coup de tête mais, au stade de mûrissement qu'elle avait atteint sans que ce fût pour moi intelligible, et bien qu'elle m'eût stupéfiée, comme si l'ordre m'en avait été autoritairement donné par quelqu'un d'autre que moi-même, elle était irrévocable.

Je ne l'ai pas discutée.

J'avais donc les coordonnées de cette jeune femme qui était repartie penaude quelques mois auparavant, et à qui j'ai annoncé au téléphone aussitôt de retour à Nieul que j'arrêtais dans un mois et que, si elle le voulait, je pouvais lui vendre ma clientèle et faire les trois ou quatre dernières tournées avec elle, de manière à ce qu'elle n'ait plus qu'à enchaîner.

Elle le voulait.

Je suis repartie aussitôt.

Je n'ai nul souvenir des jours qui ont dû pourtant revêtir les oripeaux singuliers des derniers jours. Ni de la présence de cette infirmière à mes côtés. Ni des derniers soins et paroles prodigués. Ni de mes dernières irritations, éprouvées quand je devais prêter oreille aux plaintes et confidences et parler par-dessus les braillements de la télévision allumée à toute heure du jour dans presque toutes les maisons. Ni du soulagement ni du sentiment de culpabilité qui m'ont sans nul doute assaillie, en partage. Je ne me revois pas remplir, à la place des vieux patients, leurs derniers papiers, rédiger leur dernier courrier administratif, écrire leur dernière lettre, plus intime, ni leur rapporter, puisque je passais par là, le pain de chez le boulanger, du lait et du beurre de chez la Piroëlle, des médicaments, ce, pour la dernière fois. Je ne me rappelle pas les ultimes menaces de

Bullitt qui n'avait sûrement pas désarmé, et pas davantage les ultimes discussions avec le facteur Léon, ivre, ni d'avoir finalement trouvé Jules Masse au Soleil Levant en me disant que c'était la dernière fois que je pénétrais dans ce café enfumé aux vitres opaques auquel j'avais fini par identifier le bar-brasserie de Lily Macao.

Qui, du vieux M. Séjourné ou de la farouche Eulalie, m'a ouvert la porte le dernier jour de la dernière tournée, je ne le sais pas.

Il y a eu ce premier matin où je ne suis pas partie, rien n'en subsiste dans ma mémoire.

Sans doute est-ce parce qu'il est arrivé ce que je voulais éviter. Le vif et inaltérable souvenir des jours d'agonie d'Alexandre Faure, de son visage, de son corps étique, de Marie durant ces heures, dont Éphraïm Bonneau avait su deviner la force mieux que son propre père, puis celui de sa mort se seraient substitués au souvenir du moment où cette partie de ma vie s'est définitivement achevée.

Il y a bien eu un instant précis, celui où j'ai fermé la porte, où j'ai dévissé la plaque du mur de la maison, à droite du seuil qui avait servi de but à Erwann Taviani du temps qu'il était un enfant, où j'ai vidé ma sacoche non seulement du matériel, mais des bonbons et babioles destinés aux enfants, où j'ai répondu au téléphone que, non, je n'exerçais plus, qu'il fallait s'adresser à.

C'est comme s'il n'avait jamais existé.

Ou peut-être comme s'il avait déjà eu lieu, plusieurs fois, chaque fois de la même manière, et ne pouvait être autre que cet instant, somme ou confusion de tous les instants semblables où, aux premières heures de la matinée, car il me fallait être là à son réveil, Alexandre m'accueillait par un invariable regard lucide et résigné, par un invariable et pauvre mais élégant sourire, ou plutôt nous accueillait, ma sacoche inutile et moi-même impuissante, allongé dans son lit, là-bas, à deux pas des cabanes et des parcs où il aura donc passé sa brève existence, sans même avoir arpenté le millième du territoire auquel s'était cantonné le peintre Barnes, non loin de la mer dont le bon géant Éphraïm savait les humeurs autant qu'il connaissait les femmes et les hommes qu'elle nourrissait. Mais éreintait. Et tuait, même, à l'occasion.

Louis

Ou bien encore était-ce parce que ce n'était pas véritablement fini.

Car, Alexandre mort, Papa Louis avait perdu son pari insensé mais ne pouvait plus revenir en arrière.

Ma sacoche était vide de son contenu et faisait office de coffre à jouets depuis longtemps quand le docteur Laurent a ouvert son carnet à souche pour lui qui se mourait à l'étage de la maison de la rue de Beauregard. Et moi qui aurais poursuivi mes tournées durant des années à la condition *sine qua non* de ne pas avoir à assister à l'agonie de l'un de mes proches, j'ai dû travailler jusqu'à la mort d'Alexandre et être appelée au chevet de Papa Louis des mois après avoir cessé toute activité, parce qu'il ne voulait personne d'autre, et j'avais aussi peu de recours que si j'avais été victime d'un échange crapuleux, et que l'escroc avait disparu, sous un autre nom, aux Bahamas ou aux îles Fidji. Je ne pouvais rien refuser à Louis Lesage qui m'avait appelée Ma fille pendant toutes ces années, et je ne pouvais prendre prétexte qu'il était mon père et qu'il valait toujours mieux remettre les membres de sa famille entre les mains d'un tiers pour ne pas répondre à ses appels, car il n'était pas mon père.

Nuit et jour.

Quand je venais avec en poche les ampoules de calmants et de sérum physiologique ou de chlorure de sodium et une petite seringue – car, pour lui aussi, j'avais dû chaque fois faire le tri entre ce qui ressortissait à la seule angoisse devant la mort, que soulageraient la simple présence et une injection de placebo, et ce qui était à la fois cette angoisse et une intolérable souffrance physique et nécessitait une injection de substances véritablement antalgiques mais nocives –, il pouvait être trois ou quatre heures du matin, il y avait toujours auprès de lui non seulement la Reine Mère, non seulement leur plus jeune fils qui vivait encore chez eux à l'époque, mais une ou deux de ses filles qui le veillaient.

Le lendemain matin, ponctuellement, et j'étais désormais de tous les rendez-vous, nous nous retrouvions autour d'un café, et Papa Louis n'était plus assis en bout de table, dos à la fenêtre qui donne sur la place de l'Église, en face de l'épicerie-tabac de la mère Piroëlle, il ne ponctuait plus le chœur des femmes de ses brèves et sages sentences ou remarques, de ses traits d'ironie, il était là-haut au-dessus de nous, mais nous refaisions le monde comme lorsqu'il était avec nous car il pouvait entendre nos babillages et nos rires et qu'il s'agissait pour lui jusqu'à son dernier souffle, comme pour la Reine Mère et pour Marie et pour nous toutes, que la vie continue.

Pourtant, oui, il y a bien eu un dernier appel.

Celui de Line ce matin-là à l'aube.

Les volets étaient restés fermés.

Ils avaient déplié le canapé dans la grande salle au rez-de-chaussée, en avaient fait un lit dont le pied touchait presque la porte d'entrée.

Je n'ai vu que lui d'abord.

À eux tous, ils avaient descendu le corps et l'y avaient allongé. Ils l'avaient lavé, rasé et habillé, et Line m'avait appelée quand Papa Louis avait été prêt et disposé là dans sa nouvelle dignité de gisant.

La Reine Mère se tenait assise à sa gauche, c'est elle que j'ai vue ensuite, et elle se cachait le visage dans les mains, les coudes appuyés sur les cuisses, le corps secoué par les sanglots. J'en ai été plus troublée que par le spectacle de Louis Lesage sur son lit de mort. Que cette vieille femme éreintée et formidable pût pleurer, et au point de ne pas oser montrer son visage, je ne pouvais pas l'imaginer, d'autant que les larmes avaient été versées, discrètes, le plus souvent pudiquement ravalées, sur les douleurs souffertes par Louis, et sa mort, amoureusement désirée. Je me suis approchée d'elle, lui ai touché l'épaule, me suis penchée pour lui parler, mais elle a vivement tourné la tête, attiré la mienne à elle, collé ses lèvres contre mon oreille, Tais-toi donc ma fille, tu vois bien que je ris, puis elle m'a désigné du menton l'autre côté du lit et a replongé son visage dans ses mains.

Il y avait la tante Nana, qui faisait pendant à sa sœur mais, elle, comme le deuxième chandelier dont on se serait avisé, à l'instant où on le découvrait, un peu esquinté, qu'il faisait partie d'une paire, et elle se tenait les mains posées sur ses cuisses avec le même air d'incompréhension docile et résigné que celui qu'elle devait arborer quand on la faisait passer dans l'île de Ré cachée dans le coffre avec les chiens pour économiser le prix d'une place. Mais ce n'était pas cela qui pouvait faire rire la Reine Mère un jour pareil et, je venais de m'en aviser, avoir fait déguerpir les quatre sœurs, mes sœurs d'adoption, dans la cuisine attenante.

C'était la Soubirous.

Le tas de chiffons marmottant et agenouillé au sol, c'était Éléonore Pinsard qui, déjà dehors à cette heure, en se rendant à l'église ou au petit presbytère mitoyen, ou tout simplement à la boulangerie, s'était avisée du fait que les volets, d'habitude ouverts dès six heures du matin, une heure plus tard étaient toujours clos, qui avait dû se dire, Tiens ! Un mort, était entrée sans saluer personne m'a-t-il été raconté ensuite, s'était précipitée à genoux au flanc du lit et s'était mise en prière.

Alors la Reine Mère avait attrapé le fou rire qui la secouait toute quand je suis arrivée et qu'elle tentait de dissimuler, et les quatre sœurs s'étaient réfugiées à la cuisine, elles aussi pour cacher leur hilarité, et attendaient de se calmer pour relever Éléonore et la pousser vers la porte.

Ce ne pouvait être que là, dans cette maison qui avait été mon lieu d'élection et de prédilection durant toutes ces années, et à cette heure au réveil où l'état de rêve n'est pas totalement dissipé, que je trouverais tout, ensemble, la mort, rigide, taiseuse et blême en son échec et sa tragédie, et la perte sans retour ni remède dont le plus jeune fils Lesage, qui, là-haut, à l'étage, allait et venait, semblait vouloir mesurer l'étendue au nombre de ses pas ; la vie endurante, triomphale, dans le rire de la Reine Mère et de ses filles ; le grotesque en la personne sourde et affalée, réduite à un ballot de linge bourdonnant, de sainte Éléonore – mais tout autant que ridicule et follement comique, humble et miséricordieuse ; la tante Nana, qui avait sans doute été guidée jusqu'à cette chaise – Mets-toi là – parce qu'elle était allée comme d'habitude à cette heure en se dandinant vers la cuisine pour boire et manger, qui y était posée plus que véritablement assise, avait un air de s'être demandé pourquoi ici pourquoi maintenant et ce qui se passait et, aussitôt, d'avoir renoncé à comprendre, et qui, dans son ahurissement dolent et décalé et sa perplexité résiduelle, paraissait nous signifier, au son du ronronnement incantatoire de la Soubirous et au rythme chagrin des pas du plus jeune fils à l'étage, que, quant à ce monde, nous n'y serions jamais entièrement présents, et qu'il n'était jamais si énigmatique qu'en ces brefs moments où, sous nos yeux, il déployait en un geste brusque et inattendu l'éventail infini de ses couleurs, depuis les teintes extravagantes et éclatantes du rire jusqu'à ce blanc déjà spectral, confinant à la transparence et à sa propre dissolution, qui avait commencé d'affecter le beau visage absent de l'homme mort.

Table

DU MÊME AUTEUR

Le Tour du domaine
roman
Gallimard, 1983

Charente-Maritime
Gallimard-Jeunesse, 1983

Une rumeur
roman
Gallimard, 1984
« Folio », n° 2561, 1994

Le Retour de Julie Farnèse
roman
Gallimard, 1985

Partie de chasse au bord de la mer
nouvelles
Gallimard, 1987

Clara Schumann
biographie
Robert Laffont, 1988

La veuve Lucas s'est assise
roman
Gallimard, 1989

Le Passeur de Loire
récit
Gallimard, « L'un et l'autre », 1990

Stanislas Stratiev, la vie bien qu'elle soit courte
adaptation théâtrale
Actes Sud-Papiers , 1991

Trois Gardiennes
prix Goncourt de la nouvelle
nouvelles
Gallimard, 1992

Un geste en dentelle
roman
Gallimard, 1993

Caspar Friedrich
essai
Gallimard, « L'art et l'écrivain », 1995

Josée Bethléem
suivi de Femme seule à l'aquarium
récits
Gallimard, 1995

Namokel
Grand Prix Thyde-Monnier de la Société des gens de lettres
roman
Seuil, 1997
et « Points », n° P903

Ivoire
Gallimard-Jeunesse, 1998

L'Affaire du Muséum
roman
Seuil, 1998

Le Cahier de moleskine noire du délateur Mikhaïl
roman
Seuil, 2000

Lou
nouvelle
Inventaire-Invention, 2000

Le Café Zimmermann
roman
Seuil, 2001
et « Points », n° P1114

Conférences de Tunis
essai
Institut français de coopération, 2001

Judith et Holopherne
(en collaboration avec Laura Weigert et Marc de Buhot de Launay)
essai
Desclée de Brouwer, 2003

Ces lèvres qui remuent
roman
Seuil, 2005

Transactions infinies
suivi de L'Invitation à la pleine lune
théâtre
Actes Sud-Papiers, 2005

RÉALISATION : PAO ÉDITIONS DU SEUIL
IMPRESSION : S.N. FIRMIN-DIDOT AU MESNIL-SUR-L'ESTRÉE
DÉPÔT LÉGAL : AOÛT 2005. N° 82604 (74755)
IMPRIMÉ EN FRANCE